我见烈焰

池陌 著

北京燕山出版社
BEIJING YANSHAN PRESS

图书在版编目（CIP）数据

我见烈焰 / 池陌著. — 北京 ：北京燕山出版社，
2022.8

ISBN 978-7-5402-6474-1

Ⅰ．①我… Ⅱ．①池… Ⅲ．①长篇小说－中国－当代
Ⅳ．①I247.5

中国版本图书馆CIP数据核字(2022)第052416号

书　　名：我见烈焰
作　　者：池　陌
责任编辑：战文婧
特约策划：他系力二工作室
营销编辑：秦　颖
封面绘制：在　野
书名题字：仓　鼠
装帧设计：他系力二工作室
出版发行：北京燕山出版社有限公司
社　　址：北京市丰台区东铁匠营苇子坑138号嘉城商务中心C座
邮　　编：100079
电　　话：010-65240430（总编室）
印　　刷：北京盛通印刷股份有限公司
开　　本：880mm×1230mm 1/32
字　　数：322千字
印　　张：10.5
版　　次：2022年8月第1版
印　　次：2022年8月第1次印刷
ISBN：978-7-5402-6474-1
定　　价：48.00元

目录
Contents

李瑞希起床时，"塑料姐妹花"的群里已经刷了999+的消息，都是关于她的。

下午太阳照得人懒洋洋的，刚起床就犯困，她打着哈欠发语音："你们真是闲的，讨论我讨论了一千多条！"

严蜜："谁叫你上热搜了，不聊你聊谁？"

梁潇潇："瑞希啊，你也是人才啊！第一次看到有人买保险买上热搜的，你去看看公司最新微博下面，留言都快十万条了！没别的，都是笑你的。"

孙小雅："我们这一千多条比起人家那十万条，不算什么。"

李瑞希郁闷了，打开公司微博，第一条果然和她有关。

熹微传媒：我公司年度主播希瑞以手速出名，公司秉持对"粉丝"、平台负责的原则，特地为希瑞的手定制了一份价值千万的保险。

买保险的事李瑞希前段时间就知道了，上个月有位同行出去旅游时跟人打架，被人一刀戳伤了手，就医后手虽然保住了，但想恢复以前的手速是不可能了。

网络时代，主播更新换代快，绝大部分主播一天都不敢休息，更别提去住院复健好几个月了。

这事发生后，业内就有人议论是不是该给主播买保险。

大部分人就是说说，过几天该干吗干吗，谁知李瑞希的经纪人谷晗却上心了，回头就给江屿森递了申请书，要给李瑞希的手买保险。

李瑞希是公司一姐，要说这公司内谁有资格买保险，除了她也挑不出别人来。

江屿森作为老板，花高价买保险，钱只出不进实在不是他的风格。买保险这事是业界第一例，真要买了，好好炒作一下，钱很容易赚回来。

之后，保险公司安排专人上门商定细节，谈妥赔偿、验伤标准，磨合细节，签订了合同。

李瑞希原想着这事也就过去了，她给公司赚了不少钱，真要给她买保险她也受得起。谁知一觉起来，这么个小事竟然闹上热搜了。

微博下面的评论中，黑她的，骂她的，调戏她的都有。被置顶的评论却都是统一风格：

——本人不才，每天这双手都有好几个亿的订单要谈。

——价值千万的手，啧啧，真想体验一下。

——正常人谈恋爱：牵手。希瑞谈恋爱：别别别，我手贵，握个脚吧！

——啧啧，原来我"粉"的主播手价值千万啊。

——不瞒大家，我有个朋友想跟希瑞的手聊聊。

李瑞希捂脸，简直没脸看。

一个电话打过去，谷晗要多心虚有多心虚："你要往好的方面想，这消息一发就上热搜了，证明你有热度，你名气大。"

"谁不知道热搜都是买的，你当我不要面子的？"

"得得得！知道你要面子，但这热搜还真不是买的，本来江总是打算买热搜的，钱都准备好了，结果没花出去，你说气人不气人？"

"塑料姐妹花"群里还在截图各种精彩评论，把李瑞希气坏了。

李瑞希：咱还是姐妹吗？能不能不要当面嘲？要脸！

严蜜：大家听见了吗？瑞希说她要脸，要么咱们拉个小群把她踢出去，偷偷聊？

梁潇潇：我看行。

孙小雅：那把她踢出去？

李瑞希：是不是姐妹？当我的面要踢我？这群还是我建的呢！

她拿出杀手锏：今晚我请吃火锅。

严蜜：这帮网友太不成样子，瑞希可是第一歌姬，游戏主播界的歌唱担当，给手上个保险算什么？应该连声带也上了。

梁潇潇：现在的网友就是没见过世面，这点事也值得讨论十万条？人家艺人不是经常给自己的美腿、美胸、美脸上保险？凭什么咱们主播就不行？

孙小雅：不跟他们一般见识。看在我注册了十几个小号帮你怼网友的分上，至少五盘羊肉卷才行！

严蜜：拉倒吧，你那十几个小号都被网友扒皮出来，被打为"水军"了。

梁潇潇：我刚才转发微博替瑞希说话，不小心又贡献了几千条评论。

李瑞希叹息一声，这一个个的，都是她的"黑粉"吧？

"塑料姐妹花"群里都是主播，李瑞希是游戏兼娱乐主播，其他几人都是带货主播。绝大部分主播都是昼伏夜出，一觉睡到大中午，李瑞希也不例外。

她刷了牙，贴了张面膜下楼，去小区门口的超市取了快递。

有几个代购的护肤品看着眼生，李瑞希查了下时间，竟然是两个月前买的，难怪没印象。她把面膜、护肤品放入柜子里，日用品全部扔进储藏室，零食抱出来放在电脑桌旁，保健品放在电脑桌上。

全部收拾好，手头只剩下一枚银色的戒指。

这戒指李瑞希有印象，前几天看直播，某个主播说这戒指好玩，转动戒指的戒圈能凑成各种表白文字，李瑞希一看价格——九块九还包邮！

天哪！这么便宜，不买还是人吗？

好在戒指质量还过得去。

她抬起手对着落地窗外的大太阳，她的手白皙细长，柔若无骨，指甲的形状和弧度也极美。从小到大，见过她手的人无一不称赞，长到这么大，她就没见过比这更好看的手。

银色的戒指在太阳下折射着不太明显的光，她抿唇给自己套上，戒圈大小正合适，简直完美！

李瑞希胡乱吃了点东西，化好妆，在两条裙子中间犹豫不决。

一条是黑色的小短裙，一条是粉色的纱裙。

黑色的这条是严蜜卖过的，把李瑞希衬得胸大腰细，双腿笔直。

粉色的胜在颜色粉嫩，每每穿出去都有很多人要电话，很适合想谈恋爱的人穿。

李瑞希瞄了眼镜子中那张有点丧的脸，面无表情地选了黑色的。

严蜜开车来接她，见到这裙子就乐了："这是我卖过的最满意的裙子，你是我见过的穿这条裙子最好看的人。"

李瑞希挑眉："火锅的魅力不小啊，马屁都拍上了。"

"我的意思是卖这条裙子的主播有眼光，会挑货！"

"不夸自己会死吗？"

两人拐过去带潇潇和小雅，她们四人是同一家公司的，住得都不远。严蜜今年赚了不少，年初就把车换了，每次出去玩都是她开车。

平常都在网上购物，逛街像是上辈子的事，来商场逛街不像上学时那么激动，总觉得少了点感觉。

"平常上网动动手指什么都能买，很久没逛实体店了，就刚才那衣服，我卖过一模一样的，比实体店便宜了两百块。"

"看看奢侈品包吧？"

"那玩意儿出国时可以买，国内贵。"

"那你说咱们来逛街为的是什么？"梁潇潇发出灵魂拷问。

李瑞希简直受不了她们了，强行把人拉进店里："再这样我就把你们塞回某宝！陪我买身内衣吧！这玩意儿网上可买不好，需要试。对了，再帮我选几套床品，鞋子我也喜欢在实体店买。"

"瑞希，这双打完折才三千，很适合你。"严蜜喊。

李瑞希腿长胸大，"小腰精"一个，严蜜一直喊她去做带货主播。

这两年带货主播收入很好，李瑞希又有点名气，配上这脸、这身材，想红很容易。但她嫌试衣服烦，又喜欢打游戏，就没转行。

她的腿是出了名的漂亮，白嫩秀挺，骨骼纤细，从脚踝往上到膝盖关节，一点缺点都挑不出。

这双缀着橘色飘带的凉鞋，很配她的腿。她试了一下，直接刷卡带走。

傍晚时，李瑞希觉得不对。

手上传来一阵痛，她放下手里的购物袋一看，整个人都吓傻了。戴戒指的右手中指充血发肿，隐约变成青紫色。

严蜜："完了完了！这要是受伤了，真能赔一千万吗？"

孙小雅："为了一千万你也不能骗保啊！"

梁潇潇："以身试法是不对的！"

这都什么"塑料姐妹"！

见她真的疼得厉害，几人都慌了，带她去洗手间用洗手液、肥皂洗来洗去折腾了半天，却没有一点效果。

戒指就像是长在她手上了，推不上去，拔不下来。

李瑞希满头是汗，她今天一定是脑子抽筋，才会戴这破戒指。

孙小雅打了报警电话："说会派消防员过来，要我们等等，话说这种事归消防员管吗？"

梁潇潇给谷晗打了个视频电话，谷晗差点没把李瑞希"喷死"："刚买了保险你就要出险？想让人家说我们骗保吗？你自己不知道这手有多重要？戴戒指戴得要找消防员，你还真是人才。"

李瑞希懒得理，生无可恋地倚在墙边。

十五分钟左右，梁潇潇喊了声："来了！"

人群自动让开，两个穿着"火焰蓝"的消防员走近。

为首的高大男人俯视着李瑞希放在膝盖上的手，半蹲下来。

他眉眼深邃，鼻子高挺，下颌绷紧，喉结微动，看人时眼角挑着，专注的视线落在她手上，不带一点情绪。他单膝跪地，轻轻牵起李瑞希被戒指卡住的手，因为手掌宽大，衬得她的手更为纤细小巧。

粗糙的掌心与她柔软的皮肤碰触，干燥的指尖似有微小电流传来。电得李瑞希手指发痒，从手心一直痒到心里。

耳边传来小朋友稚嫩的童音："妈妈，叔叔是不是在求婚啊？像电视里那样。"

李瑞希："……"

小朋友的妈妈解释："姐姐的手指卡住了，叔叔是消防员，是来帮忙的。"

李瑞希笑眯眯看向小朋友。这么有眼光的小朋友，将来一定是国家栋梁。

虽然是误会，但他这个姿势真的很像求婚，尤其是她手上还戴着告白戒指，戒指上的字正显示——我爱你。

他的睫毛长而直，根根分明。

早知道应该穿那条粉裙的，据说男人都爱那种调调，李瑞希想。这条黑色的什么都好，就是太显身材了，她最近都没运动，该不会有小肚子吧？

她不着痕迹地吸着小肚子。

"队长，这用棉线恐怕不行吧？"

秦烈没回话，将棉线缠绕在手上，拉动线的一头，推着戒指往前滑，这也是一种取戒指的方法。

江闯当消防员只有数月，经验不太足，一抬头和李瑞希四目相对，收获李瑞希牌微笑一枚。小伙子没想到她这么漂亮，脸一红。

"不行。"秦烈声音冷硬，冰得人心肝儿颤。

他牵起李瑞希的手，小姑娘手指如笋，腕白如藕，纤细柔嫩，只中指被银灰色的戒指卡住，已经充血发青，再不取下来，只怕要送医了。

"贵吗？"男人声音低沉。

李瑞希咬牙："这可太贵了，上过保险的呢。"

秦烈皱眉："我说的是戒指，需要切割！"

这话说完，周围一片抽气声，"塑料姐妹花"都急了。

严蜜："切割？她的手可不能有一点闪失啊。"

孙小雅："是切割机切吗？闪火光的那种？我的天哪！"

李瑞希被"塑料姐妹花"吓得面白如纸，差点坐不稳。

真要上切割机？要是刚买保险就去医院治手，她肯定会被网友群嘲的。

秦烈懒得解释，冷冰冰地直视她，像在等她的答案。

李瑞希这才注意到她正抓着他的胳膊，不愧是长期锻炼的人，胳膊的手感尤其不错。他的目光并不灼热，但李瑞希就是觉得落在自己脸上的视线滚烫得要命，她连忙收回手。

"怎么说？"

李瑞希回神："某宝九块九买的。"

秦烈低眉，接过江闯递来的铜片，垫入银灰色的戒指下。与他的外表不同，他动作轻柔，李瑞希丝毫感觉不到疼痛。

"帅哥，这是什么啊？"梁潇潇低头。

"防止指环切割机伤到手指。"秦烈看江闯一眼，江闯立刻拿起机器，对戒指进行打磨。

李瑞希是天不怕地不怕的性子，这时也害怕了，她的视线左右躲闪，紧紧抿唇，一句话也不说。

出来吃个火锅，把人家消防员都惊动了，她真佩服自己。谷晗骂得对，九块九包邮最致命，她是哪根筋搭错了才会戴这枚戒指？

"今晚准备吃什么？"秦烈忽然问。

他声音又冷又低沉，让她莫名一颤。李瑞希愣道："火锅。"

"想好去哪儿吃了？"

李瑞希她们很喜欢一家火锅店，以前只有城东才有，开车过去要一个小时，最近开了分店，今晚就去那儿吃。

想到吃，她的眼睛都是亮的，声音带笑："嗯，一家新开的火锅店。"

"以后不要戴这种旋转的戒指，一旦卡住就很难取出来。"

李瑞希叹气："吸取教训了，第一次戴戒指就卡住，真的太倒霉了。"

忽然，干燥温热的触感消失了，手被人松开。

孙小雅叫道："好快！切开了！"

手指从戒指中被解救出来，虽然还有些肿，但关节活动正常，疼痛感也跟着缓缓消失了。

她这才明白他刚才那番聊天只是想转移她的注意力。刚才煎熬得很，现在危险解除，悬着的心终于放下了。

李瑞希柔声说："谢谢你。"

男人从鼻腔里"嗯"了声，声音淡淡的："回去喷点药消肿。"

江闯："你们可以去火锅店排队了。"

严蜜："需要付钱吗？"

江闯笑着摆手，憨笑："这种社会救助不收费。"

消防员走远，江闯边回头边笑："队长，刚才那姑娘的手好漂亮啊，一直听人家说手如柔荑什么的，今天总算见到了。"

秦烈勾唇："漂亮跟不漂亮有区别？不都是手？"

"那怎么能一样呢？就像帅哥跟非帅哥，美女和非美女，能一样吗？网上有句话说，美貌是一种稀缺资源。"

"有什么不一样的？"

见他不以为然，江闯嘀咕道："队长，作为帅哥说这种话，是要遭天谴的。"

秦烈呵了声，笑得漫不经心。

虽然手指受伤，但是在吃面前，一切都是小事。

火锅店刚开业，店里除锅底和酒水饮料，全部打四折。四人点了一桌子菜，为了不浪费，最后是扶墙出来的。

李瑞希吃得饱饱的，回去时心情又好了。

晚上她照常打游戏，哪怕中指不用，也足以灵活地维持手速。因为今天的热搜，来了一群新观众。

——这手也就普普通通。

——是不是长得丑不敢露脸？

——不知道为什么那么火，我看直播间互动也不多。

——好安静的直播间，都没人刷礼物。

李瑞希直播时不太让"粉丝"刷礼物，她的"粉丝"大部分是学生，存点钱不容易，没想到这在某些人眼里却成了寒碜的表现。

李瑞希笑了："这位朋友，你以为我是靠什么吃饭的？宝宝们告诉他们！"

几乎是瞬间，响应主播号召的"粉丝"刷屏刷到疯，各种弹幕飞速闪过。

——就这手还普通？别家"粉丝"来挑事的吧？

——不是不想刷屏，是怕吓着你们。

——谁有时间刷屏啊？都在学技术呢，你当是来看脸的？

——过来围观千万贵手的，不过这手指好像有些肿。

镜头有美颜，手指上镜后看不出有太大问题，李瑞希解释了一下受伤经过。主播的通病就是一说话就收不住，她把普通的取戒指过程说得险象环生，危机四伏。

原本大家都绷着没给她刷礼物，一听说她手指受伤，都坐不住了，纷纷刷礼物。直播间很久没这么热闹了。

正看她直播的谷晗给她发消息："粉丝"刷了这么多礼物，要么唱首歌呗？好好维护"粉丝"，过段时间有个名气很大的综艺邀约，我看好你！

李瑞希：又要上电视？你又不是不知道我上镜容易紧张！

谷晗：主播专场，你不去还了得？严蜜可能也去，你们姐妹俩结伴，怕什么？

一听说要上镜，李瑞希就开始犯愁了。

今天直播间流量大，李瑞希打了一会儿游戏，翻唱了一首最近很火的情歌《说好的》。她声音甜，很适合唱这首歌，加上这首歌本来的热度，这一唱，直播间的人气瞬间冲了上去。

李瑞希直播一直没露脸，早期玩游戏时因为操作好，手速快，配上那双赏心悦目的手，涨"粉"很快。去年不知是谁曝了她一张照片，"粉丝"这才发现她竟然是个大美女，那之后她又火了一阵，如今微博已有四百万"粉丝"了。

下播时，已经凌晨三点了，她揉了揉酸痛的手指。

门忽然被推开，一条狗走进来，嘴里叼着她的向日葵拖鞋。

李瑞希一笑，宠溺道："贝塔还没睡呀？被我吵醒了吗？"

这是她三年前领养的狗，名叫贝塔，是一条非纯种的浅棕色哈士奇。小家伙被人虐待过，胆子很小，身上有很多伤，李瑞希花了好几个月才把它安抚好。

贝塔很聪明，会替她拿快递、拿拖鞋。

独居好几年，天天日夜颠倒，还好有条狗陪她。

九月中旬的上午，日头正烈，太阳像是要把人晒化了。

穿着正红色防蜂服的消防员们走进小区。

一身花布衬衫的阿姨走上去，盯着秦烈不满地念叨："这马蜂嗡嗡嗡地飞了半天，吓死人了！我报个警，你们好几个小时才来，蜗牛都比你们快！"

秦烈皱眉："蜂巢在哪儿？"

"就在那棵大树上，看得人头皮发麻。那地方离我家出租房很近，搞不好要在我家扎根的！要是影响我租房，我可饶不了你们！"

江阔好脾气地笑笑："刚才辖区内有居民楼着火，我们出完任务就过来了。"

辖区内有个住户出去买菜，把孩子放在家里睡觉，结果家里忽然着火，孩子站在防盗窗前哇哇大哭，他们接到报警就去灭火了。

最终火灭了，孩子救出来了，他们回队里一口水没来得及喝，就开始处理这类社会求助。

高大的男人在树下站定。江阔顺着他的视线找到蜂巢，直径有三十多厘米的蜂巢外围绕着密密麻麻的马蜂。

江阔笑道："队长，这个月第几个了？这个应该是今年最大的吧？"

现在是马蜂活动的高峰期，这类摘马蜂窝的诉求每天都有。据说七月份全市共接到四百多起马蜂窝的报警，有时候一天要摘七八个，今天这个看着沉甸甸的，像个小灯笼。

"队长，我爬上去摘吧？我小时候经常爬树，这点高度的树对我来说不成问题。"

秦烈拧眉："这树枝恐怕不承重，得从居民家里爬过去。"他指向二楼的次卧，"那家有人在吗？"

阿姨拍着手："那就是我家房子！现在租给别人了，住的是一个年轻女孩子，天天看不到人。要么我打电话跟她说一声，回去拿备用钥匙给你开？"

李瑞希是被敲门声惊醒的，她迷迷糊糊摸起手机，十一点不到，她才睡了五个多小时。

她睡不好就头晕，起床气大，阵阵敲门声震得她头疼。

"谁啊？"她不耐烦地打开门，被眼前全副武装的男人吓了一跳。

男人避之不及地转身："小区的树上有马蜂窝，需要从你家卧室出去摘除。"

这声音有些耳熟——是帮她摘戒指的队长！

李瑞希倒吸一口气，瞌睡跑了一大半，低头瞄向自己的衣服。印着美少女战士的低领睡衣又薄又透，清晰勾勒出她的身材，睡衣下面那可怜的布料只盖到大腿根部。难怪他跟躲瘟疫似的避开。

她砰地关了门，慌忙找衣服。

对了，他刚才说什么来着？有马蜂窝？

她随手拿了T恤、牛仔短裤，穿好后一边跳着找拖鞋一边开门，还不忘把地上的快递踢到一起，让屋里看起来能显得整齐些。

"队长，咱们又见面了。"

秦烈面无表情地进屋。

江闯跟进来，惊讶道："你是上次的……"

李瑞希挑眉："有缘吧？短短一周咱们都见了两次了。"

江闯憨笑："很有缘！对了，那是我队长，上次他也在。"

李瑞希勾唇，心想，他可是重点关注对象。

"你的手好点了吗？"江闯关心道。

李瑞希笑着抬起自己的手："早就好啦，你看，一点伤都没留。"

阿姨拿着钥匙走进来，跟领导人视察似的，在屋里走了一圈，数落道："我还以为你不在家呢，打电话你也不知道接，你就一个人住，还是跟人同居？"

李瑞希没睡饱，哪有心情应付她。她不耐烦地说："一个人。"

"不是我说，你看这屋子里乱的，你说你一个女孩子，家里这么乱怎么行呢？"

李瑞希烦躁地挠头发："哪儿乱了？"

"这还不乱啊？快递堆到处都是，也不知道收拾一下！现在这些女孩可不得了，天天日夜颠倒，在家不出去，也不知道有没有正经工作！你是做什么工作的？"

李瑞希很烦这位房东阿姨，她是跟阿姨的儿子签的租房合同，对方跟李瑞希差不多大，为人很和气，租房的时候没怎么问她的事。后来这位阿姨过来了，每次见到李瑞希都要数落几句，还经常旁敲侧击地打听李瑞希的职业，偏偏李瑞希不喜欢跟人家聊隐私，每次都避之不谈。阿姨以为她没工作，来得更频繁了，生怕她没钱交房租。一来二去，她很怕见到这位阿姨，也有了搬家的心思。

次卧是李瑞希的工作间，装备齐全。电脑桌上摆着两台显示器，粉色的机械键盘上印着美少女图案，边上是立式话筒和圆形LED（发光二极管）灯。桌子左侧是录音设备，正对面是一个用来摆模型玩具的粉色储物柜。

阿姨跟着进了次卧，惊了一下："你一个人用两台电脑？这个话筒是干什么的呀？"

江闯进来后也被这些设备吓到了，他第一次在现实中看到主播的房间。他笑着为她解围："应该是主播吧？现在主播收入都很高的。"

阿姨像是发现了外星生物，叫道："你就是新闻上说的那种主播？前几天有个小学生背着父母给主播打赏了十几万，你们怎么能赚这种昧心钱？你也别怪阿姨多事，你说你们这些小姑娘，年纪轻轻做什么不好，非要做这个骗钱？怎么着也该出去找一份像样的体面的工作，不然的话，哪个男人要你？"

江闯同情地瞟向李瑞希，内疚了一下，不敢说话了。

九月的南城，刚过十一点，日头正烈，炙热的阳光打在玻璃窗上，刺目得让人眩晕。

秦烈站在太阳的光影中，推开纱窗，一眼瞥见站在门口的小姑娘。

或许是因为阿姨的唠叨，她满脸烦躁，不耐烦地抓着头发，嘴唇咬着，脚有一下没一下地点着地，跟自己斗气。

倒有几分可怜。

秦烈撑在窗台上，翻进来："帮我绑安全绳。"

江闯立刻走过去："队长，要么我来吧？我不怕热。"

"别啰唆，你小子快点！"

江闯立刻在秦烈身上绑了绳子，李瑞希拿起空调遥控器，把客厅和次卧的空调都打开。

秦烈瞥了她一眼，眼神极淡。

他站在空调外机旁，拿着个袋子靠近灯笼大的马蜂窝。

李瑞希惊了一下，这个马蜂窝竟然离她这么近！她每天窝在书房都没发现。

江闯笑："你家门外有马蜂窝你都不知道吗？马蜂很危险的，你一开窗碰到马蜂窝，很容易被蜇伤。"

"我不知道啊。"李瑞希密集恐惧症都犯了，看得浑身发麻。

"马蜂都是白天出动。"

她白天大部分时候都在睡觉，打游戏也经常戴耳机。

秦烈用袋子套住马蜂窝，等马蜂窝掉落后，封紧口袋，用杀虫剂喷了一会儿。

"队长，这蜂巢能不能吃啊？里面有蜂蜜吗？"李瑞希说着，竟然咽了口口水。

秦烈隔着防蜂服扫了她一眼，抬起手臂，将塑料袋正对李瑞希的脸。

"尝尝？"他的声音冷冷的，说这话时有种懒散的语气。

李瑞希是很想尝，但被嗡嗡声吓得直摆手。

江闯偷笑着把塑料袋放入蛇皮袋里："队长，我拿去烧掉。"

不知从哪儿飞出一只"漏网之蜂"，竟然认准了李瑞希，李瑞希到哪儿它就跟到哪儿。她吓得围着秦烈跑了一圈，那马蜂就跟着她跑了一圈。

"这马蜂看我好欺负是吧？"

秦烈拿着塑料袋一甩，马蜂就被他抓了进去："你身上有香水。"

"啊？它也喜欢香水味？"

他却不答了。

阿姨又转了一圈，确定李瑞希在家从不做饭，灶台跟她刚搬进来时一样新。虽然养狗是扣分项，但这狗很老实，并没有把家拆了。

她反复看了几圈才满意地走了。

离开前，秦烈回头看了一眼白色地板——他们进进出出，在地板上留下了几个脚印。

"拖把在哪儿？"

李瑞希立刻勾唇："就不麻烦队长了，我作为热心市民，肯定要积极配合队长的一切工作，哪能让队长动手！"

秦烈挑眉："你确定不用？"

"不用不用，我思想觉悟很高的。"

她话音刚落，躲在主卧室吹空调的贝塔跑了出来，它站在门边上，定睛看着秦烈。

秦烈一动不动，隔空和它对视。虽然什么动作都没有，李瑞希觉得他那眼神仿佛带着指令。

李瑞希"啧"了声。

你以为你这满身荷尔蒙对狗起作用？你以为你看一眼狗就会被你驯服？你以为你挑挑眉毛贝塔就会奔过去？

别傻了，她家贝塔是受过心理创伤的，不是一般的哈士奇。

李瑞希笑了："队长，我这狗性格随主人，内秀，怕生，你可别把它给吓到。"

下一秒，"内秀怕生"的贝塔欢快地跑向秦烈，在他脚边示好地转了几圈，谄媚地哈着气。

秦烈眉尾压着，用冷淡的目光俯视贝塔，奖励性地挠着它的头。

贝塔立刻两腿站直，等着秦烈摸它。

李瑞希捂脸。我不认识这狗！没见过这么丢人的，说好的怕生呢？你以前不是见到陌生人就躲开的吗？

秦烈摸了几下，嘴角有上扬的弧度，压低声音："还真是随主人。"

秦烈一走，李瑞希就指着贝塔教训，隔空挠它："丢不丢人！谁叫你跟陌生人玩的？"

被这一闹，李瑞希彻底醒了，她干脆带着贝塔下楼拿快递。到楼下时，远远便看到脱了防蜂服的高大男人站在树底下。

他宽肩窄臀，精壮却不强壮，看得出身材比例极好。

此刻他正单手撑在树上，手臂肌肉线条紧绷，眉头皱着，满脸不耐烦地看着盆里烧着的蜂巢。

贝塔撒着脚丫，欢快地冲向秦烈，李瑞希不得不拉着狗绳往前跑。

一条狗忽然跑来，秦烈挑眉，伸出手，贝塔立刻讨好地站起来，前脚放在人家手上，一副忠心耿耿的样子。

李瑞希就没见过这么丢人的狗。

江闯笑着摸贝塔，可贝塔对他却不热情，他疑惑地挠挠头："这狗为什么就跟队长亲？"

李瑞希挑眉，勉强替自己挽回面子："这狗随我，热情好客。"

贝塔扒拉着秦烈的黑色运动鞋，秦烈弯下腰逗它，贝塔得寸进尺，扒起了秦烈的衣服。他腰上紧绷的肌肉线条露出来了，满身荷尔蒙简直要溢出来。

江闯抱着衣服，笑呵呵道："好了，我们要回去了。"

李瑞希笑笑："上去喝点水，吃个西瓜再走？"

"不用不用，我们有规定，不能吃人民群众的东西。对了，你一个人住怎么不装一个防盗窗？万一有小偷进去怎么办？"

这小消防员安全意识还挺高，也很细心。

李瑞希："我租房合同快到期了，可能要重新找房子。"

"哦。"江闯给了她一个了然的眼神。

贝塔真没骨气，简直要黏在秦烈身上了，李瑞希干脆松了牵引绳，让秦烈牵着。

这狗极其热情，摇着脑袋跟在秦烈身后。

秦烈走得很快，李瑞希根本跟不上，差不多要小跑了，她笑眼弯弯："队长，你叫什么啊？"

秦烈浓眉紧拧，睨着她，一点搭理的意思都没有。

李瑞希也不在意，走得越来越慢，低声问江闯："你们队长叫什么名字？"

江闯进消防队不久，今年才十八，因为长期训练，看着比实际年龄成熟一些。但他到底年纪小，和女生说话容易害羞，当下红着脸笑："我们队长叫……"

前面的男人停住步子，冷冷地喊："江闯，跟上！"

江闯明显听出了警告意味，抱着防蜂服往前跑，临走前偷偷道："队长不高兴，我可不敢告诉你名字，我们队长姓秦，秦队。"

"哦……"李瑞希拉长尾音，秦队？还挺好听的。

江闯笑呵呵地跟在秦烈身后，秦烈拉着车扶手上了车："刚才她问什么？"

"就问我你叫什么，队长你语气不好，我没敢说，就告诉她你姓秦。她还挺好的啊，刚才你进去摘蜂巢时，她说这么热的天中暑了怎么办，还把屋里的空调都开着，估计是怕我们热。"

秦烈冷着脸不答。

江闯又笑笑："今天那阿姨一直怪我们到得迟，也不想想我们多忙，从火场下来水都顾不上喝，又给她摘马蜂窝。天热得够呛，还得穿防蜂服，我们做消防员的容易吗？去年还有一位消防兄弟因为摘马蜂窝中暑死了，怎么就不能体谅一下？"

秦烈瞥他一眼："选了这行就得爱上这行，不论别人理解不理解，尊重不尊重，你不是为了这些才当消防员的。谁愿意为了别人几句认同和吹捧把命搭上去呢？"

江闯低着头，他觉得这行挺辛苦的，今天刚从火场出来，他们就去摘马蜂窝了，没得到理解就算了，走的时候阿姨还抱怨他们出警太迟了。

他一时没调整好心态，才觉得灰心。

"队长，你当初怎么会想到做消防员？谁都知道消防员又苦又累还有牺牲的危险，以你的能力去哪儿不行？"

秦烈抽着烟，嗓子有点干，声音有些沙哑："谁不知道生命宝贵？但这事总要有人做，你也不做，我也不做，又由谁来保障你我的安全？是爷们儿就像个爷们儿的样子，别总说些丧气话。"

江闯一向视他为偶像，这话说完，江闯笑笑："秦队，你让我觉得消防员果然挺爷们儿的，我现在心里好多了。"

秦烈冷笑："你记住，我为人人，不求人人为我。"

江闯挠挠头，也不知道听没听懂，笑说："要是每个人都像李小姐一样善解人意就好了。"

秦烈靠在座椅上，腿搭着，把 T 恤拉到胸口擦了把脸，才漫不经心地侧目："李小姐？"

"对啊，我问过，她姓李，我们一周内就遇到李小姐两次，还真有缘啊。"

秦烈哼了声，这位李小姐真够能耐的，要是再多给李小姐几分钟，只怕能哄得江闯把家底透给她。

回去后，江闯讲了今天摘马蜂窝遇到李小姐的事，之前摘戒指时，江闯就描述过这位手很美的美女，今天又遇上，队员们训练回来，都疑惑地问了几句。

"真有那么漂亮？"

"当然，她真的很漂亮，我说不出来，就是什么气质都有，混在一起，恰到好处。"江闯憨憨地挠着头。

大几岁的队友范立新总结："可甜可盐？"

"对对对！"江闯笑呵呵的。

美女大家都见过，但能让江闯形容得这么夸张的，大家还真没见过，也就对这位李小姐更好奇了。

秦烈洗了把脸，从头到脸都是湿的，下巴滴着水从自己房间出来，边走边紧皮带。

范立新笑问："队长，那位李小姐真有那么漂亮？"

秦烈不耐烦："漂不漂亮跟你有关系吗？"

"我就八卦一下啊，一周遇到两次这是什么缘分啊，说不定以后要经常遇到呢。"

"不训练了？不学习了？整天就知道八卦。"秦烈拉下脸，沉着声音，"闲得慌是吧？都去操场上集合，每人做三百个俯卧撑，做完再吃饭！"

队员们苦着脸哀嚎，捶着八卦的范立新，听命地去跑了。

天太热，李瑞希点了外卖随便吃了几口，就从冰箱里抱了个西瓜出来，一切为二，拿着勺子舀了一口。

老板没骗她，甜过初恋。

第二章
你好，秦队长

李瑞希抱着西瓜在"塑料姐妹花"群里发了消息。

李瑞希：猜猜我今天遇到谁了？

严蜜：那位消防员小哥？

李瑞希：你在我家装摄像头了？

严蜜：啧，还真是！你天天不出门，这副神秘兮兮的语气，绝对不是一般人。

有理有据，不愧是"头部主播"！李瑞希服气了。

几条语音发过去，摘蜂巢这样的小事就被她讲得险象环生，堪比好莱坞大片。群里的姐妹花听得一愣一愣的，差点感动得落泪。

为人民利益，不吃群众一口西瓜，连狗都拒绝不了的男人，这就是我们的消防员！

梁潇潇：消防员大哥有点眼熟，好像在哪儿见过。可能是电视或者新闻里，你让我想想。

严蜜今天七点就开播了，李瑞希吃完晚饭没事做，干脆拿着手机看她直播。严蜜跟李瑞希一起出道，去年直播间还没什么人，今天开播没多久就有几十万观看人数了。

正看着，付明宇的语音消息就进来了。

付明宇："本月最后一次祈福活动，还有一个免费名额，截止到半夜十二点，走过路过不要错过。"

李瑞希："推销到我这儿来了？"

付明宇："说什么推销？我这是行善积德，免费赠'福'！一个月就这一次。"

李瑞希颤抖了一下，她是真的怕了付明宇。

这个人大学毕业哪儿都不去，跑去道观里当了个俗家弟子，当时所有人都以为他只是心血来潮，可他在道观里一住就好几年。他爸等着他回家继承家业，当个称职"富二代"，他偏是不依，愁得他爸头发都白了。

"我给你个招桃花的吧？"

原本李瑞希不想理会的，听了这话坐起来："招桃花？你确定有用？"

能不能定点定向，一对一地招？

不过，今天见面竟然忘了问江闯秦队有没有女朋友了。

"怎么？寂寞了？想谈恋爱了？哥这道观有好多可以结婚的道士，个个仙风道骨，英俊潇洒，超凡脱俗，简直是浊世中的一股清流。"

"不需要，道长们太高端。"

付明宇被气得不轻，不理她了。过了很久又发了一条："你前几天不是说要搬家？房子定了？"

李瑞希也发愁呢，自打阿姨来过她家视察之后，就理所当然地要求下个季度涨房租。李瑞希租房时只签了个简单的合同，房东儿子说涨房租至少是一年后的事。其实涨房租不是问题，她不喜欢房东阿姨的态度。

"要不要自己买一套？"

"我交税时间还不够，没有购房资格。"

"那就没办法了，你想住哪个区？我帮你看看房子。"

"还住这附近，只要房东让我养狗就行。"

"实在不行，你来我们道观住，免费的，边上就有个信号塔，网速超好。"

李瑞希一哆嗦："别别别，我可不想吃白水煮挂面。"

付明宇的道观里天天都是白水挂面，有时候连盐都不放，想吃什么还要自己种，她别的都行，天天吃面是万万不可的。

"行了，哥去上晚课了，有空帮你找房子。"

关掉手机，李瑞希打开昨天的直播视频进行复盘。这是她每天都会做的事。

昨天打游戏时她出现了一个小失误，今天必须避免。

她又翻看了观众反响最热烈的片段，今天直播时要加入类似的操作，这样"粉丝"更买账，气氛也更热烈。弹幕里提到的热门游戏她也会记下来，下播后熟悉这款游戏，找找打法。

时间差不多了，她打开直播平台开始直播。

她今天有意调动气氛，"粉丝"们看得很高兴。十二点多下播时，李瑞希手指僵硬，疼痛难忍，像是腱鞘炎发作了。她把手放在热水里泡了泡，又贴了膏药，这才好受些。

泡好后，她练了一会儿歌，又看了几集综艺节目。她依旧觉得自己不适合露脸，她对着镜头就面无表情，不像人家神色自如，只怕拖累节目组，但谷晗和江屿森肯定不给她反悔的机会。

很多人对主播还有偏见，也不能说有恶意，但说出来的话挺让人不舒服。其实这个行业并不容易做，最近有一批退役的电竞职业选手来做主播，像李瑞希这种非职业的多少会有危机感。

次日一早，李瑞希忽然想起前几天手受伤的事，便给谷晗打了个电话："上次受伤买的千万保险能报销吗？"

谷晗："想得美！保险公司说了，不符合赔偿标准！"

"请问赔偿标准是什么？我手指要是掉一根就符合了？"

"别往自己脸上贴金，你手指要是真掉了，还得看你是怎么掉的，什么时候掉的，一切都符合标准后，多方鉴定后才会给你报销。"

"那请问买保险干什么？"

"这问题问得好，给你上热搜？"谷晗弱弱地说。

李瑞希气得把手机一扔，每次跟谷晗说话都能把她气得半死。

她今天难得没起晚，戴着墨镜把自己包得严严实实，去健身房上课去了。

谷晗给她搭线的综艺节目还挺出名的，下个月开始录制，十一月播出，正好赶上购物节。这次主播专场其实是为了购物节量身定制的，都找带货主播不太好，便把全行业出名的主播都找了，所以才会有李瑞希。

严蜜也会参加，两人今天约好了去健身。

李瑞希不怎么锻炼，肉却很紧实，哪怕这两年窝在家里打游戏，身材也还是好的。严蜜每天都要带货试衣服，对自己的要求也高，经常锻炼，说起来她们都算是主播里自身条件不错的了。

李瑞希纠结了："万一'粉丝'说我没有照片好看怎么办？"

"拉倒吧，你都不用修图软件的，你怕什么！"严蜜看向她天生挺翘的鼻子，线条流畅的下巴以及形状漂亮的嘴唇，说，"而且你又不是第一次参加节目了。"

"之前都是视频网站自制的综艺，这是第一次上电视。"

"放宽心，其他几个主播我都见过，你是我们里面最漂亮的。"严蜜眯着眼笑，"知道你也参加后，其他几个主播特别有危机感。"

这事其实是严蜜的"锅"，那几个主播都认识严蜜，就来问希瑞现实中长得怎么样，结果严蜜来了句："名副其实的'脸蛋天才'，照片不敌她现实的十分之一。"

李瑞希一连锻炼了十天，明显感觉颈椎病好了不少，腱鞘炎也没有之前容易犯了。她备受鼓舞，希望能把腿练得紧实一点，皮肤白嫩，上镜更好看。

九月下旬，一场雨下来便有了秋的意思，李瑞希早晚出门也不得不带一件薄外套。

过几天国庆放假，到时候肯定比平时忙，她打算今天直播完，给自己放个假。

她今天打的是一款名为《一级戒严》的枪战类逃杀游戏，这款游戏已经火了很长一段时间了，最近直播间刷这款游戏的人很多。李瑞希的最高纪录是王牌局四十杀，她有意再刷刷自己的纪录。

游戏里"神仙打架"，到处是枪声、脚步声，李瑞希打到激动处，自己也嗨了："真正激动人心的时候到了……"

她激动坏了，今晚搞不好要刷新自己的纪录，在线观看人数特别高，"粉丝"们也都很激动。

啪！眼前忽然一黑。

李瑞希直接傻眼了，窗外传来隔壁小朋友的叫声："妈妈，小猪佩奇没了！"

这是停电了？

不是吧？也太倒霉了点，刚打到关键时候呢。

李瑞希打开手机里的直播 App（软件），给"粉丝"留言：我是希瑞，家里停电了。

大家都认识她的账号，安静地等着。

——难怪黑屏了，我们等你。

——不急，要么找个网吧？

小区全停电了，肯定一时半会儿修不好。

李瑞希打开手机手电筒，贝塔跑过来找她，她拿上钱包，摸摸贝塔的头，就往网吧去了。

她已经很多年没去过网吧了，高中时天天背着老爸打游戏，上大学自由后就用奖学金配了电脑，偶尔夜里需要上线，怕吵着室友才去网吧。毕业后自己出来租房子，想玩到什么时候都没人管，反而就不怎么想玩了。

不过现在的网吧都叫网咖了，小区附近这一家格调挺高，网费二十元一个小时。

她打开钱包："先开两个小时。"

"身份证。"

李瑞希翻了半天，傻了，前段时间买完保险，直接把身份证放在包的隔层里了。

李瑞希："我用别人的可以吗？"

吧台小姑娘公事公办地回："别人的可不行，现在查得很紧的。"

李瑞希无助地挠头，脚步声传来，高大笔挺的男人从她身边经过，走路带风。她愣了一下，不敢相信地喊道："秦队！"

秦烈蹙眉回头，正对上一张笑容灿烂的脸。

他没什么表情，淡淡地睨着她，凭借着身高优势，气势压人。

李瑞希身高有一米六六，加上鞋跟的高度，跟一般的男人说话没这么费劲过。偏偏他不仅个子高，气势也强，她站在他身边，气势莫名其妙弱一截。

她忽然明白贝塔的感受了。

李瑞希勾唇："秦队，你也来上网？"

"找人。"又冷又低沉，仿佛多说一个字都要他命似的。

李瑞希眼睛发亮，唇角微微勾着："我有急事要上一下网，但我的身份证没带，你能不能帮我开台机器？"

见他不说话，她又放软声音："你知道我家在哪儿，我就上两个小时的网！"

秦烈站在那儿，黑沉的眼里没有多余的情绪，还是那副狗都不理的表情。最后没拒绝，他从口袋掏出钱夹，拿出身份证递给吧台的小姑娘。

李瑞希指着秦烈，看向吧台的小姑娘："他帮我开，可以的吧？"

吧台的小姑娘偷偷笑："当然可以，男朋友又不是外人。"

李瑞希一愣，回头看他。秦烈虽然没解释，但明显有些不耐烦。李瑞希心里"啧"了声，默默给小姑娘点赞。

小姑娘笑："好了，包间两小时，给我四十就行。"

李瑞希拿回找的钱，小姑娘把身份证递给秦烈。

她偷偷瞄了一眼，无奈秦烈的速度太快，没等她看清，身份证已经被他放回钱夹了。

只看到"秦"后面那个字是个四点水。

"谢谢秦队。秦队，能不能透露一下大名？"

秦烈睨着她，眉梢轻挑，显得有几分痞气："刚才不是看得挺起劲？怎么？没看到？"

李瑞希干笑："我就看到一个四点水，四点水的字有哪些，让我想想啊，秦照？秦然？秦热？秦熊？秦点点？"

秦烈眼角抽了一下，他从口袋里摸了根烟，站到吸烟区点上："不是很能猜吗？"

"主要是汉字博大精深，我怕这样猜下去今天晚上都不一定能猜出来。"

"有本事你就猜。"秦烈丢下这句话便掐灭烟头，大步跨进一个包间。包间烟雾缭绕，呛得很。

头发梳得油光发亮的发小向兴戴着耳机冲他招手。

秦烈："怎么来网吧了？"

向兴眯着眼："等你半天你没来，我关注的主播正好开播，就来网吧看她直播。"

秦烈眉头皱成"川"字，语气比烟还呛："网吧非吸烟区不能吸烟，怎么，给你补补消防常识？"

向兴熄了烟："行，你就犯职业病吧！我看你都病入膏肓了。"

"送你去一次火场你就知道了。"秦烈睨他。

"好好好，作为你的朋友肯定要支持你的消防事业。"

陶景明："你怎么到现在才来？"

秦烈："队里有点事耽误了。"

他休假少，好不容易有个假期，却经常被队里的电话叫回去。经常约好了去哪儿玩，临了却来不了，大家早就习惯了。

向兴："等我一会儿，我关注的游戏主播家里断电了，估计待会儿就会重开，来了来了，上线了！"

陶景明："看你那没出息的样儿，追个主播搞得跟追星似的。"

向兴："你还别看不起我，你前几天不是在打《一级戒严》吗？这个主播打得很好。"

秦烈靠在墙上，双臂环胸，漫不经心地扫了一眼屏幕。

视频上的主播并没有露脸，镜头里只有一双纤细白皙的手，指甲修剪得很干净，没有一丝多余。不知是不是擦了指甲油，屏幕上看泛着粉粉的珠光，赏心悦目。只看手，很像是珠宝广告里的模特，配得上任何昂贵的珠宝首饰。

这双手十分灵活，一手操作键盘，一手握鼠标，动作够快，往往人家还没注意到，就已经被她干掉了。

重要的是，这双手看着眼熟。

向兴捏着脖子，意犹未尽："刚才激动得我大气不敢出，景明，我跟你说，我家殿下平时不是这水平，肯定是去网吧影响她发挥了。"

陶景明"啧"了声："这水平还影响发挥？这游戏主播也是逆天了。"

裴江掀起帘子进来。陶景明："去哪儿了，到现在才来？"

裴江激动得眼都红了："你不知道，隔壁包间有个高手，动作超快，高端局割了人家一半人头。"

"是吗？"向兴一愣，"在哪个包间？"

传说中的高手就在隔壁，他们进去时包间里挤满了人，所有人都表情专注地盯着电脑屏幕，一句话不敢讲。而传说中的高手竟是个美女，穿一条浅色背带裙，背影纤细。这位美女就在大家的注视下，打脸了网咖所有男人。

这速度，这技术，绝对是榜上有名的玩家主播啊！

向兴盯着那双手看了一会儿，又打开手机 App，这一看就不淡定了。不是吧？连鼠标垫上的网吧名字都一样——原来希瑞跟他是一个城市的！

向兴靠在门边，被女神的操作给惊到了。陶景明和裴江也喜欢这类热血游戏，看得眼睛都不眨。

不知过了多久，李瑞希松开鼠标，不满地"喊"了一声，评价自己这一局："垃圾！"

其他人默默地咽了咽口水，不敢说话。这叫垃圾，其他主播的操作叫什么？游戏里自动匹配到的被她虐惨了的小主播叫什么？

网吧里围观的人意犹未尽，神色激动，有人搭讪了几句，李瑞希没理会，他们便默默走了。

秦烈在吸烟区抽了几根烟，等得不耐烦，挑着帘子进来："还不走？"

向兴正在兴头上："急什么，看希瑞打游戏呢。"

李瑞希先是听到秦烈的声音，又听到有人喊"希瑞"，便摘下耳机，一回头，和秦烈四目相对。

他浓眉紧蹙，眼神冷得像刀子，尽是不耐烦。

秦烈没想到那高手就是她，他看着向兴，声音低沉："你想今晚在网吧聚会？"

向兴想上去跟李瑞希讨教一下，有些舍不得走。李瑞希冲他露出灿烂的笑，本就是很甜的长相，收起平常的高冷，这笑很具有欺骗性。

向兴被她的笑击中，立即化身小迷弟："希瑞，我看你直播快两年了，你打得真好。"

李瑞希不太擅长和"粉丝"社交，每次遇到这种情况除了笑就是笑："谢谢支持。"

忽而，李瑞希的电脑屏幕上跳出一行字：亲爱的秦烈，您的上网时长剩余十分钟，如需继续上网，请去吧台续费。

李瑞希的手指在桌子上点了下，笑得特别甜，像只偷吃的猫儿，差点露出翘起的尾巴。

秦烈的神色更冷了。

李瑞希是被一通电话叫走的。

因为公司停电，备用电不稳定，主播们早早下播了。她们难得晚上有时间，就喊李瑞希一起吃夜宵。

"把贝塔带上，反正是去撸串的，那种门店不讲究。"

小区还是一片漆黑，这一片修电缆，要到凌晨才来电。听门卫说早就贴出停电通知了，因为她白天睡觉，对小区里的事一无所知。

李瑞希牵着贝塔出门，严蜜把后备厢清理出来让贝塔进去。

"不会把你的车抓坏吧？"

"没事，都有垫子，再说咱们贝塔可老实了，对吧？"严蜜摸着贝塔的头。

贝塔伸出舌头，跟严蜜握手，小模样可乖巧逗人了。

假象，都是假象。平常在家调皮得跟什么似的，一出门就各种乖巧温顺。装，你继续装！

严蜜带她们去的这家馆子是本市颇有传奇色彩的一家店，已经开了快二十年，口味好，店铺小，不管谁去都要等座。

严蜜停好车，从车上跳下来："我去看看有没有位置。"

李瑞希牵着贝塔下车，贝塔一下车就撒欢儿往前跑，拦都拦不住。忽而，它朝着一个男人扑去。对方反应很快，手臂瞬间紧绷着充满了力量，做出防御的姿势。瞄到奔来的只是一只哈士奇后，他明显愣了一下。

这一回头，李瑞希也就看到了对方的脸。

是秦队长！他穿一件白色 T 恤，再简单不过的白 T 恤，硬是被他穿出不一样的味道。李瑞希莫名想起那次抓他的手臂，比起许多健壮的欧美男模，秦烈的身材更符合亚洲人的审美，他是她看过的人里穿 T 恤最好看的了。

秦烈左手两指间夹着烟，眯着眼，舔了下干燥的唇，接过了贝塔。

李瑞希目光闪动："抱歉秦队，吓到你了。"

秦烈："我胆儿没那么小。"

"当然，你胆儿不小，你就是动作快嘛。"

"……"

李瑞希低头教训起贝塔："每次就会乱跑！你是不是想造反？"贝塔被李瑞希教训了几句，竟然不理她，它吐着舌头趴在秦烈身上，等秦烈表扬。

李瑞希气得把狗绳扔给秦烈："干脆把你送人得了。"

贝塔摇着尾巴，讨好地冲秦烈撒娇。秦烈眉间的不耐烦渐渐散去，懒懒地逗贝塔。这狗十分讨人喜欢，每次见到他都格外讨好，就是把主人给气得不轻。

李瑞希抿唇站在那儿，垂眸指着贝塔，已经说了半天狠话，无奈贝塔就是不理她。

秦烈摸着狗的头，牵过绳子，声音不带情绪："你一天遛几次？"

李瑞希："一次……两次？"

"我带它出去转转，待会儿送去给你。"

贝塔一看要遛弯儿，撒欢儿往前跑。

不得不承认，秦烈的劲儿比她大，牵狗绳看着没用力，可贝塔不管往哪儿跑都会被拽回来。几次后，贝塔就老实了，只围着秦烈打转。不像她，每次不是人遛狗而是狗遛人。

李瑞希进屋时，竟然发现严蜜跟秦烈的朋友们坐在一起，向兴见到她激动得直搓手。

"我们找不到座位，就和这几位帅哥拼了个桌。你们认识？"严蜜好奇。

向兴简单讲了事情经过，"塑料姐妹花"们对视一眼，严蜜"哦"了一声，拉长音调："秦队长叫秦烈？真是人如其名！"

这家店上菜是出了名的慢，他们闲着无聊开始打牌，李瑞希牌技差，就没上场。

过了一会儿，秦烈回来，把贝塔系在门口的树上。

裴江招呼他："你来替我，我去上个厕所。"

严蜜踩着李瑞希的脚，给她使眼色："瑞希啊，我也想上厕所，你来替我一把。"

李瑞希瞪她，刚买的鞋，就不能踩轻点。

她虽然很会打游戏，但她牌技是真差，差到向兴每次输牌时都不敢相信地瞪着她手里的牌，不明白她是怎么把一手好牌打得稀巴烂的。

李瑞希心虚极了，她从小就不会打扑克。

秦烈像尊门神一般坐在那儿，要不是打不过他，向兴早就想把这人踢回家了。哪有这样的男人？对着一群这么可爱的妹子，还学人家中央空调吹冷风。向兴踢他一脚，秦烈不耐烦地甩了一把牌。向兴站起来，一看要输了，急道："主播，好牌赶紧出，'炸弹'什么的别留手里。"

李瑞希被他一催，莫名其妙地出了个"炸弹"。

好了，这样她手里总算只有一张牌了。

秦烈睨着她，也面无表情地扔了"炸弹"，剩一张2。

"希瑞，你是什么牌？"

李瑞希抱歉地亮出自己的3，反正都输了，也无所谓什么牌了。谁知向兴竟然一拍桌子道："很明显我们主播赢了！"

秦烈拧眉："你脑子进水了？"

向兴一本正经："我就问你3是不是比2大？你就说是不是吧！"

秦烈："……"

李瑞希有些尴尬："是我输了。"

"没输，3本来就比2大，是吧，秦烈？"向兴在桌下踢了一脚，还不忘给秦烈疯狂使眼色，秦烈拧着眉，往椅子上一倚，烦得很。

其他人在一旁偷笑。

严蜜招呼大家："来来来，喝饮料，我们家瑞希不能打牌，她跟欢乐豆有仇，打麻将也老给人放炮。"

李瑞希是没脸打牌了，一旁的裴江在玩《一级戒严》，李瑞希指点了几句，他的技术立刻不一样了，打出了有史以来的最高分，差点把李瑞希供着了。

"主播，你姓什么啊？"

"李，我的名字就是网名颠倒一下。"

向兴和李瑞希交换了微信，给李瑞希备注上名字。

陶景明以为向兴"自带滤镜"，夸大了李瑞希的游戏技术。围观后才发现，这女孩是真厉害，他笑问："你们都在哪个平台直播？有空我也去围观一下。"

向兴说了平台的名字："你没时间看直播的话，可以看往期视频，我们主播唱歌很好听的，微博'粉丝'也有好几百万呢。"

陶景明凑过去，看到李瑞希的微博，惊了一下："你就是那个给手买了千万保险的主播？"

李瑞希："怎么？你该不会也去黑我了吧？"

陶景明笑："哪能啊，我还在想什么样的手能有千万保费呢。"

"塑料姐妹花"们笑得花枝乱颤，她们一把抓起李瑞希的手："来，围观一千万的手！"

李瑞希自认脸皮够厚，也被弄得直叹气。她不要面子的吗？

她偷偷踢了她们几人，谁知踢到一条硬邦邦的腿。她慌乱抬头，对面的秦烈唇角挑着，眼神懒散，墨黑的眼眸漫不经心地睨着她，看不出情绪。

秦烈的目光让李瑞希一怔，弱弱地收回脚，假装干坏事的不是自己。

他不会误会了什么吧？

她受惊一样缩回脚，脚趾不安地蜷缩着。

陶景明这么一说，裴江才知道热搜的事，去网上一查，惊道："微博快五百万'粉丝'了，还挺厉害。"

被人当面夸赞真是太尴尬了。

李瑞希道："以前只有四百万，最近常上'热搜'。"

陶景明惊叹："竟然有自己的百度百科，我看看！生于南城，十二岁开始玩游戏……平台十大主播，最具价值主播，十大吸金主播，去年收到礼物总价值为……"

陶景明倒吸一口气，再看李瑞希时眼睛放光。他把手机屏幕对着秦烈，后者没太大反应。

"我竟然不知道这种排行榜，不过主播一向不要打赏的，如果主播开口的话，怎么也不可能只有这点钱。"向兴看向李瑞希，"你看那谁，排在你上面的，他名气不如你，但打赏是你的两倍。"

李瑞希对这些东西不是很在意，她当主播是因为喜欢打游戏，仅此而已。

"打赏有一些虚假成分，我的收入没有那么夸张，平台和公司都要抽成。"

"你十二岁就开始玩游戏了？"陶景明疑惑。

"我还准备说我三岁就开始打游戏了，插卡游戏，你们应该都玩过，《魂斗罗》《超级玛丽》《坦克大战》之类的。"

向兴激动道："我跟秦烈小时候也经常玩《坦克大战》，后来我们还玩过一个唐老鸭的游戏，就是不记得名字了。"

李瑞希眼睛发亮，唇角微抿："那应该是《唐老鸭梦冒险》。"

"对对对！说起来插卡游戏也挺有意思，我跟秦烈能玩一整夜。"

秦烈小时候就是孩子王，他家里人工作忙不管他，小区的孩子都聚到他家玩游戏，一玩就是一整夜，赶在大人回来前关电视机，怕电视机后面烫手，每次都要拿电风扇吹。

李瑞希想象不出来秦烈玩《坦克大战》的样子。

"后来插卡游戏少了，我跟秦烈就经常去打街机，我们那时候经常打《小黄帽》《拳皇》《三国战纪》《街霸》……"

一说到这个，李瑞希也激动了，这就是她的童年啊！她小时候也经常跟付明宇一起打这个："我也经常打《恐龙快打》，最喜欢的就是《小黄帽》了，后来玩《三国战纪》比较多，话说我长大后知道小黄帽不是漫画的主角，还失落了好一阵子。"

裴江又问："你天天打游戏还能考上南城大学？"南城大学是本地最好的学校，在全国排名也很高。

严蜜举手大笑："她是被她爸拿教鞭打上去的。"

李瑞希有理由怀疑严蜜是敌方阵营派来黑她的，她赶紧踢严蜜，眼神带着警告。

李瑞希上学时爱打游戏，她爸看不下去了，发动全校师生监督她，有奖举报。这么一搞，哪家网吧还敢让李瑞希进？以至于她高二下学期被全市的网吧封杀，自此走上了考名校的"不归路"。

严蜜边笑边躲："好了好了，我不说。"

向兴瞄了秦烈一眼："你俩还挺像的，打游戏的时候，打到爹妈都不认识，不打游戏的时候，说考大学就能考上。"

李瑞希挑眉："秦队长也喜欢玩游戏？"

秦烈："以前会玩。"

当了消防员后，睡觉时间都不够，哪有时间打这个？

"那你看直播吗？"见他难得疑惑了下，李瑞希帮着解释，"就是带人打游戏，带人买东西什么的。"

秦烈显然不理解这么简单的事情为什么要找人带。

"电视购物？"

"……"几个主播的神色一言难尽。

梁潇潇问："秦队当兵应该很苦吧？"

秦烈这人本就话少，平常能少说一句就少说一句，让他多说一句话都跟要人命似的。向兴瞅了他半天，好在他还算配合，只是声音有点懒散："消防员撤了武警现役。"意思是消防员现在不是军人了。

梁潇潇显然听不懂，不过没关系，这不是重点。

李瑞希莫名想笑，梁潇潇这人醉翁之意不在酒，秦烈老实回答一句，她还有很多问题等着呢。

果然，下一秒，梁潇潇笑道："秦队长休假多不多啊？每周有假吗？"

秦烈敷衍："不多，不是。"

要知道梁潇潇可是心理学专业的，她号称用心理学的理论知识来服务客户，并立下雄心壮志，要让所有进了她直播间的客人都不空手出去。她面对客户一向游刃有余，但只对着秦烈两分钟就差点崩溃了，连忙给孙小雅使了个眼色，换人上。

孙小雅又问了秦烈一堆问题，最后和梁潇潇一样，败下阵来。

秦烈走之前，贝塔很舍不得他，好几次扑到他脚边撒娇，最后是被李瑞希强行拽走的。

回去的路上向兴开着车，激动地聊着李瑞希打游戏的事。

"秦烈，你改天可以看看主播的直播。"

"没空。"他靠在座椅上，长腿搭着。

"行吧！那你记不记得我有个朋友叫苏青？"

秦烈双臂环胸睨着他，懒得搭理。

他假不多，去过几次向兴的朋友局，每次待得时间都不长，喝一圈酒就走，那么多人的局，他哪会记得谁叫苏青？再说他对女人一向冷淡，向兴会不了解他?

向兴见他不耐烦,连忙说:"行行行,我就知道你不记得,是这么回事,她那次见过你之后就一直叫我给她说媒,夸你身材好,长得帅,有男人味。"

向兴别的不承认,就长相他还真得承认秦烈长得好。男人都不喜欢"奶油小生",就欣赏秦烈这种硬气、有男人味的。这种气质也就部队里能打磨出来,一看就是个硬茬,糙中带着血性。就算在健身房再练十年,练出这身肌肉,也永远不会有这种气质。

何况秦烈原本条件就好,高中那会儿,追他的女生堵到他家门口送情书。后来他去了部队几年,身板比以前更硬朗,目光锋利,冷得吓人,对谁都不热情,但偏偏有的女人就爱这样的,只向兴身边求介绍的已经好几个了。

秦烈"哧"了声,摸了根烟点着。

李瑞希当晚回家就教训了贝塔这个忘恩负义的狗。

贝塔被训了一顿,竟然傲娇起来,叼走了她的拖鞋,也不知道藏哪儿去了,害她一晚上没鞋穿,把她气得不轻。

次日一早,李瑞希迷迷糊糊中被严蜜的电话轰炸醒了。

她起床气很重:"干吗啊?"

"我群里发的消息你看了吗?"

李瑞希微怔,打开群聊,翻到重点信息:

秦烈,27岁,身高183cm……

体重未知,南城新桥消防中队中队长,于××××年考入军校,××××年当了消防员……

多次立功,曾获得的荣誉有……

未婚单身。

严蜜透着得意:"画重点,未婚单身。怎么样?我打听得具体吧?把你最想知道的给套出来了。"

这果然是亲姐妹,李瑞希彻底醒了:"谁告诉你的?"

"从他几个朋友那儿得出的消息,整合了一下。向兴还说,秦烈对女人从来都没什么兴趣,一心扑在消防事业上。我打听这些消息,向兴立刻就知道是什么意思了,再三保证他很看好你。"

李瑞希挠着蓬松的头发，赤脚下床，给贝塔倒了狗粮，才笑道："我知道。"

"你怎么知道？"

"猜的。"她抿唇笑出声，"平常那么忙，偶尔有个假，要是有女朋友哪会浪费时间出去陪朋友？再说他从头到脚冷得掉渣，恋爱中的人可不这样。"

李瑞希虽然没谈过恋爱，可她知道谈恋爱的人是什么样的，一眼就能看出来，喜欢一个人眼睛里是有光的。再冷硬的人，也有柔软的那一面。李瑞希无法想象他柔软下来是什么样，但她知道绝不是现在这样。

"说得好像很懂似的，装什么情场高手！"严蜜顿了顿，"你不是说过男人不如游戏重要吗？"

李瑞希抿唇："但我现在觉得秦队长比游戏重要，怎么说呢，要是出门见秦队长的话，我觉得我可以洗个头。"

让女人洗头见的人，这可是真爱了。

严蜜："虽然八字还没一撇，但我还是得问你，跟消防员谈恋爱，你有心理准备吗？他们休假很少的，你虽然跟他同城，但很可能天天见不到面，还不如找个人网恋呢，最起码能陪着你。"

李瑞希打了个哈欠，猛地拉开窗帘。初秋的日光还在消散着夏日弥留的暑气，热烈得让人睁不开眼。

她眼角垂着泪珠，眯着眼笑："谈恋爱天天待在一起腻歪死了，偶尔见见能一直维持新鲜感。"

"消防员的工作可是很危险的。"

"那么危险的工作都敢做，不愧是秦队长。"

严蜜服气了，这人中毒已深，简直没救了。

她其实还想劝劝，可李瑞希的脾气她了解，自己想做的事别人怎么说都劝不了，轴得很。

她劝也是白劝，再说这八字还没一撇，没必要太当真。

总不能一直不谈恋爱，谈一个就陷进去吧？

没那么凑巧。

严蜜哼道："行了，我打电话给你是想提醒你，今天公司开会别忘了，上头要给我们制定考核指标，你洗漱一下，我马上开车去接你。"

李瑞希一愣："考核？不是吧？"

"你以为呢？没看谷晗发在群里的消息？大概就是在你去网吧那会儿，公司群里通知的。"

李瑞希郁闷了，她会当主播有个很重要的原因，就是不喜欢开会应酬，懒得出门。

熹微传媒在附近的一座大厦里。

这几年公司发展势头很不错，给各大平台输送了很多知名主播，公司正规发展，各项规定也越来越烦琐，现在竟然还要定考核指标，真是头疼。

李瑞希洗了澡，挑了一件T恤，搭一条毛边的白色短裤。她站在镜子前难得给自己化了个妆，口红用的是近期大热的"糖心蜜橘"色。

留着卷发戴圆框眼镜的谷晗等在会议室门口，他火急火燎："你们怎么才来？"

李瑞希翻白眼："我几点下播你不知道啊？把一群主播早上喊起来开会，你们脑子不清醒啦？"

"下午忙着选款做产品测试，哪有时间开会？难得这一次。"他把纸张发下去，"这期的考核标准定下来了，你们自己看。"

严蜜抢过那几张纸，惊道："我的考核标准定这么高？"

"有问题？江总找人给你做过数据分析，你今年的营业额至少是去年的五倍。"

谷晗虽然这么说着，自己却也愁得厉害："瑞希，这是你的考核表，你自己看。"

李瑞希接过来一看，跟严蜜一个反应，差点炸了："平台礼物翻倍，线下的代言专辑数量……我一个小主播哪儿来的代言和专辑？"

"公司会替你安排，不用你操心，你看看你直播间每天有多少人？最近排行榜上有两个'开外挂'的女主播被封了，她们一走，你这边'粉丝'肯定会涨一轮。你'土豪粉'最多，又没有什么'黑料'，上完这次的综艺后，公司会为你出专辑。"

李瑞希莫名烦躁："安排这么多工作，我哪有时间谈恋爱？"

谷晗瞄了她一眼，哼道："听说你看上了一个消防员？"

"你有意见？"

"我没意见，但就算你有时间谈恋爱，你也得问问人家消防员有没有时间。"

"……"

所有人看到考核表都气得直接爆粗口，会议室的气氛格外沉重。江屿森穿着西装，坐在长桌尽头，半晌，才沉声道："这个考核标准是以最低标准定的。"

大家默默不说话，江屿森这人专断还不容易打发，反抗根本没用。

梁潇潇一直翻白眼："太高了我完不成。"

"高？那你直接提到跟严蜜一样。"

梁潇潇差点气炸了，气得拍桌子："你开什么玩笑？我直播间流量没严蜜大，怎么可能完成？"

"你学过心理学，比起严蜜的考核标准，你再想想，你现在的考核标准是不是更容易接受了？"

"……"

梁潇潇差点被这人气晕了，她跟李瑞希一样，天天除了直播就是直播，偶尔出一次小区都像是环游世界了，出去吃顿饭都算奢侈了。都这么忙了，公司还定这么高的标准，简直是惨无人道。

李瑞希同情地看她："这就是所谓锚定效应？你被江总安排得明明白白。"

梁潇潇差点口吐白沫："我下面一年怕是不会有休假了。"

孙小雅忽然皱眉："这么说，我们是不是比消防员还忙？"

大家一愣，李瑞希仔细算了一下自己去年休假的时长，这么一算，还真是。消防员好歹有法定假日，可对于主播来说，法定假日大家都放假了，直播流量大，反而需要加班。

不过她们的收入高，自然不必抱怨。

几人正说着，准备找地方喝个下午茶奢侈一下。

忽而有员工跑进来，嘴都在哆嗦："江总，韩小乔……她她她她要跳楼！"

韩小乔也是公司当红主播。

江屿森皱着眉头跨出去，李瑞希愣了一下，跟在他后面跑。

"韩小乔搞什么？"

"不知道，是不是又失恋了？"

严蜜边跑边说："我听说她在网上认识了一个网红男朋友，对方长得挺帅，但是一直花她的钱，买个快递、点个外卖，二十块钱都要让韩小乔代付。她就这样养了人家一年，估计钱花了不少。"

"就这也不需要跳楼吧？"

"前几天她发了个视频被人追着骂，该不会是因为这个吧？"梁潇潇猜。

"她不是刚丰了唇吗？整容花了这么多钱，又跑去跳楼，做鬼都不甘心啊！"孙小雅跟着跑。

韩小乔站的地方在大厦八层，是一间主播休息室，从窗户爬出去，外面有个几米大的空地，只是没有栏杆，特别危险。上次江屿森还说要叫人把这地方给封了，但因为天气炎热，做玻璃房的人一拖再拖，谁知道韩小乔竟然就瞄上了这地方。

韩小乔穿着一条抹胸长裙站在那儿，一抽一抽地哭。

江屿森面色铁青，眉头直跳："韩佳莉！"

韩佳莉是韩小乔本名，她是平台的娱乐主播，平常唱唱歌跳跳舞，玩玩视频网站，因为长得可爱又会写段子，名气不小。江屿森还为她成立了一个策划部，专门写段子、拍段子，让她能持续产出视频。她发展得不错，只是太"恋爱脑"，每次谈恋爱都要搞出点动静来，一年要换好几次情侣头像。

韩小乔被江屿森吓得一哆嗦，可怜巴巴地撇嘴。

梁潇潇蹙着眉："你别把她吓到，要是掉下去怎么办？"

江屿森更气："我说什么话还要你管？"

梁潇潇气得闭了嘴。

韩小乔抽着鼻子："江总，你别拦我，我辛辛苦苦攒了几年的钱，给他买包、买衣服、买车、买房，在他身上花了一百多万，结果呢，我今天才知道，他竟然同时有八个女朋友……江总，我不活了，你就让我死了吧！"

江屿森气得脸色发青，韩小乔跳楼像闹着玩，可她站的地方实在危险，稍有不慎就会掉下去。

江屿森解开西装，不耐烦道："打119了吗？"

"打了，消防员马上就到！"谷晗急得一头是汗。

几个经纪人都吓坏了，各种柔声安慰，无奈韩小乔听不进去，反复说着男朋友的事，絮絮叨叨。

楼下站了不少围观的人，见有人跳楼都掏出手机拍视频。

不知过了多久，消防车的声音传来，跟做梦似的，李瑞希又看到了秦烈。暑意未散的初秋，穿着橘色服装的高大男人，进来时带来一身热气。

他远远看着韩小乔站的位置，却没上去。

站在窗台外跳楼的人不能被惊到了，否则容易踩滑。消防充气垫还没完全充好，想要救韩小乔就必须翻过窗户，这个动作肯定会惊到她。

秦烈很快做出判断，给江闯和范立新使了个眼色。

"我从上面吊安全绳下来，你俩接应我。"

"知道了。"江闯和范立新很乖，但看得出有些紧张。

秦烈视线掠过李瑞希，看向江屿森。

"找人陪她说说话，转移她的注意力。"

江屿森看向李瑞希，蹙眉道："你上。"

李瑞希一愣，道："为什么是我？我不行啊！"

江屿森咬牙，一脸严肃："你不上谁上？我们这儿谁有你会忽悠？"

李瑞希："胡说！我那是以人格魅力感化别人！"

"行，你跟严蜜一起去感化她。"

一个生面孔的消防员拿出安全绳跟在秦烈身后。

李瑞希喊："秦队！"

男人逆着光，站在阴影里，给人一种莫名的安全感。

她声音柔柔的："这里楼层高，你注意安全。"

秦烈点点头，头也不回地走了。

李瑞希叹息一声，有人不珍惜自己的生命，却又有人冒着生命危险去救。

严蜜盯着韩小乔："你就这样走了，你爸妈怎么办？"

热风阵阵，韩小乔无所谓地叹气："我爸妈又不喜欢我，他们只会找我要钱，我好惨……我死了也不会有人想我。"

"怎么没人想你？你的几百万'粉丝'呢，你没了，他们都会难过的。"

"他们难过几天而已，之后谁还会记得我？"

不管怎么劝，韩小乔就是心灰意冷。

李瑞希跟韩小乔认识好几年，对她那点小心思了如指掌。

她果断掏出手机，笑道："跳楼是吧？行吧，你跳吧，等你死了之后我就把你整容前后的对比照发到网上，让大家都知道你整容了。"

韩小乔愣了一下，怒道："李瑞希你就看我不顺眼是吧？不对，你怎么有我整容前的照片？"

"我不仅有，我这儿还有你很多'黑照'，你上次做鼻子做失败的照片，我这儿还存着呢！行吧，死就死，等你死了没人记得你长得多好看，大家只会记得你整容前的样子，你死后我们一定会好好嘲笑你，笑你这个胆小鬼被男人伤害了就去死！你完全可以联合其他被伤害的人一起告他，把他花的钱要回来，可你什么也不做，只想着死！你说要是你的'粉丝'知道你是这种人，他们会不会也学你，被人伤害了就跑去跳楼啊？！"

韩小乔愣了一下，半天才问："不对，你还没回答我的问题呢！你哪儿来的我的黑照？"这关注点偏到大西洋了。

李瑞希咬牙："当然是偷拍的，我既然想黑你肯定要准备充分啊。"

韩小乔的思想又跑偏了，她歪着下巴思考道："李瑞希，你该不会是嫉妒我吧？我就知道你一直看不惯我却又'灭不掉'我，你说实话，你是不是从进公司开始就嫉妒我了？"

李瑞希心里翻了无数个白眼，这人是来搞笑的吗？

忽而，一抹橘色身影吊着绳子从楼上凌空滑下，李瑞希心跳漏了半拍。

他竟然只吊了安全绳？他就不怕吗？万一拉绳子的人滑了手，万一绳子断了，万一出意外怎么办？秦烈很高，体重自然不会轻，这样的可能性不是没有。

那可是九楼啊！真摔下去可就没命了！

不过他的动作非常利索，自始至终十分淡定。

就好像这是在家里的客厅玩游戏，还不够格让他皱眉头。

李瑞希以前经常在网上看到消防员救人，总是会想，冒着生命危险去救一个不想活的人真的值得吗？谁的命不是命？谁不是别人的孩子，别人的丈夫，别人的父亲？大好男儿的命凭什么浪费在这种不惜命的人身上？

这一刻她忽然懂了，她和消防员的区别就在于——他们救人时从不想应不应该，值不值得。

韩小乔正要回头，被李瑞希喊住："行吧，我就是嫉妒你！"

韩小乔张大嘴："真的？那你嫉妒我什么？你说说看。"

李瑞希硬着头皮，敷衍道："嫉妒你漂亮，嫉妒你可爱，嫉妒你少根筋。"

秦烈在空中蹬了一下，靠近韩小乔。

"真的吗？"韩小乔又惊又喜。

"当然是真的！你以为谁都能让我嫉妒吗？所以你就赶紧下来吧！"

韩小乔认真思考学历低还整容了的自己有哪些优点能让李瑞希嫉妒。

这当下，秦烈弯曲双腿，动作迅速地踹了韩小乔一脚，韩小乔往后一倒，江闯和范立新立刻扑出去拉住人，快速把人拉了进来。

秦烈在空中晃了片刻，利用惯性踩在平台上，李瑞希吓了一跳，下意识伸手拉他。

他抓住她的手臂，一个趔趄，把人抱了个满怀。

柔软，这是秦烈的第一感觉。

他低下头瞥向怀里的她，她皮肤泛着珠光，眼波潋滟，微张的嘴唇红润得像颗多汁的果子。

温热的呼吸一下下喷在他耳廓，痒得有些过分。

李瑞希感觉到他的失神，打趣道："秦队，虽然我知道我抱起来特别舒服，可你也不能一直抱着人家不放啊。"

秦烈眸中闪过惊愕，反应过来，见鬼似的猛地把她推开："胡说八道什么！"

李瑞希像是什么阴谋得逞一样，靠在窗户上坏笑道："秦队，我昨天加你微信了，通过一下呗。"

"不加。"

"别这么绝情嘛，好歹我今天也算帮了你，再说抱都抱过了……"

秦烈拧眉警告："你要再敢胡说八道，我现在就把你拎出去。"

李瑞希很配合地叹息："好吧！咱们抱过这种事我一定不会告诉别人的。"

还敢提！

知道不能再逗他了，李瑞希见好就收。

韩小乔忽然从边上跑过来，拉着秦烈，笑得花枝乱颤："队长，谢谢你救了我，我现在特别害怕，你能不能安慰我几句？"

李瑞希盯着她，一秒钟都不敢放松。韩小乔这人她了解，对付男人很有一手。果然，她已经贴到了秦烈身上，就跟没骨头似的，眼里含泪，看起来非常惹人怜爱。

秦烈把韩小乔提到一边，黑着脸，压着怒火："江闯、范立新，安慰她几句！"

那两人一愣，面面相觑，怎么安慰？这位大小姐看起来可一点不像需要安慰的人。

韩小乔不乐意了，噘着嘴，又扭扭捏捏地往秦烈身边蹭。

"队长，我想跟你聊聊。"她说着又要动手了。

李瑞希看不下去了："想聊什么？需要什么安慰啊？你说，我都满足你。"

韩小乔瞪她："我才不要你安慰呢，你让开！我要找队长。"

"队长没空理你。"

"那他忙什么？我还要跟队长互加微信呢。"

李瑞希给了她一个招牌式的敷衍的笑，耸肩，理所当然道："队长忙着加我微信，你想加？拿号排队去，轮到号我叫你。"

江闯偷偷笑，严蜜几个人也笑坏了。

韩小乔没李瑞希高，被她这么一挡，连秦烈的脸都看不到。她想跳起来看，但她往哪边跳，李瑞希就往哪边站，挡得严严实实，摆明了要保护队长。

韩小乔气得跺脚："你故意的吧？"

"是啊，你这智商都能看出来？"

"你别妨碍我找秦队长。"

李瑞希不明白了："你不是才要为了前男友跳楼吗？"

"是啊，但我忽然觉得比起秦队长，那男人就是坨屎。"

一坨屎你还吃得那么香。

"李瑞希，你怎么会有我整容前的照片？"

李瑞希翻白眼，把手机对准她："没有，我随口说了骗你的。"

韩小乔不信，抢过手机就要看。

丑照简直比她的命还重要，一想到有丑照流出，想死的心都淡了。

李瑞希顾不上拿手机，瞥向离开的秦烈，追了上去。

高大的男人已经消失在了走廊尽头，她跑过去时，秦烈正站在洗手台前洗手。他洗到一半，用潮湿的手摸出口袋里的烟和火机放在洗手台上，捏了根烟点着，想摸摸打火机，却摸到一片空。

啪的一声，火苗蹿出来，一双纤细白嫩的手正握着他的银色打火机。

秦烈动作一停。

小姑娘乖巧地把火机靠近，眼眸垂着。

她今天似乎是化妆了，睫毛比平常浓密，嘴唇涂了不知什么红色，看他时水光潋滟。她眼巴巴盯着，乖巧又委屈："秦队长，这是我第一次给人点烟，你再不点，我手就麻了。"

秦烈回神，眯着眼，低头就着火猛吸了几口，一只手把她拎开，禁止她再往前凑。

李瑞希挑眉："秦队烟瘾不小啊。"

"怎么？还想管我不成？"冷冷的声音里带着点倦，唇角微微翘起，带着几分讥诮。

李瑞希笑："随口一说而已，秦队，我就是想管也得你给机会啊。"

秦烈万没想到自己被反将一军，烟灰差点烫到手。

"话说秦队，我点的烟跟普通的烟有什么不一样？"

秦烈斜她一眼："有什么不一样？不都是烟？"

行吧，她又问："那你觉得韩小乔怎么样？"

"韩小乔？"

"就是刚才跳楼那女的。"

秦烈被她问得莫名其妙，有些不耐烦："什么怎么样？我接到任务出警，唯一目的就是救下跳楼的人，她怎么样跟我有关系？"还是那副爱搭不理的样子，李瑞希心里笑，行吧，虽然是难亲近了点，但至少对所有人都一样。

秦烈吸了口烟："问完了？问完就让开。"

他从她手里夺过打火机，跨步往前，李瑞希小跑跟在后面。

"秦队，你慢点，我跟不上。"

秦烈却不停，李瑞希好不容易拉着他衣服的边角，笑道："秦队，微信通过一下呗？哪天你心情不好，我唱歌给你听？我的歌唱得不错，不信你问向兴。"

秦烈停住，要拽回自己的衣服，但她指尖死死抠住他的衣角，就是不放。

秦烈哪里见过这么蛮不讲理的，皱眉道："你耍无赖是吧？打算就这样一直拉着我？"

说完，拉着她手指，一根根让她松开。

他力气大，没轻没重的，李瑞希疼得咬牙："哎哟，秦队，轻点……好疼啊。"

他用力了吗？他就轻轻一拨，她手指就红了？这是碰瓷吧？

秦烈皱了皱眉头，冷冷道："活该！"

"行吧，我活该。"

她说着，垂眸不语，脚尖点着地板，跟那天在家里被阿姨训完之后的反应一样。

还委屈上了。

得，这是个小祖宗，一句重话不能说，说了就给脸色、炮蹶子，自顾自地委屈。

秦烈冷着脸不搭理。

第三章
众 生 皆 苦

秦烈叉腰走到了消防车前，拉着把手跳上去。

驾驶员回头笑道："现在这时代真不一样了，秦队你刚才救人的样子已经被拍下来发到网上了，我这边都收到推送了。"

"有什么可拍的。"

"博主说你从楼上吊下来时，所有人都捏了一把汗，都夸你英勇！再加上跳楼的这位是个网红博主，这事热度还挺高的。你说小姑娘这么漂亮，有名气、有钱，怎么就想不开跳楼呢？"

秦烈没太大反应，这次韩小乔跳楼，队里派了两辆消防车，十几个消防员过来，还好安全救下了。

他救过不少跳楼的人，至今还没有失手的。这些人跳楼的原因千奇百怪，有作业没完成被妈妈骂的，有裸贷还不了的，有以跳楼逼老公不许离婚的，有纯粹就是不想活的……众生皆苦，他度不了众生，但只要把人救下来，这众生才有苦中尝蜜的可能。

把人救回来了，回去的路上大家心情都不错。半路上，江闯忽然想到什么，从口袋里掏出几张创可贴递给秦烈。

"秦队，给。"

秦烈扫了眼那印着美少女战士的创可贴，嫌弃到家了。

江闯："这是李小姐给的，她说你手受伤了，叫我用这个创可贴帮你贴一下。队长，你哪里受伤了？严重吗？"

秦烈微怔。

大厦九楼的窗户被钉死了，他是破窗出去救人的，手无意中蹭到了玻璃，大拇指划了一厘米长的口子，对他来说这点小伤根本不需要包扎，便去卫生间洗了手，又抽了根烟，已经没什么感觉了。

江闯看了一眼，给他递过去："秦队，你贴上呗。"

秦烈愣了下，冷冰冰地说："我不要，爱给谁给谁。"说完又摸了根烟。

"秦队，李小姐怎么知道你受伤的？"

秦烈不答，环胸倚在座位上。

在江闯绘声绘色的描述下，新桥消防中队的队员们面对着这个美少女战士的创可贴都悟了，并且悟得很深……

江闯："我们新桥消防中队再也不是传说中的单身狗中队了！"

范立新："女孩子怎么可以这么可爱！"

程东："老大谈恋爱了？还是和美少女战士？？"

晚上队里组织了学习，结束后秦烈拉着队员训练了一会儿，就放他们自由活动了。秦烈快速冲了个凉，湿着头发，端着脸盆回来，摸了根烟叼着。熄灯后，他双臂弯曲，放在头下，黑暗中他眼睛睁着，脑中闪过今天李瑞希点烟时的样子。

乖巧顺从，还有点委屈。

他信了才有鬼！

怎么看都是装的，队员口中漂亮乖巧、聪明迷人的李小姐是个套路王。

他翻出手机，微信新朋友里有个未通过的号码，名字叫"希瑞"，头像是个色彩亮丽的美少女战士。

还真是她，就那么喜欢美少女战士？

有他微信又怎样？他一没时间二没精力，加了也白加，他还能被一个微信吓到？

通过，扔手机，睡觉。

李瑞希洗好澡，从浴室里出来，就听到微信提示音。

微信里多了条添加通过的提醒，秦烈通过了！

对方的头像是黑色的，朋友圈空荡荡，只转发了几条有关消防的文章，一年就那么四五条，没有任何原创内容。

这是个自制力很强的男人。当然，也表明他确实没有时间玩手机。

李瑞希捏着手机，没给他发任何消息，怕他嫌烦把她删了，再说微信都有了，后面可以慢慢来。

后面几天李瑞希忙得够呛，除了晚上直播，白天也偶尔上线带"粉丝"打打游戏。她开播次数多，"粉丝"又涨了一些，七天假期下来，固定看她直播的"粉丝"又多了。

播了整整七天，结束后人也憔悴了不少。

这几天她都没跟秦烈聊过天，每次她有空时都已经是后半夜了，后半夜发信息把人吵醒可就不好了。

白天秦烈训练、出任务，肯定没时间回消息，晚上她又要打游戏，一来二去，加了微信都有一段时间了，两人竟然一句没聊过。

入秋后，风大，天气干燥，是火灾高发期。秦烈作为队长，不仅要帮着做好宣传工作，也得加紧训练。

他控制不了火灾，但能控制队员的训练。

平常训练认真一点，跑步快一点，体力好一点，判断力准一点，也就更有可能从死神手里死里逃生。

"稍息，立正！"大太阳下，秦烈眯着眼吼，"分两组比赛，两百个俯卧撑，二十个一组，分十组完成，哪组先完成哪组先吃饭。"

唐江唐指导走过来，看他训练："也是奇怪，为什么你带的人精神状态就是跟其他队的不一样？"

"哪儿不一样？"秦烈被太阳晒得嘴干。

"你的人都精神，我听说你最近调整训练方法了，效果怎么样？上次你的报告呈上去，上面领导很感兴趣，夸你为基层队员干实事。"

秦烈自己的体能是数一数二的，他上军校时因为训练落下了点伤，对他们这样的人来说，这些不可避免。

哪个当兵的身上不带彩？谁身上没点后遗症？那么多人都在火灾现场牺牲了，谁好意思因为身体受损就矫情喊疼？但他自己当了领导后，就开始研究更科学的训练方法，希望在保证训练量的情况下，减少队员们的身体损伤。

秦烈被晒得眼花，眯着眼说："目前看还可以，具体的要长期坚持才知道。你来找我就是为了这点破事？"

唐江被噎了一下："当然不是，我来找你是有正事。你前几天是不是救了网红韩小乔？"

秦烈眉头拧得更紧："就这事？为了这点事你拉着我说了两分钟？怎么，韩小乔是你的知心爱人？"

他是有老婆的人了，哪儿来的知心爱人？这人故意堵他呢！

唐江没好气："当然不是！你救韩小乔那事被人发到了网上，就你从上面吊下来踹的那一脚，被网友来回播放，都说你这功夫神了，现在已经有几千万点击量了。"他苦口婆心，"你也知道我们在这个视频网站上是有公共账号的，平常发布一些消防常识和消防员锻炼、出任务视频什么的，上级要我找你拍个宣传视频。"

秦烈的眉头皱得紧紧的，他指着自己，声音干哑："拍视频？我？你看我像是会玩那玩意儿的？"

唐江被他问得哑口无言。

"不是让你拍，是跟熹微传媒合作。"

秦烈更不耐烦了，干脆推开他，冲着做俯卧撑的队员们吼："动作做标准了，用力错误以后腰损严重，老了有你们受的！"

唐江跟上去，掏出手机，给他看视频："你看，官方微博也发了你的视频。"

太阳很大，秦烈用手挡着才看清楚手机上的文案：只要你需要，只要我可以，我一定为奔赴而来。

配文还挺煽情的，他救人时哪想过那么多！

下面有条评论：这辈子会奋不顾身救你的人，只有消防员。

点赞竟然有四五十万了。

官方微博还回了：你的蓝朋友可能会迟到，却绝不可能缺席。

秦烈拧眉："这'蓝朋友'是什么意思？"

唐江简直要吐血了："我说你是山顶洞人吗？平时不上网？我们不是火焰蓝吗？蓝！蓝朋友！你一个消防员好歹也要关注一下我们中国消防和南城消防！"

"不关注，对那些不感兴趣。"

"行吧，但你要知道我们南城消防注册的时间短，比不上其他城市的都有几百万'粉丝'了，我们才几十万'粉丝'。上头说了，让你配合录制119消防日的宣传视频。"

秦烈不耐烦地扔了本子，晒得很，唐江又啰唆了半天，他干脆把人推开。

"不去！录制视频谁不能录？谁爱去谁去！"

唐江笑了，好像一点也不意外："行，就知道你没那么配合，领导说了，如果说服不了你就告诉你，这是命令！"

秦烈叉腰道："是命令你还跟我叽叽歪歪半天？"

看他吃瘪的样子，唐江觉得好笑。

"还是领导了解你啊！知道你就这德性！行了，话我已经带到了，熹微传媒会上门配合你录制！你还别不乐意，我要是有你这长相，早就跟领导毛遂自荐了！这也不是坏事，说不定露脸露多了，就有小姑娘喜欢你，你也就顺便把个人问题给解决了，省得你天天躁得慌！我看你火气这么大，就是缺女人欠收拾。"

什么缺女人、欠收拾？这话又成功让秦烈暴躁了起来。

明晃晃的日光刺得他眼前发黑，他叉腰站了一会儿，底下的人做动作不到位，他懒得开口，干脆自己做示范。

"看好了，动作做不对，以后腰没用了，扶都扶不起来。"

"秦队，是扶哪儿啊？"范立新拉长了声音。

秦烈舔着牙笑了："跟我扯嘴皮子是吧？行，今天一个个就别吃饭了，就在这儿练着吧！什么时候练到扶不起来了什么时候吃饭！"

顿时一片鬼哭狼嚎。

过了国庆，李瑞希的时间都花在练歌、健身上。公司很看重这次的电视综艺，要她务必在变美的同时，提高业务能力。她练歌没什么问题，但减肥实在太辛苦了。

饿了几天后，谷晗给李瑞希找了个专业录音棚，要把她唱过的歌录制下来传到网上。

"塑料姐妹花"集体牺牲睡觉时间陪她去录音棚。

严蜜拍了几张她的照片发到公司群里，公司做微博运营的立马去帮李瑞希发微博。

李瑞希录完后翻看了自己的照片。不错，严蜜不愧是朋友圈的修图圣手，只随便一拍，就把她拍得胸大腿细，肤白貌美。更重要的是抓到了她认真工作时那专注的小表情，竟然有几分不同寻常的美。

"把照片隔空投送给我。"

她不是有秦队微信了吗？虽然没聊过，但不代表她不能发朋友圈啊。李瑞希选了几张自己喜欢的，发了九宫格，配文字：录音棚录音。

严蜜刷了一下，看到她的动态，坏笑："加到秦队微信了？"

"这你都知道？"

梁潇潇："废话，你朋友圈多久没发自拍了？"

孙小雅吸了口星冰乐："你跟秦队聊得怎么样？有进展吗？"

"没聊，最近都忙着打游戏，哪有时间发消息。"

三人对视一眼，笑得暧昧。没私聊，直接发朋友圈，这迂回手段用得不错。

严蜜翻看着公司群里的聊天信息，一惊："韩小乔竟然要去新桥消防中队跟秦队长合作？不是吧？"

李瑞希蹙着眉头，上次韩小乔跳楼一事闹得蛮大的，还好江屿森及时引导风向，把渣男骗钱、骗感情的事放了出来。韩小乔俨然成了一个被骗的"傻白甜"，网友都很同情她。又因为秦烈救她的视频大火，她跳楼竟然跳出热度来了，江屿森当时就提议要好好感谢消防员，给新桥消防中队送了很多东西去。

李瑞希以为这事就算过了，谁知还有后续。

"合作什么？合作跳楼啊？"李瑞希没好气。

"啧！我怎么闻到一股酸味呢！"严蜜吸着鼻子，"姐妹们，你们闻到了吗？"

"可能是醋坛子打翻了。"梁潇潇捧哏。

孙小雅："这醋浓度有点高。"

"是江总提议的，要她配合给消防队拍一些宣传视频，消防队同意了。"

李瑞希蹙眉，韩小乔最近还找她要过秦烈的微信，她没理会，不料韩小乔还有后招。那小妖精要是去了新桥消防中队，还不知道做出什么出格的事来，她怎么可能让这种事发生？

"我也要去！"她握拳。

"啊？你去干吗？做拆散专家啊？"

"我过几天还要上综艺呢，怎么也比韩小乔红吧？我也去帮消防队录宣传视频，消防队要是不要我，我就去给摄像师打下手。"

她给谷晗打了电话，谷晗阴阳怪气道："哟，你忽然这么热爱工作，我有点不习惯。"

李瑞希一本正经："我作为一名游戏主播，热爱祖国，崇拜祖国英雄，愿意为祖国的消防事业贡献一份微薄的力量。"

那边，谷晗差点一个趔趄摔倒："前几天江总说你会忽悠我还不信来着。谁说天底下的癞蛤蟆都不配得到你的？"

李瑞希："是谁？"

谷晗噎了一下，被她的厚脸皮惊到了，跺了下脚："懒得理你，你自己看着办吧！"

去新桥消防中队那天，李瑞希拿出自己压箱底的小裙子，露出细长美腿，又化了个"心机素颜妆"，头发微微卷曲。

化完后，她差点被镜子里这个可爱脱俗的美少女迷倒了。

这时贝塔叼着她的高跟鞋进来，她拍拍它的头。

"我这样好看吗？我要去见秦队长咯，看家重任就交给你啦。"

贝塔嗷嗷两声，落寞地趴在她的拖鞋上，把她的拖鞋都焐热了。

等到了新桥消防中队，穿着大红裙子，涂着大红口红的韩小乔见了李瑞希，整个人就不好了，尤其是看到李瑞希那貌似没有精心打理的妆容。

输了输了，这么一比，她这一身红显得好艳俗。

"你你你……你怎么来了？"

李瑞希挑眉，给了她一个爱的抱抱："好妹妹，当然是怕你寂寞才来陪你的啊！你前几天不是要跳楼吗？我怕你有心理创伤！都是自家姐妹，你可别跟我见外。"

信了你的邪！

韩小乔被李瑞希搂着，她本来腿不够长，穿高跟鞋还凑合，无奈李瑞希也穿了高跟鞋，这样一比，直接被人"秒杀"了。

她双臂环胸，嘟着嘴气呼呼了新桥消防中队。

新桥消防中队门口有人站岗，军事化管理。

周四早上是新桥消防中队的操课和体育活动时间。李瑞希拿出手机又拍了张新桥消防中队的照片，发朋友圈：近距离围观消防员哥哥。

向兴很快留言：这么快就去探亲了？你俩什么时候的事？秦烈瞒得够紧啊。

严蜜：不准我们叫哥哥，你自己倒是叫得很开心。

烈日炎炎，篮球撞击声传来，李瑞希回眸，一眼就看到了在操场上打篮球的"蓝衣军团"。最有型的就数秦烈了，果然人帅、身材好，穿什么都好看。

"秦队，有人找！"唐江上去打招呼。

一群人齐刷刷盯着看，李瑞希微扬唇角，笑眯眯地站在那儿，乖巧又甜美。

韩小乔犯花痴："没想到这种类型的男人还挺吸引人。秦队怎么这么帅啊！身材好好啊，衣服都湿透了……"比她以前看上的"小白脸"好多了！

正好唐江回来，听了这话一个翘起。

不过，夸秦烈就是夸他们消防员，也就等于间接夸他了。

韩小乔说得没错，就秦烈那长相、那身板，别说女人了，男人见了也羡慕。哪次行业竞赛，秦烈不是碾压同行？就是特勤那帮人也只能干看着。上次有一群外地尖兵来市里学习，要找地方的尖兵比试比试。新桥消防中队肯定派秦烈上，秦烈上去后各方面领先。人家跑步累得半死，他倒好，早早跑完就算了，还故意站在那儿起哄喝倒彩，把那些尖兵们气个半死。

见韩小乔对秦烈感兴趣，他跟着自豪："大比武时我们秦队可是第一呢，他业务能力优秀，体格也是杠杠的。"

韩小乔眼睛发亮："大比武？这第一名是不是很厉害啊？"

"那当然！全国消防尖兵一起比试，能不厉害吗？"唐江笑笑，余光瞄到一旁穿粉色衣服的小姑娘正盯着操场看，眼睛都不带眨的，像饿了很久似的。

秦烈一局打完，跑下场。他衣服湿了大半，头上滴水，手臂肌肉上的汗珠滚动，青筋若隐若现。往回走的路上，秦烈一手插在口袋里，另一手拉起T恤往脸上擦。他的腰算细，内裤边缘若隐若现。

前段时间，李瑞希看到网络上有营销号介绍一位博主有全球颜值最高的腹肌，她觉得那位博主的腹肌跟秦烈的比，还差了点味道。

秦烈对上她打量的视线，唇角勾出讥诮的弧度，好似在说：看够了吗？

没看够。

这么一想，李瑞希倒有些委屈了。

这是她第一次动心啊。

新桥消防中队一楼停着几辆红色的消防车，耀眼的日光下，红色显得格外显眼。宿舍楼跟普通部队一样，没什么装修，板正冷硬，楼梯过道里写着"为人民服务"五个大字，神圣又严肃。

韩小乔放慢步子，跟秦烈搭讪："秦队长！"

李瑞希不着痕迹地隔开她。

"你干吗呀？我就想问问秦队长叫什么名字。"

李瑞希张开手臂像螃蟹一样横跳："无名氏。"

韩小乔气得够呛："喂，李瑞希你好过分，我问秦队名字跟你有什么关系？"

李瑞希挑眉："想问名字？你拿到号了吗？"那鄙视的小眼神把韩小乔给碾压了。

"那我怎么才能拿到号？"

"你就死了这条心吧！号早就发完了。"

"我就不信了，秦队……"

秦烈看都不看她，迈着步子走了。

李瑞希撵她："快快快，你经纪人叫你，赶紧去录视频。"

韩小乔蹙眉瞪她，却最终跺着脚走了。

李瑞希说别人一套一套的，自己却做不到。

秦烈走到宿舍门口，发现李瑞希还跟着，脚步站定，回头，又是那漫不经心的样子。

"怎么？还想跟我到澡堂，看我洗澡换衣服？"

李瑞希眨眨眼："可以吗？"

秦烈靠在墙上双臂环胸，睨她，唇角勾着："女孩子家，知不知道什么叫矜持？"

李瑞希摇头："秦队这是拿我当外人啊。"

那暧昧的话吐在秦烈耳朵边，差点让他"暴走"。他把人一推，不耐烦道："我没时间让你占便宜。"

李瑞希撇撇嘴，其实她跟上来就是想问问拍摄地在哪儿，谁知道他竟然反应那么大。

拍摄之前，唐江给熹微的工作人员科普了消防常识。这种小课堂李瑞希一向听得认真。

秦烈很快接替了唐江的活儿。

李瑞希托着腮，愣愣地看着他。

录制视频的过程一气呵成，就是秦烈的表情酷酷的，不笑，细看还有点不耐烦。他录的几个视频讲的都是消防常识，教大家油锅着火怎么扑灭，如何使用灭火器、消防栓等。

李瑞希听得很认真，当他讲解到灭火器的使用方法时，她还上去演了一把火焰，配合他完成了录制。唐江在一旁羡慕坏了。李小姐人漂亮，又知书达理，往秦烈身边一站，就是英雄配美人！

结束后，他把秦烈拉到一边："这位李小姐也是主播？"

秦烈："我没记错的话，你去年刚结婚吧？"

唐江被他顶得够呛："我结婚了怎么了？我结了，你不是没结吗？光棍一条，拉低国家结婚率、生育率，你好意思在这儿跟我横。"

秦烈差点被呛到，唐江这小子是吃枪子儿了？火气这么大。

"那你吃饱撑的打听人家的事？"

"我这是为了谁啊？指导员的职责之一就是在队员的婚姻问题上做出

正确引导，我这不是觉得李小姐人不错，在引导你吗？"

"我要你引导？"秦烈很不正经，"你想怎么引导？把人给我绑回家去？"

唐江被他气得太阳穴疼："不是我说你，你一个光棍能不能认清自己的身份！我都懒得理你！"

秦烈站在风口上，风一吹，烟烧得更快。底下一群人走过，穿粉裙子的小姑娘白得能反光了。

熹微传媒还要录制一个消防队快速出警的宣传视频，得等队员们午休起来后录制，于是他们一行人去食堂吃饭。

新桥消防中队食堂跟她大学时的食堂差不多，唯一不同的是，这里的食堂里只有男人。李瑞希和韩小乔进门时，所有人齐刷刷盯着她们。

食堂伙食还算不错，李瑞希打了沙拉和宫保鸡丁，加两个蔬菜。远远看到秦烈，她端着饭菜走过去，秦烈头也不抬。

边上那桌有人喊了句："李小姐？"是江闯，李瑞希笑着挥手。

秦烈的盘子里堆满了菜，她观察到其他消防员也是这样，他们饭量都挺大的，看他们这身材，训练量应该很大。

秦烈睨着她："没桌了？"

李瑞希："别的地方都有人，只有你附近没人。"可见秦烈在这儿是"狗不理"。

李瑞希要减肥，专攻水果沙拉。她低声道："秦队，你们每天训练几个小时啊？"

"不一定。"他顿了顿，难得补充一句，"看情况，差不多要训练半天。"

"早上几点起床？"

"五六点。"

"晚上几点睡觉啊？"

"不一定。"

晚餐之后秦烈一般安排一个小时的训练，不是出警就是训练。但他们行内有句话叫"一半一半"，做什么都是一半。吃饭吃一半，睡觉睡一半，洗澡洗一半，训练训一半，甚至上厕所也上一半。铃声一响，不管在干什么都得出警，这段时间要是没收拾完就赶不上车。遇到忙的时候，一天出警七八次，累得半死不活，睡觉的时间都没有。

秦烈睨她："怎么？对消防生活这么感兴趣？你也想当消防员？"

李瑞希戳着沙拉，竟然认真地考虑了一下："你们这里招女消防员？"

秦烈不理她。他吃饭快，这是部队训练出来的，这里哪个男人不是狼吞虎咽？哪像她，慢慢夹一口放进嘴里，又慢慢夹一口。

秦烈揪了个葡萄扔嘴里，一道道谴责的视线射过来，差点把他给"灭"了。

秦烈皱着眉头，继续吃葡萄。

哐当！桌子上多了盘葡萄。

哐当！又一盘……

放葡萄的人还不忘用鄙视的眼神盯着秦烈。很快，整个食堂的葡萄都堆在李瑞希面前，让她感受到了大家的热情。李瑞希无助地冲着葡萄眨眨眼，整个人都不好了。

"秦队。"

"嗯？"

"那个……撑死算工伤吗？"

突然，刺耳的电铃声响起，二楼瞬间传出急促的跑步声。下一秒，秦烈一阵风似的跑了。

摄像师扛着摄像机，汗都下来了。

李瑞希跑过去："拍到了吗？"

"拍是拍到了，就是速度太快了，说是四十五秒内出警，这哪有四十五秒啊。"

韩小乔拿着手机走过来："好像是家具城着火了，就永安路那家，视频网站都有人发了，火烧得蛮大的。"

视频上浓烟滚滚。烧到这个程度才报警吗？

"这应该烧了不短时间吧？"

"主要是易燃物多。"李瑞希去过那个家具城，她现在用的电脑桌就是在那儿买的，像家具城那种地方，一旦着火就是致命的，"希望没大事。"

摄像师想留下来拍他们出警回来的画面，说那样的情景更令人动容，李瑞希和韩小乔就先回去了。

视频网站有人发火灾现场的情况，李瑞希一直在刷新，有个视频里闪过秦烈的背影，她看了好几遍。

提心吊胆了几个小时，还好晚上火势控制住了。偌大的家具城被烧得一片狼藉，只留下一摊废墟。

新桥消防中队出警回来已经将近半夜了，这一路，秦烈都没说话。他满头是汗，脸上被呼吸面罩压出一道很深的痕迹。

唐江跟他搭档这么久，哪里不知道他的脾气。他扫了眼队员的惨状，直叹气："听现场录像的说，这次事故是因为消防设施检查不到位。我知道你有气，防消不一家，每次出事不明真相的群众就怪消防员，关咱们什么事？咱们只能负责灭火。"

秦烈暴躁地叉着腰，今天有几个专职消防员受伤，现在正在医院躺着，这次的火灾本可以避免的，结果现场要什么没什么，消防栓都不好使。他冷笑着："等调查结果出来，我跟那帮孙子没完。"

唐江拍他的肩膀："行了，他们也怪累的，放他们回去歇歇，你也歇歇。"

秦烈黑着脸甩开他，又训了一次，心里的火气才消了几分。

他简单洗漱完，回寝室躺下翻手机。他不太用微信，绝大部分人都被他屏蔽了，有两条朋友圈就显得格外显眼。

李瑞希戴着粉色耳机，笑容灿烂，穿一条烟灰色的裙子，裙子到膝盖上面，一双腿又长又直。

不得不承认，她很适合穿裙子。

再下面那条，拍的是他们的消防队，配文是什么鬼？围观消防员哥哥？你的哥哥倒是挺多的。

看到向兴的评论，秦烈皱眉。向兴这人一向没脑子，他跟李瑞希认识才几天，人家就来探亲？就是真谈了，那也不能随随便便进消防队。

从新桥消防中队回来，李瑞希不止一次想，那个神奇的地方是如何把一群血气方刚的小伙子训练成铮铮铁骨的男子汉的。

下播时才十点不到，她拿起手机犹豫片刻，清清嗓子，给秦烈发了个语音。

那边秦烈没睡，眯着眼看手机，看到美少女头像置顶，蹙眉点开语音。

"秦队，晚安哦。"

本是一句普通的晚安，可李瑞希说话本就温柔，一说快就像在撒娇，明明很普通的一句话，从她嘴里说出来就是有种难以形容的缠绵。秦烈差点从床上掉下来，第一次对这人的声音有了清楚的认识。

她很快又发来一条：秦烈，睡了吗？

秦烈没好气地打字：睡了。

李瑞希：哦，实不相瞒，刚才不是我问的。

秦烈拧眉，继续打字：那是鬼问的？

李瑞希赶紧发了张贝塔的照片过去：是这样，我家狗想跟你聊聊。

一条语音发来，里面传来狗叫声。

李瑞希：秦队你不是很会驯狗吗？听出我家贝塔在说什么了吗？

还用问？狗跟主人一样，都是大忽悠。

坐严蜜的车前往机场的路上，李瑞希收到了向兴的微信消息，对方希望她能带他刷级。不等她回答，向兴又说：我将奉上我们秦队长的大尺度、高清写真……

这这这……她是那种人吗？

成交！

她玩游戏玩得格外卖力，很快就把对方虐得哭爹喊娘。向兴在游戏里一向处于底层，第一次这么扬眉吐气。

李瑞希原以为向兴在唬她，秦烈怎么可能跑去拍照，估摸着就是朋友之间随手拍的，谁知道向兴发的竟然真是正式照片，还是没穿上衣的那种……

李瑞希：这是……

向兴：嘿嘿嘿，去年的南城消防员日历。

李瑞希当然知道这是日历，问题是秦烈竟然会答应拍这种图？

向兴：被领导端去的，他这人不爱露脸，偶尔上新闻都要烦半天，不过说实话，咱烈哥身材好吧？我这儿还有他的健身照，做引体向上的动图，你要看吗？

这套消防员日历上的秦烈神色冷冽,眼尾压着不耐烦,明显是被逼去的。有一张图上,他侧身站着,上身肌肉线条分明,疤痕清晰可见。

救命啊!车里太热啦!李瑞希不停用手扇风,呼吸急促。

严蜜摘下蓝牙耳机,疑惑道:"怎么了?脸这么红?空调也没坏啊……"

李瑞希捧着红透了的脸,呆呆盯着屏幕。

向兴发了个视频来:找了半天才找到,这还是去年拍的。

视频中的秦烈只穿一条黑色裤衩,做引体向上时,裤衩随着肌肉的牵动而勾勒出他紧实挺翘的臀。

李瑞希:"蜜蜜,我可能需要呼吸机。"

严蜜吓坏了,什么视频能把人看成这样?威力竟然这么大?她趴近一看,这人看着眼熟,是秦队!

严蜜:"撑住!不能这么没出息!咱是见过世面的!"

李瑞希想,这谁能撑住啊?她是见过世面,可她没见过这种世面啊。

严蜜反手一拍,把图发到群里,梁潇潇很快跳了出来。

梁潇潇:我就说看他眼熟!这日历去年在网上可火了,大家都说他们不是灭火的,是来放火的。当时很多小姑娘嚷着要嫁消防员呢,其中就数咱们秦队"粉丝"最多……去年我发在群里过,当时你怎么说来着,哦,你说你对男人不感兴趣,叫我别耽误你打游戏。怎么着?这么快就打脸了?

李瑞希:……

梁潇潇:这图还流到了国外,妹子们都喊话,叫南城消防员原地出道呢。

李瑞希整个人都处于缺氧状态,向兴发了好几条消息她才回过神。

李瑞希:我现在去录节目,等我回来再带你打游戏。

向兴:那当然!都是自家人!

李瑞希:就是!自家人!

向兴:主播你等着,我下次见到他就给你拍,你喜欢什么风格的?半裸的还是全裸的?对了,我这儿还有一张人兽的。

李瑞希:……

尺度一下子跳这么大?正想说不用了,向兴的图又发来了。所谓的"人兽"不过是秦烈牵着搜救犬,人和兽,可不就是人兽吗?

图中,秦烈穿着黑色背心、宽松的裤子,有几分性感。他牵着的黑色大狗看着也精神，连眼神都透着彪悍，跟主人的气质一样。不像贝塔，典型的外强中干。

向兴：怎么样？这尺度还行吗？

李瑞希：尺度不应该成为我们欣赏艺术的阻碍。

向兴：我懂！我懂！马上安排！

李瑞希这次录制的是菠萝台的王牌节目，有十几年历史了，艺人有活动都去这边宣传，菠萝台所在地的小吃和火锅很出名。

她们原想大快朵颐，不幸的是两人都要控制体重，便强忍着饿，吃了两顿蔬菜叶子。严蜜虽然是平台的头部主播，可平台藏龙卧虎，比她销售额高的女主播也不少，她上这种节目有点心虚。李瑞希也心虚，怕自己太无聊又没梗，让"粉丝"失望，伤害祖国的花朵总是不好的。

李瑞希连上了十次洗手间后，严蜜把她拉到镜子前："看到了吗？"

镜子里是一张精致得挑不出瑕疵的脸。

"看咱这脸，这身材，咱还要什么娱乐精神？正常表现就行。长得漂亮，你做什么人家都会原谅你。"

李瑞希持怀疑态度，行吧，大不了就互相伤害嘛，大不了被人说"网红和女明星果然有差距"。这样想，她又高兴了。

公司能拿到两个名额，实属不易，必须利益最大化。江屿森很重视这次活动，亲自跟来替她们打点周旋。

之后就是彩排、化妆、沟通。俗话说，全靠同行衬托。看到现场其他主播跑厕所跑得比自己还勤快，李瑞希彻底不紧张了。

现场有好几个主持人，你一言我一语，分到她的镜头应该不多。可是每当她站在角落里"划水"，用脚尖戳地时，就会被主持人拉到镜头里。她有问必答，有时候没想搞笑，可大家竟然很给面子。

比如说主持人问："希瑞，听说你的手买了千万保险，是主播圈唯一一个给手买保险的人，大家都说你的手速快是出了名的，能不能说说手速快在生活中有什么好处？"

主持人肯定会提保险的事，毕竟这是爆点和宣传点，李瑞希都懂。她想了下，歪着头很认真地回答："这个还真有，每年春运时，我总是格外抢手，朋友们都来我家给我捏肩敲背，让我替她们抢火车票。"

现场观众很给面子地笑，李瑞希甚至怀疑观众都是请来的托儿。她渐渐放松下来，后来她说了一些打游戏的事，主持人幽幽道："你这样还上了南城大学，这说明什么？说明我们希瑞该玩的时候玩，该学的时候学，时刻知道自己在做什么。"

李瑞希点头："是啊，很多人对游戏主播有误解，认为游戏主播就是不务正业。其实要想得到大家的认同，只有把主业做好了，才有足够的话语权。"后面李瑞希唱了一首拿手情歌，她的声音很甜又有辨识度，唱出来的感觉很不错。

这是为购物节打造的主播专场，严蜜这类主播当然也受到了热情的盘问。她在现场教大家网购，说直播趣事，说直播的心酸，聊主播的日常生活，推荐一些好用的东西什么的。

展示化妆品时，主持人还把李瑞希拉过去当模特，她又被迫出镜了一次。

最后主持人不忘追问："我替希瑞的'粉丝'问一句，希瑞有男朋友吗？"

李瑞希浅笑："我想说购物节就是为我这种人量身定制的。"

"哇，我再替广大'粉丝'问一句，希瑞喜欢什么样的男生？"

当然是秦烈那种身材好、有腹肌、有男人味的了。凭什么男人能对女人身材有要求，女人就不能要求男人？但这话不能说。

李瑞希认真想了一下，歪着头笑："那一定是能保护我的男生。"

她说话温柔，漂亮又可爱。主持人笑起来："现在电视机前不知道多少男'粉丝'在喊'我愿意'呢！"

录制比李瑞希想象中顺利，最起码她是这样认为的。

一天没吃饭，江屿森难得善心大发带她们出去吃火锅。

严蜜刷着手机，忽而愣了一下："我们南城发生火灾了，死了五人。"

李瑞希放下筷子。

新闻的大字标题用冰冷的数字无情提醒着一家五口去世的事实。因为是在夜里，等对面楼发现时火已经烧得很大了，最终，爷爷、奶奶，一对年轻夫妇和一个五岁的孩子全部葬身火海。

"这图片上的消防员是不是秦烈？"

图片上的消防员满身泥水，抱着那个孩子从火焰和废墟中走出来。那孩子躺在他怀里，手臂垂着，安静得像是睡着了。

李瑞希忽然就没了胃口。这些在烈火中逆行的消防员，不要命地冲进火场，却没成功把人救回来，让这么小的孩子死在自己怀里，哪怕他们心理素质再强，也不可能毫无波动。

江屿森沉默片刻，才挑眉看李瑞希："真喜欢那个消防员？"

江屿森白手起家创办了公司，她们刚到公司时，公司发展也很艰难，好在几年下来，她们红了，江屿森也熬出头了，说起来也是共患难过的。

"嗯。"

"不会就看上人家的脸了吧？"

李瑞希一愣："我是那么肤浅的人吗？我明明是馋他身子。"

"……"

几人都被噎了一下，江屿森一脸"我小瞧你了"的表情："行，那是块硬骨头，你要能啃下来算你有本事。不过消防员是高危职业，你可想好了……"

回去时夜已深，但李瑞希知道秦烈肯定没睡。她发语音："秦队，睡了吗？"

秦烈竟然真回了：怎么？你家狗又想跟我聊聊了？

讽刺意味真浓，李瑞希微微抿唇："我在别的城市录节目呢，我家狗想不想跟你聊，这得问它。"她又发了几条语音。

秦烈"哧"了声，扔掉手机，不再让任何光线出现在这黑暗的房间里。

黑暗中，他将头枕在手臂上，脑海中浮现出火场的画面。

他其实已经很少出现这么大的心理波动。刚当消防员的第一年，他总想出任务，想去灭火，想救人，想当英雄。后来愿望满足了，遇到了几次大火，从惨烈的车祸现场救人，处理过跳楼人的尸体，心再也不平静……这种情况遇到多了，虽然不至于麻木，却不再像刚开始那样，总把别人的苦往自己心里塞。

那年，老领导跟他说，干这行不仅要有过硬的身体素质，还要有过硬的心理素质。消防员这个职业不太能留下人，这些年，他手下不少人来了走，走了来。很多人会出现应激性创伤心理障碍。

这次的火灾现场让他想起多年前的事。他清楚地记得今天那个小男孩躺在他怀里时的样子。他可以想象，这是个既聪明又调皮的小男孩，他一定特别喜欢汽车和玩具枪，喜欢奥特曼，喜欢拿着玩具宝剑跟人打架，喜欢偷吃糖果，喜欢跟妈妈去动物园，喜欢坐在爸爸的肩膀上玩游戏。可是现在，一切都跟五岁的他无关了。

秦烈摸了根烟想点，稍顿，又捡起手机听李瑞希的语音。

"秦队，我给你唱首歌吧？"

秦烈以为她会唱情歌，他虽然没听过，却直觉她的声音适合唱那些。平常说话都跟撒娇似的，唱歌必然也一样。然而，点开语音，欢乐的洗脑曲调传来，他差点把手机给扔了。

"快乐池塘栽种了，梦想就变成海洋，鼓的眼睛大嘴巴，同样唱得响亮……"她声音唱这种歌有种别样的可爱和温柔，就好像在哄小孩。

这是把他当小朋友呢？

秦烈勾着唇角，黑沉沉的眼眸里闪过许多复杂情绪。半晌又觉得好笑，点开又听了一遍。这一次，他确定这就是幼儿园老师李小姐。看样子是看到新闻认出他来了，这是在哄他呢。

他的心莫名软了一下，给她回：早点睡。

李瑞希沉默了，她恶作剧般打字：知道啦，秦队长，我现在就去睡觉啦——

秦烈蹙眉，打字教训她：好好说话！

李瑞希：知道，秦队长，我现在就去睡觉。

李瑞希：你看，去掉了"啦"是不是好了很多？

秦烈：……

李瑞希：这就是汉字的魅力。

严蜜正在敷面膜，见李瑞希抱着手机笑，当即呲嘴："看这春心荡漾的小眼神，能不能有点出息？"

李瑞希抱着枕头在沙发上翻滚。

严蜜直摇头："搞不懂你们这种禁不住诱惑的单身女青年，觉悟太低！

这还没开始谈呢，淡定点！"

　　李瑞希捂着脸，淡定不了啊。虽然还没开始谈，可她已经脑补了一整部偶像剧，还是一百集的那种，都快脑补到孩子出生了。

　　严蜜实在看不下去了，强塞了一片面膜给她，就把她推进洗手间了。

第四章
看 电 影

新桥消防中队训练建筑前。

秦烈盯着从一幢楼滑向另一幢楼的队员，喊道："操作要规范，动作迅速点！江闯，你小子磨叽什么？到你了！"

江闯立刻跟上，抓着绳索滑过去。

因为昨天的事，今天队里给队员们安排了心理辅导，队员们热情不高，但秦烈反而加了训练量。

"昨天有个记者拍到了江闯在哭，网友都在安慰你们。"

秦烈眉头紧皱，盯着手里的秒表和计分板，头都没抬，也不知道听没听进去。

唐江跟他搭档多年，清楚他的脾气，又问："收到观影通知了吗？"

"什么观影通知？"秦烈皱眉。

"最近有个消防员题材的电影上映，国庆时赞助商就要给我们包场，但你也知道我们放假比平时更忙，就跟人家商量把观影时间调到了节后。"

秦烈蹙着眉头："我们不训练了？不出警了？看电影时心里记挂着出任务，谁能看得进去？"

"每个中队轮流看，相互协调一下。这可是鼓舞斗志的好机会，消防员这次改革后撤了现役，很多人觉得咱们消防员不是军人了，没有认同感，看看这部电影，让大家知道社会对我们是很认可的。"

秦烈掐着秒表，不答，只蹙眉盯着江闯。江闯体能太弱，不加把劲迟早把命给丢了。

唐江拍他的肩膀："行了，跟下面的人说一声，昨天那事大家都很难受，你就当带他们出去放松一下。"

在回程的飞机上，江屿森给了李瑞希一张电影票。公司经常给新上映的电影拍视频宣传，江屿森一直把赠票作为员工福利发给大家。

李瑞希懒懒"哦"了一声，她宁愿睡觉都不去看电影。

江屿森："消防员的片子。"

李瑞希耳朵尖都竖起来了，顿时来了精神："新出的那部？"

江屿森嗤笑一声，一副"我还不了解你"的表情，把票扔给她。

秋凉已经很明显了，李瑞希很少早起，她到电影院给自己买了一杯牛奶，哈欠打到一半，余光看到一群穿着蓝色制服的人从外面排队进来。

这不是火焰蓝吗？为首的那人怎么那么眼熟？

男人穿着板正的火焰蓝，头上戴着帽子，帽檐遮住他深沉的双眼，使得他紧绷的下颌线更为凸显了。

影院经理走上去不知道说了什么，秦烈让手下的人排队进场。

没想到会在这里看到他，他们组织来看电影？李瑞希赶紧跟在他们后面。于是，验票的工作人员就看到一水的蓝衣服后面跟着一个乱入的红衣服。

李瑞希抱着爆米花，偷偷瞄向他们。她在对面厅，不出意外的话，早场只有她一个人观影，里面的灯还没开，黑黢黢怪吓人的。

她站在门口徘徊了一会儿，顺便拉上口罩，降低存在感。

江闯："嫂子！"

李瑞希："……"

江闯有理有据，秦队连人家创可贴都收下了，再不给人家名分，那就是始乱终弃！众人齐刷刷侧头看她。李瑞希弱弱地对着墙，努力降低存在感。

江闯跑过来，激动道："嫂子！秦队就坐门口，你要不要进去找他？"

李瑞希脸颊通红，咳了咳："我跟秦烈不是……你别那么叫我……"

江闯："好的！嫂子！我不叫了！嫂子！一起进去吧？"

信你个鬼！

李瑞希："这不好吧？你们队里看电影……"

"现在又不是在队里，怕什么呀？再说还有空位呢。"

范立新和小潘也拉李瑞希，她反抗无效，抱着爆米花和奶茶进去了。秦烈身侧的队员齐齐往左移动，自觉地给她空了个位置出来。

电影已经开场，她刚坐下，边上的男人便侧过头，见了她跟见鬼似的，皱着眉头，用眼神问她怎么在这儿。李瑞希略显尴尬，她也不想进来的啊，她也是被逼。她怕打扰别人，趴在他耳边轻声道："我那厅就我一个人。"

她的语气很轻柔，呵气时带着牛奶特有的甜香味儿，听得人耳朵发痒。

黑暗里，秦烈的表情有点严肃。李瑞希有些忐忑，她是不是不该进来啊？好像有点唐突了，不过跟他们中队一起看电影，四舍五入……就是跟他一起看电影！

只不过，他们这样真的很像在约会。

李瑞希咬着吸管，脸又开始发烫了。要么偷偷溜走算了，她环视满厅的男人，好像真的掉进了男人堆里，跟这么多消防员一起看消防员的电影，总感觉有点怪怪的。

她拉拉他的衣角，眼神无辜地盯着他，示意他让她出去。然而她还没站起来，却被拉着坐回到座椅上。秦烈盯着银幕，没给她任何眼神，一贯的冷峻。可拉着自己的那双手，却灼热滚烫。

这是让她看完再走？应该是这个意思吧。李瑞希咬着吸管，有些心不在焉。

周围的一群消防员都激动地相互给眼色，偷笑不断。

有人问范立新："那女孩是谁啊？"

范立新，偷笑道："我们嫂子！"

对方是其他中队的人，摆明了不信："你们队是有名的单身聚集地，就秦队那脾气，能搞得定这样娇滴滴的小姑娘？我可不信！"

范立新"嘁"了一声，不屑道："说得跟你有女朋友似的！"

"没听说你们秦队有女朋友啊！"

范立新："确实没有！"

对方瞪大眼："那你还说她是你们嫂子！"

范立新："她是啊，我们昨晚一致投票决定，选她做我们的嫂子！至于秦队……他不重要。"

对方恍然大悟，又觉得有哪里不对。

对消防员来说，电影虽然看得感动，但毕竟他们才是专业的，大家都在议论电影里的剧情不真实，有一些细节跟现实有出入。

而李瑞希自始至终都在哭。网上那么多差评，她以为不好看呢。这样一群热血青年为了保护国家，不畏牺牲，光是这一点就值得从头哭到结尾。

灯光亮起，所有人站起来。这屋里的人都穿着火焰蓝，就她一个人穿了条复古小红裙，头发微卷，站在男人堆里格外扎眼。

大厅安静得吓人，消防队员们直勾勾盯着她，而后齐刷刷看向秦烈，再然后便是恍然大悟的表情。

秦烈拧眉，用眼神警告众人。

迎上众人揶揄的目光，李瑞希微怔，怕自己的到来对秦烈有影响，尴尬地转身："我……我走错厅了。"

"哦……"众人哄堂大笑，都笑嘻嘻地盯着她。

李瑞希真想挖个坑跳进去。早知道就不哭了！眼睛肿了，妆也花了，还被这么多人盯着。她转身就跑，明摆着"做贼心虚"。

大家笑得更厉害，都跑过来打趣秦烈。

唐江看着她，意味深长地笑："秦队，美女生气了不去哄哄？"

秦烈手抄在口袋里："我从不哄女人。"这辈子就没干过这种事！

众人笑得意味深长。

李瑞希跑到了消防通道，原想平复一下就离开的，没想到秦烈会跟来。

"哭什么？"他站在阴影里睨着她。

她愣愣道："电影太感人了，不知道怎么就哭了。"她一袭小红裙，睫毛微翘，嘴上不知道涂了什么，像果冻似的。在这昏暗的角落里，连空气都混着她的香味，一阵阵往秦烈鼻子里钻。

秦烈摸了根烟，只在嘴里叼着。

电影是根据真事改编的，这些案例他们都学习过，还参加过牺牲消防员的追悼会。他看着也想起不少事，可他经历得多，看得多，看电影里的火就不觉得可怕了。电影拍的东西都是些皮毛，她却哭得跟什么似的。

李瑞希又说："我就是看那么多人牺牲很难受，尤其是那个才十八岁的消防员，我十八岁时还在考大学呢，还有那个要结婚的……做消防员挺不容易，好好活着也不容易。"只是因为他的关系，她看这部电影才特别有感触。

"就这点心理承受能力。"秦烈瞥了她一眼，"做我们这行，随时可能出现在牺牲名单里，反正遗书早就写好了。"

李瑞希心里有些酸涩："秦队，你也写遗书了？"

秦烈眯着眼，声音懒懒的："我不会死，不需要写那玩意儿。行了，别这么感性。"

"我绝大部分时候都很理性。"

就她这样还理性？也没错，套路一个个的，就差拿着绳子往人脖子上套了。

李瑞希近距离看他的制服，虽然是普通的制服，他穿起来就是比别人有型，比别人够味，比别人有气质。

她盯着他的喉结出神了片刻："秦队，为什么消防员的衣服是蓝色的？"

"火焰高温时产生的颜色就是蓝色，你初三化学白学了吧？"比起橘红色，他宁愿穿蓝色，老爷们儿还是和蓝色相称点。

初三化学有学过吗？好像是有的。李瑞希往前站了两步，红唇微张，晃得秦烈下意识后退一步。他别开眼，有片刻不自然，又没好气地训她："离那么近干什么？挡我空气。"

"啊？"简直莫名其妙，她就想看看他比她高多少，"你那么高，我还挡你空气？"

"影响空气流通。"

行吧，你说得都对。

"话说队长你多高啊？"

"没量。"他睨她一眼，见她早就不哭了，扔下一句话，"擦擦眼泪，赶紧回去。"

李瑞希乖巧地应了声："嗯，我都听你的。"

秦烈跨出去的步子差点打滑，就不该好心来跟她说这些有的没的。他一定是脑子被驴踢了。

回去后，唐江凑到他身边揶揄："哟，上厕所上这么久？"

秦烈靠在车座上，跷着腿双臂环胸，夹着烟睨他："怎么？连我上厕所都要管？"

"我哪敢管你秦队啊！"

不远处，一身红裙的小姑娘站在太阳下，风吹过，裙摆微微晃动，晃得人心乱。

唐江笑了："啧啧！小姑娘真不错，我得去问问她能不能看上我表哥。"

秦烈一脚踹过去："你表哥谈过多少女朋友？得了，别祸害人家。"

"怎么就是祸害了？我表哥虽然情史丰富了点，但人长得帅，也有钱，家里条件特别好。"

秦烈沉默了几秒，眯眼抽了口烟："她不是那种人。"

唐江盯着秦烈的后脑勺，笑着道："从不哄女人——秦烈！"

李瑞希出去找了一圈房子，回来路过面包店，觉得玻璃中的自己挺好看，便拍了一张发到群里。

严蜜：这造型配小红裙还挺港风的，你这样穿好看。

李瑞希：仿佛找到了优雅老去的方向。

吃完饭，李瑞希带向兴打游戏。今天直播间人比平常少一些，她玩了平时不常玩的《全民对决》，有个"粉丝"一直刷屏说要退学打游戏，李瑞希见了，回他："电竞这条路不容易走，电竞选手的巅峰也就那几年，不能说退学打游戏就没有成功的，只是成功的概率太小了，听主播的话，好好学习！一旦把兴趣变成了职业，就会消耗最初的热情，要慎重啊！"

"粉丝"回：但现在的主播都很赚钱啊。

李瑞希笑了："你看到的只是赚钱的主播，一个行业就几个人被你看到，那几十万个不赚钱的你却视而不见。就赚钱来说，任何行业只要做到顶尖，都很赚钱。"

"粉丝"继续发弹幕与她对话：可是做主播容易啊，像你打打游戏就能赚那么多钱。

李瑞希笑笑，不知道该怎么告诉他。她有今天，不说付出多少努力，就说手速这种东西，那就是吃天赋饭的，打游戏时的全局观念是练出来的，声音也是老天爷赏饭吃。此外她还遇到了好时候，她出道时竞争没这么大，她坚持了两年才火。越是看起来门槛低的职业，想做好越难。

李瑞希聊了一会儿，下播时就收到了她爸的微信语音。

老李："看你直播了，你说得很对，现在的学生都想当网红，以为自己当了就能红，幼稚！"

李瑞希笑："爸，您还看我直播呢？学得如何？您那游戏账号还在新手村吧？啥时候女儿也带您练练？让您体验一把 VIP 待遇？"

老李不以为意："以爸爸的数学水平，打游戏是分分钟的事，我是没时间！"

李瑞希："哦……"都不好意思嘲笑他游戏玩得有多菜了。

老李："什么时候回来，咱父女俩喝一杯？"

李瑞希噎了一下："说得我酒量很好似的，我也就能喝个'锐澳'。您最近不忙啊？"

老李："怎么不忙？今年又从高一带起了！哎！这帮小子不省心啊。"

过了一会儿，朋友圈刷出他的新动态，是他转发的公众号文章。她哆嗦了一下，点了一个赞。

已经半夜了，李瑞希给秦烈发了条语音。秦烈在出警，根本没看到，次日看到时已经中午了，他正在跟唐江研究报告的事。

点开语音，听完后秦烈在原地走了一圈。

"这美少女战士是谁啊？哟，还天天聊天呢。"几个男人逗他，抢他手机时无意中点到了语音。于是，李瑞希那声带恶作剧性质的娇滴滴的"烈烈"传遍了新桥消防中队的办公室。余音绕梁了几圈，一阵诡异的安静后，办公室里"石化"的一群同事倏地爆笑。

"烈烈? 秦烈，看不出来啊！"

"烈烈啊，你把我这报告批一下。"

"下次全军大比武，你就上去跟人家说'老子叫烈烈'！"

这帮人好不容易逮到机会，可劲儿嘲笑他。秦烈的脸黑得很彻底，他这辈子都没这么丢过脸。

他咬牙："你们一个个差不多得了，还笑？ 要不要出去锻炼一下？"

大家不敢笑得太明显，抿着嘴憋笑，唐江的眼泪都下来了。无声的嘲笑比有声的更深刻……

"是上次电影院的红裙姑娘？ 难怪了！那么漂亮的姑娘，脸好身材也好，就是喊你王八你也得应着！"说这话的人被秦烈笑骂了一句。

这妞儿让他想不通，他也就当了几年兵，干了几年消防员，怎么看不懂现在的小姑娘了？ 他摆了这么久的臭脸，她还不知道意思？

他没好气回她："再瞎叫，真收拾你！"

李瑞希是被他的微信吵醒的，她半梦半醒地趴在床上，任蓬松的头发盖住自己的肩头，迷迷糊糊回："哦，我知道了，队长……"

她是听话，说不叫就不叫了，问题是人家喊"队长"没什么，这两个字从她嘴里叫出来，普通的称呼硬是被她喊成了昵称。

秦烈更暴躁了，眉头皱得能夹死苍蝇："能不能好好说话？"

李瑞希坐起来，头发盖住半边脸，迷茫了一会儿，从空调被里伸出脚来，粉红的脚趾勾了勾。她就是想逗他一下，谁叫他老是对她这么冷。至于刚才……她点开听了一下，就是有点懒，有点倦，有点软。其实也没什么啊，他到底在说什么？

"怎样是好好说话？ 要么下次你喊我名字，我就答'到'，行吗？"

秦烈没好气："以后说话不许撒娇！"

她好无辜，她哪里撒娇了？ 就这语气还叫撒娇？

她换了语气："报告队长！我知道了！"

"……"

算了，跟她生气不值当！她显然是刚起床。秦烈看了下时间，这都快一点了，他今早起床后已经出了三次任务，而她的一天还未开始。

到了十月中旬，群里几个主播都没了消息，一个个都在为购物节忙得昏天暗地。捷报一次次传来，一会儿严蜜创造了新的预售纪录，一会儿梁潇潇的销售额逆天了，一会儿小雅的货卖脱销了。

李瑞希看着那些数字，不免惊叹这些购物主播可真有钱，照这样算，这两个月就能完成一年的考核指标了。这段时间，她看严蜜的直播，风格越来越大气，资源也越来越好，李瑞希真心为她高兴。

梁潇潇长得漂亮，脾气大，直播时看到令她不高兴的弹幕就怼，个人风格比较明显，这样的主播不容易成为顶尖，但"铁杆粉"很多。

孙小雅风格古怪，发展得比梁潇潇差一点，可放在外面也是人人羡慕的对象。

李瑞希看了一会儿直播，把要买的东西放入购物车。

南城的秋天，来得突然，一场秋雨之后，街上行人彻底脱下了夏装。

李瑞希早晚出门时已经要穿针织衫了。

付明宇的语音消息就在这时发来了："你来拿符，还是我给你寄去？"

李瑞希懒得讲话，发了个笑脸：你寄来。

付明宇："我想了想还是你过来吧。首先快递费很贵，其次我们兄妹很久没联络感情了吧？作为新时代的好哥哥，肯定要关心妹妹的身心健康，咱们青云观坐拥国家 4A 级景区，是最好的放松场所。"

李瑞希：说人话。

付明宇："带点物资上山给哥，快递不送上山。再说了，哥在这儿待了几年，两兜空空。犹记得你小时候没钱花，都是哥哥舍己救你，用自己的压岁钱给你买糖吃。哥哥对你的好你都忘了吗？如今哥哥老了，不中用了，连自己的妹妹都嫌弃我。"

李瑞希去过青云观两次，风景很好，建在山顶上，僻静清幽，偶尔去那边转转倒是不错的选择。只是公路只到半山腰，想去山顶还需要步行一段路，付明宇要的东西实在太多，李瑞希根本拿不下，就打上了严蜜的主意。

严蜜打了个电话来拒绝："不去！累都累死了，哪有时间爬山。"

李瑞希："马上购物节了，之后过年促销又来了，等综艺播出后你还有时间出去玩？"

"找她俩陪你。"

"哦，她俩没时间。"

"所以，我就是个备选项？"

李瑞希摊手："所以呢，你对咱们的塑料情谊还有什么不切实际的期待？"

"坏东西！认识你了！"

第五章
公 主 抱

虽然这样说，次日，严蜜还是被拉了去。

李瑞希带了几大包东西，两人上山时累到走不动路。

"我真是想不开，竟然被你忽悠来爬山！是睡觉不香，还是家里蹲不舒坦？"严蜜膝盖打战，咬牙切齿。

"现在的年轻人体力不行啊。"李瑞希嘴硬。

"你比我好？三步一喘，肾虚。"

"要么我们走十步休息一下？"

"我看行，掐指一算，今晚月亮出来之前，我们应该有望到达山顶。"

两人击掌，愉快地达成协议。

她们路没走多远，见椅子就坐，有风景就拍。

严蜜正坐在凳子上修图，忽然指着山下："快看！那人怎么那么像你家秦队啊？"

李瑞希觉得严蜜的语文水平有进步，"你家"这个词用得极妙。

竹林环绕的山路中，秦烈带着两队人走来。请问是怎么做到爬山时还能全身挺直，大气不喘，脸不红心不跳的？

严蜜："这些消防员体力也太好了吧？"她又瞄了一眼李瑞希凹凸有致的身材，"秦队的定力真不是一般强。"

江闯几人一看到她就疯狂用眼神打招呼。秦烈却像没看到她似的，直直走过去。等队伍走远，李瑞希和严蜜这才惊觉放在路边的塑料袋被卷走了。

秦烈面无表情地拎着一个袋子，他身后的江闯和范立新几人也一人拎一个。她俩跟在后面，连跑带追，就这样还追不上人家。等她们好不容易爬到青云观时，那些塑料袋已经被放在门口的座椅上了。

李瑞希走到秦烈边上，边喘气边道谢："队长……谢谢你哦……"

秦烈蹙眉，面无表情地看向忙活的队员，眉间染着不耐烦："不用谢，习惯了。"言外之意——你别多想。

李瑞希多聪明啊，她轻轻笑着："我知道秦队就是那种在公交车上会给人让座，过马路扶老爷爷，遇到孕妇生孩子要送去医院的好心人。我又不会因为秦队帮我拎点东西就以身相许，所以，秦队你不用怕。"

"我怕个鬼。"秦烈说着，拎着她的后衣领，"一边玩去，别打扰我工作。"

李瑞希不惧他，往他身边靠了靠，顺着他的视线看去："秦队今天你们怎么来道观了？跟道长 PK（比赛）啊？"

秦烈睨她："你想象力还挺丰富，我跟他们比什么？"

李瑞希见好就收，笑眯眯看着他们拉起的条幅："消防技能竞赛？你们和道长们比这个？"

秦烈蹙眉："你有意见？"

"我哪敢对队长有意见呀！不过青云观的道长们可都是神一般的存在，又有主场优势，新桥消防中队想赢可不容易。"

秦烈睨她一眼，没说话。

一身道士服的付明宇走过来，严蜜盯着他那张脸，一巴掌拍在李瑞希后背："李瑞希！你不够意思！咱们认识几年了？你怎么没告诉我，咱哥长这么帅？"

李瑞希愣了下。帅吗？不就是个子高点，脸白点，五官好点吗？

"道长仙风道骨，一表人才，岂是一个'帅'字能形容的！"

"不要被敌人的外表所欺骗！"

"什么？他要骗我？骗财还是骗色啊？"

李瑞希："……"

付明宇挑眉道："哟，妹妹来看哥哥啊？"

"看看你要了多少东西？要不是人家消防员帮我拎上来我就累死了！还有你到底什么时候离开这儿？你爸说了，你要是再不回去他就要考虑生二胎了。"

付明宇笑："我爸说那话你还真信啊？就他还能生出二胎来？"

严蜜一直在背后掐李瑞希的手，李瑞希痛得差点掉泪。

付明宇惊道："妹啊，怎么哭了呢？看到哥哥也不用这么激动，来，哥哥抱一个。"

"滚！"李瑞希牙关紧咬，把严蜜拉到前面来，"这是我好朋友严蜜，知名主播！严蜜同学是个非常乐于助人的好同志，今天就是她开车送我来的。她对道教非常感兴趣，哥哥你抽空跟她探讨一下道法？"

严蜜眨眨眼，笑得温良贤淑。

付明宇终于找到了志同道合的人："妹妹的朋友约等于我妹妹，所以，妹妹，你想探讨什么？"

严蜜伸出白嫩的手，扭扭捏捏，细声细气道："道长，你们管看手相吗？要么你帮人家看看呗。"

付明宇咳了声："其实我也一知半解。"

"没关系，道长，我们一起讨论，共同进步。"严蜜跺着脚走了，还不忘回头冲李瑞希眨眼。

李瑞希呆若木鸡。

青云观香火旺盛，周围都是林木，加上民众们防火意识不够，总有人在山里抽烟，来山里墓地烧纸，一旦着火，整片山都会烧起来。作为新桥消防中队辖区内的重点单位，这里每年都会有消防培训比赛。这次的比赛办得还挺正式，现场还有人摄像。

秦烈不上场，只拿着秒表掐时间。过了十几分钟，付明宇也上去了。

李瑞希和严蜜趴在墙边观看比赛，她看向人群中的秦烈。

奇怪，为什么只这样看着，就心如擂鼓呢？原来那些热烈的、缠绵的、蚀骨的、甜腻的情爱是真的存在。从前不相信，是因为没有遇到，如今她深信不疑。

严蜜含情脉脉，眼里已经容不下别人了，三魂七魄都被付明宇勾走了，说话自然是向着他的。

秦烈一声令下，计时开始了。

两队队员轮流用脸盆端着水往目的地的桶里倒水，水桶装满后，用时最短的队伍赢。道长们都很给力，都不怕爬台阶这种事。

付明宇出来时，严蜜都要疯了，大喊："道长加油！你是最棒的！"

她声音太突兀，引得众人都朝这边看。李瑞希默默站开两步，绝不承认自己跟她是一起的。

严蜜这个女啦啦队员的出现，使得场上的气氛变得有些微妙。只有道长队有啦啦队？新桥消防中队一群小伙子都眼巴巴盯着李瑞希，她被众人盯着，只能伸出手，攥着拳头，弱弱地喊："新桥消防中队，加油！"

新桥消防中队的一群小伙子立刻展颜一笑，被李瑞希的笑狙击了。李瑞希连续比了好几个心，队员们笑得傻乎乎的，队形、纪律全忘了。

秦烈淡淡地瞥她一眼，那眼神带着冷刀。

好凶哦！

她收到警告，默默用手遮住眼，不看他。不让她喊，她默默给大家加油打气总行了吧？

其实消防员们表现得都不错，可道长们的体力实在太好了，爬台阶脸不红心不跳，最后比消防员早十秒钟装满水，赢得了比赛。

李瑞希跑到秦烈身边："队长，我说的吧？你要不上场，准输。"

秦烈眯着眼："知道输还加油？"

"那不一样，谁叫我是自己人呢？"李瑞希冲他笑。初秋的阳光落在她脸上，使她这一笑平添了几分慵懒，让人恨不得把她抱进怀里。

李瑞希与他对视，从他的黑眼球中看到模糊的自己，她靠近一些，柔声道："队长，你刚才……"

"嗯？"

"是不是有一瞬间的心动？"

秦烈被火烫一样，生硬地别开眼，眉头皱得紧紧的："胡说什么？你到底哪儿来的自信？"

李瑞希挑挑眉，别的不敢说，就咱这身材和脸，有点自信不算过分吧？

"那队长你喜欢什么类型的？说给我听听吧。"

"反正不是你这样的。"秦烈头也不抬。

"哦，那你具体说说到底是什么类型的？美艳妖冶？清纯小白花？成熟少妇？除了最后这一种，我寻思着我可以往那两个方向上靠靠。"

秦烈听得眉头直皱："我就喜欢最后那种。"

"行吧，那我先找别人结个婚，再来秦队这儿拿号？"

"神经病。"

"我这不是为了照顾队长的喜好吗？"

秦烈懒得跟她拌嘴，把她推开，抖抖手里的纸，头也不抬："照顾我的喜好？你行吗？"

李瑞希想起上次她偷看他的腹肌被发现，当时他也是这种带着挑衅的语气，让人恨得牙痒痒。

"秦队，你怀疑我的学习能力？你到底喜欢什么样的？等等，你该不会不喜欢女的……"犀利的眼神射过来，李瑞希乖巧地道，"队长，我错了……"

秦烈："知道错就少说这种话气我。"

李瑞希："嗯，都听你的。"

秦烈这下更气了。

李瑞希站在门口的千年老树下和江闯闲聊，江闯给她拿了瓶水："嫂子！给！"

"你是为什么来当消防员的？"

江闯摇头："我是被家里逼来的，一开始以为消防员也是兵，进来才发现早就不是了。那时候我有点情绪，不知道自己为什么进来，不过当了消防员以后就有种使命感，想干好这份工作。"

李瑞希："你还挺了不起的，年纪轻轻就这么有担当。"

"哪有啊！"江闯不好意思地挠挠头，脸都红了，"我算什么？我们队长才厉害呢，我是在没有选择的情况下当了消防员，而他是在有选择的情况下选择了消防。我听说他在军校时体能就很好，样样第一，毕业后要是去干别的，待遇比这边好太多了，荣誉也可以拿更多，可他竟然选择干消防。"

"既然知道这份工作苦，随时可能牺牲，你有没有想过做别的工作？"

江闯笑着摇头："队长都没怕过，我更不能怕，再说消防人手一直不够用，干了就干了，就没想那么多。"

"一日消防兵，终生消防人。"小潘插了句嘴。

李瑞希笑眯眯又问："你们队长最近都在忙什么呢？"

"队长比我们更枯燥呢。有时间就准备考试什么的，能考的证都被他考完了，他真是读过书的人，跟我们完全不一样，他考试这方面很厉害的。"江闯一脸崇拜。

李瑞希挑眉："那你们秦队身边有没有什么女人？"

范立新头摇得跟拨浪鼓似的："绝对没有！咱们队长周围连蚊子都是公的！我保证以后遇到雌性靠近，我就用水枪滋她，让她离我们秦队远远的！嫂子你放心好了，我们誓死护卫秦队，只让嫂子一个人靠近。"

李瑞希偷笑，这个绝对可以有。

程东走过来，瞥了一眼站在台阶下指挥工作的秦烈，低声道："我们秦队好像没谈过恋爱。"

众人惊了："不是吧？你怎么知道？"

"我那天偷听唐指导跟人聊天来着，好像是某个老领导的女儿喜欢秦队，但秦队不搭理，那老领导就让人来打听情况。但是秦队的脾气，谁都说不通，老领导对他也是又爱又恨的。你们说咱们秦队身体这么好，整天训练量这么大，一把年纪了还没个女朋友……"

李瑞希连忙低头研究手机信号，假装自己什么也没听到。

临近中午，消防演习结束，天上就下起大雨来，雨又快又急，挡住了他们下山的路。付明宇把桃花符递给李瑞希，又扫了一眼她宽松的白色毛衣和短裙，数落道："这都秋天了你还穿短裙？我都穿秋裤了！"

什么？秋裤？不存在的！美少女不穿那玩意儿！

等付明宇走远，秦烈恰好回来，远远打量付明宇的背影。

"你男朋友？"

李瑞希顿时没好气："我男朋友我还在追呢，就是那人脾气大，不温柔，硬得跟块石头似的，难追得很。"秦烈像被烟烫了舌头，顿时不说话了，别过脸看门外的雨。

李瑞希低头看手里的符，付明宇把符卷在一根竹管里，上头有绳，可以戴在脖子上。她把符戴上，默默瞄旁边那人，心道：桃花符就招他，就招他！

等雨终于停了，严蜜已经不见踪影，李瑞希只好跟秦烈一起下山。

他步子跨得大，军靴踩在石板上，落下清脆的声响。李瑞希跟得很辛苦，心里着急，又怕摔倒，只能格外注意。走到山脚，有一处地势较低的地方积了不少水，秦烈面无表情地踩过去，走到对面才意识到她没跟上。

李瑞希穿了双浅口的小白鞋，眼下正无助地看向地面。

"队长，我过不去。"她莫名有些可怜。

"站那儿别动。"秦烈四处张望，找来几块石头，然而这石头太碎，踩不得。

李瑞希逗他："队长，你看我这鞋是真不行，要么你抱我过去呗？"

话音刚落，她的身体陡然腾空，手臂下意识搂上了他的脖子。

李瑞希的笑容凝滞，眼中闪过惊愕，嘴巴也微微张大。她脸热心慌，呼吸困难，再靠近一点，只怕要死在他怀里了。

秦烈盯着她这副样子，"哧"了一声，扬手一抬，轻轻松松就把人抛起来。李瑞希吓到了，下意识拉着他。

"不是要我抱你吗？怎么？怕了？"他的手掌腾空，尽可能避免触碰到她的身体，却依旧传来酥麻感。

"当然不是，我今天穿了裙子……"

秦烈要笑不笑，嘲讽道："不是天天招惹我吗？怎么？怕我看到？"

李瑞希还想再开几句玩笑，但他眼神有点儿冷，像是真的恼了。她垂着眼，委屈巴巴地揪着他的衣领，不敢再放肆。

他睨她，全无笑意："怎么哑了？不是很能说吗？要不要继续说下去？"

她摇头装乖："不要了。"

"再说下去，我把你扔在这儿信不信？"

她点头，装委屈："知道了。"

那委屈的鼻音让秦烈眉头又皱起来，她不会哭了吧？他有那么凶吗？

秦烈冷着脸，想调整一下语气缓和气氛，又觉得太刻意，实在拉不下脸。最终身体笔直，面无表情地抱着人走过去，直到没水的地方，才把人放下。

她站直时，头发散落在他肩头，意外缠住了他衣领上的扣子。她有些吃痛，伸手就去拉。秦烈为了配合，不得不弯腰就她的高度。她纤细莹润的手在他衣领上来回动作，像是个为老公整理衣衫的小妻子。

他发现她的皮肤真的很白，睫毛鸦羽一般，轻轻颤动，牙齿轻咬红唇，垂着眼不看他。

她解了半天，好不容易把头发解开，低声道："队长，好了。"

秦烈站起身，抬手整理衣领，跨步朝前。

这一天有悲有喜，悲的是李瑞希被队长训了一顿，喜的是得到了队长一个"公主抱"。

后面几天，她一直在看职业选手打游戏的视频，分析几个高手的打法，把心里的那点烦全部发泄在游戏中，攻势比从前更猛烈，竟然受到"粉丝"的一致欢迎。

这天她刚睡醒，房东阿姨又找上门来了，像一只巡视领地的老母鸡。

房东阿姨一张口就要把自己的侄子介绍给李瑞希，她笑着说："阿姨我也是好心，我侄子在相亲市场很吃香的，他工作稳定，一个月能赚四五千呢，人嘛也有一米七，最重要的是本地人，跟你特别般配！"

见李瑞希毫无反应，她又接着说："你还年轻，等年纪大了就知道工作稳定有多重要了。你说你这工作又不稳定，天天骗小学生的钱，哪个正经男人肯要你？好在我侄子听我说了你的情况后，说可以见见，他不会嫌弃你的。"

李瑞希："……"

阿姨又瞄了她一眼，心里直摇头。听说这种职业私生活都很乱的，长得漂亮有什么用？正经人家的姑娘，谁整天晚上工作，白天睡觉？

"对了，你月薪多少来着？"

李瑞希没好气地说了个数字，阿姨一惊，瞪大眼看她："新闻上说得没错，你们这些人就靠坑蒙拐骗赚男人的钱！"

李瑞希不耐烦地挠着头发："谁骗钱了？"

"阿姨说你，你别不高兴，阿姨也是为了你好。你说你收入这么高，哪个男人敢要你？不过我侄子这个人很好的，他不介意这些东西。"

李瑞希本来就有起床气，听她这么一说，语气更加不好："他不介意，我介意！"

"你还介意啊？你有什么可介意的？那你说，你想找什么样的？"阿姨一副"这小姑娘怎么不识好歹"的表情，"听阿姨一句劝，别总是仗着自己年轻就挑三拣四，过日子要学会低头，学会将就。"

李瑞希笑得有些淡："抱歉，我学不会低头，也学不会将就。我名校毕业，收入也高，凭什么要找你侄子呀？当我是扶贫办主任不成？"

阿姨瞪大眼："你……"

"你什么你？我让着您是因为我修养好，不是因为我好欺负！"

说完，砰地关门，把人关在门外面。

没几天，整个小区的大爷大妈都知道了李瑞希的情况，所有人都劝她抓住机会。一会儿说钱不是万能的，别想着嫁入豪门，一会儿说主播不是正当职业，好像李瑞希看不上房东阿姨的侄子就是不知好歹。李瑞希一天也不想住下去了，赶紧联系中介，替她找合适的房子。

消防日，熹微传媒把做好的视频发到网上，引起网友的热议。

李瑞希随手一刷都是秦烈的视频，热度非常高。南城消防也涨了一百多万"粉丝"，一群人冲到官博去，都说被秦烈给俘虏了，还嚷嚷着要嫁消防员，要他们多更新秦烈的视频。

情敌好多，简直防不胜防，这男人实在太招人喜欢了。

天气渐渐冷了，李瑞希的购物车里已经放了好几件羽绒服，准备到购物节当天买。购物节的前一天晚上，她把夏装收拾好放入箱子里，方便搬家的时候带走。

李瑞希七点开播，打了几把游戏没什么状态，干脆给大家唱歌打发时间。这天正好是她参加的综艺节目播出的日子，"粉丝"都在等她的节目播出。时间一到，直播间的人忽然都不见了。

她不知道原来自己上电视是这样的，跟视频里不太一样，跟手机和镜子里看到的也不一样，好像总有点差距。弹幕里有不认识她的，质疑网红不配上节目的，她通通一笑而过。

严蜜：大家看李瑞希，上镜简直绝了。

孙小雅：我看微博的"粉丝"都要疯了，也有"黑粉"怀疑是节目组单独给你修了图。不过你是真的白到反光，上镜后这种优势更明显了。

严蜜：谁说不是呢？录节目时没人想站在她边上。

与此同时，新桥消防中队，十几个人围在江闯宿舍看手机。

"出来了！嫂子出来了！"

"嫂子笑起来真好看！"

"嫂子唱歌真好听！"

"嫂子回答问题好有条理！"

秦烈进来时看到的就是这个画面，一群队员趴在床上也不知道在看什么。他眉头紧蹙，吼了声："马上熄灯了，心里没点数？"

"嫂子正在唱歌呢。"小潘激动坏了，盯着手机屏幕里的李瑞希，"嫂子太厉害了，颜值堪比明星！"

秦烈眉头紧蹙："嫂子？谁嫂子？"

大家你推我，我推你，最后把范立新推了出去。

范立新一急："反正不是你嫂子……"其他人惊呆了。

小范出息了！都敢怼秦队了！大魔头根本不是人！

很快，范立新便感受到了来自秦大魔头的宠爱，还是独宠……

秦烈知道那帮小子在搞什么鬼。晚上，他洗漱好，掏出手机。

李瑞希还挺上镜，回答问题也比较得体。她唱的情歌也很甜，甜得人牙疼。主持人问她喜欢什么样的男生，她的回答是给她安全感的。不得不承认，小姑娘真是耀眼，不管站在哪儿，总是因为皮肤白被一眼看到。不过也好，看到的人多了，她也就知道什么值得什么不值得了。

秦烈扔了手机，跷着腿躺着，不知道在想什么。

手机响，是李瑞希发来的信息：队长，看我节目了吗？

秦烈：没看。

李瑞希：哦，那你别看哦，我在里面可丑了，不好意思被熟人看到。

秦烈：那么丑，我肯定不看。

李瑞希：那就好，谁偷看谁是小狗！

秦烈差点咬到舌头。

正值购物节，公司每个人都忙得二十四小时连轴转。李瑞希点了一百多份饮料和夜宵送去公司。半个多小时后，"塑料姐妹花"都在群里给她"比心"：臭丫头还挺会疼人的。

大学毕业后，数学的功底全用在算购物津贴上了。为了研究怎么凑单更划算，李瑞希专门弄了个表格，万事俱备，谁知零点时网络竟然崩溃了，再刷新还是不行。

这一耽误，好多东西就没抢到最低价格。

当代女青年的现状就是，舍得买几万的包，却不舍得出五块钱邮费。李瑞希觉得自己损失大了，就给秦队发信息抱怨：秦队，你们过"双十一"吗？

秦烈刚出任务回来，刚才有个女人买东西太专注，把厨房给烧了。

秦烈：不过。

贝塔见李瑞希很久不理人，跑过来挠她的脚。

李瑞希：那你不买东西吗？"双十一"便宜呢。

秦烈搞不懂这些女人，买东西还有省钱的？不买才是真的省钱。全城因为"双十一"不知道多了多少车祸，按照以往的经验，他们今晚别想睡觉了。

秦烈：我不网购。

李瑞希：啊？

她心想，这是哪儿来的老古董？

秦烈：怎么？骂我老古董？

秦烈对她那点小心思了如指掌：天不早了，快去睡！

李瑞希：睡不着……

李瑞希把他做引体向上的视频翻出来，这下更睡不着了。

秦烈出去找了个地方抽烟，吸了几口，漫不经心地回：想男人想的？

李瑞希：可不是嘛，我在想你呢。

......

李瑞希：队长，你做引体向上能做多少个？

秦烈：百来个。

起初是因为新兵都要训这个，他的体能好，日日训练，很快就破了消防兵种的纪录，后来特种兵那边不相信，好几个人来打听，他发了视频过去，那帮人再也不说话了。

李瑞希：我不信，我去查过，一般人也就做三四十个。

秦烈拧眉：你问这个干什么？

李瑞希发了个"对手指"的表情图片：我有一个你做引体向上的视频。

秦烈：向兴给你的？

这到底是谁的朋友？

他没好气地训她：删了！

然而李瑞希再也没下文了。

竟然跟他装死？秦烈又发了条：说话听见没？删了！

李瑞希发了张贝塔吐舌头的图片过去，成功把秦烈给气到了。他叉着腰看屏幕好半天，咬牙切齿的，真想把她抓来揍一顿。

这档综艺节目为李瑞希拉来了不少人气，几天工夫，她的微博就涨了一百万"粉丝"。次日，李瑞希的直播间，"粉丝"都要疯了，打赏也破了纪录。

李瑞希："粉丝"好现实，我明明是靠才华吃饭的，为什么非要关注我的脸？

严蜜：姐妹们，这人太欠扁？要不要揍一顿？

梁潇潇：拉出去斩了！

孙小雅：这种悲伤我愿意替你承担！

李瑞希拍了几张贝塔的搞笑图，加了"目瞪狗呆""宠溺一笑""你随便摸""大佬登场"等词，做成表情图片发微博：带我家贝塔给大家拜个早年。

在众多"粉丝"的强烈要求下，李瑞希只好把之前存的自拍图拿出来作为"粉丝"福利。

其实最初走红时，她也沉迷于网友的赞赏。这种虚假的掌声像蜜罐里的糖，让人上瘾，总想偷偷尝两口。后来找回了自我，对网友的夸赞也就能平淡处之了。网友的夸赞或许是真的，但微博、直播、电视节目中的她都不是完整的她，生活是自己的，她知道自己真正想要什么。

中介小哥很快联系到李瑞希，替她找到了合适的房子。房子是次新小区，在三楼，落地窗，两房朝阳，采光很好，装修风格也很不错。

因为屋主自己养狗，对她养狗也没什么意见。

跟中介签了合同，她心里的石头总算放下了。

第六章
英 雄 救 美

搬家实在是个大工程，等李瑞希全部收拾好时已经没了半条命。她准备去小区门口拿最后一次快递。

南城很多街道边都有大片的法国梧桐，枝叶繁茂，树影斑驳，一到秋日，便有清扫不完的落叶。李瑞希低着头从树荫中穿过。余光扫到不远处有一闪而过的身影，她顿时站定，遥遥看向街角的方向。那里明明什么人都没有，可她就是觉得有双眼睛正在注视着自己。

李瑞希后背发麻，凉意从小腿一点点往上爬。她紧了紧大衣，不觉加快了脚步，边跑边回头，可身后都是正常行走的路人。是她反应过度了吗？她蹙着眉头往回走，正要松口气，忽而一只大手紧紧捏住她的肩头，紧接着从背后抱住了她。

李瑞希呼吸一顿，脑子一片空白，过了许久，才反应过来，大声呵斥："你谁啊！放开我！"

路人齐齐看向他们，李瑞希猛踩了他一脚，在他吃痛之时，狠狠推开他。挣扎间，她的发夹掉落，头发披散在肩头，显得十分狼狈。她连忙后退，这才看到站在她身后的陌生男人。

那人二十多岁的样子，戴黑框眼镜，满脸痘痘，中等身材，体形微胖。

他盯着李瑞希，满眼狂热，像是认识她很久一样。

李瑞希怒道："你谁啊？"

他竟然宠溺一笑："瑞希是我啊！"他好脾气地向周围人解释，"抱歉啊，打扰到大家了！我跟我女朋友闹别扭呢，她生气不理我了，我正在跟她赔礼道歉。"

众人一听这话，纷纷转过头，再也不看他们。

李瑞希身子发抖，下意识后退一步。这男人不慌不忙地盯着她，抓住她的手臂，把她往路边的公园里拉，熟稔地笑："瑞希，别闹了，跟我回去。"

李瑞希被他拉着，手腕疼得厉害，鸡皮疙瘩都出来了。她根本不认识他！可对方的语气就好像认识她很多年一样。

即便她大喊"救命"，他也十分淡定，一边笑一边向路人解释，说女朋友就是生气了而已。或许是他语气过于诚恳，路人看了看他们，竟都选择了无视。

他力气极大，捏得李瑞希手臂生疼。此时，一双骨节分明的大手伸出来，将那人的手臂抬高，轻松钳制住了。

冷冽又熟悉的声音从头顶传来："放开她。"

是秦烈！李瑞希吸吸鼻子，眼泪都要下来了。

变态男吃痛，被迫松开李瑞希，她疼得慌忙往秦烈身边躲。

变态男皱眉："你谁啊？这是我女朋友！我们情侣吵架要你多管闲事！你信不信我揍你！"

秦烈的脸色阴沉了几分，加重了力道，变态男惨叫一声。秦烈漫不经心地睨着李瑞希，声音低沉："这是你前男友？眼光这么差。"

我眼光才不差呢，不然也不会看上你。

李瑞希稍稍回神，含泪摇头："不是！我根本不认识他，我走得好好的，他忽然蹿出来抱住我。"她声音低柔，带着微微的颤抖，显然正处于崩溃边缘。

那男人看出秦烈不好惹，踟蹰再三，转身就要跑，却被秦烈一脚踹在小腿肚上。这一下可不轻，李瑞希依稀听到了骨头断裂的声音。

他惨叫一声，趴在地上起不来了。

"你小子活腻歪了是吧？大街上你都敢调戏人？"秦烈又狠狠踹了上去。

李瑞希抓住秦烈的衣角，秦烈垂眸盯着瑟瑟发抖的她，小姑娘眼里含着泪，可怜极了。

秦烈莫名不痛快，眉头皱得更紧了："你没事吧？"

李瑞希轻轻摇头，手指下意识揪紧他的衣服，往他身边靠了靠。

那男人还在骂骂咧咧，秦烈直接把人扭到了派出所。

民警做笔录："你说你认识这姑娘？"

变态男道："我当然认识了！她是我女朋友，我们在一起两年了，之前感情一直很好。前几天我们吵架了，我这不是为了哄她嘛，就跑来给她一个惊喜，没想到把她给吓着了。"他说得有鼻子有眼，竟然还掏出了几张合照。照片上的李瑞希躲在他怀里，笑得很甜，任谁看了都会以为他们感情很好。别说民警了，就连李瑞希差点都信了。

这照片是假的……可是怎么证明呢？李瑞希下意识看向秦烈，正好对上他投来的视线。她冷静下来，蹙着眉头："你说我们在一起两年了？那我问你，我叫什么名字？"

"你叫李瑞希，南城大学毕业，这些我都知道。"

李瑞希皱眉："那你说说我生日是哪天？"

"三月二十二日。"

李瑞希笑了："你是我'粉丝'吧？你可能不知道，这个生日是假的。当初我填微博资料时随便写了一个，没想到就被人写进了百度百科，其实我根本不是这个月份生的。你说你跟我在一起两年，竟然连我的生日都不知道。"

变态男的表情有片刻的变化："不是这样的，我们是'双向奔赴'，我很了解你，你也喜欢我，你说过会对我不离不弃，永远和我在一起……"

"哦？那你说我的生日是什么时候？我的父母是做什么的？我的高中是哪个学校？"

变态男根本说不出来。

几个民警坐下来，开始继续问他问题。开始他还不肯交代，但民警见多识广，吓了几次对方就全招了。一切真相大白，这男人只是李瑞希的"粉丝"，因为一直看她的直播，喜欢上了她。从微博中得知她住在这附近，又通过照片中的街景对比，最后锁定了李瑞希所在的小区。他说他一直喜欢李瑞希，李瑞希也喜欢他，自他在电视上看到李瑞希，就更爱她了。他这次来就是想把两人的感情公开了，让所有人都知道他们相爱。

这是遇到真变态了，对方狂热的眼神让李瑞希浑身发麻。李瑞希不想跟他多接触，便给谷晗打了电话。谷晗吓得不轻，差点没把那变态男给阉了。

办案的民警汤显把他们送出门，背着李瑞希对秦烈使眼色："你小子艳福不浅啊。"

秦烈笑着摇头。

"我还以为你没有女朋友，想把表妹介绍给你呢。"

秦烈和汤显认识有五六年了。五六年前，秦烈半夜回家遇到两个小偷入室抢劫楼上的新婚小夫妻，就报了警。警察怕撞门声惊动小偷就商量着先开锁，秦烈朝楼上看了看，二话没说就开始往楼上爬，轻松爬到了四楼，还配合警方把人救了出来。后来秦烈跟他们回派出所配合调查，汤显才知道秦烈是干消防的。

秦烈："我跟她没那回事。"

"没那回事你这眼神能吃人？我看你恨不得扒了那小子的皮！小姑娘遇到神经病估计也吓得不轻，好好安慰一下。"汤显说着拍拍秦烈的肩膀。

"谢了。"秦烈跟他拉了下手。

天有些冷，李瑞希摩挲着胳膊，走了几步，忽而手臂被人拉住。鼻尖撞到了对方的胸口，她疼得眼泪都要出来了，拿手捂着额头，小声抱怨。

秦烈垂着眼，看她发红的脸："刚才吓得不轻？"

李瑞希低头："也还行吧。"

这还嘴硬呢，她大概不知道，她当时满脸恐惧，眼泪汪汪，一个劲儿地往他怀里缩，像一只落难的小奶猫。

"上来，我背你。"秦烈道，"傻愣着干什么？不是脚崴了吗？走路一瘸一拐的，你确定能走回家？"

李瑞希低头看脚尖，她刚才跟那变态男推搡时崴了脚，这会儿才觉得脚疼得厉害，可是……让秦烈背回家吗？

"这里离小区很远。"

秦烈睨她："这不是你该担心的，你只管上来，就你这小身板还能累到我不成？"

能不能累到，现在还很难说。当然，这种话她不敢讲。

和上次一样，他的手掌腾空，只用手腕触碰她，十分绅士。隔着丝袜，他肌肤传来的温度格外灼热。他很有力气，背得特别稳，没有一点要坠下去的感觉。

李瑞希很自然地搂着他的脖子，小声道："队长，你有没有背过别人？"她的气息他耳边，挠得他耳廓痒。

秦烈偏过头，语气不好："有，多了去了。"

"好吧。"

见她不说话，他笑："五十岁的阿姨、七十岁的奶奶、九十岁的大爷，两三岁的小朋友……这些我都背过，你到底想问什么？"

说"没有"就那么难吗？李瑞希有点开心："我就是觉得他们都很幸运。背我跟背别人有什么区别？"

"你最重。"

"……"李瑞希道，"队长，你休假了？"

实属巧合。他就住附近，在家无聊，想出来溜达一圈。那小公园的树丛里偶尔会有些流浪猫、流浪狗，他经常过去逗。可能是职业病，他警觉性强，远远看到有女生被人拉着，于是跟上去看看，却没想到是她。

"谢谢你，如果不是你，今天可能会有点麻烦。"李瑞希侧着头看他，因为发夹掉了，头发披散，发丝垂在秦烈的耳廓上。

他痒得厉害，别过头，脸色更差。何止头发让人痒，她说话让人痒，趴在他身上时，柔软的触感让人痒，钩着他脖子的手臂让人痒，惹得他莫名烦躁，想把她放下来，抽根烟缓缓。

"你就不能把头发扎起来？"

李瑞希微怔，伸手去抓住头发，在他背上动来动去，秦烈简直怀疑她是故意的，没好气地训她："得！你别动了！"

"不是你让我扎头发吗？"

"我让你扎，我让你乱动了吗？"

"我扎头发怎么可能不动啊？再说这怎么是乱动呢？"

这男人真的好难沟通。

秦烈一路把人背到家，李瑞希十分不好意思，毕竟从派出所回来走了好长一段路。她自己走都会累，更何况他还背她，可他看着跟没事人似的。

李瑞希拿出钥匙开门，贝塔听到脚步声，撒欢儿跑过来。李瑞希抽抽鼻子，差点感动哭了。谁知贝塔掠过她，直直扑进了秦烈怀里。

怀抱空空，眼泪被强行憋了回去。李瑞希气鼓鼓的："李贝塔，你这样会失去我的！平时怎么不见你对我这么热情呢？"

秦烈瞥见她郁闷的表情，勾唇笑了，这狗倒是黏他，每次都晃着尾巴来他脚边邀宠。跟贝塔玩了一会儿，秦烈说："人送到了，我就回去了。"

李瑞希："谢谢你，队长，我就不送你了。"她砰地关了门。

站在门口缓了片刻，敲门声传来。高大的男人正手撑在门框上，懒懒勾着唇。走廊里暖融融的灯光照在他头顶上，笼罩着他半边身体，衬得他轮廓有些许模糊。

李瑞希被他笑得恍惚，心里涌过一种难以形容的幸福感。他晃着手里的塑料袋，声音没什么起伏："你的脚需要喷药，我送佛送到西。"

李瑞希抿唇笑得灿烂："那就谢谢队长了。"

"拖鞋？"

"没有男士拖鞋，你就这样进来吧。"

李瑞希稍显不自在地坐在椅子上，秦烈半蹲下来，拿药晃了晃，手指捏住她的脚踝："你这程度喷点药按摩一下就行了，用不着去医院。"秦烈瞥她一眼，"我得上手了，你这伤得按摩，不然明天肯定肿起来。"

李瑞希愣愣地点头。

今天这是怎么了？因祸得福了？秦烈温热的掌心放在她的脚踝上按摩，肿痛感果然得到了缓解。

虽然不疼了，可更热了是怎么回事？还有，队长的掌心怎么那么多茧？酥酥痒痒的。

秦烈睨她一眼，垂眸时唇角微勾。小姑娘平常看着挺大胆，敢情就是只纸老虎。不过这脚踝是真漂亮，骨节很小，皮肤也白，真像展柜里的艺术品。

好不容易，"酷刑"结束了，李瑞希长舒一口气。

秦烈洗了手要走，李瑞希递了一瓶饮料给他，秦烈单手就给捏开了，看得她惊了一下。秦烈被她的眼神逗乐了："我又不是徒手劈开太行山，你那是什么眼神。"

"还不是觉得队长你力气大，体力棒棒的。"李瑞希毫不掩饰自己的崇拜。

她笑得很乖，他别开眼："那兔崽子肯定还会再来找你，你这地方最好别住了。"

李瑞希也担心这事："我正准备搬家呢，房子都找好了。"

"也好。"他伸手摸出打火机，刚要出去，就被拦下了。

李瑞希很自然地给他点烟，动作熟练，像是做过千百遍。火苗蹿出来的片刻，秦烈抽烟的动作停了停，又很快回神，眯着眼，猛吸一口。

"秦队，刚才你是不是以为那人真是我前男友？"

"怎么可能。"

"哦，看你那眼神，我以为是信了呢。"

"没有的事。"

"那真是可惜了，我还以为秦队是吃醋了呢。"

秦烈这次真的被烟烫到了，他冷着脸训她："胡说八道什么呢。"

"那你谈过女朋友吗？"

秦烈还没从"吃醋"的惊吓中回神："你管得着吗？"

李瑞希："我就是在想，你前女友竟然连吃醋都没能让你体会到，这前女友吸引力不够啊。"

他当然知道她在试探，他已经把她的小心思摸得透透的。

贝塔闹腾得厉害，一直扒着门要出去。李瑞希这脚是遛不了狗了，只能让秦烈带它出去遛一圈。

他对狗是真好，眼神温柔，也不像对她一样冷淡。

李瑞希想摇着他的肩膀问问他，她到底哪里不如狗？为什么非要遛狗，遛她不行吗？她可比贝塔乖多了。

她回神，发了语音到微信群里，简单描述了今天的事，群里沉默了片刻。

严蜜：竟不知道该安慰你还是恭喜你，我就说秦队怎么那么快就被你拿下了。

梁潇潇：难怪谷晗匆匆跑了，原来是去派出所处理你的事。

第七章
逆 行 的 人

敲门声再次响起，李瑞希打开门，只见秦烈面色沉沉，匆匆把贝塔扔给她，头也不回地走了。

不久后，本地的公众号推送了即时新闻，离这儿不远的地方有一处道路塌陷，塌陷的地方正在公交站台旁，一辆载客二十五人的公交车陷进地下，之后二次塌陷，还发生了爆燃，现场火花四射，浓烟滚滚。

报道视频拍得清清楚楚，乘客们明明上一秒还在等公交车，下一秒便跌入坑中生死未卜。消防员已经赶赴现场，李瑞希从一群背影中找到了秦烈，虽然看不清脸，但她知道，那就是他。

评论中很多人在感叹生命的脆弱。李瑞希转发了一条新闻：祈祷失联的人都平安，希望所有消防队员平安出警，安全归队。

秦烈站在水池边搓手，这手黑漆漆的，脏东西嵌入肉里，洗了很多次还是洗不干净。

唐江边给他递肥皂边叹气："你这手划了这么多条血痕，要去医院看看。"

"小问题，没必要。"

"你又不是铁人，该爱惜就得爱惜，单身汉一个，连个老婆都没有，不注意形象怎么行啊！"

秦烈"咻"了一声，湿漉漉的手摸出一根烟："又不是脸，什么形象不形象的。"

"这你就不懂了吧？现在的小姑娘都是'手控'，你这手心都是茧子，小心人家姑娘嫌弃你。"唐江打趣。

秦烈不以为意，吸了口烟："爱嫌弃不嫌弃，我们又不是办公室里拿笔杆子的。"

"对了，李小姐的节目我看了，我那天去网上搜她的微博，没想到她那么多'粉丝'呢。她还转发了救援的新闻，说希望大家平安出警，安全归来。你别说，这还有点消防员家属的样子，觉悟挺高的。"

秦烈一愣，推开他："胡说八道什么，哪儿来的家属？"

"哦，不是家属，那么多新闻，为什么就转发能看到你脸的那条？这叫什么？这叫暗中秀恩爱！"

"没有的事，你想多了。"

"我就不明白了，她到底哪里不好？你别告诉我你不喜欢这个类型的，骗得了别人你骗不了我！前年过年咱们吃饺子那次，聊起找对象的标准，是谁说喜欢皮肤白，笑得好看，让人恨不得揉进怀里疼的那种？你别告诉我李小姐不是这个类型！人家漂亮、有能力，名牌大学毕业，家教良好，怎么看都是个很好的姑娘。"唐江跟在他身后，不得到答案不死心，"你就告诉我她哪儿不好。"

秦烈掐着烟，站在风口上，半晌才道："她哪儿都好。"

"既然这样……"

"行了，你别瞎劝了，我跟她不可能，别说她条件好，就是条件普通的，我也不想耽误人家，干我们这行的不知道什么时候命就没了，跟人家在一起太不负责任。"

他是个死脑筋，唐江有些恨铁不成钢："人家又不是不知道你什么德行，就你这样，天天不给人好脸色，对人连句好话都没有，人家说什么了？你别给我装傻，我们这行就不配小姑娘喜欢？你秦烈是新桥消防中队的中队长，救过多少人？拿过多少次二等功、三等功？这世界上没人比你更配被人喜欢！平常比谁都横，怎么一遇到她就不行了？我可跟你讲，你现在不珍惜，等人家不理你了，有你难受的！"

秦烈听乐了，拍着他的肩膀，唯恐天下不乱："怎么着？你老婆又给你什么罪受了？"

唐江一愣："一边去！我们说的是你找对象这事，都二十八了，还不知道抓紧。"

"行行行，这事我心里有数，用不着你瞎操心。"

唐江气得牙痒痒，临走前放狠话："你要不喜欢她，我家里有十几个哥哥等着呢！"

"滚一边去，就你那些哥哥，都是什么歪瓜裂枣的。"

"哦，我哥就歪瓜裂枣了？你不歪瓜裂枣，但你给人回应了吗？再这样下去，活该你单身！"

秦烈气得踹他，才把这人嘴给堵了。

他站在风口上，又掏了根烟出来。消防队哪里都好，就是到了晚上显得阴森。从这儿看出去，周围没有遮挡，一轮圆月显得孤零零的。

他手里捏着打火机，莫名想起她给他点火的样子。她垂着眼，牙齿轻轻咬唇，踮脚靠近他，要多乖巧有多乖巧。

认真就输了，那都是小骗子的套路。

秋风瑟瑟，大家都说今年会是个冷冬。

李瑞希跟房东阿姨大战了几个回合，还是没从房东阿姨手里把押金要回来，哪怕她说要找电视台，人家也是一副天不怕地不怕的样子，咬定了就是不给钱。

李瑞希怕事情闹大，最后憋屈地搬了家。

严蜜帮忙把她的箱子搬上车："你也别气，这种人就这样。"

梁潇潇："咱不值当跟她生气，要不是我们四人交税时间都还不够，哪用得着租房子啊！"

"想买房也简单，瑞希是本地人，找个男人结婚就有购房资格了。"孙小雅说。

"秦队也是本地人吧？为了买房，赶紧扑倒秦队，先把购房资格骗到再说，其他的不重要。"

李瑞希委屈地抱着收纳箱："我倒想扑，这也得人家给我机会啊。"

"你还不如严蜜。严蜜，你把道长扑倒了吗？"梁潇潇转头问。

严蜜搓手："快了，等他从道观出来，李瑞希你就等着看！"

李瑞希哆嗦了一下，嫌弃："这就值得你骄傲了？话说回来，你俩可千万别闹僵，你说要是你俩闹分手，我帮谁啊？"

"你想得也太远了。"

严蜜前几天忙着购物节的事，一直没心思应付付明宇，这几天抽出空来就打算找个良辰吉日，跟付明宇探讨一下人生。

四人搬了两次才彻底搬完，她们今天全部请假没直播，收拾好后，李瑞希请她们三个出去吃了顿饭。

晚上回到新家已经快十点了，李瑞希洗漱了一下，套了件毛茸茸的兔子睡衣，正准备敷面膜，贝塔忽然跑向门口，用脚扒着门叫。

李瑞希："喊什么呢？看你激动的，门口有帅哥吗？不对啊，贝塔你是条很矜持的狗，除了秦队，没见你这么丢人过。"说着，把狗拉了回来。

对面传来关门声。

当初租房时，中介提到过，对面这套房子虽然有人居住，但对方很少回来，她住在这儿十分清静，绝不会被邻居打扰。

她趴在猫眼上看了一会儿，并没有看到邻居长什么样。

次日，李瑞希去超市购置了生活用品，收拾了好几天才全部收拾完毕。如此才有了家的样子。

一个人住第三年了，工作是自己喜爱的，虽然昼伏夜出，但收入高，业余时间多，又不用早起上班，这样的生活自由又惬意。

贝塔又趴在门口不知道在等什么。它最近总这样，像是得了相思病，只要有人经过的声音，它就会走到门口听着。听完就会耷拉着耳朵走回来，失了魂似的。下次它又会跑去门口，周而复始。

周六晚上，贝塔忽然跑到门口，兴奋地用小爪子挠门。李瑞希打开门，差点吓晕。秦烈站在灯光下，蹙眉看她。

"队长？"

贝塔撒开脚丫子冲出去，趴在秦队脚边来回蹭，谄媚讨好，毫无骨气可言。

"队长，你也住这儿？缘分不浅哪。"

秦烈睨她，她刚洗完澡，皮肤像被热气熏过，白里透红的，头发湿漉漉地耷拉在胸口，低领的美少女战士睡衣上湿了一片。

他别开眼："什么时候搬来的？"

"搬来一个多星期了，你怎么这么晚才回来？"

"工作刚结束。"秦烈刚打开他家房门，贝塔便麻利地钻了进去。

这到底是谁家的狗啊！

李瑞希指着它急："李贝塔你干吗呢？我数三声你快回来！"

秦烈道："吼它干什么？对狗要有耐心，不要动不动就吼，会吓到它的。"

"都是邻居，你不请我进去坐坐？"李瑞希刚进屋就被他推了出来，"参观一下都不肯？"

穿成这样进来干吗？她那衣服光一照特别透，她自己就不知道？小姑娘一点危机意识都没有。秦烈面无表情道："狗留下，人就别进来了。"

李瑞希咬牙，凭什么人走就得把狗留下了？想得美！她气得指着贝塔："李贝塔！现在，马上，赶紧回家！不然后果很严重！"然而贝塔只面无表情地挑着眉。

李瑞希气冲冲回了家，砰一声关了门。

秦烈挠了挠贝塔的脑袋，笑道："你干吗老气她？"

李瑞希打游戏时杀气腾腾，竟然直接破了自己的纪录，打出了历史最好的成绩，把直播间的人看乐了。

可是都半夜了，狗儿子还不知道回家。

她趴在床上越想越气，不知道什么时候睡过去了。

次日，李瑞希难得起了个大早，她怕贝塔饿，便去对面敲门。敲了好久后，门才猛地拉开。

晨光中，男人的短发还沾着水，他光着上身，下身穿了条宽松的裤子，内裤边半露，腰腹的肌肉线条一路向下，隐在裤腰里。

他竟然不穿衣服！真是太……善解人意了！

李瑞希脸颊发烫，连忙捂着脸，从指缝间偷看。

秦烈随手抓了条毛巾扔在头上，摸了根烟叼着，或许是刚洗完澡的关系，眉间的不耐烦淡了些。

转身时，李瑞希如愿看到他后背线条流畅的肌肉。原来男人的身体也可以用"性感"形容。

秦烈摸了打火机，点着烟回头，她还神色怪异地站在那儿。

"不进来？"

"方便吗？"

"不方便。"

她看向卧室，假模假样道："你这样子……嗯……你这儿不会有女人吧？"

秦烈没好气："是，有女人，所以你别进来了。"

她赶在他关门前钻了进去。

烟抽了一半，他去开放式的小厨房单手端起平底锅。

这男人竟然能单手颠锅？形象一下就伟岸起来了。

在李瑞希少女时代的幻想里，她会和爱人在晨曦的簇拥下醒来，爱人从白色的被子里钻出来，穿一条灰色居家长裤走入厨房，一边听歌一边颠锅给她做早餐，而她就趴在床上懒懒看着，享受着清晨的余韵。她从未想过真的会遇到一个能满足她少女时代所有幻想的男人。

"贝塔呢？它饿了吧？我给它送狗粮。"

"吃过了。"

"啊？吃什么了？"

"蒸牛肉，鸡蛋，鱼肉。"

这么丰盛？他锻炼完竟然还有空买食物给狗做饭？一对比，她这个主人似乎有些不尽责。

她心虚地笑："还挺丰盛的。"

贝塔亲热地蹭着秦烈的脚，秦烈挑眉摸它，贝塔很受用，仰着头趴在他脚边，从头到尾都没看李瑞希一眼。这一人一狗玩得可开心了，完全无视了她。更要命的是，贝塔竟然解锁了很多新技能，比如左拐、右拐、停下、咬绳子……秦烈好像就遛了它几次吧？到底是怎么做到的？

"贝塔，坐下！"秦烈一声令下，"二哈"竟然乖乖坐下，仿佛一个乖宝宝。得到秦烈奖励性的抚摸，才笑眯眯看向李瑞希。

真是吾家有狗初长成……李瑞希莫名吃醋了，怎么有种自己是第三者的错觉呢？

趁秦烈把衣服塞进洗衣机的空隙，李瑞希偷偷打量他家。他家比她那儿多一个房间。敞开的卧室门内只有一张床，床铺格外整齐，被子叠得方方正正。除此之外，这个三室一厅的家里几乎什么都没有，用现在的话来说就是极简。不像她那屋，被美少女战士玩偶、耳机、衣服塞得满满的。

再偷瞄一圈，确定没有女人的东西，她才带着狗回去了。

贝塔回来后，又成了"贴心小公主"。李瑞希那点失落感渐渐淡去，她笑："贝塔，坐下！"

贝塔抬头，跟她对视片刻，露出鄙视的神情。

邵问兰的电话就在这时打进来了。李瑞希懒懒问候了一声，那边沉默了片刻。

邵问兰："刚起床？"

"不是，晒太阳呢。"

"你已经好几个月没回来了，找个时间约上付明宇一起回家坐坐，你叔叔因为他的事一直头疼，你这个当妹妹的要帮着劝他一点。"邵问兰说。

李瑞希握着手机："我知道了。"

电话里静了片刻，邵问兰才又开口："还天天打游戏？"

"嗯。"

"我早说过女孩子打游戏对皮肤不好，天天在家里待着，能找到什么样的男朋友？我给你找了几个不错的相亲对象，你抽个时间回来看看。"

李瑞希迂回道："我最近比较忙。"

"我看到你上电视了，我身边的朋友都夸你漂亮，你要把握住机会，以此作为跳板……你还年轻，在相亲市场很占便宜，等年纪大了再想相亲，就不是你挑别人，而是别人挑你了。"邵问兰似乎因为她而烦透了。

"我爸说了，我永远是他的小棉袄，就算是一辈子不嫁人，他也养得起我。"

提到李柏年，邵问兰火气便上来了，她调转炮火："他？他能养你一辈子？我看他连自己都养活不了！你可别被你爸影响了，也别随便交男朋友！你长得漂亮，又是名校毕业，这都是你的本钱。女孩子要善于为自己争取更大的利益，听妈的，找个有钱人品又好的，过人上人的日子。"

李瑞希左耳进右耳出，及时出卖付明宇，换取了片刻的宁静。邵问兰自诩是个完美后妈，对继子尽心尽力，很快便调转矛头准备去做付明宇的思想工作。

挂了电话，李瑞希拿书挡住脸，尽量不让邵问兰给她带来心理波动。过了一会儿，她接到向兴的电话。

"主播，我约秦烈健身，来不来感受一下肌肉的魅力？"

李瑞希坐起来："去，还有谁？"

"严蜜她们也来，这个健身房的老板是我朋友，你们只管来玩。"

没想到向兴去的这家正是她们之前也去过的健身房。

李瑞希：姐妹们，我穿短款速干衣，搭配高腰运动裤怎么样？

梁潇潇：展示你好身材的时候到了。

孙小雅：所以我们去干什么？被人碾压吗？

严蜜：我们去充人数，不然他俩眉来眼去显得名不正言不顺。

两人恍然大悟。

她们一向是锻炼三分钟，拍照一小时。秦烈瞥见她们在拍照，面无表情地戴上拳击手套。

向兴显得很兴奋，陶景明跟李瑞希几人打了招呼，说："就没见过挨打还这么兴奋的。"

向兴："我们高中那会儿天天去健身房打拳击，但我就是打不过他。后来他去部队了就更难打了，逮到这种机会，我不得好好跟他练练？"

裴江双手环胸，看得直笑："挨打了别哭。"

"我又不是娘们儿……"

李瑞希一个眼刀扔过去，向兴及时改口："我的意思是，我又不是可爱的女孩子。主播，你觉得我们谁会赢啊？"

李瑞希微怔，这问题有悬念吗？

"你？"

向兴一拍大腿，觉得自己找到知音了："你押我就对了，押我起码还能留个悬念，押他，那是一点悬念都没有。"

秦烈扫了向兴一眼。

李瑞希抿着唇："太过分也不行，我现在有求于秦队。"

陶景明疑惑："怎么说？"

"我跟秦队现在是邻居了，我家狗太喜欢他了，喜欢到没他不行，要是给向兴加油打气，我怕秦队翻脸不帮我遛狗。"

现场的男男女女都惊了，所有人都是一副"你俩什么时候发展了"的表情。

严蜜颤着手指指她："别告诉我秦队就住在你对门？"

李瑞希挑眉："对啊，还是贝塔发现的呢。"

裴江惊了："这是偶像剧的情节啊。"

之后的事，李瑞希记不太清楚了。因为自打秦烈开始出拳，她满脑子都是他。他眼神锋利，出拳很快，血脉偾张的肌肉让荷尔蒙的气息迎面而来。

周围的人无一例外都盯着秦烈看，甚至还有大胆的小姑娘上去要微信，还好秦烈够冷，眼刀一扫过去，人家小姑娘就挂不住脸，最后低着头跑了。

这不又来了一个搭讪的。

那女孩长得美，身材好，看着无辜极了，就是不会好好说话："你好……我刚来，什么都不会……看你好像很厉害的样子……你能不能教教我？"

秦烈站着，不说话，专心致志地摆弄着拳击手套。

李瑞希抿抿唇，也捏着嗓子道："你好……我刚来，什么都不会……看你好像很厉害的样子……能不能教教我？"

女孩愣了。秦烈蹙眉，瞄她一眼："发什么神经？不会好好说话？"

李瑞希委屈了。人家跟你撒娇你就安心受着，我一撒娇就叫我好好说话，有这样区别对待的吗？

搭讪的女孩或许是觉得自己有戏，声音更甜了："帅哥，一起锻炼嘛，我叫青青，你叫什么名字？"

李瑞希撇撇嘴，好歹也是个唱歌的，撒娇这事她能输？

"青青？我还希希呢……队长，跟希希一起锻炼嘛……"

秦烈黑着脸，用眼神警告她。

青青被李瑞希惊到了，也不认输："不在这儿运动，去别的地方也可以啊……"

大冷天的，去别的地方运动也不怕感冒，这年头的年轻人就是不懂得爱惜身体，冻死你得了。

秦烈摘下拳击手套，面无表情拉着李瑞希往前走，把人拎到没人的地方，才冷着脸训她："会不会好好说话？"

他本来就烦，这女人还跟着瞎起哄。

李瑞希哼了声，她不会好好说话？那青青就会吗？

"刚才那小姑娘说话挺好，要么你找她呗？教训我干吗啊，我就这德行。"

他倒是乐了："知道自己这德行就不能改改？"

她不说话，秦烈拍拍边上，点点下巴："过来。"

"干吗？"

"刚才是谁让我跟她一起锻炼的？金鱼脑子？"

李瑞希反应过来，不远处，青青一直看向这里，似乎很不甘心。她高兴了，软化了几分，刚往他身边靠了靠，就被他一把拎开。

他的眼神带着警告，很不客气的样子。

她只能见好就收："队长，那我要怎么做？"

"躺着，我试试你的手臂力量。"

手臂就手臂，还谈什么力量啊。他才给她加了几块重量，她的胳膊就抖得不行："疼疼疼……"

秦烈满头忍无可忍，又给她加了重量板。这下她彻底叫不出来了，因为手快废了。

李瑞希快要哭了，偏偏他还挑衅："还学吗？"

"学。"

"臂力太差，体力也不行，平常早上可以跑五公里，一周三次去健身房，对你身体有好处。"

"哦。"

"要不要我给你制订个训练计划？"慷慨得不像平常那个他。

"不用了，不麻烦秦队。"

快饶了她吧！

这么快就老实了？秦烈睨她，穿成这样哪里是来健身的？明显心思不正，周围不少男人时不时瞄向这边，真想拎她关禁闭。

"你去哪儿？"

秦烈瞪她："抽根烟。"秦烈把拳击手套扔给她，便迈着步子出去。

等他回来，李瑞希瞄了眼不远处恨不得扑上来的青青，问："秦队，以前经常有人约你？"

"有意见？"

"我哪敢有意见，话说刚才那女的不错吧？人漂亮身材也好。"

"一般。"

"啊？"虽然她对青青没好感，但不得不承认人家很漂亮，她略显怀疑地看向秦烈，"那你觉得我长得怎么样？"

"你长得怎么样你自己不知道？"

"我还没看过你练引体向上呢，做做看？"她哀求。

"想得美。还有，不许撒娇。"

话音刚落，秦烈的电话响起。那边不知道说了什么，秦烈神色凝重，拿着电话往外跑。

等李瑞希反应过来，他已经消失在了门口。

陶景明走过来："又有火情？"

"好像是，一句话没说就走了。"

陶景明笑笑："他这行就这样，经常吃饭吃一半人就没影儿了，有时候还挺佩服他的，训练艰苦，待遇一般，还特别容易遇上危险。"

"都说消防员是和平年代牺牲最多的职业。"

"可不是！秦烈上学时喜欢交朋友，他这人看着冷但跟谁都处得不错，我以为他会跟我们一样，上大学找工作，按部就班地生活，谁知道他竟然会跑去当兵，又去了消防队。这一行别的都好，就是家属不容易，不经常见到人，还要担惊受怕。没有坚定的意志力和自制力，没有足够的理解和爱，没有独自生活的能力，很难撑下去。"陶景明戴着金丝边眼镜，说话时眼中泛着光。

李瑞希在想他这句话的深意，赞成道："确实是这样。"

"女人的青春有限，结婚时大家都看条件看家庭，都想找个有钱能给自己优越生活的，让自己过得轻松点，这没什么错。"

李瑞希笑笑："是啊，所有人都觉得应该为了条件，为了家世，为了适合结婚，却单单没人提爱情，好像提了就是多么可笑的事。有意思的是，离婚率却一年比一年高。结婚又不是买菜，不是必需品，爱情也不是，但我觉得它是奢侈品，很多人都买不起的奢侈品。"她抿唇时，嘴角有浅浅的梨涡。

这番略显理想主义的话让陶景明沉默了片刻，又极淡地笑了，也不知在笑什么，让李瑞希怀疑自己是不是说了很幼稚的话。

十二月，老李下了最后通牒，叫李瑞希回家陪他这个孤寡老人。

她匆忙请了一天假，回去陪心灵脆弱的老爸了。结果她到家一看，人家根本没回来，说是在学校给缺课的学生补课。李瑞希气得不轻，直接骑自行车到学校去找他算账。

她自小就跟她爸在一中混，学校门卫还认识她："小瑞希，你爸又没回家？"

"没呢，我去找他。"

"我那天在电视上看到你了，我孙子很喜欢看你打游戏，还叫我找你要个签名。"

李瑞希有些不好意思，下车认真签了名给他，还问："您孙子还上学吗？要不要写点什么话？"

"你要不嫌麻烦就让他好好学习，争取考去南城大学做你的学弟。这小子成绩不错，就是自制力差，能考上南城大学那是我们全家的梦想。"门卫大爷天天跟老师学生打交道，说话很有水平。

李瑞希笑着写完，递给他："他成绩好，考南城大学肯定不成问题，您放心好了。"

大爷乐呵呵："那就借你吉言了，快进去吧，外面这么冷。"

明明是周末，李柏年的班上竟然有二十多个学生在上自习。李瑞希穿着毛绒外套，长发卷曲，既时髦又可爱，像个小公主，把一群顾不上打扮的高中生羡慕坏了。

"老李头竟然有这么漂亮的女儿，这不科学！"

"师姐赶快把李老师带走吧！大周末的，谁想来学校做试卷啊。"

李瑞希气呼呼地拍着讲桌，把李柏年吓了一跳。

他摘下眼镜，责怪道："你这丫头，不就是晚回家一点吗？用得着发这么大的火？我跟你讲啊，女孩子生气是会变丑的。"

李瑞希瞥了眼下面的学生，气道："变丑就变丑，是谁说自己是留守老人，可怜兮兮的，喊我回来陪他？结果呢，你竟然把我一个人丢在家！大周末的，你就别折磨这些学生了行吗？"

众学生直点头，还是师姐会疼人啊。

他们刚进老李的班级时，天天听老李讲他那不成器的女儿，什么从小为了打游戏饭都不吃，整天糙得跟爷们儿似的，勉强考上了大学，毕业后浑浑噩噩，随波逐流，毫无人生理想。最后才知道，李老师的女儿"勉强考上"的大学是南城大学，"毕业后的浑浑噩噩"是去做了游戏主播，"随波逐流"就是超会赚钱，"糙得跟爷们儿似的"，实际上漂亮又可爱。

大家怒了，觉得自己幼小的心灵受到了伤害。此后，老李经常花式晒女儿："我女儿，做什么不好，非学人家明星去上电视！我就不批评她了，你们可别跟这不成器的师姐学。"

察觉到学生们求助的小眼神，李瑞希赶紧救他们于水火，把老爸领走了。

父女俩一直奔新开的烤肉店，点了一大桌子菜。

李柏年笑着给自己倒酒："你天天打游戏，肯定没好好吃饭吧？"

"还行，就是没吃早饭，我最近经在调整作息了。"

"调整作息好啊，身体要紧，其他的都是次要的。"

李瑞希先把生菜塞进嘴里，又把肉塞进去："我妈说叫我去相亲。"

"你妈又开始作妖了？"李柏年睨着女儿，"那你自求多福吧，你妈我可管不了。"

李瑞希嫌弃地瞪他一眼："你怎么这么胆小啊！"

回家后，李柏年给她炖了一锅美容汤让她补补。喝了汤，啃了鸡腿，胃终于满足了。

好久没回来住，床上被《美少女战士》的玩偶占据了，都是她小时候的最爱。现在想想还觉得可笑，她小时候就喜欢看《美少女战士》，幻想着拯救世界，长大后虽然没有实现梦想，却在游戏里走天下，这也算是间接实现梦想了？

李瑞希躺在床上，跷着二郎腿给秦队发语音。

"队长——"

秦烈头发湿漉漉地躺在床上，听到消息，勾着唇笑。

这人平常装得乖，听话顺从，不管说什么她都答应得很痛快，却从来不改。叫她别撒娇，一说话就故意跟他作对。

"队长，猜猜我是谁？"

他又不聋，打字回：你谁啊？

"队长你记性好差，我是希希啊。今天没打游戏好无聊，烤肉吃多了，不想打字，你给我讲讲你平常救火的事呗？"

秦烈：不讲。

"就讲个睡前故事呗，不讲我就一直给你发视频。"

秦烈：你敢发试试。

她撒娇："队长——"

秦烈：叫什么？听到了！

"那你就说讲不讲？"

睡个觉还要哄？谁惯的臭毛病！

秦烈漫不经心想着那些跟火灾有关的事，讲起来准会心情沉重，她未必爱听。他也不是个会讲故事的人，跟队友吹吹牛还行，给女孩子讲故事？没干过，也没经验。

经不住她缠着要听，勉强给她讲了两件。

秦烈："一个是前年……"

前年某木材公司发生特大火灾，他们赶过去时，工厂内所有的木头都烧着了。调出监控一看才发现，起初只是某员工扔了个烟头在垃圾桶里，后来造成了几百万的经济损失；再一个就是前几天，他们到那儿时，居民家里已经烧得不成样子。

李瑞希的好奇心被勾出来了，干脆坐起来问："什么原因？"

"他家里天然气泄漏，闻到味道就去厨房查看，查到一半找不出哪里出问题，就点了根烟缓缓……"

李瑞希一怔，问："这是不是说明抽烟让人变笨？"

秦烈将头枕在手臂上，漫不经心道："说明脑子是个好东西。"

她把头蒙在被子里笑："说实话，你的声音挺好听。"

秦烈笑，他刚进部队时学军歌学得很痛苦，还好军歌不算难唱，只要能吼就行。

"你品位独特。"

"谁说不是呢。"

李瑞希只在家里待了一天一夜，李柏年虽然扮惨喊了女儿回去，可自己也忙得够呛。他是高中老师，又兼任班主任，一班那么多学生要管，整天扑在学校教学中，在家的时间极其有限。

不过，父女俩还是抽空去了一趟新开的天文馆，也算是家庭活动了。

第八章
键 盘 代 言

　　谷晗给李瑞希接了个机械键盘的广告代言。这家机械键盘在网上小有名气,此前李瑞希用的是进口品牌,试用之后发现这款价格不贵,手感很好,背光、音效也做得比进口货好多了,更要命的是竟然有《美少女战士》限定款。

　　这两年国货卖得火,键盘商想找个广告代言人,考虑过找职业选手,但各方面考量下来,看中了李瑞希的人气和学历背景。

　　据谷晗说,键盘商觉得她学历高,三观正,评价高,也不天天嚷嚷着要"粉丝"打赏,和品牌理念不谋而合。限定款是网络爆款,印着美少女战士的白色键盘配着粉色键帽,打字时会发出变幻的光,由李瑞希这双手来操作,肯定能卖火。

　　李瑞希有些蒙,谁能想到自己竟然是凭着学历和手杀出重围的呢?

　　"对这代言费满意吗?"谷晗邀功。

　　"勉强可以吧。"

　　"还勉强可以?这价格都赶上明星了,再说也不要你做什么,就拍个宣传广告,用在他们的主图视频里,配合一下宣传,平常用这键盘打游戏就可以了。"谷晗吼道。

"知道了！"李瑞希打了个哈欠，眼角垂着两滴泪。

谷晗气道："你就不能上进点？你看人家，一天打十个小时，你呢？直播时间越来越短，游戏主播是吃青春饭的，你不抓紧点，过几年这一行还有你的位置吗？"

"行了，我知道了。"她又打了个哈欠。

"人家严蜜这几个月直播间的流量飙升，每天营业额都很高，就只有你，不把考核放在心上。"

李瑞希一愣，满脸无辜："我觉得我很努力。"

"你努力什么呀？努力谈恋爱？这都两三个月过去了，你那男人追到没？"

谷晗恨得牙痒痒，要说不工作跑去谈恋爱也能理解，可她追了几个月竟然没把人追到手，实在太丢他的脸。

"没。"

"你好意思说？你比别人差在哪儿？咱要什么没有，凭什么他就不喜欢你？"

李瑞希蹙了蹙眉头："这问题我也想知道，这样吧，我把他的电话号码给你，你帮我问问？"

"滚滚滚！"谷晗气得直摆手。

晚上，向兴生日请吃饭，并严肃告诉她们不许带礼物。

李瑞希接到电话就把今天的直播时间提前了，改为白天直播。谷晗说错了，虽然绝大多数主播都靠时长吸引观众，但真做到顶尖的那些，又有几个靠这个？只有更好的休息才能走更远的路。

她心不在焉想着，又从衣柜里拿出一条抹胸小裙子。她幻想穿这条裙子去震慑四方，谁知裙子还没换好就冻了个半死，又默默套了条秋裤保命。最后裹了一件蓬松的羽绒服，把自己包在里面。

向兴的生日宴定在湖中央的酒店里，四面是落地玻璃，晚上湖面亮灯，波光粼粼，别有意境。

"主播你来啦？"向兴一见到李瑞希，立刻转换成"粉丝"模式。

"生日快乐。"

"谢谢。"他笑着对她们说，"他们在打牌，你们快进去吧。"

门拉开，李瑞希一眼就看到坐在里面的秦烈，他叼着烟看手里的牌，后背挺得很直。见她们进来，他抬眼点了下头。

这桌除了陶景明、裴江，竟然还有个女的。李瑞希挑眉，跟姐妹们对视了一圈，几人立刻了然。

严蜜上去笑呵呵道："这位美女，第一次见啊。"

对方笑得敷衍，颔首："我是苏青。"

严蜜报了姓名，李瑞希抿唇浅笑，坐在秦烈边上，冲她挑下巴："李瑞希。"

"苏青？好名字啊，美女是做什么的呀？"梁潇潇接嘴。

苏青浅笑："我是服装设计师。"

孙小雅："设计师好啊！设计师有艺术细胞啊！难怪这么有气质！"

"我有自己的服装品牌，南城每家商场都有我的连锁店。"苏青说话间，时不时看向秦烈。

严蜜："年纪轻轻就有自己的品牌了？这要再做几年就能上市了。"

苏青谦虚道："没想那么远，正好家里有点渠道，就入驻了商场。"她边出牌边打量李瑞希，李瑞希穿在里面的裙子很有设计感，只可惜被羽绒服包得严严实实，看不出身材来。严蜜几人她都没放在心上，太外向绝对不是秦烈喜欢的风格，只有这个李瑞希，一进来就熟稔地坐在秦烈边上。

李瑞希笑起来很甜，皮肤白，给了同是女人的她所未有的危机感。

秦烈高大强壮，叼烟看牌时，眉间有种特别的气质，看得人心里痒痒，偏偏这人从不给女人好脸色。她见过秦烈几次，说过一些话，可秦烈看她依旧淡淡的，她甚至怀疑这人连她的名字都不记得。

李瑞希坐在秦烈身边，安静地看，偶尔靠得很近去看秦烈的牌，秦烈不仅没制止她靠近，反而由着她。苏青蹙着眉头，有些心不在焉，一直出错牌。

陶景明笑笑："不在状态啊。"

"要么让李小姐来玩吧？我这人很笨的，什么都学不会。"

李瑞希接收到信号，很做作地笑："哎呀！我这人脑子也是笨笨的啦，哪有苏小姐聪明啊。"

陶景明说："你要是跟秦烈一边，我们更欢迎，但要是跟我们一边，那就算了。"

大家都笑了。

苏青听到他们熟稔的语气，问："怎么没听向兴说起过你们？"

严蜜笑笑："认识时间不长。"

"哦，我跟向兴认识好几年了。"

李瑞希瞄了眼秦烈的牌，他的牌一张叠一张，根本看不清牌上的数字，每次都要连估带猜，看着都累。

"你就不能摆开点吗？我又不是间谍。"

陶景明笑："他就这样，看他打牌累得半死，谁都看不到他的牌。"

裴江凑过来看了一眼，面无表情回去："给我看我也看不见，一张叠一张，你自己能看清吗？"

秦烈声音有点哑："习惯。"

李瑞希："你靠记的？"

"嗯。"

苏青装作不经意地打量，被李瑞希捉住视线，得到"李瑞希牌假笑"一枚。

群里。

严蜜：这个苏青有情况。

梁潇潇：她一直偷看秦队呢，瑞希遇到对手了。

李瑞希挑眉，秦烈该不会特别吸引名字带"青"的女孩吧？

向兴安排好饭菜回来，笑呵呵地观战。

苏青把位置让给他，自己站在李瑞希边上："我看你有点眼熟，是不是上过电视？"

"嗯。"

"难怪了，当主播不容易吧？听说这一行是吃青春饭的，等年纪大了，身材不好了就没饭吃了。"

李瑞希："我是游戏主播。"

苏青愣了一下："你很会打游戏？"

"可以这么说，但比起职业选手，我还差点。"

"没想到啊，一个女孩子竟然那么会打游戏？你大学学的是什么专业？

女孩子全职打游戏，大学不是白上了吗？"

李瑞希："我学计算机的，不过是用老师教我的专业知识打游戏了而已，都是对着电脑，也不算荒废吧？"

陶景明推推眼镜："当然不算，打游戏是正经事。"

"今晚去网吧？我还想打《一级戒严》，这游戏我玩得不行。"裴江举手。

李瑞希没拒绝。

向兴激动了，没想到自己生日还有这待遇："那今晚结束就去？我找地方。"

李瑞希瞄着秦烈，轻声问："你也一起去吧？"

"不去。"他面无表情甩了牌。

"啊？那你回去干吗？"

"睡觉。"

"我还想跟你一起回家呢。"

苏青的表情肉眼可见地僵了一下，李瑞希爽到了。

秦烈不喝酒，其他几人只开了瓶红酒也没多喝，之后就转去KTV唱歌了。向兴又叫了一些人来，豪华大包间里热热闹闹。

一个穿着黑色呢子大衣，戴着眼镜的男人坐在李瑞希边上："我叫龚承弼，第一次见到你。"

"跟向兴刚认识。"

"以后多出来玩啊，我们几个人经常组局。"

"好。"李瑞希有些心不在焉。

苏青问了秦烈几个问题，秦烈都没怎么搭理。李瑞希玩骰子时偷偷瞄了秦烈一眼。秦烈倚靠在沙发上，勾着唇看她，要笑不笑的。

糟糕，被抓到了！

李瑞希低头，回了边上这人一句。不知是不是错觉，她总觉得龚承弼跟秦烈不对付，两人自始至终都没打过招呼，而向兴动不动过来打圆场。

过了一会儿，玩真心话大冒险，苏青问李瑞希："在场的有你喜欢的人吗？"

李瑞希把严蜜、梁潇潇和孙小雅都搂到自己怀里来，挑着下巴："有，我后宫三千，每个都喜欢。"三人嫌弃地拍她的手。

轮到秦烈时，苏青盯着秦烈问："秦队，要是我和李瑞希陷在火海里，你先救谁啊？"

连李瑞希这种厚脸皮听到这个问题都惊呆了。严蜜在桌底下踢她的脚，李瑞希踢回去。

秦烈打开烟盒，李瑞希摸起打火机，面无表情地把打火机凑到他嘴边。

点烟这动作有些暧昧，其他人都愣了一下。苏青也冷了脸，追问了一句："秦队长，你还没给答案呢，如果着火了，你会先救谁啊？"

秦烈扫她一眼，没什么表情，只把打火机拿回去。粗糙的指尖扫过李瑞希的手背，她心尖发颤，痒得厉害。

见众人还在默默等答案，秦烈才沉声说："包间不能抽烟。我会先救火。"

"……"

陶景明笑着拍他的肩膀："没错，着火了可不得先救火吗？消防员不救火救什么呀？"

李瑞希神色怪异，也不知道这局是赢了还是输了。但她知道苏青肯定比自己更不高兴，这样一想，她就心理平衡了。

多年没来KTV，游戏和流程还跟以前没区别。李瑞希虽然唱歌不错，可在这种场合也不爱唱。席间，秦烈走了出去，苏青也跟了出去。

李瑞希挠心挠肺的，恨不得也跟过去看看，偏偏还要装得心如止水。

龚承弼笑笑："我会调酒，你要不要试试？"

李瑞希敷衍道："好啊。"

秦烈躲在安静的地方站了一会儿，门被推开，以为是李瑞希跟来，却瞥见了对方的黑色长裙。

"秦队长。"苏青含笑注视着他。她是明媚热烈的长相，很有气质，此时放软说话有种小女儿的娇态："秦队长，好久不见。"

"嗯。"他有些漫不经心，眉间挂着明显的不耐烦。

苏青从小到大被父母捧在手心，自小就是校花，从来只有她拒绝别人，还没被人拒绝过。偏偏秦烈谁都不理，让人爱，更让人恨。

苏青抿着红唇道："秦队长，明天有空吗？一起吃个饭？"

"没空。"拒绝得太快，像是多嫌弃似的，苏青的面子有些挂不住。

秦烈要走，被苏青拦着抓了一下衣服，她直勾勾盯着他，毫不掩饰自己的想法："秦队，明天一起吧？你又不吃亏。"

秦烈的眉心压着烦躁，推开她，没走几步便和李瑞希对上了。天这么冷，她就穿了条抹胸裙子，靠在墙边，一言不发地看手机。

李瑞希将手机对着他，表情有几分可怜："十二分钟。"

秦烈掐烟的手一抖，抬眼看她："什么十二分钟？"

"从苏青进门到现在，足足有十二分钟。"

她跟雷达似的扫视秦烈的衣着，还是那件黑色外套，衣服穿得整齐，只是胸前的位置有些皱。

他怎么能让别的女人抓他的衣服？

她垂眸，显得有几分落寞，楚楚可怜的。

秦烈心里骂了句，他明明什么也没做，为什么这么心虚？不就是苏青想拦他，抓他上衣，被他一把扔开了吗？

李瑞希说完，也不看他，昂首挺胸走了。

穿裙子的李瑞希，是全场焦点中的焦点。

向兴那几个朋友眼泛绿光，往人家面前凑。李瑞希却没有一点警觉性，像一只不高兴的白天鹅。

秦烈靠在沙发上，陶景明靠过来："怎么？心烦？"

"没有的事。"

陶景明朝李瑞希点下巴："为了她？"

"你想多了。"

多少年的朋友，陶景明能不了解他？

"烦就对了，认识你这么多年，就没见你为女人心烦过。活得跟圣僧似的，消防队又不是和尚庙，怎么你一进去就变成这副德行了？要是往前挪十年，十八岁那年的你意气风发，现在这样子可不像是你。"

秦烈的手插在兜里，有些心不在焉："说了你想多了，没那回事。"

"要真没那回事，你可不是这态度。"陶景明看着进门拿包，又黑着脸匆匆出去的苏青，低笑，"真要没什么你早恼了。"

"说了不是。"

"行，不承认，那你就继续烦着吧！我对象都谈好几个了，向兴和裴江也是，就你天天锻炼，血气方刚，却连个女朋友都没有……"

秦烈笑着摇头。

秦烈自打进了消防队就不大喝酒，后面有几人来敬酒，他也只是浅抿一口。大家都知道他是干消防的，佩服他年纪轻轻耐得住寂寞。

陶景明端着酒杯："今天徐菁要来，被向兴拒绝了。"

"嗯。"

他指李瑞希："我再问一句，她怎么了？好像不太高兴。"

秦烈瞥了李瑞希一眼："小孩闹脾气，甩脸子给我看呢。"

陶景明笑得莫名，又陪他喝了一杯："你也有今天！"

次日一早，李瑞希牵着贝塔刚出门，贝塔就跑去秦烈家的门边。秦烈很快打开门，贝塔撒开脚丫子扑上去。

李瑞希一看到他，就牵着狗绳往回拉。她穿了件白色羽绒服，招呼都不打，像一只高傲的大胖鹅，只留给他一个圆润的后脑勺。

等她消失在走道里，秦烈才缓缓回过味来。

还甩脸子呢。

这段时间，火灾报警成倍数上涨。新桥消防中队所有人都忙得够呛，经常灭完火回来，躺在床上衣服都来不及脱，电铃又一次响起，再次奔赴火场。

这日下午，电铃再次响起。有居民家着火，报警人称这家里有女人和孩子被困住，消防队所有人紧急出发，火急火燎地往那里赶。消防车好不容易赶到小区门口，却忽然停下了。司机伸头张望了片刻，焦急道："秦队，前面有辆车停在路中间，过不去。"

着火的是老小区，道路狭窄，停车位紧张，平日里路边就停满了车，眼下有一辆轿车停在路中间，车主竟然就这样走了。秦烈看得有些火大，气愤道："拿喇叭喊两声，这是谁的车，不要命了？停路中间！"

江闯拿喇叭喊了几声，没人回应。

"队长，喊不到人怎么办？实在不行，我们先拎着水带跑过去？"

这种老小区十有八九消防设施不到位，水带先到也不一定管用，消防车也必须早点过去。

等了一会儿还是找不到人，秦烈火气上来了，叉着腰吼："这是谁的车，再不来，老子把车砸了！"

拎着水果的男人从店里跑出来，他离得不远，明明早就听到有人在喊，却装聋作哑，故意不配合。听秦烈这样说，他语气很冲："砸我的车？你有本事就砸！"

秦烈紧皱着眉，冲上去拎着他的衣领，怒道："快把车开走！"他眉目冷冽，气势逼人，高大的身躯像一堵推不开的墙。

男人比秦烈矮一截，被秦烈的气势吓得不轻，他扫了眼秦烈的衣服，又指向自己的豪车："就不开怎么了？你今天要是敢砸我的车，我饶不了你！还砸车呢！你一个消防员赔得起吗？"

小潘气愤道："你这人怎么这样啊？我们可以告你妨碍公务！"

"有本事告老子去！老子是被吓大的吗？"男人气得站在那儿，水果滚了一地，他也一动不动。

眼见后面的小区浓烟滚滚，秦烈绷着脸问："不移是吧？"

"不移！"

秦烈面无表情跳上消防车，回来时手上拎着灭火器单手一抡。男人还没反应过来，驾驶座的玻璃已经被秦烈砸了。秦烈弯腰一键启动，挂挡把车移到路边。

男人眼睁睁看着自己车的玻璃碎了一地，气得直哆嗦："你敢砸我的车！我我我……我今天就站在这儿不走了，你有本事就撞死我！"

"再不走，我直接让消防车碾过去！"秦烈猛地推了他一下。

男人也不认输："区区消防员竟然敢砸我的车！你们就是这样欺负老百姓的？我现在就把你干的好事录下来发到网上，有本事你就不要跑，你就站在这儿，你……"他威胁的话说了一大堆，见秦烈脸色难看地站在那儿，像在做最后的警告。

男人的手抖了抖，手机差点掉地上。

秦烈给司机使了手势："开过去！有处分算我的！"

司机无奈，他从业这么多年，还是第一次遇到这么不讲道理的年轻人。

又不能真的碾过去，可不过去，火烧大了怎么办？

"秦队，现在是网络时代，可不能闹大了。"

秦烈脸绷着，压着怒火跟班长说："带一队人扛水带过去。"

几个队员扛着水带跑了。

男人以为他妥协了，眼中不无得意。

这时，人群中走出来一个老人家，急急跑到他面前："你站在这儿做什么呢？你家里着火了你不知道？你老婆孩子都被困在火里没出来呢，那火都烧到我们隔壁来了！可是消防车一直进不去……"

那男人脸色发白，整个人都蒙了："什么……你说谁家着火了？"

"你家！你老婆孩子站在窗口求救呢！可那火实在太大了，没人敢进去！我听说有人乱停车让消防车进不来，才跑过来看看。拦车的人不是你吧？你拦着人家消防车做什么？人家是赶去救火的，是去救你老婆孩子的！"

……

等消防车开到着火点楼下时，已经耽误了近十分钟。火烧得很快，现场浓烟滚滚。

物业走上来："这家是做网店的，家里有很多货物，火一烧起来就控制不住，女人和孩子现在就在三楼阳台上。"

秦烈眉头紧皱："家里没别人？"

"应该没有。"

熊熊烈火逼入阳台，老式防盗窗把房子困得严严实实。

那男人走过来，眼都红了："我为刚才的事道歉，是我对不起各位……希望你大人不计小人过！请你一定要救出我老婆，救出我儿子！你把他们救出来，要我给多少钱我都愿意！"

秦烈猛地推开他："滚开！你早做什么去了！"

他急红了眼，狼狈地摔倒在地，一个劲儿地道歉。

范立新气得不轻："要是早点挪车也不至于烧这么大。"

大家都有气，哪次火灾，兄弟们不是冲在前面？你拿命保家卫国，人家却这样寒你的心。

秦烈沉声道："小潘，你带一队人，疏散人群后在楼下配合，剩下几个兄弟跟我上楼。"

几人扛着水枪，冲入火海。

这家堆满了货物，火烧得比别人家猛烈，玻璃窗内的火焰让房子成了巨大的玻璃罐，他们花了不少心思才冲进去。

女人和孩子已经被逼到阳台一角，秦烈摘了自己的呼吸器给小孩。

撤离时，火势忽然变大，断后的秦烈被逼到阳台，客厅里不知有什么东西忽然爆了，发出一声巨响，墙顶也轰然坍塌。秦烈虽然避开了，却浑身起了火，他拉开空调口的窗户准备跳下去。

忽然，一声虚弱的猫叫传来。一只白色短毛猫站在空调外机台上，窗户不时冒出火来，小猫被熏得动弹不得，身上脏兮兮的，泪眼汪汪地盯着他。

小猫的脸已经花了，可怜巴巴的，他莫名心里一软，毫不犹豫地捞起猫，顺着管道滑下去。

"队长！"所有人围了上去。

秦烈放开猫，在地上滚了几圈，才把身上的火扑灭。

被救的一家三口哭得不能自己。那男人愧疚地找到秦烈，欲言又止："我……对不起，刚才是我不对，我不该……"

秦烈推开他，理都不理。

李瑞希刚喂完贝塔，群里已经有上百条信息了。

严蜜：秦队这也太帅了，就是不知道受没受伤。

孙小雅：肯定受伤了，还是重伤呢！我听人说这消防服只是比普通衣服防火而已，烧成这样脸估计是保不住了，也不知道手脚怎么样，消防员果然不容易。

李瑞希一颗心提起来。她们讨论的视频里，一个浑身着火的消防员，跨到平台上救了只小奶猫，随后顺着下水管道滑下来，周围一群消防员冲上去灭火。视频到这儿就结束了，那人身形很像秦烈。

应该没事吧？那么多队友在场，火肯定很快就灭了。他这人做事一向有数，要是没有把握也不可能救那只猫，既然救了就说明肯定会没事的。但……万一呢？万一他就是被烧伤了呢？

李瑞希摸出手机，在床上打了个滚。贝塔咬着拖鞋进来。

"贝塔，你说我要不要发个信息关心一下他？"

"我要是不发，显得我这人很绝情。"李瑞希挠着贝塔的脑袋，跟它大眼瞪小眼。

"但我要是发了吧，是不是显得我太容易哄了？不过一码归一码，我也不是那种会记仇的人，这种事我作为邻居，有义务表达一下我的关心，对吧？"

李瑞希咳了咳，把视频给秦烈发了过去：我有个朋友让我问问，视频里的消防员有没有受伤。

正让医生给自己包扎的秦烈点开视频，给她回复了一串电话号码。

李瑞希一愣：这是什么？

秦烈：消防队的电话，你朋友想知道，自己打电话问去。

李瑞希气得发抖，这男人好欠打！她要是再理他，她就是猪！

秦烈从医院包扎好回来，唐江瞄了他一眼："你真是吓死人，你救火的视频在网上传遍了，很多网友问你有没有受伤，几个老领导也打电话来问你的情况。"

"多大点事。"秦烈的右手包着纱布，因为不能用力，耷拉着，他用左手掐烟，"就烧破点皮，没什么大不了的。"

"医生怎么说？会留疤吗？"

"留是肯定会留的，哪有受伤不留疤的？"

唐江语气有些急："你也是！浑身着火还去救猫，你说你是怎么想的？猫的命固然重要，可咱们的命就不重要？值得你冒这个险？"

"那是条命。"秦烈轻描淡写。

"我不知道那是命？但你有没有想过，万一那屋里煤气罐爆了，你这几秒的犹豫，都可能酿成难以挽回的后果！"

"我心里有数。"

他唠叨，秦烈就听着。唐江这人做惯了指导员，说话总是一套一套的，不达目的不罢休。这也不是坏事，烦是烦了点，但秦烈话少，两人正好互补。

柔弱的猫叫声传来，秦烈来了精神："尾巴包扎过了？"

唐江跟着他坐下，笑道："包扎过了，江闯那几人一直围着猫转，盯着医生给猫处理伤口。真是谁带的兵就像谁，你手底下这些队员个个都爱猫、狗，程东还说这猫跟李小姐有点像。"

小猫轻轻地叫着往秦烈怀里钻。这猫耳朵尖，脸圆，五官周正，眼睛还大，水汪汪的，眼睛边上一圈黑，像画了眼线。猫很黏他，一直用爪子挠他。

他莫名想起她生气时会把头抬得高高的，和这猫一样，跟周围的一切都隔着距离。

"这猫没人要？"

"没呢，我们官博发了通告，就是没人来领。听物业说这猫是之前的屋主弄丢的，后来屋主出国了，这猫可能想起了回家的路，谁知就遇到了火灾。"唐江蹲下摸了摸猫，小猫不怎么搭理他，反而一直往秦烈怀里钻。

唐江郁闷了："这猫怎么就看上你了？"

"我比你有男人味。"

"滚一边去，你那男人味也就能骗骗小女生。"唐江笑骂，"也不枉你救它一命，这动物就是比人拎得清，知道感恩。"

秦烈笑着捞起猫，这猫身上脏得厉害，有伤不能洗澡，好在消防队空旷，脏一点倒也没事。

这只小猫成了消防队的新宠。它一开始有些怕生，几天后就跟队员熟悉起来了。每次吃饭时都跳到队员桌子上要人喂，娇娇气气地叫一声。

队员们都对它束手无策，只能乖乖宠着它，但它最喜欢的还是秦烈，动不动就窝在他怀里，谁来都不理。

大家也喜欢队里的搜救犬，可猫还是不一样。狗像伙伴，大家逗逗，遛遛就行。猫却跟女人似的，动作重一点都怕弄疼它，只能娇养着。队里没有猫粮，只能喂些简单的食物。

十几天后这猫还是没人来领，唐江开始犯愁了："我们一群大老爷们儿根本养不好这猫啊，你看，天天弄得脏兮兮的，哪有一点小仙女的样子？"

秦烈捞起猫，身上确实是脏，但脸还是漂亮的。每次他们有空了想给它洗澡，它却跑得没影儿了，等它回来了，他们却未必有空了。

"我待会儿给它洗个澡。"

"这不是洗澡的事，这猫的品种很好的，天天跟我们一群老爷们儿吃食堂，对它身体不好。再说消防队有规定不许养猫，我朋友圈不少人想领养，你看要不要把它送走？"毕竟是秦烈救的猫，还得他拿主意。

秦烈刚训练完攀爬回来，擦了把汗。他抓起小猫，猫儿伸着爪子挠他，眼睛泪汪汪，叫起来也娇滴滴的。

他想起那个同样爱撒娇的人："我找人问问。"

"行，最好找个认识的，定期拍点照片回来。"唐江冲他眨眨眼。

秦烈叼了根烟，懒懒应着。

天气渐冷，难得今天出太阳，李瑞希蹲在阳台上拆快递。脚边的贝塔倏地蹿出去，用爪子扒门。

十有八九对面那人回来了。

她刚把吃里扒外的狗拉回来，敲门声就响了起来。

第九章
哄　她

　　李瑞希不情不愿地打开门，高大英俊的男人站在门口，眉梢染着初冬的雾气，尤显清冽。

　　这好像是他第一次主动找她。一段时间不见，这男人好像又帅了点。

　　李瑞希挑眉，咳了咳："秦队，有事吗？"

　　秦烈睨她，她这模样，跟这只猫不理人时一样一样的。

　　"过来，给你看个东西。"秦烈垂眸，拉开拉链。

　　南城冬天的冷是浸入骨髓的，李瑞希十一月就穿上了羽绒服，可他竟然只穿一件短外套，贴身是一件薄 T 恤。他就不冷吗？

　　她走神了一会儿，手腕忽然被拉住。秦烈把人拉到面前才松开她，低声道："看到了吗？怎么样？"

　　李瑞希脸颊发烫，心脏狂跳，耳边"嗡嗡"的，呼吸越发急促了。这男人开窍了，知道给她发福利了？大早上的，竟然让她看胸肌？李瑞希啊李瑞希！你可不能太着急，总要矜持一下！

　　她咬着嘴唇，心里默默倒数，嗯，数到十她就恭敬不如从命啦！

　　她挑眉，委委屈屈道："队长，你这样我什么都看不清啊。"她眼神直白，主意打得明明白白。

秦烈一怔，捞起她睡衣上的帽子戴在她头上。

李瑞希眼睛陡然被蒙住，"啊"了一声，手在空中乱摸："秦烈！你干吗啊？"

叫他名字倒是叫得好听。

"脑子整天想什么呢？"秦烈垂眸训她。

李瑞希有些气，一大早跑到人家家里来，拉开拉链就叫人家看。人家光明正大想看了，你还怪人家乱想。有这么不讲理的人吗？

她委屈得不行："不是你叫我看的吗？胸肌好看了不起啊？又不给碰，你到底叫我看什么？"

"还想碰？你还有什么想的？"

李瑞希沉默了几秒，嘟囔道："我就想想还不行吗？"

秦烈要笑不笑："想也白想，把你那点小心思收收。"

他抖了下衣服，有什么东西在他怀里动了动。李瑞希凑近才看到一只白色小奶猫从他怀里慢慢探出头来，它好奇地张望，娇滴滴地趴在秦烈怀里。

李瑞希的心都要化了，眼睛发亮，喜道："队长，这是哪儿来的猫呀，好可爱！"

秦烈勾唇，把猫从怀里抱出来递给她，猫身上还带着他的体温："前段时间火场救的。"

"哦，原来那是你啊，你没被烧伤吧？"

他讽刺她："又是你朋友想知道？"

完了，露馅了，她咳了咳："我朋友是个心地善良的女孩子。所以，你到底受伤没有？"

他原想避开这个问题，最终想了一下，实话实说："没事，就手伤了一点。"

李瑞希的视线落在他的手上，他的右手虎口处有一条蜈蚣般的烧痕，看得出这疤痕形成的时间不长。他手上也不止这一处伤，新伤旧伤交错在一起，不难想象这些年他经历过什么。这是他的功勋，也是他的苦难。

其实看到视频时她也想问他，为了救这只猫差点连命都丢了，他到底是用什么来衡量生命的重量呢？

秦烈不着痕迹地挡住手，她顿时心疼了起来。

小奶猫趴在李瑞希怀里，过了一会儿似乎觉得不舒服，伸着小爪子拍拍她。

家里来了新成员，又一直被主人抱着，贝塔吃醋，用爪子挠李瑞希，也要抱抱。

李瑞希抿唇："贝塔，你这么胖我可抱不动哦。"

贝塔撒娇很久，伤心地趴在秦烈脚边，秦烈蹲下逗它。

"队长，这猫好可爱呀，你是打算抱回来自己养吗？"

秦烈垂眸道："我没空养，这猫没人要，我打算把它送走。"

李瑞希愣了一下，不敢相信："这么可爱的猫没人要？我要行吗？"

秦烈看她，歪着一边唇角："也不是不行。"

她欢欢喜喜地摸猫的脑袋，猫很乖地蹭她。

秦烈："那正好，你给它取个名字。"

李瑞希最喜欢取名字，她的每一只玩偶都有自己的名字。

"上次我发贝塔的照片到微博上，很多人开玩笑说舒克在哪儿，要么就叫它舒克吧？"

"很好记。"他早猜到这猫注定叫这名字。

"我有猫了，我得发一张照片炫耀炫耀。"

秦烈的朋友圈二十分钟后才出现她的自拍，穿着粉色睡衣的女孩抱着猫，眼中有细碎的光，使这冬日暖得像是春天。

其实她二十分钟前就拍好了照片，一直抱着手机捣鼓。他凑过去，眉头微挑："你这是……"

李瑞希立刻把手机捂在心口，不自然地瞪他："干吗？我就修个图而已，难不成你觉得我没有图片上好看？"

这谁敢说呢？他不答，面无表情牵着贝塔，给她和猫留空间："我带贝塔出去遛一圈。"

李瑞希笑眯眯地摸着舒克，跟姐妹们炫耀。

李瑞希：我有猫啦！从今天起我们就是三口之家啦！

严蜜：我被你吵醒了。

李瑞希：你看到我朋友圈了吗？我有猫了！秦队给我的。

梁潇潇：我也被吵醒了，这猫颜值好高啊，秦队哪儿来的猫？不对啊，你不是号称要跟他断绝关系的吗？怎么又要他的猫了？

李瑞希：我有说过这话吗？你这人记性不好。

梁潇潇：呵呵。

严蜜：你自己得意去吧，不跟你说了，我才睡了三个小时。

李瑞希：你昨晚干吗去了？

严蜜：在酒店呢。

李瑞希：……

梁潇潇：……

李瑞希：和付明宇？

严蜜：不聊了，打字的力气都没有了。

李瑞希：……

李瑞希笑眯眯地看向怀里黏人的猫，自言自语："舒克，我一定会对你好的。"——毕竟你是他冒着生命危险救回来的。

秦烈牵着贝塔回来时，李瑞希正好在摆弄游戏手柄，见到他眼睛发亮。

"秦队，一起打游戏吧？我这儿什么游戏都有，手柄游戏一个人玩没意思。"

秦烈："有什么游戏？"

"经典的游戏都有，《末世重建》是新出的，很好玩，这里人饿了要吃饭，精力不够要睡觉，买东西还可以还价，可以重建家园，也需要和丧尸对抗。"

两人坐在地板上玩游戏。

认识这么久，这是两人第一次安静地待在同一间房子里。他其实很有压迫感，经常影响她。

李瑞希："我可不会手下留情，谁输谁被弹一下脑门。"

秦烈挑眉："我会输给你？你以为我是向兴？"

"说大话谁不会啊？我打游戏的时间可比你长，这样吧！我保证会轻点，怎么样？"她满脸得意，露出浅浅的梨涡。

秦烈笑："说了不会输就不会输。"然而某些人说着大话，过了一会儿还是输了。

李瑞希伸出手，一脸坏笑，笑眯眯地凑近他，伸着手往他脑门上凑。秦烈挑眉，等她靠近，突然捏住了她纤细的手腕。

手腕如被火烧，似有燎原烈火。李瑞希呼吸一停，愣了愣："你耍赖！"

"谁耍赖？先记着，最后一起算。"秦烈松开她。

"不行，那有什么意思？你一下我一下才好玩嘛，还是说，秦队害怕被人弹脑门？"

秦烈别过眼："我怕个鬼。"

"那我就不客气了！"李瑞希难得找到机会，冲食指哈了下气，对着他的脑门毫不留情地弹了一下，结果人家毫无反应。

她傻眼："不疼吗？"

"你挠痒痒呢？"余光瞥到角落里没用过的烟灰缸，他抬了抬下巴，"哪儿来的？"

李瑞希："刚买的，以防万一。"

"……"他哭笑不得，"你家有没有热血系列？"

"有啊，《热血足球》《热血格斗》《热血躲避球》……我这儿都有，你等着！我今天让你输得心服口服。"

李瑞希从小就爱玩游戏，从俄罗斯方块到小霸王游戏，没人比她厉害；后来打街机，每次游戏机室的男人都围过来看她一币通关；再后来玩网游，从征服网吧看客到征服几百万"粉丝"，没一点实力怎么行？

她插好游戏卡："咱们就玩这个，我会让你输得怀疑人生！"

这游戏现在看画面简直太落后了，可热血系列实在经典，对战模式很过瘾。李瑞希信心满满，玩到关键时候，起跳、翻转、踢球！

等等，球没进！秦烈却禁区斜踢，直接进球。

李瑞希一愣："不可能，再来！"

然而，还是输了。

"再来一次。"

还是被无情碾压了。

失败数次，游戏主播第一次遭遇滑铁卢，有些怀疑人生："不可能，我热血玩得很好的。"

秦烈挑眉，眼皮耷拉着睨她："打热血我就没输过，想赢我？你还嫩了点。"

李瑞希没反驳，只咬唇冲他眨眼："我本来就很嫩，多谢队长夸奖。"

被套路了！他蹙眉，伸出手指："来吧！是几下来着？"

李瑞希颤抖了一下："大概是一下？"

"你再想想。"

"两下？"

"你再仔细想想。"

"好了，不就是五下嘛！"

李瑞希没好气，记这么清楚干什么？她抱着奔赴刑场的心情，闭着眼靠近他："快弹，过期作废！"

她睫毛轻颤，脚趾微微蜷缩，身体略显紧绷，一副很害怕的样子。两人离得很近，秦烈闻到她身上有橘子水的甜味。

眼睛闭了一会儿，额头没有等到疼痛感，李瑞希微微睁开一只眼："你到底弹不弹？"

秦烈回神，她水汪汪的眼睛里弥漫着笑意。

"该不会舍不得弹了吧？秦队，你心疼我就直说。"

他的手指很快动了，于是她鼻子一酸，如愿疼到眼泪冒出来，捂着额头躺在地板上。

好样的！果然毫不留情。

"你想杀人吗，弹这么疼？"李瑞希瞪他。

秦烈蹙眉："我确定我没使劲。"一成力气都没用，她又想碰瓷？

"你还想用多少劲儿？活该找不到对象。"

"……"

小奶猫被送走后，新桥消防中队的队员们莫名低落起来，每次去食堂都盼着看小猫，茶不思饭不想。

"我们想看猫。"

"在我们这儿待过，就算是消防队的猫了，我们有权利探视。"

"不管秦队你怎么阻挠，我们就是要看猫！我们要照片！我们要视频！"

小潘追问："秦队，到底送给谁养了？"

秦烈面无表情地掐着秒表。刚做完楼层训练和器械训练，分析完成绩单，他直皱眉头："看猫？你们这成绩还好意思跟我说看猫？尤其江闯和小潘，你俩这成绩严重拖后腿！"

江闯和小潘对视一眼，乖乖认错："我们会好好训练的。"

"明天增加负重，加大训练量，最近火情多，训练时间少，你们不能松懈，干我们这行是跟死神赛跑。"秦烈冷着脸。

大家不敢惹他了，秦烈训练一向严格，一点水分不掺。

"秦队，你还没说，猫送哪儿去了？"

秦烈头也不抬："送给你们的李小姐了。"

"什么？"众人面面相觑，随即惊喜。

"嫂子？"

"你不早说！"

队员们对视一眼，推程东出列："秦队，我们想猫了，我们要跟嫂子……不，李小姐视频，借手机用一下呗？"

江闯想说他有嫂子微信，被程东瞪了一眼，默默不说话了。

"看什么？训练重要还是看猫重要？"秦烈没好气。

"这又不耽误，你就让我们看看李小姐……的猫吧？我们真的想猫了。"小潘说软话。

秦烈绷着脸，最终没说什么，掏了手机扔过去。

消防队的管理严格，队员们训练时都不带手机，有事常借秦烈的手机打电话，他的密码大家都知道。程东解开密码，一眼便看到列表里的"美少女战士"。

"快打开看看他们平常聊什么。"

"我的天！秦队怎么这么不热情？都是嫂子主动发信息。"

"猫都送了，竟然没在一起，这不科学！"

"秦队这么无聊的男人竟然还有女人要？天理何在！我这种好男人现在还是单身呢！"小潘郁闷。

秦烈的好友大部分是同事，朋友圈一般都被消防常识占满了，在这样的背景下，李瑞希的朋友圈显得尤为显眼：晒猫、晒狗、晒自拍、工作照、游戏截图……

秦烈竟然没屏蔽人家。

"有鬼！"程东分析，"要是别人，早就被秦队屏蔽了，为什么偏偏嫂子没有被屏蔽？"

"看这张，嫂子抱着猫自拍。"

照片中李瑞希笑容灿烂，不过这不是重点，重点是，拉大照片，边上镜子里清晰映着一个身影……是秦烈！

"秦队竟然去嫂子家？"

"就这样两人还没在一起？秦队不行啊！身材好、脸帅，有用吗？还不是单身。"小潘心理平衡了。

"咱们好歹也是有无上荣光的行业，秦队泡妞怎么就这么磨叽？"

"嫂子发的表情包好可爱啊，快，发视频过去。"

李瑞希接到视频电话时正准备出门，秦烈的视频请求弹出来时，她以为自己看错了，惊了一下，拿着手机简直不知如何是好。

他竟然主动给她发信息？这是怎么了？良心发现了？她现在漂亮吗？她摸了下刘海，满怀期待地接起。

那边竟然有一群人！

"怎么是你们？没出任务吗？"李瑞希哭笑不得。

一群人挤在屏幕里跟她说话，偶尔能看到被挡住的秦烈。

"嫂子，我们今天没出任务，想看猫，那只猫是在你那儿吗？"程东笑问。

"你说舒克啊？在呢！这几天变调皮了，天天追我家的狗，经常掐架，我给你们看……"

中午的阳台很暖和，舒克每天都坐在这儿晒太阳，偶尔会钻进一旁的阴影里。这个区域是它专属的，贝塔每次想过来都被它撵走。小猫的眼睛在太阳的照射下像名贵的宝石，身上还穿了件粉色的衣服，趴在那儿，慵懒惬意，像小仙女似的。

"它怎么穿衣服了？"

李瑞希实话实说："我网购的针织衫洗完缩水了没法穿，就改了一下……"

于是，针织衫就成了舒克的衣服啦。

舒克现在精致多了，毛看着更有光泽。不得不说，还是女孩子心细养得好，大家放下心来。给别人不放心，但是嫂子是自己人呀。

猫看够了，大家也不是那么不知感恩的人，程东笑嘻嘻地移动手机，低声说："看，秦队正在看我们的测试表。"

阳光倾泻，他比平常温和许多，但还是一如既往的光芒万丈。帽檐遮住他冷硬的眉眼，蓝色制服的袖子卷起，小臂紧绷，正拿笔在纸上写着什么。

李瑞希抿嘴笑："他还挺认真的。"

今天是拍键盘广告的日子，不算很难，用厂商的键盘打游戏即可。

摄像师拍了不少李瑞希的手部特写，全程就是她打游戏，摄像师找切入点拍了一些。她很顺利地拍完了，摄像师表扬了她，说下次有需要手出镜的珠宝广告再找她。

键盘还有其他定制款，商家让她定期换一换，吸引"粉丝"购买。

晚上直播时，她的键盘果然受到了关注。李瑞希解释了一下代言的事，希望大家按需购买。"粉丝"们很给面子，买出了"双十一"的气势，直接把键盘买脱销了。商家很激动地跟谷晗说，没想到李瑞希带货能力那么强。江屿森原本安排了李瑞希去严蜜的直播间给键盘带货，这事只能推后了。

以前直播空隙里李瑞希都会唱歌，可最近情况有些不一样。

这天，她组队打游戏，手被一个温暖的东西包裹住，李瑞希一愣，舒克正用它柔软的肚子压住她的手。这一分神，她情况不妙，被人反攻，想打回去，可是手被压住，根本用不了键盘。

教训舒克时，贝塔喜滋滋从边上路过，那幸灾乐祸的小眼神，把李瑞希逗乐了。

电话响起，她笑着接起，秦烈低沉的声音传来："帮个忙。"

"啊？"李瑞希有些蒙，秦烈从没主动打过电话给她。

"我有个队员父亲重病，要回去一趟，最近火车票不太好买，我们经常出警，很难定时抢票。"

"你想让我帮他抢张票？"

他漫不经心地"嗯"了声。

李瑞希故意逗他："看不出来秦队是综艺节目的忠实观众啊，还挺关注我啊。"

"……"

"秦队，你就直说吧，你是不是暗恋我？要么我给你个机会让你暗恋转明恋？"

秦烈声音压着："找打是吧？"

"我这么娇嫩的小姑娘，队长，你确定真舍得打？打坏了，疼在我身痛在你心，你心疼了可怎么办？"

"李瑞希。"声音一如既往地低沉磁性。

"嗯？"

"不许调皮。"

平常她故意逗他，他不是把她推开就是说狠话吓她，忽然说了这么一句，看似没有威慑力，却像根羽毛一样挠得她心里痒痒的。

她莫名脸热，乖巧道："好的，抢票小能手上线！队长，你把他的信息发给我。"

秦烈的声音带着隆冬特有的清冽："回头请你吃饭。"

李瑞希抿嘴笑，轻轻应了一声。

她没有辜负"抢票小能手"的名号，成功抢下了一张硬卧。截图过去，秦烈让她自己定吃什么。

李瑞希："火锅吃吗？"

秦烈："都行。"

到了约定的时间，李瑞希翻出一件毛茸茸的宽松外套，脚踩高筒靴，再化一个氧气妆。粉底、腮红什么样无所谓，唇膏涂几层无所谓，一定要加个口红雨衣，不然吃火锅准脱妆。

化好妆后，她满意地点头。

"舒克，贝塔，我出门啦，好好看家啊！"李瑞希说。

舒克喵喵两声，又去挠贝塔的尾巴，一猫一狗又闹起来。这样也好，她不在的时候，它们就不会寂寞了。

秦烈站在楼下，深色衣服衬得他深沉内敛，把眉间的桀骜不驯压了几分。路灯将他的身影拉长。她能想象出他现在的样子，一定又是冷着眉眼，眼神不带波动，好似什么都入不了他的眼。

他的视线轻飘飘地落在她身上，她不躲不避，任他打量，还不忘冲他抛媚眼："漂亮吗？"

"还行。"

"不诚实。"这怎么也不是还行的标准吧？

"实话。"

"你再仔细看看，我这嘴唇就没有什么特别之处？"

秦烈端详着她，唇勾着："中毒了？"

李瑞希无语，很认真地苦恼了一下："不至于吧？我用的可是最新的'斩男色'，据说男人都喜欢这个色号，花了不少心思才找代购买来的，竟然对你不管用？这不科学！"

"斩男色"？秦烈对口红色号表示迷茫。

李瑞希郁闷了一下："你喜欢什么色号的？"

秦烈认真思考了一下，应该是蓝色，毕竟那是火焰的颜色，防护服的颜色，是他接触最多的颜色。

李瑞希想，果然，男人的喜好没有任何参考性。

到了火锅店，秦烈问："大晚上你还化妆？"

李瑞希皱了皱眉："我的妆很浓？"

浓倒是不浓，就是屋里的灯光一照，她的锁骨闪闪发亮。李瑞希瞥向自己的锁骨，服气了，这年头女人的套路根本不够用，心累！

吃到一半，秦烈去洗手间，李瑞希也跟着去了，走前特地跟服务员交代这包间还没吃完。

火锅店生意好，洗手间人很多，女厕所竟然要排队。服务员好心道："后面有个员工专用的，没人。"

员工洗手间不分男女，她随便找了间，离开时手腕一重，被人拉了进去。一双粗糙的手捂住她的嘴，李瑞希眨眨眼，又睁大眼瞪他。

秦烈示意她别说话。

隔壁传来关门声，隐隐约约有女人的哭声，伴随着激烈的颤抖和闷哼。

女人颤抖着："是不是有人过来？"

男人声音低沉："怕了？刚才谁的脚在下面不安分，你就不怕你男人知道？"

"那你呢？你不怕你老婆知道？"女人低声说，"你快点，再不回去他们要怀疑的。"

"怕什么，放心好了，这个洗手间隐秘，员工也不怎么过来。"

黑暗里，秦烈的手指刮过她的唇，表情有些阴沉。男人的气息从四面八方袭来，李瑞希的脑袋一片空白。她没好气地张嘴，一口咬在他的虎口上。她用了十足的力气，他连脸色都没变，只淡淡地瞄她一眼，像在看一只发脾气的小猫，也不动，就这样任她咬。后来李瑞希咬得牙酸，他像是也烦了，捏着她下颌逼她松口。她泪眼汪汪，乖乖松口。

秦烈嫌弃："就这点力气？像猫一样。"

李瑞希翻白眼："你还像狗一样呢。"

两人的声音虽轻，却还是惊到了隔壁的人，隔壁瞬间安静了。

秦烈结账时，李瑞希站在门口远远看到室内有个女人跟秦烈打招呼，也不知他们说了什么，秦烈出来时，脸色不太好。

她有个猜测："卫生间那个？"

夜色中，他的神情很难捉摸，就在李瑞希以为他不会回答时，他开口："我朋友的老婆。"

李瑞希有些意外："也是消防员？"他应了声。

回去时，李瑞希猜测他会多想。他们这行很辛苦，刚搬来跟他做邻居时，她以为自己会近水楼台先得月，后来才发现，搬没搬来没区别。他假期极少，为数不多的休假也总会因为火情被叫回去。

这些人把自己的一切无条件献给国家和人民，得到的却不成正比。

她笑笑："现实生活中经常听说谁出轨了，可你身边却只有这么一例，说明消防员的家属们还是很靠谱的。"

他睨她："你倒是会说话。"

"我说的是事实啊，这世界上有薄情人，也有深情人，感情破裂与其归咎于某种职业，不如说这是人性。人性复杂，好也是他，坏也是他。"

她说这话时带着浅浅的笑意，温柔到能把人拉进去溺死。

职业原因，秦烈对人性摸得只会比她透，又哪里需要她来安慰？人家夫妻俩的事，再怎样关上门都是一家人，他没什么可说的，她却把他当成玻璃做的。

路上的人不多，他们的脚步声被放大。

被一弯冷月照着，月色下，李瑞希忽然挡在他面前，直视着他的眼睛，道："秦烈，跟我在一起吧！我会忠诚于你，不离不弃，为你冲锋陷阵，赴汤蹈火。"

她说这话时豪情万丈，眼里闪烁着从未有过的光，仿佛他是她唯一的信仰。

"秦烈，这是我的誓词，像你对祖国宣誓那样，我也向你宣誓！"

第十章
告 白 失 败

　　这一天后来的事秦烈都不太记得了，他是怎么回去的，回去的路上说了什么，那晚他睡觉时做了什么梦，通通忘得一干二净。只有她的誓词反复回响。

　　后来她好像说要他考虑考虑，等他的答案。

　　早上升旗时，秦烈面向缓缓上升的国旗，内心涌动着前所未有的情绪。他这一生听过、说过很多誓词，从上军校开始，国歌、国旗、誓词，融入他的血肉。穿上消防员服的那天，他宣誓——

　　　我志愿加入国家消防救援队伍，

　　　对党忠诚，纪律严明，

　　　赴汤蹈火，竭诚为民，

　　　坚决做到服从命令、听从指挥，

　　　恪尽职守、苦练本领，

　　　不畏艰险、不怕牺牲，

　　　为维护人民生命财产安全，

　　　维护社会稳定，贡献自己的一切。

他从未想过为什么要说这些话，也根本不必想，军人都是如此，这是天性。不知不觉，那些誓词成了他的信仰，他以此为目标，沉默向前。他从未想过，有一天会有人对他宣誓。

她说：忠诚于你，不离不弃，为你冲锋陷阵，赴汤蹈火。

她真傻，谁会毫无保留地把自己的底线透露给别人？她如此聪明，面对他傻到极致，哪怕用点手段，吊着他，对他若即若离，适当冷漠，她都会掌握主动权。可她不屑设计，把心剖开摊在他面前，还问他要不要。

她就认定了他非要不可？看似给他选择权，实则把他逼到墙角，这女人真是狠，手腕不一般。

早上，秦烈安排了俯卧撑、杠铃深蹲等训练项目。

唐江过来，乐道："今天心情不错啊？"

秦烈瞥他一眼："每天不都那样，有什么好不好的。"

"虽然你一向没什么表情，但我还是觉得你今天特别不一样，早上升旗时你一直盯着国旗看，好像国旗是你老婆，眼睛饱含深情。你小子实话实说，你是不是谈恋爱了？"

秦烈根本不理他，狭小的健身房内充斥着汗味，他自己也俯身下去，跟着队员一起做完全部训练。

"各自拉伸放松。"

唐江跟在秦烈身后，等他洗手时走上前："你刚才是不是笑了？"

"幻觉。"

"我就没见你这么高兴过，你不要告诉我是因为今天队员的训练让你很满意？"

秦烈找了个能抽烟的地方，叼了根烟，下巴微抬，一脸"你有什么意见"的表情，把唐江看蒙了。

李瑞希将告白的事告诉姐妹们后，群里都要炸了。

严蜜：什么年代了还要告白？

梁潇潇：好纯情哦，简直不知道该怎么吐槽。

孙小雅：难道这种事不是自然而然？竟然还要告白？

李瑞希叹息一声，躺在床上滚来滚去。关键是她告白后，他都没反应，真是越想越烦。

傍晚，秦烈刚出警回来就接到一个电话。他刚听了几句，面无表情，打算挂了。

"秦烈，你先别挂！"电话那头的徐菁喊了一声，"我就想跟你聊聊。"

秦烈坐在消防车里，很不耐烦："我跟你有什么好聊的？"

"怎么没有？"徐菁怕他会挂电话，声音带着明显的畏惧，"秦烈，你一直不接我电话，我真想好好跟你聊聊，你爸爸他……"

"你说谁？"

徐菁很识趣："我是说秦叔叔，他其实也挺想你的，前段时间那女人找他要家产，他说家产和公司都是你的。那女人恨得牙痒痒，一直说秦叔叔不是东西，什么都留给你，还说他就没忘记过你母亲，他……"

徐菁知道这些话不该她讲，秦烈也不爱听，可她非讲不可，她喜欢他喜欢了很多年。这些年，他这性子就没变过，不管在哪儿都能吸引女人的关注，可他根本不正眼瞧她们。他去当兵，他做消防员，他搬出去一个人住，从来都是他想怎么做就怎么做，没有哪个女人能困得住他。虽然她也困不住，可这些年，秦烈身边也没别人不是吗？这是不是说明她是特别的？

秦烈声音轻飘飘的："刚才那话，你再说一遍。"

徐菁是真的怕了："对不起,我不该提那些,我就是觉得你不该放弃那些,好歹我也是你的未婚妻……"

秦烈嗤笑一声，讥诮道："未婚妻？我怎么不记得我还有个未婚妻。"

徐菁一愣："秦叔叔说他拿我当儿媳妇，这是大家都知道的事。"

秦烈把打火机塞进裤子口袋，边走边笑："行啊，他说的你找他去，他今年还不到六十呢，没准儿还能跟你凑凑。"

徐菁脸都白了，声音发抖："秦烈，你怎么可以这样说我？我喜欢你那么久——"

他不耐烦地打断："那是你的事。"

徐菁被他的态度刺激到了："我喜欢你，你不当回事，那个网红喜欢你，你就当宝一样？"

秦烈沉默片刻，随即漫不经心："那又怎样？"

"你……我想跟你聊聊，你出来我们见一面。"

"没时间。"

"那你什么时候有时间？"

"对别人或许有，对你永远没有。"

徐菁怒了："如果你不答应，我就去你们消防队，对别人说我是你未婚妻，你对我始乱终弃。"

秦烈一句好话都没给她，嘲讽的意思有些浓："威胁我？你试试。"

他的语气其实并不重，可句句戳在她心上。她不甘："你真喜欢上那个网红了？听说你还带她去给向兴过生日了？她到底哪里比我好？"

秦烈叼着烟，脸部轮廓在阴影下显得有些模糊："别拿她跟你比，你们不是一类人。"

"不是一类人？那你说说我是什么人，她是什么人？"

日头正暖，秦烈忽而有些倦，接这通没意思的电话，倒不如跟小姑娘聊聊猫、狗。

徐菁冷笑："我去搜过她的资料，她漂亮、身材好，笑得也甜，你就喜欢这种的是吧？你看不上我我无所谓，但秦烈，人家能看上你吗？你不就是个消防员？一个月工资还不够她买个包吧？你跟她在一起，能养得起她吗？她起初跟你时自然心甘情愿，可久了等她尝到生活的苦头，等她知道有情并不能饮水饱，等她受了别人的诱惑，她就会心生埋怨。"

徐菁笑了一声，他们两家家世相当，双方父母都很认可彼此，是注定要在一起的。可秦烈不这样认为，他说念军校就去念军校，他说跟家里决裂就决裂，走得毫不犹豫。

她不喜欢秦烈当消防员，她想秦烈回家继承家业，这样她就能很自豪地对别人介绍他。她无法忍受自己的男朋友是个收入低微的消防员，可她同样无法割舍对秦烈的感情。一边放不下世俗的诱惑，一边放不下他的诱惑。

她矛盾地待在原地等他回头。或许哪天他不做消防员，或许他会妥协，知道她是最适合他的人。

她每次打听秦烈的事，向兴那群人一个字都不说，可他们却轻易接受了这个不知道从哪儿冒出来的网红，凭什么啊？明明秦叔叔早就说过她跟秦烈最配，明明她认识秦烈这么久。

他看不上她，她也不会让别人轻易得逞。

徐菁："秦烈，你我都知道，你一贯对女人要求极高，不仅是外表上那些，你要一个女人无条件站在你身边，永不背弃。你能保证她对你的感情永远不会变？你不能。就算你很喜欢她，可你想想，就凭你一个消防员，你配拥有这么好的东西？"

秦烈听笑了："那你配吗？"在徐菁愣住之时，他毫不留情，"你也不配。"

徐菁挂了电话就后悔了，她不该说那些话去讽刺他。

可她气他做什么不好非要做消防员，如果是别的职业，她可以将就一下。她家世好，身边朋友找的男朋友都很上得了台面，他们日常就是购物、度假，可那些，秦烈都不能给她。她幻想过他为她放弃职业回到他们原本的圈子里，可那只是幻想，秦烈甚至没有正眼瞧过她。

他像烈焰一样张狂，而她注定不能灭他的火，但她不甘心。

下面几天，新桥消防中队的队员们终于知道什么叫暴风骤雨，自打引进国外一套专业的训练体系后，秦烈就疯了似的虐他们。

"二十八岁的单身老男人伤不起……"众人对视一眼，跪求李小姐早点把秦队给收了，省得天天折磨他们。

傍晚，秦烈接到消息——刘坤殉职了。秦烈接到这个电话愣了很久，才把这个名字和自己的朋友对上号。

去参加刘坤追悼会的路上，他回忆着这位军校时认识的朋友，这才觉得那已经是很久以前的事。

其实他们很少联系，在消防队，大家都不怎么用手机，男人又不爱发朋友圈，只在平常系统里有活动时会碰个面。这样一算，他们倒是有一年多没见着了。

军校毕业后他们是为数不多选择进消防队的。做这一行经常有同行牺牲，但他没想到刘坤会在其中。

追悼会现场聚集了不少自发来送行的市民，追悼会结束后，秦烈和几个熟人打完招呼想要离开，却被人叫住了。一身黑衣的女人站在那儿，虚弱得像是风一吹就能倒下。

"秦烈，那天在火锅店，你都知道了吧？"

秦烈没说话，抽了根烟点上。

她看向灵堂，低头说："是我的错，结婚时以为什么都可以忍，不经常回家算什么？钱少点算什么？生活困难点算什么？没人陪算什么？我以为这些我都可以克服。结婚后，我身体不好，一直怀不上孩子，他忙于工作，根本顾不上我，后来终于怀上了却没保住，他很愧疚，自责没有保护好我，可这些有什么用呢？我一个人特别寂寞，每次他出任务还得为他担惊受怕。你们是不是以为你们出任务时只有你们自己一颗心提着？哪个消防员的家属不是一听说有重大险情就怕得要命？我当然知道你们都很伟大，可作为一个女人，我只想自私地为自己活着。"

她说着说着哭了起来，声音在风中显得有些不真实。

"去年他在火灾里受了伤你应该知道吧？不久前，我们好好谈过一次，他说可能要升职了，以后不会那么忙，会多回家好好陪我补偿我，我想清楚了要跟他好好过，可我没想到他竟然就这样没了。"她边哭边摇头，"我知道我不该跟你说这些，你恐怕还是瞧不起我，我只想找你说说话，或许这样能让我的内疚感少一些……"

帽檐遮住秦烈的眉眼，他说："你保重吧。"

身后传来女人的哭声，他没有回头。

秦烈回到新桥消防中队，还没回过神来。

唐江看他神色不对，凑过来："送了刘坤？"

"嗯。"秦烈点了根烟吸着，精神好了一些，"一年多没见，没想到再见面是这么个情况。"

唐江叹了口气，做他们这行，谁遇到这种事心里都不舒服，但谁也不能保证自己就不是下一个。

"我听说刘坤去年火中受伤，伤了那地方？"

秦烈没答。

"听说这次火不大，不该烧死人的，刘坤业务能力不错，又是军校出来的，怎么会这么不小心？"

秦烈低头抽烟。

他还是一年多前在培训时见过刘坤一面，刘坤在一次救火时被掉落的房梁压住，烧伤了。培训结束时两人喝酒，堂堂大老爷们儿喝醉了对着他哭，说不想活了。当时他劝过几句，宽慰他人活着总有出路，没承想世事难料。

唐江拍拍他的肩膀，叹道："消防员向火而生，进来时早想到了那一天，想那些都没用。吃好今天的饭，干好今天的活儿，把今天活够本就行了，反正死后眼一闭，也不知道别的事，你也不必有太大的心理负担。"

秦烈应了声，面色有点沉重，看着还能坚持住。

唐江是明白他的，他认识秦烈这么久，没见他掉过眼泪。男人嘛，又是部队里的男人，多年军旅生涯，火里来泥里去的，磨难把他打磨成了一块钢板。哪里遇到事他都能顶着，大风大浪也打不倒他。

"这周你回去好好休息。"唐江说着。

秦烈应了声，拿起帽子，摸起烟和打火机装进兜里。

这天，秦烈回家时已经临近半夜，走到楼下时有人叫他，他没搭理。

徐菁从车里下来，跟他走到门口："秦烈！"

昏暗的走廊亮起灯光，秦烈嘴里叼着烟，摸着钥匙。

徐菁急了："我等了你很久，你就不能跟我说句话？我想跟你聊聊。"

"有什么好聊的？"他漫不经心睨着她，连门都不开，就这样站在那儿。

徐菁一愣："你就不能请我进去坐坐？"

"家里地方小。"他说话还是冷冷的，可徐菁总觉得一段时间没见，秦烈有了些变化，说不上哪里不一样，就是跟以前不一样了。

对面的房门忽然打开，徐菁抬眼看到一个穿白色棉睡裙的小姑娘。她戴着粉白相间的发带，微卷的长发披散，面色白皙红润，小腿纤细，蜷缩的脚趾粉嫩莹润，泛着浅色的珠光。

她在秦烈身边转悠这么些年，一直在想，什么样的女人能拿下他，原来他喜欢这个类型的。

李瑞希也一愣。贝塔一直扒门，她才打开门看看，没想到会遇到这种情况。

怎么回事？又来一个情敌？

她神色复杂地看向秦烈，后者没什么表情。倒是徐菁眉头皱紧："李瑞希？你怎么住这里？"

本人倒是比电视上还要漂亮几分。

李瑞希微怔："你是……"

徐菁勾了勾唇："我是徐菁，秦烈的未婚妻。"

李瑞希的思维跑偏了："哪个'菁'啊？"

徐菁愣了一下："草青'菁'。"

李瑞希心情复杂，这男人不会真的招名字带"青"的女人吧？

她看向秦烈："你未婚妻？"

秦烈脸色阴沉，十分不耐烦："她说是我未婚妻就是我未婚妻了？"

"也对，我说你是我男朋友，你不也不是嘛。"有理有据，无法反驳。

他俩默契十足，徐菁脸色有些不好，嫉妒写在脸上。她仰视着秦烈，终于下定决心跟自己妥协。

"秦烈，我不该跟你说那些话，我以后不干涉你做消防员，不……"她话音未落，贝塔猛地冲过来，直接挤开了她，扑在了秦烈怀里。

李瑞希给贝塔竖大拇指，干得漂亮！

秦烈伸手逗黏人的贝塔，神色松缓。

徐菁的话被打断，脸色不好，可又不能跟狗计较，便说："秦烈，我是真的想清楚了，我们是最合适的不是吗？我喜欢你这么多年，你就不能……"

喵！一个白色绒毛肉团横空飞了出来。

似乎嫉妒夺走了秦烈怀抱的贝塔，舒克爬到秦烈的手臂上，用爪子挠贝塔的眼睛，贝塔狼狈躲闪，舒克还不解气，又继续抓它。战况激烈到李瑞希都同情起这个女人来了，毕竟这两个"神助攻"都是自己家的。

李瑞希咳了一声："舒克、贝塔！赶紧回屋去！"然而一猫一狗根本不搭理她。

徐菁好几次说话都被猫、狗打断，秦烈又专心跟猫狗玩，看都不看她一眼。她在李瑞希面前遭遇滑铁卢，自尊心受不了，最终含泪走了。

美人都哭了，秦烈都无动于衷。他开了门，李瑞希跟了过去，猫、狗的战场转移到了室内。他脱了鞋要进屋，衣服却被人抓住。

细长莹润的手指捏着他的衣角，李瑞希看向他，轻声问："说好了考虑几天的，你考虑好了吗？"

秦烈微怔，她上次让他考虑几天，说等他答案。

这几天他事情多，又正好遇到刘坤的事，已经好些天没睡好觉了，有时候半夜醒来想到她的誓词，不免自嘲。

她喜欢他，带着滤镜看他，这多少有些冲动。她还年轻，就跟舒克一样，一直被人捧着，怎么知道自己要面对的是什么。

他垂眸盯着她片刻，声音哑得厉害："瑞希，你不该那么冲动，以后别轻易把心剖给人看。"

李瑞希沉默了几秒，仰头看他："秦烈，我自认没有什么比我这一颗心更珍贵，我把它剖开，让你看看里面是什么样，你说我不聪明也罢，说我盲目也罢，喜欢一个人不可以这样吗？难道所有人都要算计妥当，计较利益得失？我不懂那些，喜欢就是喜欢，没什么可隐瞒的。"

秦烈心里像被戳了个口子，有微弱的光照进来。然而他想到刘坤老婆的话，想到徐菁的话，虽然不中听，未必是错的。他确实没什么能给她的，她这样的姑娘跟他在一起，起初肯定欢喜，可日子久了，难免会心生抱怨。

秦烈抬眸，望向白墙，有些漫不经心："普通女孩子谈恋爱有人陪，有人疼，要是不高兴，男朋友就去哄去照顾，这都是最基本的。"

"是，所以你不该祸害普通女孩子，我不入地狱谁入地狱？"

"干这行风险大，说不定哪天我就没命了。在你吃饭、打游戏、睡觉时……你接到一通电话或是在电视中看到我的消息，我死了一了百了，但你想把自己的人生过成这样？这种生活不适合你。"

李瑞希完全没想到他会说出这番话，只笑笑："拒绝得很熟练嘛，秦队果然经验丰富，刚才你拒绝那个女人时，是不是也说了一样的话？"

秦烈蹙眉，被气了一下，用一贯的语气训她："胡说什么，刚才都是我的心里话。"

她有些难受了，他虽然经常训她，却从没真的发过火，不过是处理不了自己的情绪，只能用那种口气训她。很多时候她觉得那是一种亲昵，但如今他说了这番话，她就算再喜欢也不可能再做什么。

把心剖开给他看，他不要，以后想要就没那么容易了。

李瑞希低着头，心里疼。

秦烈莫名烦躁："听明白了吗？以后不许冲我撒娇，也不许跟没骨头一样靠在我身上。"

李瑞希应了声。

他微微一怔："你答应了？"

"肯定啊，你话都说得这么明白了，我又不傻，那些都是我想跟男朋友做的事。"她语气平静，像是在陈述一件极其普通的事。

秦烈盯着房顶的灯看了许久。见她一直低着头，他眉头紧拧："你不会哭吧？"

"之前你站在原地不动，我向你走了九十九步，你只要走剩下的一步就可以了，但你连这一步都不走。现在你拒绝我，我也死心了，你要是哪天后悔了来找我，我可是不会搭理你的……我说完这些话，你的决定还是没变吗？"

"嗯。"秦烈生硬地别过眼。

李瑞希抬头，眼睛里蒙着一层水汽："你抬起手臂。"

秦烈抬起手，下一秒怀里撞进来一个人。她温热的手搂着他的腰，脸贴着他心口，是全然信赖的姿态。

他浑身一僵。

"你的心是石头做的吗？怎么就焐不热呢？"

李瑞希走后，秦烈才摸到胸口的一片湿润。某个瞬间，他想到她冲他撒娇，喊他"队长"的样子。他连抽了几根烟，认为她难过只是一时的，长痛不如短痛，这样对彼此都好。

次日，敲门声传来时，李瑞希肿着眼把门打开，她很平常地笑了一下："秦队长，有事吗？"

他听出了生疏的意思。

秦烈来不及细品，端详着她的脸色，声音放缓："我……带贝塔去散散步？"

以前他这么说她应该会很高兴，她的狗喜欢他，他也喜欢她的狗，两人像是无形中有了牵连。但昨晚她已经想明白了，喜欢是很私人的事情，不容强求，想明白这一点，她似乎也没那么难受了。

李瑞希的声音是前所未有的淡漠："不用了，我自己的狗我自己会遛，以后就不麻烦了。"

第十一章
他 的 焦 灼

这事之后，两人的关系彻底回到原点。

李瑞希不再给他发信息，房门永远紧闭，还把贝塔系在桌腿上，不允许它跑去扒门，更不让它跟秦烈见面。

如此一来，两人虽然住对面，再也没有了交流的机会。

敲门声响了，李瑞希的视线从猫、狗身上移开。

严蜜拎着一个香奈儿的包进门，她第一次看到舒克，蹲下来挠它："怪了，之前还没觉得，现在越看越觉得这猫像你。"

秦烈从火场千辛万苦带回来的猫，不送别人，送给了李瑞希，巧的是这猫还跟李瑞希很像。

"有吗？"李瑞希懒懒地打哈欠。

"你没发现吗？看着跟小仙女似的，实则小心思很多，尤其是这傲娇的样子，你别告诉我你不是这样。"

李瑞希听得一愣，坐下端详了片刻。仔细想想，这猫不仅样子，就连习性都跟她很像。比如都爱晒太阳，领地意识都很强，都……很喜欢秦烈。

她没精打采地叹息一声："巧合吧。"

严蜜看到她的脸，惊了一下："怎么这副德行？"

她的黑眼圈很重，头发乱糟糟的。严蜜嫌弃地闻了一下："这能炒两个菜了，几天没洗头了？"

"才炒两个菜？我还以为能做个满汉全席呢。"李瑞希面无表情说完，又钻回被窝继续睡觉。

"怎么这么颓废？表白被秦队拒绝了？"

一道沉闷的声音从被子里传来。

"谷晗很担心你，说你这几天直播跟打了鸡血似的，一天直播十五个小时，还说你刷新了单天观看和单场'粉丝'打赏的纪录……真受刺激了？"

不算受刺激，就是想明白了，爱情已经得不到了，事业再守不住，那不是双重损失？

李瑞希："还行，刚下播没几个小时，困着呢。"

"别睡，越这样越容易闷出病来，打扮一下跟我出去玩。"

"去哪儿玩？今天不直播？"

"直播什么啊！难得休息一下，正好向兴组局，咱们一起去。"

李瑞希从被窝里钻出来，不情不愿地抱着她撒娇："但人家冷，不想出门。"

严蜜咬牙，她就看不得李瑞希这样子："不许撒娇！快起床！以后别熬这么晚了。"

李瑞希挠着头，坐起身，露出她纤细的肩头。她打哈欠时泪珠垂着，我见犹怜。

"我那不是熬夜，是错峰睡觉，跟十几亿人一起睡，有意思吗？"

严蜜靠在门框上笑，李瑞希刷牙时才想起来："你怎么把付明宇搞到手了？"

严蜜咳了咳，大概就是有一次他不小心看到了她利用空闲时间写的小说，质疑她的小说脱离实际。严蜜作为一名作者当然气不过，决定通过实践证明一下，于是就……

李瑞希今天穿了条红色针织紧身短裙，黑色毛绒外套，黑色长靴。她骨骼纤细，蜂腰长腿，可谓凹凸有致，今晚这条红裙勾勒出她极致张扬的美。

包间里坐了不少人，她没想到秦烈也在。秦烈坐在向兴边上，见她进门，愣了一下，冲她点头。

李瑞希淡淡地点点头，算是回应。

严蜜有些担心，低声问："你俩没事吧？要不要避开？"

"没什么，避开显得太刻意了。"

李瑞希跟向兴打了招呼，站在边上的龚承弼看见她，拿了一瓶酒走过来。他一身西装，没系领带，领口的衬衫敞开几颗，有些风流贵公子的气质。

"上次就想跟你喝几杯，你一直不给机会，这次可不能再拒绝了。"

李瑞希笑笑："行啊。"

龚承弼拿了酒杯给她："尝尝这酒怎么样，美酒配美人，简直完美！"

她笑着举杯："谢谢啊。"

服务员进来服务，撞到了龚承弼，酒倾斜，湿了他的手。他一边找纸一边摸了根烟，又望着桌子上的打火机："我手湿了，帮我点个烟？"

包间里骤然安静。

几道视线射来，有一道尤其灼热。李瑞希很快回过神，从容地摸起边上的打火机，把火送过去。

她手指纤细，指尖微微颤动，靠近时抖了一下。

龚承弼微愣，他原本就是随口一说，要是李瑞希是个开不起玩笑的人，或许会觉得过分。

他点了烟，笑着吸了一口："谢谢啊。"

李瑞希侧头看他："没什么，举手之劳而已。"

"有没有人说过你这手很适合玩打火机？"龚承弼夹着烟，"我这打火机用了几年，一直没怎么放在心上，刚才你点火时我才发现，你的手配上我的打火机，简直赏心悦目。"

"没你说的那么夸张。"

"怎么没有？我就没见过比你的手好看的女生。"

听见龚承弼的话，秦烈动作一停。他这人眉眼冷硬，下巴紧绷，不说话时戾气很重。

室内温度骤降，几个朋友都察觉到不对。

龚承弼坐下来，态度比之前诚恳许多："我这几天都在看你直播，你游戏打得很好，那个 GCB 就是我。"

李瑞希想起来了，这个账号最近给她打赏了不少礼物："以后不要破费了。"

龚承弼这几天在李瑞希的直播间花了不少钱，一是因为李瑞希漂亮，他想追；二是觉得她游戏确实打得不错。他摸到了李瑞希的性子，便笑："行，那我以后不给你打赏了，以后聚会多出来玩啊。"

像是感应到背后迫人的视线，李瑞希回头与秦烈四目相对，淡淡地勾唇，视线并未多做停留。

秦烈忽然知道，在这双眼中，他和向兴、陶景明已然没有区别。往常这双眼睛注视他时，总带着盈盈笑意，如今却再清醒不过，好似大梦初醒。他失去了在她这里被特殊对待的资格。

向兴笑了："听说你俩翻篇了？"

那种并不陌生的烦躁又来了，这段时间他一直这样，做什么都烦，好似心里总压着事。

秦烈语气很淡："她说的？"

"严蜜说的，叫我今晚多带点单身男青年来，我看龚承弼恐怕是要认真追了。"

陶景明给秦烈倒了杯酒："真不喜欢？"

秦烈抽了口烟才说："她跟了我什么都得不到。"

"也是，龚承弼的条件你知道，几辆跑车，平常花钱大手大脚，对女人也舍得，把李瑞希交给他，你就尽管放心吧。"陶景明笑笑。

秦烈睨他："故意刺激我是吧？"

"哪能啊，我都猜到你跟她说了什么，是不是说自己没什么能给她的，工作危险又没时间陪她？"

包间窗户被人打开，冷风灌入，这支烟烧得很快。陶景明的声音伴随着风有些模糊。

"秦烈，你这人就是一副臭脾气，从来自尊心就强，你总说自己没什么能给人家的，那你有没有问过人家要什么？要我看那些都是假的，你秦烈什么时候被那些世俗的条件束缚过？你就是被惯的。正好我身边有几个条件不错的，改天给她介绍介绍，也好让你放心。"

秦烈冷了眼："不许。"

"你凭什么啊？你又不是她什么人，人家能对你好、对你笑，也能对别人好、对别人笑。"

对别人好、对别人笑？就跟对他那样？

秦烈这次没答。

玩了一阵子，聚会的场地转移到了台球厅。梁潇潇今天心情不好，一直骂江屿森，她把对男人的恨发泄在了台球上，台球厅不少人围过来看热闹。

秦烈弯腰打了一球，撞击的声音干脆，不少人朝他看。

李瑞希的台球打得一般，龚承弼走过来，笑笑："你得瞄准你的球，三点成一线，找好支点。"

李瑞希试了几次，虽然瞄得准，但落球时，球总会打偏："好像有点难。"

龚承弼笑着看她："你打游戏打得那么好，台球打不好实在不应该啊。"

"其实我 QQ 桌球打得不错。"

龚承弼夸张地笑："那都是多少年前的游戏了，咱们再来一次。"

她离龚承弼很近，昏黄的灯光勾勒出女人娇俏的脸，红色让她美得惊心动魄。

秦烈有些烦躁，重重扔了球杆。

李瑞希听到动静，回头看了他一眼，又没什么表情地转过头，继续欢快地玩耍。上厕所的空隙，她去补了口红，出了洗手间没走几步，忽而手腕一疼，她被人拉到了露台上，是秦烈。

冷风扑来，李瑞希撞在他坚实的胸膛里，鼻子发酸。

她挣扎着离开，他却不让。两人就这样纠缠，李瑞希被迫待在他怀里，鼻腔里都是他的味道，从未有过的靠近让她大脑一片空白，许久回不过神来。

秦烈叹气，这一晚心里都不爽，跟中邪似的，可就在她靠近的瞬间，心里那股子烦便悉数散去。

果然，症结还在她这里。

李瑞希干脆不动，淡淡地抬头看他，有些不明白他的意思："秦队长，有事？"

秦烈的心被这风吹得恍惚，他俯视她，明明还是那张脸，可为什么看起来变化这么大？从前总爱娇声喊他"队长"，对他毫不设防地笑，五官笑时尤其生动。如今不笑了，眼里没什么表情，配上红唇、红裙，倒像是变了个人。

她问得好，好像也没什么事，就是觉得烦，觉得躁，想跟她聊几句。

"没事就不能找你？"

李瑞希觉得奇怪："没事找我做什么？我要回去打球。"

她刚拉开门，又被他强势地拉了回去。

"到底什么事啊？别妨碍我打球行吗？"

秦烈瞅了眼，眉头紧拧："看上那小子了？"

"你说龚承弼？还可以吧。"

他盯着她，不许她转移视线："那孙子可不仅想跟你做朋友。"

"那又怎样？不做朋友就做别的呗。"李瑞希有些不明白他，因为太冷，笑得嘴唇打战，"我又没男朋友，他条件很好，我接触一下总可以吧？还是说秦队长你有意见？"

"我要说有呢？"

李瑞希想了想，很认真地告诉他："有就憋着呗，你又不是我的谁，咱们都认清自己的位置，过界就不好了。"

黑夜把他的眼眸衬得更深沉，他盯着她许久，没说话，脱下外套把她包起来。属于他的气味扑来，李瑞希有片刻失神。可她知道，有些东西她不敢过分贪恋。她脱了外套丢给他，冲他笑笑："谢谢秦队长，但你的外套不适合我，我不需要。"

秦烈想起许多从前被忽视的细节来。好比她对别人说话一直这样，不娇不软，清醒客气，从容温和。她也很少会跟人正面起冲突，情商不低，给人的感觉很舒服，很少给人难堪。包括对他，至今都算客气，但就是这份客气让他嚼不出味儿来。她从前对他不是这样的。

他一直觉得自己对她还能克制，他好像低估了什么。

李瑞希回来后继续和龚承弼打球。

陶景明扫了一眼，龚承弼长得不错，是传说中"小白脸"类型的，虽然花心了点，却对每个女人都大方。

他们是一个圈子的，可龚承弼和秦烈自小不对付。加上龚承弼高中时暗恋过徐菁，徐菁却独独钟情于秦烈，两人的梁子就算结下了。秦烈这人傲得很，龚承弼又不是个能低头的。这么多年，秦烈和龚承弼哪怕经常出现在同一场合，说话都不超过十句。

单从外形上看，李瑞希和龚承弼虽然不如她和秦烈配，也算俊男美女了。

陶景明为秦烈捏了把汗："你在消防队一个月不出来几次，等你下次出来，李瑞希估计就是龚承弼的女朋友了。"

秦烈掐烟的手指在桌子上敲了两下，腿跷着，不屑地说："她看不上他。"

"哎哟，那么有自信？再看不上别人，但被你伤到心了，说不定就想退而求其次了。"

"不会，龚承弼算哪根葱？"

陶景明"啧啧"两声："我怎么闻到了醋味？"

"有吗？"向兴认真闻了一下，"好像有点，但不够浓啊。"

裴江吸着鼻子："这还不够浓？一屋子醋味，酸得要死。"

秦烈不答，拎着球杆站起来撞开龚承弼，龚承弼当下黑了脸。

向兴笑着解围："走，陪我打一局。"

龚承弼烦躁地皱眉："他什么意思？想打架我还怕他不成？"

向兴笑："得了，别的不说，打架你从小到大什么时候赢过？烈哥没进军校前你就打不过他，现在还能打过？人家谈恋爱，你去掺和干什么？"

龚承弼皱眉，盯着向兴："你帮他是吧？他们谈什么恋爱？我实话告诉你，我想追李瑞希，他俩又不是男女朋友，我光明正大地追人怎么了？"

"哟，真认真了？你喜欢她？但我可告诉你，不管你认没认真，人家姑娘不是你能随便玩玩的。"

龚承弼一怔，他知道自己从前荒唐，开始时他就是逗她玩，美女谁不喜欢呢？何况是身材好、脸漂亮、学历又高的美女？他看了她的综艺，每天守在电脑前看直播，一段时间下来，竟生出几分真心来。那心思跟火苗似的，冒出来就压不下去。

"谁说我随便玩玩？我以前那些女朋友天天管我打游戏，抱怨我不陪她们逛街，我这次直接找个会打游戏的！以后两人一起打，这日子不香？"

向兴不能说什么，就只是笑，这人还不明白自己的处境，不是说不让他追，而是他怎么看怎么像男配角。男配角都是推动情节用的，往前凑干吗？

"行了，你要真想追回头认真追呗，今晚我组的局，你俩可别在我这儿打起来。"

龚承弼脸色不好了。

李瑞希学了一晚上台球，打得还是一般，好几次甚至把对方的球打进了洞。

秦烈在背后睨她，她这条裙子一弯腰就露出大腿根。本就是惹人的身材，这么穿真要命，不少人来来回回朝她看，偏偏她完全没发现。

秦烈挡在她后面，隔开后面几人的视线。

被人从后面环抱住，李瑞希只觉得后头一暖。说是抱其实不准确，秦烈跟她并没有实际的身体接触。他只是握她的球杆，摩挲她的手腕，嘴唇靠在她耳边，低声说："这人不行啊，教了你这么久还没学会？"他离得太近，她的耳朵一向敏感，酥痒难耐。

她咬牙，别扭地躲开，语气也淡："我技术一般。"

"你也太谦虚了，这哪是一般啊。"

李瑞希倒也不气，只平静点头："确实是不太好。"

这话里带着压抑的委屈，倒让秦烈没脾气了，他忽然明白了她一直以来隐藏在笑容下的小心翼翼。他的声音有点哑，低低回荡在她耳边："行了，我教你，你就把那球想象成是我，不是心情不好吗？你打一下试试。"

她弯下腰，瞄准球，想象成是他的话，好像……清脆的撞击声传来，一次进了两个球。

秦烈握着球杆靠在球桌上睨她，盯着她颤抖的睫毛："看来对我的怨念不小，今天一直甩脸子给我看，还生我的气？"

"没有。"

"那还对我这样？"

李瑞希有些奇怪："我对别人也这样，秦队长你是不是要求太高了点？"

秦烈一口气堵在那儿。没错，她对别人也淡，如今不过是把他划分到"别人"里了。是他要求太高，妄图在她这儿享受特别的待遇。

李瑞希笑了："大家就是邻居，也没什么瓜葛，各退一步回到最初的关系，对彼此都好。秦队长，你说呢？"

秦烈心里骂了句，这人可太会给他添堵了，一句话让他心里的火噌噌直冒。

李瑞希打球水平进步神速，仿佛每一颗球都是他，往死里撞。

秦烈要笑不笑："看来是不用教了。"

李瑞希看了他一会儿，低笑："是的，不用教了，因为我已经不想学了。"

次日，大家约着打篮球，李瑞希被梁潇潇强行拉了去。

市体育中心的篮球馆设施很好，男人们都换好了球服。向兴和陶景明穿着不同颜色的蓝色球服，秦烈穿了一身白色，龚承弼一身红色。

梁潇潇坐在旁边，不得不服气："我终于明白你为什么对秦烈死心塌地了，这气场、身材，要是我我也……"

李瑞希淡淡瞄她一眼："让给你？"

梁潇潇抖了一下，乖乖认错："秦队是你的，我哪敢染指？不对，你俩不是没关系了吗？"

李瑞希不再说话。

过了一会儿，徐菁也进来了，坐在离她们不远的地方。李瑞希自始至终盯着场上，像是根本没看到她。

徐菁咬唇，有片刻的心理不平衡，她好不容易才从龚承弼那儿问到篮球馆地址，可李瑞希却被邀请了，明明自己和他们才是发小。

向兴看到徐菁，怔了一下："龚承弼叫你来的？"

"我来看看不行吗？"

向兴扫了李瑞希一眼，咬咬牙："随你吧，你怎么折腾都没用。"

徐菁明显不高兴。

龚承弼走过来，笑说："瑞希，帮我拿下衣服呗？"一件外套紧接着落在她怀里。

李瑞希微怔，下一秒，一个高大的身影走近，秦烈冷着脸扔掉龚承弼的外套，又把自己的衣服扔给她："拿好了。"

李瑞希看了一眼龚承弼落在地上的外套，又看了一眼秦烈的，面无表情地一扔，两件衣服一起叠在地上。龚承弼的脸色黑了又亮了，秦烈的脸色亮了又黑了。

梁潇潇咽了口口水，总觉得秦烈的眼神能吃人。

激烈的篮球撞击声传来，球场上的秦烈扬手，轻松投了一个三分球。他个子高，身姿挺拔，精气神和别人很不一样，一旁专业篮球队的人都盯着他看。之后龚承弼想反击，却被秦烈压制得死死的，一点机会都没有。

梁潇潇乐了，在群里实况直播。

严蜜：哎哟，再发几张秦队的照片来，这肌肉太可以了。

李瑞希想，肌肉可以吗？好像确实不错，线条分明。要是从前，她肯定直勾勾地看，一秒也不肯转开眼，可在她剖了自己的心送给他，他却不要后，她已经戒掉他了。

她想开了，他没什么错，只是不喜欢她罢了。而她也没什么错，只是先喜欢他罢了。她无须为付出的感情介怀，在这个年纪不顾一切喜欢上一个人，是很奢侈的事。她追也追了，爱也爱了，这些过程她已经走过了，结果如何已经不重要了。

她看了一会儿，去了一趟厕所。躲在里面玩了几把经营类游戏，一抬头已经过去半个小时了。

    ·

"秦烈，你能不能专心点？看什么呢？"

秦烈回神，李瑞希的位置是空的，她一走就是半个小时，时间有点长。体育馆这地方看着空，真要发生点什么事喊"救命"都没人听得到。

他拉起球衣，擦了一把汗，把球扔给向兴，球准确弹到向兴怀里。

"我去趟厕所。"

刚走几步，他就被徐菁拦住。

徐菁："秦烈，我那天说的话你考虑得怎么样了？我们还有可能吗？"

秦烈不耐烦："这话你到底要问多少次？"

"可……"徐菁垂眸，委屈得要命。

从前她在外面玩一整夜，他都不回一个信息。现在他喜欢的女人只是去上个厕所他就担心成这样，原来他不是不会对人好，原来他对一个人好，能好到这个地步。以前她总安慰自己，他虽然不喜欢她，可也不喜欢别人，这男人就这样，谁都驯服不了。哪怕以后结婚了，他老婆也绑不住他。可她错了，他的心是滚烫的。

她到底差在哪儿？就因为她看不上他的职业？

秦烈不想听她絮叨，把她推开："徐菁，差不多得了，你是什么人我能不懂？"

一抹绿色出现在视野内，李瑞希拿着手机边走边玩游戏，路过他们，头也不抬。

徐菁笑得发苦，不甘又委屈，她仰望的人如今被另一个女人瞧不上。

"秦烈，她都不搭理你，刚才你不想让她拿龚承弼的衣服，是吃醋了对吧？我还以为你这人一辈子都不会为别人动心呢，原来你爱起来不比任何人轻松。"

秦烈眉毛一拧，又缓缓放松，一直以来的烦躁有了落脚处。他明白了什么，看向徐菁，笑了："谢了。"

元旦火情多，秦烈一天接了五次火警，快忙疯了，每次回消防队吃不了几口饭，就会被电铃打断。他这么累应该没心思想其他事才对，邪门的是，只要一停下来就会想到李瑞希的脸。

有时候累得实在不行了，翻出她唱的歌、说的话听几遍，那种烦躁感便会奇异地被抚平。也是这时候他才发现，聊天记录里的自己有多冷淡。

她有点小聪明，又爱闹腾，他曾告诉自己绝不上当，哪有人明知道那是绳套，却要把绳套套在自己脖子上的？

可如今他拿不准自己了。

第十二章
李 瑞 希， 我 后 悔 了

秦烈最近经常收到向兴发来的照片。

玫瑰花是"999朵"的，包是香奈儿、爱马仕的，还有各种名牌首饰、化妆品。

向兴：虽然我知道龚承弼这小子一向舍得花钱，但没想到他这次动真格的了，今天还问我什么车适合女孩子呢。

陶景明：哇，有人替你疼她，给她更好的条件了，惊不惊喜，刺不刺激？

裴江：陶景明你说话低调点，可别把人刺激出病来。

秦烈把微信关掉，没再往下看。

过了一会儿，向兴又找他。

向兴：说实话，你这次要是真不追，哥们儿我真的瞧不起你。

陶景明：他追人？他会追吗？从小到大哪次不是女生追他，他知道怎么追女生？

裴江：你直接抄龚承弼的作业得了，珠宝首饰先送一次。

秦烈一怔，叉着腰，没回。

秦烈闲下来休假回家那天，见楼下停着一辆跑车，那是龚承弼的"兰博基尼"。他这辆车有名得很，向兴在群里发过照片，车牌照就是这个。

他摸出家门钥匙，抬头，过了一会儿，李瑞希从楼上跑下来。她穿了一件粉色的宽松毛衣，下面是一条紧身打底裤，头发微卷，扎了个丸子头，元气十足。

钥匙在他手心转动，他语气低沉："出去？"

李瑞希似乎刚看到他，语气平静："是啊，你休假？"

"回来看看。"

"哦。"看什么？有什么好看的？他又没有猫、狗，但她懒得问，"我先走了。"

最近龚承弼来得很勤快，天天给她送花，送奢侈品，前几天还问她喜不喜欢"兰博基尼"。

她拒了礼物，她又不是买不起。

谁知她拒绝之后，龚承弼反而送得更勤了，态度也一次比一次真诚。

"穿这么少，不冷？"秦烈的声音又低又冷，在这寒冬的风中听不出太大的情绪。

李瑞希低头看向自己，穿的是不多，但也还好，他从来没有关注过她的穿着，今天倒是反常。

她垂眸，轻轻应了声，语气淡淡的。

秦烈目光深沉，心思难辨。要是从前，李瑞希或许会去揣测他的想法，可她只是快速移开眼，迫不及待地离开。

龚承弼打开车门："瑞希，上车。"看到边上的秦烈，他嗤笑一声，"秦队长也在呢，我跟瑞希要去吃饭，就不打扰你了。"

李瑞希看了秦烈一眼，四目相对。他的脸色实在难看，紧抿的嘴唇绷成一条直线。李瑞希知道这是他发怒的前兆，但她懒得理会。她淡淡地收回视线，坐到了龚承弼旁边的副驾驶座。

龚承弼的手指在方向盘上点了点，他承认最初只是看李瑞希长得好，可这段时间接触下来，他却认真了。她说话让人舒服，笑得让人舒服，为人处世也让人舒服。他长这么大没遇到过这样的女人，加上她会打游戏，在他这儿拿了前所未有的高分。

龚承弼看向秦烈离去的方向："因为他？"

李瑞希笑着摇头："因为我自己。"

"怎么说？"

"纯粹是因为我不想将就。"

龚承弼一副受伤的神色："这是给我发好人卡了？"

"收到好人卡至少可以证明你是个好人。"

龚承弼被逗笑了，竟然生不起气来。李瑞希想了想，还是不要让人误会，挥手和他道别，转头进了公司。

今年熹微传媒扩大规模，租下了这座大厦一半的楼层。公司内灯光璀璨，进出的助理们脚步匆匆。

正值年关，主播们就没有不忙的时候。她不得不感叹，流行变化真快，前几年还那么难做的行业，这几年却这么火，过几年只怕又会被别的东西取代。

"瑞希姐。"有人跟李瑞希打招呼。她笑着回应，她来公司的次数不多，但大家对她都很热情。

她敲响老总办公室的门。江屿森坐在老板椅上，戴一副金丝边眼镜，衬衫敞开几颗扣子，西装皱巴巴的。

"江总忙得连澡都不洗了。"

江屿森瞥她一眼："纯天然的男人味不需要任何修饰。"

李瑞希捏着鼻子，嫌弃坏了。

江屿森拿出刚打印出来的主播业绩分析表，递给她："你考核完成得不错，寒假努力一把，不出意外，今年年初就能把目标完成了。"

李瑞希挑眉，因为公司主播每天都试衣服，地暖自打入秋就没关过，暖和得让人发困。

"谷晗呢？上次我被变态跟踪那事后来怎么样了？"

"你放心，我还能让你受牵连？你给公司提成，不就是让公司帮你处理大大小小的事？"江屿森说，"这人的信息我掌握得七七八八了，他从派出所被放出来后，又跟过你几天，后来被人揍了一顿，揍得有点狠，肋骨断了好几根，腿伤了，眼也肿了。"助理进来汇报工作，江屿森拿笔签了份文件，看着她笑了笑，"你猜揍他的人是谁？"

李瑞希微微失神："我怎么不知道这事？"

江屿森有些意外地挑眉："他没跟你说？行，他倒是疼你。"

李瑞希心情复杂："我跟他已经没什么了。"

江屿森停下笔看她："他拒绝你了？"

"怎么？就不能是我拒绝他？"

"你每次看到他都跟饿狼扑食似的，你能拒绝他？"江屿森细看才发现她这几天憔悴不少，他扯开衣领，手指在办公桌上点了几下，"他们这行，很多人半大不小就进火场灭火，什么事没见过？干这行难免考虑得多一点，但要说他对你毫无感觉，这我可不信。"

"本来就是，你不信也没办法。"

江屿森乐了，笑着说："李瑞希，我是男人，我比你更了解男人。"

晚上，严蜜在群里说，公司请了个舞蹈老师来教她们跳舞，她们四人要排练个团体舞，为公司年会做准备。去年公司年会办得很热闹，奖品也很丰厚。今年公司壮大了，业绩比去年翻了至少十倍，年会绝对会更隆重。

严蜜她们选的舞什么都好，就是滑跪动作太多，李瑞希身体娇气，碰一下就会青，她最讨厌这种激烈的舞蹈动作。可因为时间紧，老师想早点把动作教完，训练强度很大，几个不常锻炼的宅女叫苦不迭。

失恋中的女人狠起来连老师都怕，在李瑞希不要命的练习下，她终于跳出了堪比原作的舞蹈。舞蹈老师惊叹不已，直夸她有舞蹈天分。

她都努力了，其他三人也不好意思"划水"。刚练习到一半，门外传来嚷嚷声。

"谁这么幸福啊？"

"这敞篷车，得不少钱吧？"

"这'富二代'是追谁的呀？小乔，是追你的吗？"

韩小乔摸着自己这张很贵的脸，长叹一声："我认识的男人不是喊我付外卖的钱就是叫我代付网购的钱，甚至为了省钱还要抢我的衣服穿。"

一身西装的龚承弼正站在风口，他换了一辆敞篷车，在地上摆满了烟花和蜡烛，心形蜡烛拼着李瑞希名字拼音的首字母。

烟花配蜡烛？他的审美让李瑞希有点看不懂。

同事揶揄她："这男人看着眼熟，好像追过一个网红，玩了没几天就把人给甩了。他要放烟花吗？我们这儿是不是最佳位置？"

李瑞希挑眉："你们干脆去买爆米花得了。"

韩小乔瞥了她一眼："你跟队长没可能了？既然这样，你把秦队长的微信发给我。"

李瑞希："真想要？"

"当然啦，我爱死他那副爱搭不理的样子了，这年头这样的男人太稀少了。既然都有别人追你了，那你就把他让给我呗。"韩小乔面色红润，不知在想什么，眼睛水汪汪的。

李瑞希看了她片刻，打开微信，推送了好友过去："发给你了。"

"瑞希，太够意思了！我要是追到秦队长了，一定请你吃饭！"韩小乔喜不自禁，抱着手机跑了。

李瑞希下楼时，龚承弼跑过来，声音有点颤抖。她看笑了，大冷天的穿西装耍帅，不冻你冻谁？

李瑞希："我不是说了让你别搞这一套吗？"

龚承弼扯着西装领子："你不让我送你贵重礼物，我这些蜡烛都是网上买的，加起来才几十块钱，一点也不贵，完全符合你的标准。"

李瑞希有些头疼，无奈道："把蜡烛收起来吧，我这儿很多同事看着呢，影响不好。"

"我追你又不是做什么见不得人的事，你过来站在爱心中间，我放烟花给你看。"

李瑞希尴尬，还能再土一点吗？

忽而，一辆消防车驶来，李瑞希微怔，直到江闯、小潘几人从车上下来，她才回神。

"嫂子！"

"那个男人是谁？不会是想追咱们嫂子吧！保护我方队长！"

"还摆蜡烛，比我还老土。"

几人叽叽喳喳，秦烈从车上跳下来，视线从李瑞希身上掠过。

李瑞希和他对视一眼，天色暗，他的神色难辨，隆冬的寒意笼罩着他。

她没好气地别开脸，身后传来他的吼声："都站着干什么！快干活！"

大厦底楼一家公司起火冒烟，虽然火势已经控制住了，但大厦里有很多加班的公司，贸然切断电源容易造成混乱，必须先疏散人群。

李瑞希双臂环胸，风仿佛要从她领口钻入五脏六腑。

秦烈瞥她一眼。风吹起她胡乱扎起的卷发，几缕发丝贴在脸上，衬得她有了几分楚楚可怜的味道，让人恨不得张开衣服把她拥进怀里。

小姑娘出息了，这才几天没见，就把他当仇人了？他凑近，挑眉睨她："哑巴了？不会喊人了？"

李瑞希垂眸，不情不愿地乖乖道："秦队长……"

"这叫法我不爱听，换一个。"

李瑞希咬牙："不爱听就不听，以后我不喊了。"

秦烈暗骂一句，脸色比刚才更阴沉。

江屿森打圆场："秦队长，今晚供电会受影响吗？"

"供电不是我们的职责范围。"

风太大，蜡烛点一个灭一个，龚承弼费了九牛二虎之力才全部点着。这时江闯几人扛着水枪从屋里出来，路过时水枪一哆嗦，水柱浇灭了龚承弼千辛万苦点着的爱心蜡烛。

"……"

小潘没个正经："哎哟，不好意思了，你说这也太巧了。"

范立新："这不能怪你，这么多蜡烛引起火灾怎么办？现在的人啊，防火意识太差。"

"快把蜡烛搬走，影响救火你赔得起吗？"

龚承弼的脸都黑了，冷笑："没有蜡烛，我还有烟花。"

秦烈面无表情："你的烟花？"

龚承弼用力咬着后槽牙："是我的，怎么着？秦队长有意见？"

秦烈冷眉冷眼，硬气得很："根据《关于进一步加强烟花爆竹管理的通知》指示，南城的老城区内禁止燃放销售烟花。"

龚承弼脸黑得厉害："我怎么不知道有这通知？"

"不看新闻？"

"如果我就要放呢？"

"强行燃放的，公安机关有权进行拘留。"

龚承弼的牙咬得咯咯响。没等他跟秦烈杠上，天上忽然下起了雨。这雨下得急促，一滴滴砸落到地上，很快把地面打湿了，也打湿了跑车的内饰。

当着李瑞希的面，龚承弼还算优雅地钻回车内，准备把敞篷关上。悲惨的是，按钮怎么按都不灵，他眼睁睁看着雨水浇湿了他的爱车，却无可奈何，只能哆哆嗦嗦地掏出一把不知道从哪儿找来的破雨伞，勉强维持住跑车车主的尊严。

严蜜看呆了："真是好惨一男的！告白蜡烛被浇灭，烟花被没收，就连跑车都不给他留一点面子……"

几人望着被淋成落汤鸡的龚承弼，笑成一团。

这一晚临睡前，秦烈都没接到任务。他躺在床上摸出手机，微信有陌生人的添加提醒。

韩小乔：秦队长。

秦烈：怎么有我微信？

韩小乔发了个笑脸来：李瑞希给我的。

秦烈坐起来：她为什么给你？

韩小乔：最近不是有个"富二代"追她吗？可能她觉得"富二代"更适合她。

秦烈堵着一口气，给李瑞希发信息。

秦烈：为什么把我号码给韩小乔？

没人回，页面显示一行字。

他被拉黑了！

秦烈陷入了前所未有的暴躁中，就连唐江都察觉到他状态不对，特地给他放了假，省得他在消防队狗见了都烦。

傍晚，路灯和暮色混合在一起，李瑞希拿了快递，万分艰难地拖着一箱东西。这玩意儿可沉了，李瑞希揉揉手腕，心想，老天爷赏她一个阿拉丁神灯吧，变一个大力神出来替她搬运快递。

秦烈远远就看到她了。她弯着腰，臀部翘起，小腿在宽松的衣服下更显纤细。或许是因为搬不动，略显委屈，噘着嘴嘟囔着什么。

"搬不动？"秦烈走上去。

李瑞希感受到忽来的热量从后面包围住她，气息霸道地侵袭她的皮肤，让她有片刻失神。

李瑞希的语气并不热情："还行。"

秦烈轻轻踢了一下快递箱："就这么点东西，看把你累的，要不要我帮你搬？"

他的气息呵在她脖颈上，李瑞希没好气道："不需要，我自己会搬。"

"嘴硬什么？你那是搬？走一步休息一下的。"秦烈从后面靠近，两人的衣服几乎相贴。他俯在她耳边，语气宠溺，哄人似的："商量一下，我帮你搬，你把我微信放出来。"

李瑞希愣了下，哦，她是把他给拉黑了。

"不放。"

秦烈脸都黑了："这是踢了我，给新男朋友让位置呢？"

李瑞希翻了个白眼："是啊，追我的男人多着呢，我怕新男朋友会误会，只能把你给清理掉了。"说完继续拖着快递上楼。

秦烈被气得叉腰望天，然而他哪忍心让她扛这重的东西？那么嫩的手就不是用来干重活的，他就是再没谈过恋爱，也知道女孩子是用来疼的。他面无表情地走过去，扛起箱子。

等李瑞希回神时，他已经轻巧地上了楼。

这一箱东西她搬得冷汗都出来了，结果在他手里就跟空的似的，两人体力悬殊实在太大。

秦烈放下快递箱，悄悄打量她的小家。一阵子没来，变化不大，只是贝塔和舒克想他了，争相往他怀里钻。

"想我了吧？"他伸手挠舒克的下巴，挠贝塔的头。一猫一狗舒服地眯眼，懒懒地趴在他脚边。

李瑞希站在门边上，没好气道："秦队长，没什么事的话，你可以走了。"

秦烈掀起眼帘睨她："你这用完就扔的习惯跟谁学的？"

李瑞希火大："跟你学的。"

秦烈指着那快递："你确定不用我帮你装？"

李瑞希买的是一个花架子，她打算放在阳台上养些多肉。花架很重，肯定不好搭，可是，要接受他帮忙吗？她是那么没骨气的人吗？

"不用，我自己可以。"

"你？你确定？"

她没回，直接把人推了出去。

多肉花架的尺寸比想象中要大，十几块木板堆在一起，她一时没有头绪，便先把花架放在那儿，给自己扒了个芒果。

以前她吃芒果从不过敏，可这一次吃完后浑身起红斑，一块块的，尤其领口处痒得厉害，挠一下，红得更厉害了。

半夜，李瑞希刚下播，刺耳的门铃声响起。舒克跳过去，贝塔也滑向门口，一猫一狗难得放弃掐架，无比和谐地盯着大门。

李瑞希默默叹气："回来！"猫、狗不从，被她强行拖回来关在里屋。

打开门，秦烈正站在门口。

李瑞希客客气气地说："秦队长，找我有事？"

秦烈视线下移，她今天穿了件白色棉睡裙，领子略低，露出雪白的脖颈，原本无瑕的皮肤上布满难以忽视的红痕。红痕深浅不一，除了脖子侧边，胸口上方也有。

要是不知道那是什么可就白活了。门砰一声又被他关上。

李瑞希想起他盯着自己时那吃人的眼神，莫名蹙眉。这男人怎么回事？还敢给她脸色看？

她冷笑。都是惯的，以后没人惯你，你就自生自灭吧。

关了灯，秦烈躺在床上睡不着。他实在烦得很，撸起袖子，下床做起了俯卧撑。一连做了三百个，眉都没皱，心里的烦躁却一点没少。

她跟龚承弼干什么去了？龚承弼的糖衣炮弹把她给收买了？不是说喜欢他吗？这才过了几天，说放下就放下了？她的喜欢就这么不值钱？

心里的火根本扑不灭，他又下楼跑了五公里，回来后身体累极了，火却更大了。

年会在即，所有人都在抓紧时间训练。李瑞希天天滑跪，膝盖上青了好大一块。晚上简单吃了饭，回家时已经累得抬不起脚，扶着扶手慢吞吞上楼。

秦烈晚上跑了十公里，回来时在小区门口碰到了她。她扶腰叉腿，外八字走路，双腿打颤，哆嗦得厉害。短短一截楼梯硬是爬了好几分钟，到家门口时气喘吁吁，隐约还喊了一句："腰好酸，腿好痛，以后再也不要这样的姿势了。"

秦烈的脸黑得吓人。

晚饭后，李瑞希打扫完屋子，准备出去扔垃圾，打开门，脚步一停，看到了楼梯间里的人。

也不知道他在那儿站了多久。

她拎着垃圾，视线冷淡地掠过："有事？"

秦烈脸色有点阴沉。

他视线下移，落在她白嫩细长的腿上。她的脚踝和膝盖也很漂亮，可如今印象中白皙的膝盖没有出现，取而代之的是大片红肿瘀青。

风吹过，李瑞希哆嗦了一下，腿冷得厉害。

可腿冷也比不上他的眼神冷，他至于吗？她自嘲地笑笑。

这天洗完澡，李瑞希擦完护发精油，把吹风机和手持吸尘器拿出来，准备吹完头发把家里的猫毛和狗毛吸一下。

今天一天没在家，屋里被这两个娃弄得不成样子。养猫养狗没别的，就是打理麻烦了点，要定期送去洗澡，为它们的饮食和健康操心，跟养娃差不多。

整理好这些，她才开了直播。

最近她状态不错，看了一些职业选手比赛的视频，有了新的灵感。打完游戏，给大家唱了首《他只是不爱我》，唱完从歌词中想到自己和秦烈的情况，伤感了起来。

她慌忙下播，关了灯，躺在床上睡得迷迷糊糊，手机振动声传来，李瑞希毫无意识地应了声："嗯？找我什么事？"

她睡得迷糊，声音柔得似水，柔柔地往人心里流。秦烈心底涌过前所未有的暖意："李瑞希，开门。"

李瑞希累糊涂了，打开门，走廊里的光亮让她眯起眼睛，声音有点哑："你怎么……"

下一秒，秦烈就钻进来了。

他一个用力，把她翻身压在了墙上，灼热的、隐藏着怒火的声音呵在她耳廓："李瑞希！"

李瑞希的手撑在他胸口，摸到坚硬的胸肌。虽然……但是她睡着觉呢，这是摸胸肌的时候吗？

他这身子骨跟铁打的似的，怎么也推不开。李瑞希干脆放弃挣扎，无奈道："大半夜的干什么？莫名其妙的！"

莫名其妙？也是，做了三百个平板撑、两百个卷腹，跑了五公里，心里还是乱成一团，这不是莫名其妙是什么？

秦烈："你让他动你了？"

李瑞希莫名其妙："谁动我了？"

"龚承弼！你让那龟孙子碰你了？"

李瑞希哑然，随后才明白过来，表情瞬间变得复杂。他这是以为她跟龚承弼发生了关系，才这样跑过来？

"你以什么身份质问我？"李瑞希语气平静。

秦烈以为她默认了，一口咬在了她脖子上。说咬不确切，应该是又咬又啃，像是要覆盖什么，根本不给她任何躲避的余地。

李瑞希敏感，脖子、耳朵、脚丫都碰不得，他这一碰，她下意识躲开了。

疼痛传来，他的气息喷在她耳廓上。他总是这样随心所欲，来去自如，把她搅得一团乱。

"秦烈！"她忽然有点委屈，眼泪都要下来了，"秦烈，你……不许咬我！你放开我，我们有话好说。"

秦烈哪里听得进去？他另一只手摸着她的膝盖，描绘她肿痛的地方。李瑞希后知后觉……所以他大半夜跑过来，是吃醋了？

她放低声音安抚他："秦烈，你放开我，根本不是你想的那样。"

过了许久，黑暗中双眼猩红的秦烈才抬起头，放下她的手："你说。"

原本打算放弃的人，却忽然跑到自己家吃"飞醋"。李瑞希有些乱，越想越委屈："你有什么资格质问我？你这样有意思吗？"

秦烈别过头，黑暗中他听到自己跟自己妥协："李瑞希，我后悔了。"他无比确信这是他想要的女人，他不可能把她让给别人。

李瑞希万万没想到自己等来的是这句话，心中有难言的酸涩涌过，她喜欢他喜欢得那么辛苦，他一句后悔就撩得她心里乱，她怎么就这么不甘心呢？

"我后悔了！"他又说，"当然，认错是不可能的。"

李瑞希斜眼看他，不得不承认这人是真牛，有求于她竟然还敢这样跟她说话。

"我能做的就是在未来用行动表示。"

"你到底要说什么？"

"我想告诉你，我要追你。"

李瑞希第一次听到如此厉害的告白，以前都是她追着他跑，现在忽然调换过来，她有些不习惯。她挑眉道："那你不在乎我跟别的男人……"

秦烈一僵，睨她一眼："过去就过去了。"

她忽然庆幸这是在夜里，屋内的漆黑让他看不见她发烫的脸。

长长的沉默让两人渐渐平静下来。

李瑞希平静地说："你说你要追我，但你还记得那天我说的话吗？我说过你要是后悔了，想回头找我，我是不会原谅你的。"

"记得，每个字都记得，但这世上没有绝对的事。"秦烈摩挲着她的脸颊，以霸道的姿态俯视她，"我入职以来遇到很多次大火，往往需要调集全市乃至全省的力量来灭，谁都以为灭不了，可最后呢？总能灭掉。这世界上没有任何事是不可能的。"

"喜欢你有些辛苦，我已经决定要放下了。"

"你说过不会原谅我，可你要不要试试？或许结果比你想的好。"

李瑞希笑着摇头："我想要你手里的糖，可要是你给我的糖跟别人的一样，我宁愿不要。"

从前她看他总是充满爱意和崇拜之情，仿佛他是这世界上最让她动心的人，如今她收回自己的爱，眼里不再有灼热的情绪流淌，他反而不乐意了。

秦烈："你这话不对，我手里就这一颗糖，没给你，我也没给过别人。

李瑞希，我这颗糖给你了，就不会给别人一分一毫。你要给我个机会，让我扒下糖纸，把这糖塞到你嘴里。如果你反复咀嚼，觉得不是那个味儿，觉得没达到自己的要求，你再吐出来。"当然，他绝对不允许那种事发生。

李瑞希承认，她有片刻动容，但她最终咬咬牙，低头道："算了，我不接受，我不想再尝试那种生不如死的感觉。"

秦烈的心抽了一下："知道你委屈，我追你不需要你回应，你只要接着、受着就行。"

李瑞希没答。

秦烈固执："我要在你这儿拿号，不许拒绝，当初你自作主张拿了我的号，现在我也拿一张，才算公平。"

李瑞希心情复杂，从未想过有一天他会反过来追她。

她低着头不知在想什么，秦烈的胸口抵着她："同意也得同意，不同意也得同意。"

"你说过我们不合适，既然这样，我肯定要去找更合适的人。拒绝了我，又来纠缠算怎么回事？人家龚承弼好歹有'兰博基尼'，按你的标准，我跟他再合适不过了。"

黑夜中，秦烈笑了。这女人厉害，不愧是他看上的，知道他脉门在哪儿，知道戳哪儿疼，这是一刀刀往他心里戳呢。既然他说过这种戳人心窝的话，那他也是活该。

他不容她胡思乱想，俯身，霸道地贴紧她，不留一丝缝隙。黑暗中，李瑞希感受到他的气息，下意识后退，可她被人困住贴着墙，哪里还有后退的空间？

秦烈困住她，声音低哑："'兰博基尼'？我就是'兰博基尼'，怎么着，要不要给你摸摸方向盘？"

李瑞希恨不得撕了他，气道："摸你个头！"

"也不是不可以。"

李瑞希气得捶他咬他："秦烈！你找死啊！"

"是，我找死，你给我个痛快？"他的气息霸道，极具侵略性。

秦烈没觉得自己的话有什么不对，他与她离得很近，气息呵在她鼻尖，看她的眼神像是能吞人。

虽然他什么也没说，可她觉得自己被人用视线调戏了。

"耍流氓是吧？"

秦烈玩着打火机，一直笑："这就叫耍流氓？要么我真要让你感受一下？"

"滚。"

"行，你叫我滚我就滚，不过，我可没你其他追求者有空，说送花就送花，说来你楼下就来你楼下。你得对我这个弱势群体中的一员公平一点。"

弱势群体？鬼才会信。她思绪万千，最终叹息一声："我以前一直在想，你动心时是什么样。"

秦烈微怔，捏住她纤细的手腕，放在胸口，宣誓一样："你会知道的。"

她的手贴着他的衣服，温暖的手心下，一颗心怦然跳动，像要跃出体外。

李瑞希眼神微动，抬头与他四目相对。她在他的眼中，看到了自己。她又羞又恼，最终心情复杂地把人送走。

关上门，她拍着自己的脸，提醒自己千万不要被他干扰。

脑子一团乱，彻底睡不着了，李瑞希只好拿手机给小姐妹发信息。

李瑞希：秦烈说要追我。

梁潇潇：那就上啊，抱着他啃两下，说你等这天等很久了。

孙小雅：你怎么想的？

李瑞希叹息一声，她要是有想法，就不发到群里让大家替她拿主意了。

李瑞希：我有点乱，本来都打算放弃了，他忽然这样让我不知所措。

严蜜：你就说你还喜不喜欢他吧。

梁潇潇：想那么多干吗，人生苦短，吃肉要趁早。

孙小雅：秦队严格来说不算渣男，只是之前没开窍而已。

李瑞希叹息一声，果然跟她们聊天是聊不出个结果来的。过了一阵子，她发现自己被拉进了一个聊天组，裴江、陶景明都在，姐妹们也在里面。

向兴：长这么大，终于有机会围观秦烈追人了。主播，请不要怜惜他那朵娇花，狠狠地踩躏他吧！

李瑞希：……

裴江：他要追谁？

陶景明：能让秦烈低头实在不容易，一定要给他点颜色看看。

被追的妞：……

被追的妞：为什么我是这个备注？

严蜜：直入主题。

梁潇潇：这个备注实在传神。

孙小雅：神来之笔。

被追的妞：……

紧接着向兴给群组改了名——在线围观秦烈追妞。

李瑞希默然片刻，丢开手机，准备以后再也不说话了。

次日一早，李瑞希醒来时浑身乏力，又缩回被子里睡了一觉。迷迷糊糊中听到敲门声，贝塔和舒克一直在扒门，闹腾得厉害。

她穿着粉色睡衣，不情不愿地走去开门。

秦烈拎着早餐，裹挟着一身寒气站在门口："还没醒？"

"嗯。"她面色潮红，嘴唇惨白，看着没精神。

秦烈蹙眉，伸手放在她的额头上："发烧了都不知道？你是怎么照顾自己的？"

她发烧了？难怪这么不舒服。她从小这方面就很迟钝，每次发烧都要拖很久才能反应过来，有一次烧得抽筋说胡话，还是付明宇发现了才把她送去医院。

"吃完早餐我带你去医院。"

她摇摇头："我吃点药，睡一觉就好了。"

"最近有很多人得流感，你最好去医院看看。"

李瑞希微怔，别的倒是不怕，可过两天就是年会了，她要是一直不退烧，肯定会影响发挥的。等视频发布出去，"黑粉"们又要说她唱歌全靠修音了。她决不容许这种事发生，想想就同意了。

秦烈买了不少种类的早餐，他不知道她喜欢吃什么，干脆把店里有的都买来了。她完全没胃口，不想吃，秦烈却不让："不吃饭没有体力，更难好。"

他打开一碗菜粥，拿勺子搅拌好才道："我喂你？张嘴。"他将勺子伸到她嘴边。

李瑞希蹙眉避开："真的吃不下，嘴里没味道，什么都不想吃。"

"听话，吃一点，我带你去医院。"

她生病了没力气，说话声音柔柔的，像在撒娇："真的吃不下。"

这话挠得秦烈心里痒。他面上没有情绪，心里却乐了。有进步就好，只要她肯跟他说话，哪怕爱搭不理也比漠视要好。

"那等你想吃我再去给你买，走吧，现在就去医院。"

李瑞希被出租车晃得有些晕车，本就发烧，这样一来更不舒服了。下了车，她脚步不稳。

秦烈扶住她："我抱你。"

她推开他，拒绝："不用了，我自己能走。"

秦烈瞥她一眼："这是恨不得跟我撇清关系呢！行啊，是怕我们的关系让'兰博基尼'误会？要么现在就打电话让他过来，我倒要看看他能不能抱得动你。"

李瑞希往前走，无视他的话。

秦烈忍无可忍，弯腰捞起她。李瑞希吓了一跳，下意识搂着他的脖子。

秦烈看着她发白的脸色，得意地勾唇:"就他那小身子板也能抱得动你？小姑娘，看男人不能只看表面，那种男人身体虚得很。"

她靠在他怀里，鼻腔里都是他的味道，脸颊被他强行搂靠在胸口，动弹不得，只能悄悄翻白眼。

他继续道："经验少就要多对比，男人不比不知道，一比吓一跳。可别眼皮子浅就这样随便把自己定下来。"

李瑞希懒得搭理。酸死你得了。

见她不说话，他便将她往上一抛。李瑞希忽然被抛到半空，惊呼出声，下意识搂着他的脖子，如此一来倒是如了他的意。

秦烈看着她惊吓的表情，恶作剧得逞一般，唇角勾起。

李瑞希魂飞魄散："秦烈，你神经病啊！"

"神经病也是被你气的！"

她没好气："有病就去治。"

"医院治不好我这病，"他顿了顿，难得正经起来，"药在你这儿，李医生。"

秦烈有将近十年没来过发热门诊，他很少生病，只有受伤才会来挂急诊。眼下医院人多，他抱着李瑞希观察了片刻，犹豫要去几楼挂号。

导医台的护士见状，体贴地推了轮椅过来，温声说："先生，女朋友腿不方便就走直达电梯吧？"

秦烈一怔，和李瑞希四目相对。

怀里的女人耳朵尖都红了，别扭地垂眸，恼上了。他勾唇笑，心情难得大好："不用，女朋友很轻，我抱得动。"手感更是好，让人舍不得放下。

护士盯着两人的背影感叹这年头好男人不多了。

李瑞希简直没脸见人，她原以为秦烈抱几下就算了，谁知道秦烈挂完号后，又很顺手地抱她去门诊排队。

排队的人见她不会走路，好心让她插队。李瑞希不好意思占用资源，赶紧解释，说自己能走路。然而连医生都不听她的，打量着她，对秦烈直摇头："带你女朋友去做个检查，看看血项。"

"好嘞！"秦烈的眉眼染了笑，他弯腰把人抱起，颠了两下，故意说，"抱女朋友去检查咯！"

李瑞希满脸通红，别扭地挣扎："放我下来。"

"不放。你平常都吃什么了？这么瘦？"

李瑞希叹息一声："我都一百斤了，还瘦？"她其实肉挺多的，属于骨骼纤细但是有肉的那种，看着不算特别瘦。

"一百斤算个事？我们早上跑步的负重就有七十多斤，平常我给他们加重，背着一百斤的东西跑步是常事，你倒好，就这点重量。"

秦烈很少跟她说这些，她所了解的关于消防员的事都是从别的渠道得知的，他忽然把自己的日常告诉她，迫不及待想让她去他的世界，她有些不习惯。

群消息提醒铃声响了起来。

向兴：秦烈追妞第一天，请主动汇报情况。

严蜜：我差点忘了，今天秦队干吗了？有没有给你一个早安吻？

陶景明：我竟然有幸能看到秦烈追女孩。

所有人都喊李瑞希出来，她烦不胜烦，只好实话实说。

被追的妞：早上给我买了早餐，我发烧了没吃，他带我来医院看病了。

严蜜：你发烧了？严重吗？

被追的妞：还好，正在做检查呢，马上抽血。

说话间，抽血站的人喊到李瑞希的名字，她很自然地把手机放在台子上。针尖刺破指尖的瞬间，鲜红的血冒出来。她闭上眼，睫毛轻颤，手还抖了一下。

秦烈垂眸，他从业以来经常受伤，严重的、不严重的都有，就算是缝针、做手术也从没皱过眉头，可仅仅是看到她被针戳了一下，他就心疼得不行，恨不得自己代她受这罪。

李瑞希的手机振动，秦烈瞄了一眼，这一看，眼神定住。

"在线围观秦烈追妞"？这是什么群？肯定是向兴建的！

向兴：主播不要轻易原谅他，多设置点关卡，让他吃点苦头，省得他不长记性。

秦烈抬眼，冷笑两声，这是亲弟兄，怎么一个个胳膊肘就知道向外拐呢？

往上，有一段对话。

严蜜：你以前不是恨不得跟秦队单独相处吗？怎么这就不习惯了？

被追的妞：以前我那是馋他身子。

孙小雅：现在呢？不馋了？我寻思着秦队也没人老色衰啊。

被追的妞：比他身材好的人又不是没有！

秦烈笑了。别的不敢说，就他这身材这配置，说是万里挑一也不为过，她去哪儿能找到他这样的？馋他身子是吧？怎么不早说？

医生说李瑞希问题不大，不是流感，不需要输液。但她过几天有年会，缠着医生给输了两瓶。

输液门诊的人不是一般多，李瑞希找了个人少的角落。

一个孕妇坐在李瑞希旁边，孕妇的老公陪着孕妇，他从口袋里拿了核桃出来："老婆快吃核桃，多吃点核桃补脑子，以后我们的宝宝会更聪明。"

"老公你真好，没带核桃夹，你怎么开的核桃？"

"我刚才用门夹的，你快吃，咱家宝宝肯定会比我们聪明。"

李瑞希听了一会儿，默默举手："那个……被门夹过的核桃吃完还会变得聪明吗？"

两人愣了一下，很认真地思考这个问题，孕妇猛地把核桃一扔："都怪你，用门夹过的核桃给我宝吃，吃笨了怎么办？"

"对对对，都怪我，怎么就没想到呢。"

李瑞希不好意思了："我就是随便说说。"

被她这么一说，男人只能手捏核桃，然而核桃毕竟不是一般东西，他捏了几个，手差点废了。

秦烈就在这时拎了一袋食物进来："都是清淡的，你看看有没有胃口。"

李瑞希这会儿还真有点饿了，她吃了几口白粥，抬眼就见他坐在边上，面无表情地掏出一包核桃。

她差点咳出声，他哪儿来的核桃？

他迎上她的视线，挑着眉："女朋友想吃核桃？"

李瑞希凶他："不要乱叫，我可不是你女朋友！"

"行，不是我女朋友的这位李小姐，请问你想吃核桃吗？"

"不想。"

"你还是吃一吃吧，补补脑子，想想到底谁更适合你。"

"……"李瑞希气得咬了一口包子，她就知道这人根本没那么好心。

他像没事人似的，一手捏一个，把核桃捏得稀碎，好像把核桃当成了龚承弼。

李瑞希偷偷抓了一个在手里使劲捏，核桃还是那个核桃，是她想多了。可他表现得实在太轻松，那手比钳子还好用，不说她，就是边上的孕妇的老公也看直了眼。

"兄弟，你是怎么做到的？"

秦烈跟旁人说话还是一贯的冷淡："核桃而已，手劲大点就能捏。"

孕妇再看她老公，眼神中莫名就带了几分嫌弃。

秦烈面无表情地把剥好的核桃放在李瑞希面前，李瑞希目不斜视，拒绝看某个破坏人家家庭和谐的坏人。

"好好补补脑子。"

"我的脑子比你的好多了。"她勾唇笑了笑，"秦队长放着脑子好的不追，来追我这个脑子不管用的，到底谁脑子不好啊？"

她浑身是刺，像个小刺猬，和以前判若两人。

他狭长的眼里没什么情绪，嘴角却弯起来："行啊，李瑞希，够牙尖嘴利的，以前怎么就没看出来你这么能说？"等追到手看他怎么讨利息。

她莫名觉得自己被调戏了，恼羞成怒："实话实说，不爱听可以不听。你那个未婚妻徐菁看着像精英，脑子肯定好用，你可以去找她。"

秦烈却乐了，俯身贴在她耳边，低沉的声音像是在诱惑："吃醋了？"

李瑞希一僵，拿核桃投他的脑袋："滚！"

秦烈总算明白了什么是"日抛"，他带她去医院看病，又抱又哄，结果一回来就把他关在门外，连舒克、贝塔都不让看。他终于明白那些离婚后，前妻不让看孩子的男人的感受了。

"李瑞希，你给我开门！"

"不开！"

从医院回来，李瑞希精神好多了，他也就没有存在的必要了，哪还管他的死活？

"我要遛狗。"

"狗是我的，跟你没关系。"

"那猫呢？猫总是我送你的吧？"

李瑞希嗤笑："秦队长，这是跟我算账呢？"

秦烈被噎得够呛，跟她算账？他有那胆子？他要是敢答应，这女人绝对翻脸不认人。

他算明白了，他是栽她手里了。明明气得要命，却拿她一点办法没有。他叉着腰在门口抽了一支烟。

李瑞希可不管他是怎么想的，给猫、狗喂了点罐头，便躺在床上刷微信。

今天游戏主播群里有人在聊天，这个群是某圈内大神建的，群友都很会玩游戏，李瑞希最喜欢的电竞大神也在里面。为了在偶像面前维持高冷形象，她很少在群里发言，只默默围观了一会儿，又听到有人敲门。

"谁啊？"

"李瑞希开门！"秦烈烦躁地喊。

李瑞希无语地开门，挑眉看他："秦队长，有事？"

秦烈一手撑在门框上，眉眼间带着挑衅："来给你做苦力要不要？"

李瑞希顺着他的视线看到客厅散落的花架材料。哦，花架还没装起来呢。有人来当免费劳动力，她哪有拒绝的道理？

被人家安排得明明白白，她也不觉得尴尬，只不自在地咳了咳，打开门让人进来。

舒克、贝塔跳到秦烈怀里，像是在告状。这景象把李瑞希看气了，她又没虐待它们，看看这猫、这狗！搞得她跟后娘似的。对，就是我不让你们见他，怎么了？想起义？也不看看自己的主人是谁。

秦烈挑眉数落她："你老凶它们干什么？"

"我就凶怎么了？你有意见？"她抬着下巴，好像跟猫、狗气上了，也好像跟他气上了。

秦烈失笑。什么人养什么样的宠物，这两个小家伙的脾气跟主人一样一样的。秦烈用手挠着它们，拿起说明书看了一会儿。

他掏了根烟，朝她看一眼，像是在征求领导同意："不介意我来一根？"

李瑞希没好气："你干什么不需要经过我的同意。"

他勾唇，扶起木板看她："过来，帮我点烟。"

李瑞希一怔，慢悠悠拿话刺他："这种事容易引起误会。"

秦烈斜她一眼，目光深沉："知道容易引起误会你还给龚承弼点？"

"怎么了？我喜欢给哪个男人点就给哪个男人点。"李瑞希没好气地翻白眼。

秦烈给了她一个眼色，似乎在叫她走着瞧。

李瑞希可不怕他，回敬一个招牌白眼，又嘴硬："你要是不愿意可以走啊，我又没求你帮我。"

秦烈叹息一声。他嘴唇有点干，声音放低："过来帮我一下，我没手了。"

李瑞希这次没说什么，不自在地靠近："打火机呢？"

"兜里，自己掏。"他睨着她，眼神挑衅，像在嘲笑她不敢。

虽然知道他是故意的，可李瑞希不想让他看扁。掏个打火机而已，又能怎么样？她把手伸进他的左边口袋里掏了一会儿，没摸到："在哪儿？"

秦烈抬头，咬着牙忍受她的乱摸："另一边看看。"

李瑞希疑惑地将手伸进另一边口袋，只隔着裤子摸到他紧绷的大腿，以及那温热的触感。

根本没有打火机。

秦烈身体绷着，情绪也绷着，心里有一团火往外冒，压都压不住。

是什么时候对她有想法的？仔细想想，是很早以前，那次她摸起打火机给他点烟，手细白柔嫩，冲他笑得很甜，当时他就有种把她按在怀里的冲动。那时的他还不知道如何安放这种情绪，只是烦躁得厉害。

他知道她足以燎原，便不想让这火焰蹿高，却不知道她根本什么都不用做，他已经一败涂地了。

"没有，你是不是在骗我？"她蹙眉，有了防备。

秦烈神色如常地低头："我记错了，可能在后面的口袋，你找找。"

李瑞希牙关紧咬，总觉得这男人是故意的，可她偏偏不能说什么。

给他点火时，她根本不敢抬头。秦烈眯眼吸了口烟，睨她时忍不住勾唇。看来误打误撞，走对路子了。

"脸红什么？又发烧了？"他伸手去摸李瑞希的额头，让她更不自在。

她别过头，没好气地躲开："我没事，倒是你，什么时候能装好？我待会儿还要出门。"

"去哪儿？"

"去一趟公司。"

"出门记得多穿点，不要为了爱美穿那么少。我平常很少在家，你要是再生病，想找人送你去医院都难。"

李瑞希吃软不吃硬，难得没说什么。

秦烈手快，看了几眼说明书就把花架装起来了，只用了十几分钟："架子放哪儿？"

李瑞希指挥他把花架放在阳台上。

她买的花架每一层长度不一，原本想养点多肉植物，等舒克跳上去才想起来，家里有这两个祖宗，养花养草实在不现实。

她发愁道："舒克，你该不会把我的花都扒出来吧？"

"喵喵喵……"

"还有贝塔，你不会重拾拆家技能吧？"

"汪汪汪……"

"我怎么感觉我这花架白买了？算了，给舒克当攀爬架玩吧，反正造型差不多。"

既然花架装好了，他也就没有留下来的必要了。李瑞希下了逐客令，她刚把人推到门外，就手腕一疼，又被人抵在了墙上。

高大的男人在她耳边呵气，用低沉磁性的声音撩拨她："把我微信加回来。"

还加你微信？建议你再回去睡一会儿。

"没必要。"

"怎么没必要？你能加龚承弼不能加我？"

李瑞希笑："我就是不加，你能怎么着？当初我为了加你微信缠了你很久，现在我不想要你的微信了，不要就删了呗，还需要得到你的同意？"

秦烈微怔，那时候他对她的态度跟对别人一样。以前有几个女生在微信上跟他示好，他没搭理过，直接把人家删了，后来就很少加女生了。他虽然不搭理李瑞希，但也没搭理过别人，他觉得自己应该有申诉的机会。

"我要是随随便便加你，你就不会怀疑我也会随便加别人？"

他的声音让她的耳廓有些痒，她不得不承认这人很善于掌控人心，一句话就把她问得说不出话来。他说得没错，如果当初加他微信时他轻易给了，那她肯定会怀疑他也曾这样加过别人。当初之所以会对他感兴趣，就是因为他对谁都爱搭不理的。

她第一次谈恋爱，对男人有要求。

秦烈捏她的耳垂，如愿见她颤抖了一下，很可爱，像一只傲娇的小猫。他的心情一下子好了，低笑："我没加你，但我也没加别人，可你加了龚承弼不是？"

她垂眸不说话。

他摸透了她的性子，这女人吃软不吃硬，跟她来硬的，她只会反弹得更厉害，但好好跟她说，她其实心软得很。

"既然说了让我追你，就不许反悔。听话，把我放出来，我难得有一天假，找个时间回家都不容易，你要是没我微信，说不定我出点什么事你都联系不到我。"

李瑞希彻底服气了，为了加个微信，把自己咒上了？这男人也太狠了点！

她眯着眼，掏出手机按了几个键，恨得牙痒痒："行，我加！我加还不行吗！"

他脸上的阴霾散去，闪过一丝笑意，又捏了一下她的耳垂。她的耳朵又白又小，耳垂精致漂亮，上面还有一个很小的耳洞，捏着很舒服。

她一时没注意到他的动作，抬着下巴："好了，加好了，可以滚了吧？"

秦烈没滚，不慌不忙地盯着她的手机："记我手机号记那么清楚？"

"……"

这天他是被踢出门的。

是夜，一轮圆月挂在新桥消防中队的上方。

忽而，刺耳的电铃声毫无征兆地打破了这夜的寂静。秦烈在睡梦中被惊醒，他快速套好衣服跳进消防车。

着火地点是离消防队不远的一个老小区。火烧得不小，浓烟滚滚，在这黑夜的衬托下，火焰更显得张牙舞爪。

保安大爷着急道："这家的住户是一对老夫妻，我打电话给他们家闺女，对方说有个四岁的小女孩也在里面，我喊了半天里头的人也没个反应。"

这老小区没有车库，一楼是贴着地面建的，秦烈安排队员准备，又问："其他家都出来了？"

"都出来了。"

秦烈望向小区管道，外墙没有天然气管道，用的肯定是煤气了。

"范立新，准备一下进行破拆，从窗户进去。"

"是，队长。"

新桥消防中队的破拆在全国消防队大比武中连续两次获得过第一，范立新在这方面做得不错，速度足够快，动作不拖泥带水，十分利索。

"队长，破拆全部完成！"

秦烈预判后，派了一队人进去。

居民楼着火，报警又比较及时，火势还算好控制。只是以前的老房子装修时都喜欢吊顶装护墙板，家里一烧起来就不好控制，再加上老房子内部结构复杂，经常会出现很多难以预料的突发情况。总的来说是常规火灾，灭火不难，难就难在老人家行动不便，救人麻烦些。

最终，一群消防员还是把老夫妻扛了出来。

"没有小女孩？"秦烈问。

"还没找到，我刚才问过了，老人家呛了烟，迷迷糊糊的，说话听不清楚。"

范立新摘了呼吸面罩给老人家，秦烈戴好呼吸面罩从窗口跳了进去。

屋内火烧得很旺，客厅里烧得只剩下一个壳，秦烈的视线从墙脚被烧焦的毛绒玩具上掠过，又挨个儿推门，进入每个房间查找。

主卧、次卧、洗手间……每个房间都看不到小女孩的身影。

大半夜的，最有可能还是在儿童房里。秦烈又折回儿童房，儿童房内一片狼藉，墙壁也被火苗熏黑，屋里根本没有小女孩的身影。

他正要走，脚步忽然一停，像是受某种指引，忽然拉开衣柜门。

一个穿着睡裙的小姑娘正躲在衣柜里，满眼是泪地盯着他。小姑娘粉雕玉琢的，眼睛很大，睫毛直直垂着，可爱得很，就是头发被烧焦了一些，鼻头上满是灰，看起来可怜兮兮的。秦烈把她抱了出来，她还是醒着的，精神看起来不错。

屋外已经围满了人，都是小区的老住户，所有人见小孩得救才松了口气。

秦烈很喜欢这小女孩，笑着摸她柔软的头发。小姑娘的笑容很甜，看人时眼睛里星光闪烁，看得人心都化了。

跟那丫头一样。

"叔叔，你好厉害哦，那么大的火你都不怕。"

"你经常害怕吗？"

"偶尔，有时候吧！我是说……每个人总有害怕的时候。我妈妈告诉我，勇敢不是不害怕，是害怕了却依旧能克服恐惧。我以前经常哭鼻子，但这次我一看到着火就躲了起来，明明很害怕也不哭，我应该是一个勇敢的小女孩了吧？"

"你当然是，你比任何人都做得好，比那些小男孩都做得好。"

她捂着嘴笑，看向被送上救护车的爷爷奶奶，又担忧道："爷爷奶奶……"

"不会有事的，叔叔向你保证。"

西西笑着点头："叔叔，我以后……"

秦烈笑了："你以后也要做消防员？"隐约记得李瑞希也说过这话。

"不啊。"小姑娘很有主意，歪着头甜甜地笑，"我以后可以嫁给消防员，就像妈妈嫁给爸爸那样，叔叔你等我长大好吗？"

"……"

火势控制住了，几个队员边喷水边朝这儿笑："队长，你魅力不小啊，人家四岁的小姑娘都被你迷倒了。"

秦烈笑着摸她的脑袋，把她抱到边上和家人团聚。

本地新闻频道的记者来了，秦烈把呼吸面罩摘给小姑娘的事被人拍了下来，新闻就此事进行了采访。他面无表情地回答："所有消防员都会这样做。"

第十三章
追 人 有 战 术

次日中午，唐江远远看秦烈拿着本子靠在消防车上。

秦烈人高腿长，他这副漫不经心的样子最有男人味，唐江不得不服。难怪每次秦烈一上新闻，网上就有一堆人嚷着要嫁给他。说什么崇拜英雄，这帮小姑娘真不诚实，不就是看脸看身材吗？不过就这脸这身材，要他是小姑娘，估计也顶不住。

"干吗呢？"他走上前问。

秦烈没躲，在纸上写着什么，唐江疑惑地趴着看："写什么呢？作战方针？上头有什么新的指示，需要你这么严肃地写作战方针？"

秦烈痞里痞气地说："你懂什么！"

"我不懂，你倒是给老子讲讲啊！"

秦烈爱搭不理，笔却没停，一直在写。

他不说，唐江也懒得猜，只笑笑："最近有人在追李小姐？"

秦烈睨他："你怎么什么都知道？"

"我就不能知道？我有韩小乔微信，她发了朋友圈。那男人条件不错啊，开跑车的，打扮得也人模人样的。"

"人模人样？你对人有什么误解？"秦烈满眼不屑。

唐江乐坏了，坦白讲那男人长得不错，年轻英俊，身高跟李瑞希也般配。如果不是有秦烈在，那两人怎么也算是男才女貌了。想想以前，秦烈谁都不放在眼里，现在呢？还不是打翻了醋坛子。

他免不了幸灾乐祸："以前你对人家爱搭不理，现在人家让你高攀不起，不是我说，秦烈，你也有今天啊！"

秦烈冷脸不答，眼始终垂着。

唐江倒没说错，他也有今天啊！阴沟里翻船，现在人家不让他这条船走了，他倒是想巴巴儿往前凑，可没用啊，人家不理会。这都几天了？没给他来一条信息，偶尔出警回来，打开微信指望她能发来一言半语，却总是失望。

"我瞧你这样子是不乐意李小姐被别人追？不是我说你，你早干什么去了？人家追你时你不搭理，要是你早点开窍，还有那男人什么事？凭良心讲那男人长得也不错，虽然'小白脸'了一点，但现在的女人就吃这种。"

"'小白脸'有什么好的？一个比一个肾虚。"

"你这是嫉妒！"

"我还用嫉妒他？"秦烈头都没抬，说话时也心不在焉，"我小时候就没把他放在眼里过，长大了更没道理嫉妒他。"

"这还是发小？"

"发什么小？这年头是个人都叫发小，都叫闺密，都叫青梅竹马？别滥用词汇！"

唐江乐坏了，前段时间秦烈状态不对，这几天眉宇间的烦躁散了一些。

"你这不是给队里写的吧？让我猜猜……你该不会是给李小姐写的吧？"

秦烈难得正眼瞧他："今天怎么聪明了？"

唐江笑坏了，又莫名同情起李瑞希来，要知道国内没有专业的防火作战作家，基本上防火训练这一块都是消防员在做，摸索着往前爬。秦烈这方面做得不错，从战略部署到实地作战，他样样精通。国家培养的消防人才，现在把灭火那一套方案用在了追人上。

这方案火都能灭，更何况是追人？

"得了，看来我得准备份子钱了。"唐江笑得比自己谈恋爱还乐呵。

秦烈把笔塞进后面的口袋，看向手里这张纸。唐江要看，被他拿开，唐江只隐约看到上面有两个不和谐的大字——色诱。

"不是吧？秦烈你这个不要脸的，你还打算用美人计？阴险！真阴险！"

秦烈弹弹纸，漫不经心地哼了一声，这只是作战方向，她不是馋他身子吗？他就让她看个够。像龚承弼那样送玫瑰、跑车、奢侈品，根本没用。

晚上，李瑞希正在玩手机，忽然收到秦烈发来的平板撑视频。

视频中的男人光着上身在宿舍里做平板撑，明明消防队的宿舍装修极其简单，地面看着也朴素，可他这身材往那儿一放，硬是衬得宿舍的档次也高了起来。只在杂志封面上出现的身材，让人隔着视频都闻到了荷尔蒙气息。

不行！稳住！这男人太阴险了，竟然给她发这种视频，她是那么容易被诱惑的人吗？

秦烈发信息来：有什么感想？

李瑞希：没感想。

秦烈：说说看哪方面不满意，让我有个改进的空间。

李瑞希：没什么满意不满意的，乍一看还以为是健身房小广告。

秦烈：下次回去带你锻炼。

李瑞希：没兴趣。

她又点开看了一次，她承认秦烈的身材真好，动作也极其标准。跟这种教练学习，她肯定愿意每天跑健身房。但那又如何？她欣赏完，面无表情把手机一扔。

年会这天，李瑞希才看到自己要穿的衣服，倒吸一口凉气。

"旗袍？"粉色的旗袍经过改良有些运动风，但下摆很高，掐腰的设计保留了旗袍的本色。

"对啊，本来想选运动服的，后来觉得缺了点味道，就定下旗袍了。"

她们四人身材都不错，配着妆容，韵味十足。李瑞希换好旗袍，运动风的旗袍跳女团舞没有任何违和感，就是开衩有些大，还好她早就穿了打底裤。

"蜜蜜，你帮我看看，旗袍上围这里是不是太紧了？"

严蜜一瞄："你懂什么！要的就是这种感觉。"

"可——"

"没什么可是不可是的，我要有你这身材，地球都容不下我！"

李瑞希盘了发，既有韵味又不显老气。她对着镜子跳了几个动作，看着确实比穿卫衣要好很多。她在眼尾点了颗泪痣，又帮梁潇潇和孙小雅夹头发。四人全部弄好后走出去，所有人都盯着她们看。

江屿森的视线从她们身上掠过，又瞥了眼梁潇潇的粉色旗袍，垂眸喝了口凉茶。

李瑞希难得盛装打扮，让孙小雅给她拍了几张照片。明晃晃的灯光下，她白得发亮，粉色旗袍把她衬得明艳又娇俏，走路时细白长腿若隐若现，勾勒出难以描述的美。

她们是第一个上场的，灯光熄灭，动感热血的旋律响起，现场一片寂静，她们背对着舞台，在恰当的节点猛地回头……她们比起专业人士还差得远，但这不妨碍她们跳得美。

李瑞希觉得，跳舞只要抓住感觉就行，感觉对了，就算动作有所欠缺，也足够达到预期的舞台效果了。旗袍为她们加分不少，所有人都拿出手机对着她们拍，公司负责发微博的助理一直在拍视频。

李瑞希勾唇轻笑，长发摆动，全身随着胯部动作轻轻摇晃，红唇微抿，水光潋滟。

最后一个动作，她们滑跪出去，贝齿咬着红唇，为这支舞画上完美的句号。全场热烈鼓掌，不少人吹口哨起哄。

李瑞希跳出汗了，难得过瘾，她们的开场很不错，下面的节目都进行得很顺利。

韩小乔凑过来，给她递了瓶水："不错嘛，跳得很有韩国舞团的感觉，旗袍也特别性感。"

李瑞希挑眉："哟，几天不见，吃什么了嘴这么甜？"

韩小乔娇滴滴地说："人家一直这么甜啊。"李瑞希受不了了，她撒娇时韩小乔还不知道在哪儿窝着呢。

群里传了不少视频，李瑞希点开看了一会儿。别说，舞台效果非常好，不枉她最近练得膝盖都青了，再加上拍摄距离远，哪怕动作小有瑕疵也看不出来。

"对了，你跟秦队长怎么样了？"

李瑞希翻白眼："没戏了，不是把他的号码给你了吗？你可以直接找他。"

韩小乔叹息一声："什么呀，我那天加完他没聊两句，就被他拉黑了。后来发信息给他，手机号也被拉黑了。坦白讲，我就没见过这么难追的，一般男人遇到我这种，好歹也给个念想吧？就算不搭理，也可以留着微信做备胎吧？他倒好，态度明明白白，难道还想为谁守节不成？"

李瑞希垂眸喝茶，开心了："这可不怪我，又不是我叫他拉黑的。"

韩小乔酸了："算了，人家不理我，我也没必要自找没趣，他这种男人，要是把哪个女人放在心上了，能好得让人嫉妒，要是不放在心上，冷得让人受不了。做他的追求者实在是心累，但要是有幸做他女朋友，肯定再幸福不过了。"

李瑞希继续喝水："跟你没关系。"

"我知道，我就是馋一下怎么了？不是我男朋友，也不是你的啊。坦白讲，李瑞希，同是天涯沦落人，咱俩都没追到。"

这话李瑞希有点不爱听，她瞥她一眼，轻飘飘道："他在追我。"

韩小乔笑到水呛出来，瞪大眼看她："什么玩意儿？他在追你？那你怎么不答应？"

李瑞希叹息一声："他追我，我就得答应吗？"

韩小乔又酸了，视线在李瑞希的身上扫了几圈。这时又轮到李瑞希上场了，韩小乔酸溜溜地走了。

接着，李瑞希又唱了几首串烧歌曲，现场气氛一度很热烈，当然更热烈的是她揭晓第一轮中奖名额和奖品的时候，一辆宝马轿车。只可惜她自己没抽到，最后被严蜜的助理抽去了，所有人羡慕得眼都红了。

那位"锦鲤"还嘚瑟："我刚拿到驾照，今晚就可以开车回家了！"

李瑞希羡慕了，她也有驾照，可她抽奖运气极差，每次抽奖不是洗衣液就是泡脚桶，轿车从来都跟她无缘。

她们的团舞赢得大家的一致称赞,视频传到官博后,还上了网站的热门,观看量上千万。

小潘:"李小姐跳得太好了,舞蹈好性感啊。"

范立新:"跟平常完全不一样的感觉,跳舞好看,唱歌也很好听。"

江闯:"微博上很多人都在议论呢,她们这身旗袍好好看啊。"

秦烈走进来时,他的队员们正聚精会神地抱着手机看视频。临近年关,出警明显增多,大家基本睡眠都保证不了,看他们累,秦烈也就没把手机收上来。

他蹙眉走近,视频里,李瑞希的粉色旗袍开衩到大腿根,轻轻晃动就能惹人瞎想,偏偏她风情万种,做动作时连毛孔都透着娇媚,勾得人心里痒。

秦烈莫名不爽,沉声道:"看什么看!关灯睡觉!再看就出去跑十公里!"

所有队员都沉默了……怀疑他在打击报复却没有证据。

回到宿舍,秦烈拿出手机,闭目想着自己的作战方针,脑子里却翻来覆去都是她。

她是他的劫。

过了许久,他转发视频给李瑞希。李瑞希今天没直播,正准备休息,收到视频当下一愣。

他看到了。

李瑞希:???

秦烈:没什么,只是想告诉你,跳得很好。

李瑞希:已阅。

秦烈被气笑了,故意逗她:腰真细。

李瑞希咬咬牙,干脆发语音过去:"细吧?不仅腰细腿也细,屁股还翘呢!"又发了个"你吃得着吗"的表情包。

秦烈气笑了,想当初挑衅的人可是他,现在倒是反过来了。

年前,秦烈接到一个电话,一个发小要结婚,让他和向兴几人当伴郎。

伴郎们统一穿黑色西装，他家里虽然有几套，但款式都不够新。

放假这天，他敲开李瑞希的门："陪我去买衣服。"

李瑞希刚睡醒，打一半的哈欠收住，声音柔柔的："我才不去呢，我又不是你的什么人，干吗陪你买衣服？"

秦烈笑："我请你吃饭。"

"我缺你一顿饭吗？"她转身要进去，手腕却被他拉住，拽半天没拽出去，她气恼地瞪他。

秦烈盯着她，像在调戏路边的小姑娘。

李瑞希的心跳得厉害，努力跟他对视。谁怕谁啊？她也能把人看得面红心跳。忽然，额头一痛，被人敲了一下，她捂着额头，看向罪魁祸首，不满地嘟囔："秦烈，你有毛病？疼死了！"

秦烈看笑了。她虽然发着火，但嘴里叫着他的名字，情绪是真的，感情也是真的。

"我朋友明天结婚，我平常一点空没有，好不容易抽出点时间。"

"不行……"

"收拾要多久？半小时够不够？午饭吃了吗？我去买点过来？"

"……"李瑞希被人摆了一道，绷着脸进门了。

秦烈挤进来，贝塔激动地跑到他脚边，占据他左脚的位置。舒克一步不让，占据他的右脚，一狗一猫压在他的脚上，让他动弹不得。

秦烈失笑，用手指挠它们的脖子，猫和狗舒服地从喉咙里发出声音，懒懒趴在那儿，一动不动。

她在卫生间折腾了许久，过了一会儿，拿着一个东西往脸上扑。

秦烈第一次看女生化妆，觉得新鲜。虽然她素颜就很好看，但化妆总归是精致点。隐约记得她以前每次跟他见面都妆容精致，那时候她是不是也像这样折腾许久？

他不知不觉看得入神。

李瑞希正在涂睫毛膏："看我干吗？"

"好看才看，不好看谁看啊。"

他什么时候解锁这种技能的？

她哼了声，没被花言巧语打败："不用你说，我知道自己好看。"

秦烈环胸站在餐桌边，掐着烟舔了下唇："知道自己好看？有多好看？"

"反正比你好看。"她说完抱着一堆唇膏进了次卧。

这是李瑞希第一次陪人买西装。男装店基本就是灰、白、黑三种颜色。

秦烈进店后就坐在沙发上。他对穿衣服不是不计较，从前上学时他最臭美，外套和运动鞋必须是最新款，家里的运动鞋多到可以开博物馆。后来读了军校，进了消防队，平常都穿制服，很少需要买衣服，现在让他选衣服他还真的拿不定主意。

有个女人跟着就不一样了。他看向站在货架前的李瑞希，她挑选得很认真，一一摸过衬衫和西装的布料，像个为丈夫挑衣服的妻子。

他的心莫名软了一下，有暖流流过。他甚至幻想未来的某个清晨，两人从床上起来，他换好衣服去上班，她说他领口歪了，过来替他整理。再日常不过的生活，却有他渴望已久的温情。

幼年时，他父母也有这样的瞬间，他爸爸一向穿西装上班，每天早上匆忙离家，领带打不好，穿着裙子的妈妈就会从厨房出来，帮他把领带扶正。他爸会歪着嘴冲他使个眼色，好像在说"你小子以后也有这待遇"，随后一脸得意地离开家。

"听到我的话了吗？"

秦烈回神。

李瑞希拿着两套西装："这两套怎么样？"

"不错。"

李瑞希让人拿了他需要的尺码。他换衣服时，她坐在沙发上想刷一会儿手机，谁知道头刚低下，这人便穿好衣服从试衣间出来了。

她惊了一下："怎么这么快？"

"习惯了。"

他边走边勒皮带，因为不习惯系领带，衬衫扣子解开两颗。李瑞希靠近，看向镜子中的男人，愣了好一会儿。这是她第一次看到他穿西装，懒懒散散的，非常帅，修身的衬衫和黑色长裤，把他本就极好的身材勾勒得更为有型。

秦烈要笑不笑地睨她："好看？"

李瑞希回神："还行吧。"

"还行？你那可不是还行的眼神。"

"我看男人都这样。"

"看过不少男人？"

"当然了，在我眼里，你跟别人没区别。"

"行啊，李瑞希。"秦烈说话恶狠狠的，"别落到我手里，否则有你好看的。"

李瑞希蹙眉："放心吧，落谁手里也不会落你手里的。"

这话说完，秦烈半响没说话。

一旁的服务员看不过去，走过来笑道："这怎么是'还行'呢？我从业这么多年就没见过穿西装这么好看的。小姐，您男朋友身材也太好了吧？这得练多少年才能练成这样啊？"

"他不是我男朋友。"

服务员一愣："不是吗？哦，我知道了，是老公对吧？"

"不是。"

"这么般配，我以为肯定是男女朋友呢，说实话，他穿西装比我们家宣传图的模特都好看呢。"

李瑞希摸了摸头发："也就一般吧，没你说的那么夸张。"

她一边不让他得意，一边偷偷拍了一张发到群里。

严蜜：太可以了！！！

梁潇潇：流鼻血。

孙小雅：我的妈呀，李瑞希你还能忍住？

李瑞希：被你们吓到了，现在的女人好可怕哦。

严蜜：你装什么纯洁！

秦烈换好衣服走出来，他试的这几件都不如最初的那件效果好。

李瑞希问："你觉得哪一套好看？"

秦烈捏着衬衫领子，漫不经心："你觉得呢？"

"我感觉还是第一套好看。"

"那就第一套。"

"你自己喜欢哪一套？"

"你定就行。"

晚上，秦烈请吃饭，李瑞希狠"宰"了他一顿，带他去了一家日料店。可惜这家餐厅的生鱼片实在普通，网上评分还那么高，李瑞希有些失望："评价肯定是刷的，一点也不好吃。"

秦烈笑了："城北有一家日料店味道好，我跟向兴上高中时去过，下次带你去吃。"

李瑞希一愣，低头应了一声，没说话。

她吃饭，他就坐在对面直勾勾看着，李瑞希怀疑他烟瘾上来了，因为他看她的眼神有点不一样，像是需要某种东西解渴。他无非是觉得她收回了那份感情，又去接受别人的追求，有几分独占欲罢了。自己的玩具自己可以不要，却不能给别人。他应该是这样想的吧。

次日竟然下起了雨，没法遛狗了，李瑞希在家陪贝塔和舒克玩。她正玩得不亦乐乎，忽而传来一阵敲门声。

打开门，只见浑身湿透的秦烈站在门口。他浑身滴水，眉间挂着几分桀骜和痞气，看她的眼神炽热，直白，不加掩饰。

明明是隆冬，可他只穿一件薄衬衫，湿透的西装被他钩在手指尖，搭在肩膀上，湿透的衬衫贴在身上，下摆被扎进皮带，清晰地勾勒出他胸腹的肌肉。湿漉漉的衬衫一直滴水，本就是贴合身体的剪裁，因为水的关系，绷在身上，近乎透明。

李瑞希莫名咽了口口水。

秦烈甩了下头上的水，唇角勾着，目光挑衅："好看吗？"

室内温度陡然升高，李瑞希脸颊发烫，面无表情地关门。门关到一半被抵住，秦烈强势挤进来，气息包围她："让我进去。"

李瑞希依旧是冷冷淡淡的："男女授受不亲，我们的关系不适合独处。"

"怎么？怕被人误会？恨不得现在就给别的男人挪位子？"

"是啊，挡人桃花是要遭雷劈的，秦队长你离我远点。"

秦烈气笑了，虽然她没好脸色，可他要是不抓紧时间，至少一个星期看不到她。他低头："你这块天鹅肉轮得到其他癞蛤蟆吗？"

本来气氛很僵，听到这话，李瑞希差点没绷住，没好气地嘀咕："那也轮不着你啊。"

她刚要把人推出去，却听头顶传来一声叹息："我没带钥匙。"

李瑞希不信，他独居这么多年，怎么可能犯这么低级的错误？她不禁怀疑地盯着他看。

"你看我口袋里哪里有钥匙？"

西装口袋很薄，有什么东西一眼就能看到，他口袋里确实不像有东西的。

"没带钥匙你找开锁的啊，来我家做什么？"

明明前几天两人关系缓和了不少，一转脸她又这副冷淡的模样，像火焰正旺时被海水吞没，浇得他心底冰凉。转念一想，以前他对她也是这样，可那时候她却总能换上笑脸，热情不改地冲他笑。体会到她那时的心情，他的心像被门挤了一下。

秦烈发间的水滴到李瑞希的手上，她愣了片刻，想把水滴甩掉，手却被他抓住。男人粗糙的手指划过她白皙细嫩的手背，一滴滴把水滴拂去。

李瑞希不自然地抽回手，秦烈拉着她的手放在自己胸口，李瑞希愣了一下，往回缩，却被抓得更紧。手下的每一寸皮肤都变得灼热，仿佛她正触碰他的皮肤。

"秦烈，你放开……"

秦烈声音低哑："今天这么冷，你把我推出去我肯定要发烧的，宁愿让我冻感冒也不愿意收留我一下？哪怕不是男女朋友，也好歹是朋友吧？真这么狠心？"

李瑞希别头，有些别扭，不答，却还是让人进来了。

"给我条毛巾。"

李瑞希把浴巾扔过去，正巧被秦烈接住。秦烈偷偷闻了一下，浴巾有她特有的体香，味道特别好闻。

出于人道主义关怀，李瑞希给他倒了杯热水，一回头，却见他上身光着，什么都没穿。黑色西装裤紧绷在身上，他不知从哪儿摸了根半湿的烟叼在嘴里，边走边解皮带。

满眼都是他光着的上半身！

她气得不行："你怎么脱衣服？谁让你在我家脱衣服的？"

秦烈斜她一眼，理所当然道："不脱衣服，你让我穿一件湿掉的衬衫？

知道今天几度吗？你希望我感冒不成？再说你又不是没看过，反应那么大干什么？"

李瑞希蹙眉，说得跟两人有什么似的。

他渐渐逼近，盯着她的脖子和腿，见那里没什么痕迹，视线轻飘飘移开："看过我的身子再看别人的，入不了眼吧？"

李瑞希瞥他一眼："还行吧，虽然身材比秦队长你差了点，但也将就。"

秦烈板着脸，一动不动地看她。

李瑞希可不怕他，下巴抬着，巴不得把他酸死算了。

"小姑娘年纪轻轻要有点鉴赏力，别阿猫阿狗都惦记。"

"不管阿猫阿狗，只要我喜欢就行，这些都跟你没关系。"李瑞希顺手拿起一个橘子，掰了一半见他还在，细长的手指指向门口，"秦队长，走时记得关门。"

被人下了逐客令，秦烈嗤笑："确定不多看几眼？"

他的眼神毫不掩饰，李瑞希气得想揍他，手指尖忽然一热。男人俯身，温热的气息扫过青葱般的指尖，下一秒，他一口含住了她握着橘子的手指，饱满的橘瓣瞬间被卷走，他还不忘暧昧地嘬了一下。

指尖酥酥麻麻的，李瑞希像是触电一般，浑身僵硬。

他竟然……嘬她手指！还抢她橘子！他怎么可以这样！

对上她呆愣的脸，秦烈肆意笑着，难得心情大好："橘子很甜。"他舔舔嘴唇，奖励般摸着她的额头，而后去了她的次卧。

李瑞希终于回神，意识到她被人调戏了！她气得追上去，次卧的窗户被人打开，雨丝顺着白色纱帘飘进来，带来一阵寒意。这屋里空空荡荡的，哪里还有秦烈的影子？等她跑到阳台上，秦烈已经站到他家阳台上，手撑在窗户上，光着身子冲她笑。

"喂。"

他就这样跳过去了？

"干吗？"她冷着脸。

"你说我这光着身子从你家逃走的样子，像不像做坏事被人发现？"

"……"

某个"做了坏事"的人一脸得意，完全不在意滴滴落在他胸口的雨滴。

他光着身子往外探，勾着唇笑："李瑞希。"

"嗯？"

"给个做坏事的机会？"

砰！窗户关上。她甩着头发跑了。

秦烈想到她气鼓鼓的脸，乐了。

向兴坐在车里打了一会儿游戏，等了很久都不见秦烈出来，这才不舍地把视线从手机上移开："秦烈干什么了，去这么久？"

"自打这人说要追李瑞希，就变得不正常了。说是要回家，却连钥匙都不带，明明车里有伞，却不打，就这样冒着雨跑了，你说他是不是脑子有问题？"裴江嘀咕。

秦烈就没做过这么匪夷所思的事，别的不说，大冬天非要冒雨跑回家，好好的伞不用。

"你懂什么？八成是苦肉计！"陶景明推了推眼镜，若有所思，"说不定是苦肉计加美人计，你又不是不知道秦烈，他阴起来就没别人什么事了。"

忽然，坐副驾驶位的裴江像是被人按了消音键，指着楼上骂了句："秦烈脑子是真有问题吧？好好的钥匙不用，从窗户外爬回家？"

向兴和陶景明伸着脖子看。

瓢泼大雨中，高大的男人光着上身从一个居民家的阳台爬出去，动作利索地跳到对面的阳台，而后拉着自家窗户跳了进去，整个过程一气呵成。

"秦烈这是玩哪出？还光着身子！等等，我要拍下来！终于拿到秦烈的把柄了！我一定要把这事发去朋友圈！"向兴激动坏了，拿手机对准了他。

陶景明失笑："这么多年，我第一次看他这样。"

"他为什么要爬窗户？不对，他对面住着李瑞希……"向兴脑补了好几千字。

陶景明直摇头："你这脑子也就能想到这儿了，你要想想秦烈为什么不带钥匙，又为什么非要冒雨回家。"

向兴想了一下，被这不要脸的男人给惊呆了。他随手就是一条朋友圈，还是短视频的那种，配字：围观。

李瑞希很快收到来自向兴群里的严蜜的慰问信息。

严蜜：这是干吗呢？

向兴：某人真是太阴险了，我强烈谴责这种牺牲色相、偷鸡摸狗的行为！简直是男同胞之耻！

梁潇潇：我表示欢迎广大男性同胞内卷起来！

孙小雅：秦队有勇有谋，为达目的不择手段，值得广大男同胞学习。

陶景明：我仿佛看到秦烈当初上学迟到翻墙时的风采。

严蜜：啥风采？秦队长还是翻墙爱好者？

陶景明握着手机笑笑，车门忽然被人打开，秦烈已经洗好澡换好衣服坐了上来。他瞄了一眼秦烈的脸，想到高中时，秦烈每次翻墙被同学围观的景象。别的班认识他的同学打开窗户起哄吹口哨，故意引老师来抓人，秦烈翻着墙跳进来，在众人的打趣下，一边笑一边骂。别看秦烈现在这样，学生时代也曾调皮过。

陶景明回神笑笑："你确定李瑞希吃这一套？"

秦烈的手指在腿上敲了几下。怎么让她重拾喜欢？这个度怎么拿捏，很有学问。若是天上的月亮都坠入人间，成了随手可摘的东西，那月亮就不再是月亮。感情也是这般，给得多了，他失去质感，她会腻歪。可要是给得少了，她没有安全感，会怀疑他爱得不够。他现在正在拿捏这个度。

他低笑："放心吧，她逃不掉的。"

临近春节，南城的路边挂满了灯笼和中国结。

虽然南城颁布条例禁止燃放烟花，可过年到哪儿人都多，整个消防队肯定要处于高级戒备状态。小吃街、寺庙、大型晚会现场都需要执勤，队员们过年回不了家，只能在队里过春节。

过年前几天，秦烈和唐江便商量好了今年的过年活动。

唐江数着日子，见差不多了，就张罗着等队员们训练结束，贴春联挂灯笼。他笑说："又一年了，时间过得还真快，咱们这行别的还行，就是逢年过节都要在岗，总是没办法跟家里人一起过年。"

秦烈抬头盯着大家训练，他对过年没什么感觉，每年都是自己一个人，习惯了。以前他的搭档过年想回家，跟他商量让他在这儿守着，他从来都是无所谓。他回去也还是一个人，回去干吗？不如在消防队跟队员一起过，还热闹点。但今年似乎不一样。哪怕不是过年，他也恨不得有假就往家跑。

想到那个女人，他又有了几分烦。最近工作忙，等他闲下来往往都是夜里了，想给她发信息，又怕打扰她睡觉。自上次见面，那女人一句话也没给他留，真够狠心的。

莫名想起她剥橘子的手，纤细如葱的手指捏着橘子，小心翼翼剥着，当时他鬼使神差咬了那橘子，还舔了她的手指。怕她反应太大，轻轻带过，不敢过分。

他指着训练的队员，跟唐江说："我们都是本地人，这些家伙，一年回不去一次，哪怕家里父母病了，也不一定能请到假。"

唐江当然知道，他本就是随口一说，真要抱怨，干不了这行。

"我老婆后天来看我，跟我提前过年，这就是有老婆的好处，贴心，有人记挂。"他很嘚瑟。老婆对他好，天天嘘寒问暖，虽然工作忙点，但有这么个贴心人，总觉得日子有盼头。而秦烈他是知道的，过年从来不回家。

以前他跟秦烈的军校校友一起喝酒，对方酒后说漏嘴，说秦烈母亲去世了，父亲那边的情况比较复杂，秦烈已经快十年没回过家，基本上和孤儿没区别。

过年期间，严蜜这些带货主播都会停播十几天，等快递恢复上班才回来。她们想约李瑞希去国外度假，可李瑞希的工作性质跟她们不一样，节假日玩游戏的人最多。

她往年过年都是白天玩游戏，玩到年夜饭下播，然后打车回家。

度假去不了就算了，临近过年这天，邵问兰打电话来，直入主题："妈妈有个朋友家的孩子条件优秀，现在在家族企业做总经理，名校毕业，长相英俊，和你很般配，你明天去见一下。"

李瑞希愣了一下，这年头叫女儿去相亲都不能商量一下吗？她心情略显复杂："妈，你让我相亲有没有问过我的意见？我明天可没时间。"

"你有什么事？你每天不就是睡觉和打游戏吗？你游戏直播是晚上，中午抽个时间去见一面，人家这一周都在外地出差呢，好不容易明天有时间，肯定要配合人家的时间啊。"邵问兰理所当然地说。

"他忙我也忙，凭什么要我迁就他？"

"人家是公司老总，你一个小主播，你不迁就他难不成让他迁就你？"

李瑞希冷笑："公司老总？真了不起，那么了不起还出来相亲干什么？一点诚意都没有。"

邵问兰根本不管她说什么，一副说教的语气："家境好的男人本就不可多得，如果这个男人工作努力本身又很有能力，那么骄傲一点是在所难免的。像他们这样家庭出来的，多少需要女人迁就一些，你情商足够，长相和身材也无可挑剔，我相信你绝对能应付好。男人有点小毛病算什么大问题？你搞到手给点甜头，保准对方改得干干净净。"

李瑞希没想到邵问兰对她这么有信心："妈，你可能不了解你女儿，你女儿没那么好，那种需要低头过日子的生活不适合我，真的。"

"怎么就低头了？再说为了钱低一下头怎么了？你那头比别人高贵？人家家里有上市公司，男方又这样优秀，这样的条件已经是我能给你找到的最好的了，你还在犹豫什么？难不成你有男朋友了？"

李瑞希沉默了一会儿，脑中闪过秦烈的脸："没有。"

"还不算无药可救，我以为你脑子拎不清去跟普通家庭的男人谈恋爱。这个人条件很好，你明天必须去。"

"我真的没时间。"

"我明天开车去你楼下等你？"

"……我自己去。"

"很好！"邵问兰很满意她的态度，又温声交代，"好好打扮一下，穿条漂亮点的裙子，化个妆再去，不要故意搞砸相亲，否则会有更多的相亲等着你，明白了吗？"

"……"

这相亲来得急，李瑞希次日打扮好出门，在群里说了这消息后，姐妹们都惊了。

严蜜：全程直播啊，看看这男人帅不帅。

梁潇潇：这种算霸道总裁了吧？现实中真有那么优秀的男人？

孙小雅：无图无真相，坐等照片。

严蜜：感觉秦队头顶有点绿。

李瑞希"咻"了一声，心道：他头顶绿成草原才好呢。

地铁一站又一站开过，她望向窗外，渐渐蹙了眉头。在他出现后，她的理想型是完全按照他来设定的，她喜欢高大、身材好，糙一点却满身荷尔蒙的男人，最好那男人还忠诚、热血。

李瑞希的相亲对象名为江屹，今年二十八岁，毕业学校的排名比李瑞希的南城大学高两名。也就是说江屹是在国内读完大学再出国读书的，这一点在有钱人的圈子里很少见。

约定的茶吧很有格调，李瑞希提前了五分钟到，对方正坐在座椅上等她。

"你好，我是李瑞希。"

"江屹。"

他穿考究的西装，戴百万名表。他抬起手腕看时间，沉声说："你很准时，我不太喜欢迟到的人。"

李瑞希笑笑，抿了口茶："本来可以早到一些，但我是坐地铁来的，时间没控制好。"

江屹看她一眼："怎么不开车？"

"摇号摇了几十次没摇到就放弃了，现在对车无感，低碳出行，为环保事业出一份力。"

江屹抬头，第一次认真打量她。因为工作忙，他大部分时间都在出差，几年没女朋友了，家里催得急，为他安排过一些相亲。他见过几个，那些女生都不如照片好看，只有李瑞希相反，照片远远没有本人生动有趣。那是一种难以形容的气质，让人看得移不开眼。更何况她声音好听，说话坦率，是一个让人很舒服的女孩。

"听说你是一名网络主播？具体是做什么的？"

李瑞希笑笑："你打游戏吗？"

江屹垂眸喝了口茶，手指交握："打游戏实在太浪费时间，我没有那个时间去浪费，也不太理解为什么有人把人生浪费在打游戏上。"

李瑞希倒是没觉得被冒犯，每个人都有自己的见识和立场，这很正常："我是一名游戏主播，以打游戏为职业的那种。"

江屹："你不觉得打游戏浪费时间？"

李瑞希笑笑："确实是浪费时间的，这个世界上有很多能人，为社会发展做着贡献，这样的人实在让人敬佩。但也有一些人，没多大能力，也没太大抱负，过好自己的生活就行。江先生你是前一种人，而我恰好是后一种。"

江屹感受到她的坦诚，也感受到她客气地想让这场谈话保持愉悦，虽然他没照顾到她的情绪——这还是一个情商很高的女孩子。

他的视线在李瑞希握杯的手上掠过，沉声开口："你的手很漂亮，操作游戏应该赏心悦目。"

李瑞希失笑："谬赞了。"

她笑起来有浅浅的梨涡，一袭草莓红的针织裙衬得肤色红润，让人赏心悦目。

他原本只留了十分钟给这次相亲，眼下却忽然不那么想结束了。

"你长得这么漂亮，怎么会没有男朋友？"江屹靠坐在沙发上，直接问道。

李瑞希微怔，笑着摇头："太宅了吧。"

"你是被家里逼来的？自己有找男朋友的打算吗？"

李瑞希的手指摩挲着碧玉色的茶杯，有片刻恍惚。坦白讲江屹的个人条件很优秀，英俊帅气，名校毕业，家境优越，在相亲市场上这样的男人永远抢手，可她就是觉得少了点什么。

相亲的时候，大家习惯给别人打分，父母明事理、本人家境好、名校毕业、婚房是豪宅别墅，这些都能加分，但这些对她没有太大的吸引力。她之所以一直配合对方，是因为觉得既然答应来相亲，互相尊重是最基本的。如果摆出一副不愿意的姿态，连话都懒得说，实在有失教养。

她正要回答，却对上了斜对面不远处投来的视线。对方直勾勾盯着她，李瑞希莫名抖了一下。

是秦烈。

李瑞希摩挲着杯子，收回视线："我是被家里逼来的。"

"明白了。"江屹泡茶时动作娴熟，稳重细致，莫名有种禅味。

李瑞希垂眸抿了口茶，完全忽视斜对面的注视。江屹却注意到了，他回头和秦烈对视一眼，视线在空中无声交错。

"你朋友?"

李瑞希点头。

"前男友?"

"不是,之前喜欢过他。"

江屹微怔,笑了一下:"我和他可不是一个类型的,你们约好了让他来围观?"

李瑞希摇头,觉得这点要说清楚,否则不尊重江屹:"没有,只是巧合而已。"

江屹像是信了,没继续追问,两人交换了微信。恰好司机打来电话,他抬起腕表看了看时间:"没想到时间过这么快,我现在要去机场,回头见?"

"您先忙吧。"

江屹走后,李瑞希拎包去了趟洗手间。刚出来,她就被人拉到了一边。

李瑞希呼吸微微乱了:"干吗啊?"

秦烈还穿着执勤的衣服,手臂结实,硬铁一样,推都推不开。他在生气,好像用视线就能一刀刀剐了她。

李瑞希蹙眉要走,下一秒却被他抱小孩一样,抱起来放在桌子上。他灼热的气息呵在她鼻尖,带着烫人的温度,顿时鼻腔内都是他的味道,霸道得让人逃不开。

她叹息一声:"你这是干什么?"

"相亲,嗯?"他咬着牙道。

李瑞希:"是啊,你不是见到了?那男人不错吧?长得帅又有钱,不得不说,家里给安排的对象就是好,不像自己看上的,各种不靠谱。"

秦烈面无表情俯视着:"真觉得他好?"

"嗯,很好啊,有钱又帅,这样的男人去哪里找?"

"真不喜欢我了?"

"我不是早就告诉过你,我对你已经淡了。"

秦烈看了她片刻,忽而摩挲她的耳朵尖,笑了笑:"行,你真对我没感觉,我也不纠缠你,但你要是对我有感觉,我可不会放过你。咱们要不要赌一下?"

李瑞希眉头紧蹙,莫名有种不好的预感:"没感觉就是没感觉,这种事怎么赌？”

“我有办法。”

她质疑的话还没说出口，下一秒，男人低头锁住了她的唇。

他平常的温柔都是骗人的，只有这一刻的强势才是真的。他无视她微弱的挣扎，像一个缺氧的人，拼命从她这儿吸取氧气。

要缺氧了……李瑞希把手抵在他的胸口，想要推开他却无济于事。在头晕目眩中，她听到自己震耳欲聋的心跳声。

秦烈抱住她，压低嗓音：“还说没感觉？没感觉可不是这个反应，我先前不确定你是不是还喜欢我，但看你跟别人相亲时，平静而游刃有余，我心里就有底了。你之前跟我说话可不是那个语气。”

李瑞希靠在他怀里根本无法反驳，脑子里像是有人放烟花，也有万马奔腾，像是有人拿着头发丝在她耳朵里挠痒痒，是她从未有过的陌生感受。她呆愣地看向他，甚至连质问他为什么夺走她的初吻都忘了，整个人沉浸在刚才这一吻带来的震撼中，久久无法回神。

秦烈也被灼得不轻，靠在她颈窝里缓着。

两人都没说话，他的短发戳着她的脖子，她感觉特别痒。

李瑞希回神，面无表情地瞪他一眼，好像在想什么话来拒绝他。

秦烈不是不懂，干脆捏着她的下巴，声音低沉：“没想好你就慢慢想，我不急。再亲一下，给你找找感觉。”

这一次他温柔了许多，可他贴得近，身上的气息笼罩着她，让她思绪更乱，根本无法思考。他就像一个拿枪的猎人，枪有了，陷阱布好了，猎物不进去，他也不急。

他以前明明不是这样的。

他的唇掠过她的额头、脸颊，最后来到她的嘴角，在她梨涡处，轻轻吸了一下。

李瑞希有梨涡，只有笑的时候才有浅浅一点，根本不明显。他竟然发现了，还一直嘬。

她气得推开他：“放开！”

秦烈低笑：“还说对我没感觉？你说说刚才接吻时在想什么？”

“想你的吻技实在太差。”又啃又咬的，毫无章法，只凭本能。

秦烈也不气，拉她的手腕，低声笑："熟能生巧，多练习几次就行，我初吻都给你了，你不会始乱终弃吧？"

李瑞希有些不自然，站得离他远了一些，才恢复了理智。她哼了一声："大家都是成年人，接个吻而已，能不能别大惊小怪的，接吻这种事跟谁都一样，就算今天换成别人，我也会有反应。"

无视他的眼神，她拎起包要走，却被他一把拉了回来："去哪儿？"

"回家。"

秦烈叹息一声，这辈子算是栽她手里了："边上有个小吃街，我带你逛逛。"

李瑞希要挣扎，却被直接无视。她走出茶楼看到远处停着一辆消防车，一队穿着制服的消防员在附近值班，这才明白秦烈为什么会出现在这里。

"过年也要值班？"

"逢年过节是最忙的时候，人一旦闲着就要出事，你都想不到每年节假日有多少乱七八糟的事发生。"

"比如呢？"

秦烈走得快，见她追得辛苦，便放慢步子："钥匙丢家里了，打电话叫消防员爬墙给他们开门。"

"几楼？"

"四楼。"

"太奇葩了。"

"一堆女孩子打电话给接警员，问消防队有没有帅哥，帮忙介绍一下。"

"……"

"头伸进洗衣机里出不来的、小孩钻进墙里、上厕所忘带纸，还有戒指取不下来的……"

李瑞希一僵，眯着眼看他一会儿，怀疑他在打击报复。秦烈别开脸不看她。

这茶楼有几百年历史了，茶楼左边有个小型城楼，右边有两个庙和一条步行街，因为地理位置好，周围有许多民宿、酒吧。这里是本地旅游区，逢年过节烧香拜佛的人非常多，难怪需要消防员过来。

"你陪我逛街没事吗？"

"在这街上就行。"两人安静地走着，就好像刚才疯狂亲吻的不是他们。

人有些多，李瑞希差点被人撞到，在最后关头被他拉进怀里。

"小心。"他护着她往前走。

步行街虽然人多，但卖的美食都是针对外地游客的，李瑞希很多年没来逛过了。秦烈在一个冰糖葫芦摊子前给她买了一支。

这是把她当小孩了？李瑞希愣愣地吃了一口，嘴里含了颗山楂，酸得她口水都要流下来了。

秦烈看得牙酸："好吃吗？"

"有点酸。"

他又去买了一份糖炒栗子，还要买别的，被她拦住了。

"我今天不舒服，没什么胃口。"说着，她肚子痛了起来，找了个卫生间进去。打开包翻了翻，没带止痛药。

她捂着肚子从卫生间出来："帮我去买个药。"

"什么药？"

"布洛芬。"

秦烈看她一眼，她面色苍白，满头冷汗，嘴唇微微颤抖。偏偏他今天这身衣服不能脱给她。他把她带到没风的地方坐好，才去找药店。

过了一会儿，穿着制服的江闯和小潘小跑过来，他们看到她很激动："嫂子！"

李瑞希虚弱地笑："你们怎么来了？不是在值班吗？"

"队长打电话叫我们来陪陪你，正好我们也要巡街的。你身体不舒服？是不是感冒了？"江闯很担心。

秦烈手底下这些队员人都很好，尤其是江闯，单纯又可爱。但她又不能告诉人家她哪里痛，便笑笑："我没事，秦烈已经去给我买药了。"

小潘凑过来，贼兮兮问："嫂子，你是不是跟我们队长约会啊？你俩这是公费谈恋爱呢。"

"没有！我在这儿相亲，偶然遇到了你们队长。"

"相亲？"那两人惊了一下，还对视一眼，都是说不出的失落。

"你不跟我们队长好了吗？我们队长在搞什么？到现在还没把你追到

手？我们整个新桥消防中队都在等你给我们做嫂子呢！"

李瑞希被说害臊了。还是别问了，问就是吻技太差，现在她舌尖还疼着呢。

江闯失落地坐下："我们队长虽然看着凶，但人很好的，对小孩温柔，喜欢宠物，救火过程中很多人追他，他都不多看人家一眼。你跟他在一起的话，他绝对会对你好的。"

李瑞希就只是笑。

小潘算看出来了，现在不是秦队不理人，是人家李小姐不理秦队。

过了一会儿，秦烈跑回来，手里拿了杯温水。李瑞希吃了药，打算在这里坐一会儿。

秦烈扯着裤腿蹲下来，仰视着她："好点没？"

她低头："还行吧。"

"这里风大，太冷了，我帮你拦车，送你回去。"

她还没来得及拒绝，忽然身子悬空，下一秒就被抱了起来。他抱她轻轻松松，像在抱一只瘦弱的小猫，她叹息一声，放弃挣扎。

小潘和江闯在边上笑得暧昧。

路过小吃街，不少人盯着他们看，有女生议论："现在消防员都这么帅了？"

李瑞希尴尬地窝在他怀里。

风吹得人头疼，秦烈抱着她拦了一辆出租车，付了钱交代她："回去给我个信息。"

她闷声闷气地答应着。

回去后，群里又有了几百条消息。

严蜜：瑞希，相亲相得怎么样？

向兴：相亲？主播还需要相亲？我忽然想看看秦烈知道这消息时的表情。

被追的妞：我今天相亲时遇到秦烈了。

群成员发出了整齐的省略号，李瑞希直想笑。

被追的妞：遇到他聊了几句，逛了一会儿，我觉得不舒服就回来了。

严蜜：我越来越看不懂你们了，秦队怎么就能做到在发现你相亲后，还能和和气气跟你逛街呢？

向兴：事出反常必有妖。

陶景明：绝对有我们不知道的内幕。

李瑞希被问住了，难不成要告诉他们秦烈把她给亲了，就是为了验证她对他不是没感情？

舒克挠她拿手机的手，想转移她的注意力。李瑞希便放了手机，笑着陪它们玩。

这几天李瑞希没法遛狗，舒克和贝塔在屋里待得焦躁，这时候她忽然怀念起秦烈来。这人遛猫遛狗比她专业多了，尤其是贝塔这种精力旺盛的狗，就需要男人来遛。

邵问兰给李瑞希打电话："江屹对你很满意，想问问你怎么想，你觉得他怎么样？"

"没什么感觉。"

邵问兰明显不高兴："你想要什么感觉？感情又不能当饭吃，在一起生活久了，柴米油盐的，跟谁结婚都一样，只要有钱就行。妈妈是过来人，找个所谓喜欢的人，经济条件不好，在一起时间长了就有矛盾，到时候有多少爱都没用。"

李瑞希沉默片刻："你和爸也是这样？"

电话那边沉默许久，最后邵问兰深呼吸，不客气道："我跟你爸的事不用你管，你管好你自己！江屹的条件很好，这么好的机会你一定要把握住。"

李瑞希懒懒应了声。

江屹给李瑞希发过两次信息，但因为有时差，每次等她收到时都已经是凌晨了。

年关这段时间她工作特别忙，直播间混进来不少"黑粉"，"黑粉"骂得很难听，谷晗每天给她控场，不让评论太乌烟瘴气。

李瑞希连续播了几天，累得够呛。

过年这天下午，付明宇打电话把她叫回家，保姆阿姨放假回家，邵问兰亲自下厨，付明宇他爸也难得下厨做了两个菜。一顿饭还算丰盛，李瑞希刚吃完最爱的虾蛄，舔舔手指头。

等付开诚和邵问兰去客厅看电视，桌上没人了，李瑞希才瞄了一眼付明宇，付明宇被她看得直打哆嗦。

"你那是什么眼神？"

她气得拍桌子："我还没找你算账呢！你明知道那是我闺密，还对我闺密下手！万一你俩最后分手了，你让我帮谁啊？"

付明宇桃花眼轻挑，勾着唇笑："妹啊，有什么事你冲我来，小蜜她胆子小，人比较单纯，什么都不懂，你别吓着她。"

"……"

李瑞希疑惑，胆子小？单纯？什么都不懂？他说的是那个小说收藏大师？那个电影鉴赏家？

再抬头，李瑞希看付明宇的眼神彻底变了。

他该不会真是个傻子吧？一个屋檐下住了这么多年，她怎么没发现付明宇是个"傻白甜"呢。

她边吃橘子边笑，那笑实在太怪异，以至于付明宇有种不好的预感。

"你那是什么眼神？怎么跟看傻子似的？我跟你说李瑞希，你再这样今年可没压岁钱！"

李瑞希被他的大方惊到了，有生之年她竟然能等到付明宇的红包？难不成男人谈恋爱以后都变了？

"你准备给我压岁钱？哥哥不用跟妹妹这么客气，怎么好意思让哥哥破费呢？我……"

她满怀期待地点开，却被红包里 0.01 元的数字寒了心。

"我谢谢你！咱们的革命友谊化为乌有了！"她面无表情地扔了手机，"小气鬼竟然有人要！"

"我对女朋友可不小气。"

"那你给严蜜多少压岁钱？"

"8888 ！"

李瑞希又惊了："你哪儿来的钱？"

付明宇在道观住了好几年，卡被家里停了，平常没有收入来源，经常找她接济，竟然有钱给严蜜发红包？

付明宇拨了下头发，桃花眼微眯："哦，哥哥我屈服于爸爸的淫威，决定出卖自己的肉体和灵魂，回家里公司上班，我现在的卡随便刷。"

"……"那你还发一分钱红包！

付开诚和邵问兰各给了她一万，付明宇也发了八千多给她。她拿了钱，穿戴好，笑眯眯出门。刚走到门口，付明宇拿了车钥匙跟出来："我跟你一起去。"

小时候，付开诚和邵问兰经常不在家，李瑞希和付明宇都在一中读书，从初中到高中，两人都是跟李柏年一起吃饭。时间久了，付明宇经常往李家跑，跟老李非常熟，两人的关系比付明宇和他爸的关系都好。

李瑞希买了些吃的，付明宇买了几瓶酒，到那边时李柏年已经做了一桌子菜，见他们进门，笑着招呼："丫头，我炖了乌鸡汤给你补补。明宇啊，陪叔叔喝两杯，咱俩有一年没喝过酒了！"

付明宇以前修道，虽说道家没多大要求，但他吃饭喝酒还是遵从禁忌，现在准备离开道观，也就彻底放开了。

陪李柏年喝了几杯，李瑞希不饿，端了碗鸡汤慢慢吃。

微信响起，是江闯发来的：李小姐，新年快乐，我们都想看舒克。

李瑞希发了几个以前的视频过去：我现在没在家，祝你新年快乐呀。

那边新桥消防中队的人围着江闯看猫，舒克现在真的跟小仙女一样，漂亮娇气，还特别活泼，队员们心都化了。

"给嫂子拜年了吗？"

"我说了。"

"你说了不够，你要说我们所有人都跟她拜年。"

于是，等李瑞希再次点开语音，就听到那边传来极其洪亮的拜年声。紧接着是一张照片，照片中，穿着蓝黑色消防服的消防队员们正坐在椅子上看春晚。

李瑞希：你们为什么没换便服？

江闯：过年忙，有时候一天要出警十来次，我们干脆一直穿着，省得来回换。

好辛苦啊，过年都不能放假。她的视线落在墙角的高大身影上。秦烈坐在那儿，没有看电视屏幕，垂着眸不知在想什么，周围其他人都在笑在闹，就他神色漠然，有种说不出的孤独。

信息声再次响起，是秦烈发来的。

秦烈：新年快乐啊，李瑞希。

李瑞希：新年快乐啊，秦烈。

过年，公司大主播群里天降十万红包，李瑞希运气很好地抢到了五千多。

姐妹们跑去马尔代夫直播去了，一个个穿着美美的裙子，边度假边工作，把李瑞希馋坏了。她浑浑噩噩忙了十来天，临近假期结束，好不容易给自己放了一天假。

天气晴好，她打算给自己化个妆去健身。在屋里化妆会浓，且 LED 的镜子照人的效果太可怕，她干脆拿着口红站在阳台上。

秦烈站到阳台上时，看到的就是这一幕。

小姑娘穿一件低领的白色毛衣，拿口红涂唇。白肌红唇，肤白貌美，让人想到老电影里那些推开窗户化妆的女主角，一颦一笑都是味道。

李瑞希涂完正要走，忽而身上多了个移动的白光，她蹙眉抬头，就见秦烈手里拿了个小镜子，似笑非笑地看她。镜子的光斑一会儿在她身上，一会儿又落到地上。舒克看到光点，跳下猫架去追。

李瑞希翻了个白眼，干脆关了窗户不理他。

她拎着包出门时，秦烈正好出来。他扫了眼她的健身包："去健身房？"

"嗯。"

"我陪你去。"

李瑞希下意识想拒绝，可人家根本不理她。

秦烈没换衣服，看着就没打算认真练。等李瑞希换了一套露腰健身服出来时，他正在器械区等她。

秦烈这人到哪儿都招人，哪怕健身房到处都是身材好的人，可他这样荷尔蒙爆棚，性感至极的，还真找不到第二个。

刚过完春节，健身房聚集了不少人，有几个女人凑过来似乎想跟他搭讪，见李瑞希出来，瞄了她一眼，默默走了。

"我教你。"

李瑞希挑眉："不用了，我自己练就行。"

"那你说说，打算怎么练？"

她无非是跑跑步，拉伸一下，再找会健身的人指点一下，实在不行找私教。

秦烈不许她走神，低声说："穿这么漂亮，让你找别人？你当我傻？"

李瑞希被他说得浑身都热起来。上次他看都不看一眼，现在倒好，这件只露了一点腰，算是保守的了，他竟然夸她漂亮。

李瑞希跑完步，坐在器材上。秦烈从背后围过来，胸膛贴着她的后背，嘴唇凑在她耳边，低声道："你这动作发力点错了，不是用手臂发力，而是得靠后背肌肉群，就是这一块……"

他的手划过她的蝴蝶骨，酥酥麻麻。

她怀疑他是故意的，但她没有证据，谁叫他看起来那么正经呢？

"试试看，找到感觉了吗？"秦烈低声说着，朝她耳朵里吹了口气，吹得她忍不住发抖。他却像没事人一样，又抓住她的手臂捏了一下，"肌肉太少，以后要多做点力量训练。"

"不想做，懒。"

"以后我带你锻炼？不需要练成我这样，能强身健体就可以了。你看你天天打游戏，颈椎肯定不好，经常锻炼能缓解这些毛病。"

他贴在她耳边说话，让人难以忽视。

秦烈教她的动作比私教教的更直接，实用性更强，她做完也觉得更舒服。过了一会儿，他握着她的手教她用小重量杠铃。

这是把她当幼儿园小朋友了吗？李瑞希有点无语。

她的动作不到位，秦烈脱了运动服给她做演示。

他里面就穿了一件贴身的 T 恤，做动作时肌肉隆起，衣服紧贴在身上，肌肉块块分明，线条流畅的肌肉配着比例绝佳的身材，李瑞希简直不知道该说什么了。

眼前这个男人依旧是天上的月亮，可她好像看到了月亮的背面，那是别人从未见过的。不对劲，太不对劲了！以前的秦烈什么时候这样温柔过？

正想着，她的电话响起，竟然是龚承弼打来的："在哪儿，我在你家楼下。"

"我没在家。"

"地址告诉我，我过去找你有点事。"

李瑞希迟疑片刻，如实说了健身房地址。

龚承弼的声音很大，秦烈肯定听到了。她瞄了他一眼，他没什么反应。

好奇怪，为什么有种脚踏两只船的错觉？还有那么一点点心虚……

十分钟后，龚承弼到了健身房楼下，李瑞希被他吓了一跳。

他的越野车的后备厢里放着一大束玫瑰，大到他必须把后车座放倒才勉强放得下那花。

烈火玫瑰，灼得人眼睛疼。

李瑞希没想到他还没死心，问："你干吗啊？"

龚承弼穿了件黑色呢子大衣，笑着看她。

几天不见，李瑞希好像比年前更漂亮了，前段时间他一直给她发信息，她回复的语气很淡。他流连花丛久了，怀疑她在以退为进。等他不理她了，她或许会想起他送的奢侈品，或许会主动联系他。于是，他有意冷淡了她一段时间，这一冷淡倒好，直接把人给冷没了。他发信息，她也不回，偶尔礼貌性回个"嗯""啊""哦"的，让他知道了打脸是什么感觉。

他也有自己的骄傲，他要钱有钱，要貌有貌，就没在女人身上栽过这么大的跟头。可要是错过了她，他还能去哪儿找条件这么好的人？

"这不是正好情人节嘛，我追你，可不得趁机表表心意。"

李瑞希笑得意味深长："你这追求还是阶段式的？"

龚承弼笑："前几天看你直播，知道你忙，没敢打扰你，我订了法国餐厅，晚上一起吃个饭吧？"

没等李瑞希回答，秦烈从健身房出来，手里拎着她的包，站在不远处睨她："走不走？"

龚承弼的脸都黑了，和秦烈对视一眼，冷笑着："秦队长怎么这么阴魂不散？我追女朋友关你什么事？你要走自己走，我有车送她。"

李瑞希略显尴尬，对秦烈说："要么你先回去？我跟他聊聊。"

秦烈的眉间压着不耐烦，他生气地站在那儿，极有压迫感。

有风吹过，到底是冬天，吹得人心头发凉。

她知道他不会做什么，这段时间她似乎更了解他了，哪怕他再生气也不会轻易表现出来。

秦烈最终一句话没说，转身走了。

龚承弼很得意，冲李瑞希笑："他到底有什么好的，女人都喜欢他。要我说也没什么优点，不就是个消防员嘛。"

李瑞希盯着他看了一会儿，面无表情："消防员不好？"

龚承弼嗤笑一声，毫不掩饰自己的想法："区区消防员而已，一个月赚的钱还不够女人买个包呢，哪个女人愿意嫁消防员啊。"

他认定了李瑞希不喜欢秦烈，他们俩要是真有点什么早就发生了，哪会等到现在？他和秦烈从小不对付，不管是踢足球还是打牌，永远是对手。高中时他暗恋徐菁，徐菁却非秦烈不可，秦烈又从来不多看徐菁一眼。自己珍爱的东西被人无视，这让两人彻底对立。后来秦烈去做消防员，他不屑一顾，觉得这人太没出息了。做什么不好，非要做这行业？年纪轻轻，干啥不比做这行赚钱多？自以为自己能改变世界，实际上什么也改变不了。

李瑞希挑眉笑笑："愿意嫁给消防员的人多的是。"

"得了吧！也就是嘴上说说，真要结婚嫁人，有几个女人愿意吃那个苦。再说他有什么好的？"龚承弼觉得莫名其妙。

李瑞希沉吟："他身材很好。"

"工地搬砖的，健身房当教练的，都是这种身材。"

李瑞希不满地看他一眼："办公室搬砖的还都是你这种身材呢。"

龚承弼被噎了一下，讪笑："我就随口说说，你别放在心上。"

"我也是随口说说，你也别放在心上。"

傍晚，李瑞希刚准备下楼遛狗，接到一个电话，一个送货员捧着一大束玫瑰花敲开了她的门："李小姐是吧？这是江先生送你的玫瑰花，请您签收一下。"

江先生？江屹？李瑞希头疼得厉害，走了个龚承弼又来了一个江屹？江屹他不是还在国外吗？这还有完没完了！

"我不知道他送了花给我，你退回去吧。"

送货员为难道："钱都付了没法退，今天很忙，我还有别的东西要送呢，您就行行好签收一下行吗？"

话音刚落，秦烈和向兴并肩走来。

向兴惊了一下，夸张道："主播，这是谁送你的？太大了，这得多少钱？"

李瑞希瞥了他一眼："又不是我买的。"

"对对对，这都是男人送的，话说秦烈，你送过花没？这花得上万吧？"

秦烈严肃地看她一眼，一句话没说，转身走了。

向兴跟上，见他脸色不好，笑得厉害："吃醋了？"

秦烈把钥匙一扔："我吃什么醋？不是玫瑰花就是蜡烛，真俗！"

"你别管俗不俗气，能讨人欢心就行，倒是你，你要不要也去补一束？我寻思着要是有男人愿送我那么贵的花，愿意用奢侈品砸我，我真的很难不动心。"

秦烈轻飘飘看他一眼，视线从他身上扫过："放心吧，你这辈子没这机会了，这年头的男人都很挑食。"

"你想什么呢！"

秦烈窝在沙发上，腿伸着，要笑不笑。

向兴更气了："秦烈，你等着！哥们儿再也不管你了，你就等着主播被人追走，当你的万年单身吧！"

秦烈垂眸，用力吸了口烟，摸了摸平整的短发，沉默数秒，才狠狠熄灭了烟。

第十四章
苦 肉 计

　　周六这天，全网的视频网站一度被郊区的服装厂大火刷屏。烟火熏天，场面骇人，据说扑了大半天才把火给灭了，微博上也都在议论这件事。

　　晚上，群里，向兴一直在刷屏。

　　向兴：秦烈腿断了。我刚接到消息，救火时被房梁压到了，医生说要是严重的话，说不定得截肢。我先过去看看，景明、裴江你俩跟不跟我一起去？

　　陶景明：你过来接我。

　　裴江：这么严重？我直接开车过去，在哪个医院？

　　向兴：我把地址发到群里，我是从唐江那儿听说的，据说是为了救他的队员，真要截肢怎么办？

　　李瑞希握紧手机，想了一下，郊区的服装厂并不在新桥消防中队的辖区内。

　　他那么厉害，没带钥匙都能从她家轻松跳去他家的阳台，不管发生多大的事，有他在好像就有了安全感，他就好像一座高山，海水烈焰都由他来挡。可现在，他也挡不住了是吗？为了救其他队员，竟然连命都不要了？

他虽然从不把虚话挂在嘴上，但她知道，当消防员是他的梦想，他是在有选择的情况下选择了这份职业。真要截肢他要怎么办？他的腿那么长，人高，自尊心又强，没了一条腿他怎么受得住？

李瑞希眼眶发热，拿起床头柜上的钥匙跑了出去。她害怕到医院时看到的是他不完整的腿。他应该会很难过吧？她要说什么话来安慰他？

李瑞希按照向兴给的地址找到医院。

晚上的医院格外安静。她远远看到唐江站在护士站跟护士讨论着什么，过了一会儿，一群消防员走入一间病房。李瑞希脚步一停，脑子里一片空白，根本不知道自己在想什么。

病房内的灯倒是亮着，她推开门时，灯光刺眼，一时间反应不过来。

随后她的视线在屋内一排人身上扫过。向兴、裴江、陶景明、唐江，还有秦烈的队员都在。他们贴着墙站一排，个个神色怪异。

李瑞希一愣："秦烈呢？"

众人齐刷刷看她，你推我推你，像是手里有个烫手山芋要扔出去。

她蹙眉，又问了一遍："秦烈人呢？你们站在这儿干什么？"

向兴推推裴江，裴江又推陶景明。陶景明伸手指着洗手间的方向："他在里面上厕所。"

李瑞希皱了皱眉，想说，秦烈的腿都要截肢了，他上厕所，他们怎么就在这儿站着？

说话间，秦烈拉开卫生间的门，高大的男人站在灯光下，满脸是被火烤过的灰痕。除此外，腿完好无损，往她这边走时虽然有点跛，却不像是要截肢的。

……请问你是哪条腿截肢？

李瑞希忽然明白过来，转身就要走。秦烈从后面搂着她，对面那一队人都直勾勾盯着他们，一边看还一边拍照拍视频，明摆着要看热闹。

李瑞希生气地扫了他们一眼，向兴连忙举手："主播我发誓！我绝对是站在你那边的！我也是被人摆了一道，最阴险的就是抱你的那个男人。他让唐江告诉我他命悬一线，还说什么要截肢了，我一听说腿都要没了，哪里敢耽误？第一时间赶过来，到了这儿才知道，他就是脚崴了一下。"

陶景明："我们也被吓得不轻。"

裴江："秦烈，说真的，没你这么办事的。"

唐江也气得直拧大腿："不关我的事！我根本没给向兴发信息，是秦烈拿我手机发的！谁知道这人要用苦肉计呢？还拿自己的人身安全开玩笑！我们都是清白的，李小姐你要怪，就怪你身后那个男人。"

"这里除了秦烈，我们都是好人！"

小潘笑："只怪敌人太阴险！"

"我们都要学着点，为了追老婆，脸皮根本不是个事。"

"这么说，我们是不是真的要有嫂子了？"

新桥消防中队的队员们眼睛发亮，互看一眼，而后齐齐冲李瑞希露出小米牙："嫂子！嫂子好！"

"……"李瑞希表情僵硬，脸色红一阵白一阵。

秦烈瞧着她这神色，赶紧把旁人撵走了。等病房里只剩他俩，他才道："事是我干的，是不地道，要打要骂，你别憋着。"

李瑞希没想到他这么恶劣，她因为关心他到现在手都在抖，可他呢？

她冷笑："秦烈，我以为你真要截肢了。"

"我错了。"他站到她前面，拉她的手，"我也是没办法，你追求者多，天天送花送殷勤，我一个月也没几天假，微信上给你发消息你又不搭理我，我都要疯了。"

李瑞希慢慢松开他的胳膊，冷冷盯着他："所以？你哪条腿截肢了？行吧，那我只能说一句恭喜发财，给你拜个晚年，然后再也不见！"

"我没想骗你，就是想把你叫过来，想看看你心里有没有我，你别走啊……"

她推开他的手，眼神陌生又疏离。

秦烈暗骂自己一句，真玩大了，这次得把自己搭进去！

李瑞希回到小区楼下，正好遇到找她的龚承弼，龚承弼要跟她好好聊聊，她想想也就答应了。这时秦烈也回来了。

秦烈："瑞希，我们聊聊。"

龚承弼"哧"了一声："有什么可聊的？想聊天你先排队去，我都没聊完哪轮得到你？"

秦烈看都不看他，视线一直盯着李瑞希。

她垂眸："那等我回来吧。"

"行，我等你。"

黑夜中，小区昏黄的灯光落在树荫下，秦烈在楼下站着，一根接一根抽烟。干这行久了，看淡了生死，情绪很少有起伏，眼下却被她轻易搅得一团糟。

她要跟龚承弼聊什么？刚才他让她生气，她会不会一气之下答应了龚承弼？

早知道就不该用苦肉计，这计后劲太猛，烧得人浑身难受，伤人伤己，不值得。但美人计又没用，他又是脱衣服，又是带她去健身，她却看都不看他一眼。明明以前看到他都跟饿狼似的，女人怎么就变得这么快？

他的脑袋晕晕沉沉的，就跟醉了似的，胸口也有点闷，但他一点也顾不上。唐江说得对，女人想要让你心情不好，能把你心口戳成马蜂窝。

烟抽完，他终于等到了熟悉的脚步声。

李瑞希背着包，看到他也是一愣："怎么不上去？外面这么冷。"

"心里躁，站在这儿吹吹风。"秦烈走上去。

两人走到楼梯口，一楼的感应灯坏了，好几天没人来修了。秦烈实在是等不了："你跟他聊什么了？他是不是让你当他女朋友？"

李瑞希点点头，龚承弼确实这样说了。

"那你怎么回答？你答应他了？"

他简直要疯了，要知道有这一天，他见到她第一面时就该跟她在一起，省得后来搞出这么多事。以前她追他，他要装没感觉，后来他追她，他要装不在意，装不嫉妒不吃醋，其实自始至终难受的都是他一个人。

李瑞希早就消气了，刚才她跟龚承弼聊开了，龚承弼也答应不再追求她了。

秦烈贴在她颈窝，闻到她身上的香味，突然张开嘴，冲她锁骨咬了一口，李瑞希吃痛，瞪了他一眼。

他低声道："我有个朋友，就是上次在火锅店遇到的那女人她老公。

今年本市有一场不大不小的火，按理说这种规模的火不会有什么问题，可他偏偏在火场里没出来。"

李瑞希微征，听得聚精会神。

"参加完他的葬礼，我就在想我能给你什么，要钱没钱，要陪伴没陪伴，还动不动就有生命危险，我不想你跟着我受委屈。你这人娇气，得男人捧在手心里呵护，我也想把你捧在手心，但我怕我做不到。后来你不理我，简直比用刀戳我心口还难受，我受得了火场的火，却受不了你的冷落。追人这事我没干过，也不知道怎么做才合你心意，就是想把你为我做过的事再回头为你做一次。"他叹息一声，缓缓说，"瑞希，你折磨我这么久，今天就给我个痛快。"

要是以前，李瑞希一定会感动，但是经过这一晚她算是认识这男人了。又是装可怜又是回顾过去，这话绝对大部分是真的，但也不全是，她要是再轻易相信他，她就是头猪！这绝对是苦肉计！

李瑞希没好气地翻白眼："这又是哪一计？"

秦烈自嘲："行吧，好不容易深沉一回，没人买账，那我就直接点，当回土匪。"

他指着外面冷笑："你告诉我，龚承弼有什么好的？就他那小身板，一副肾虚的样子。"

李瑞希冷冰冰地道："对，全天下就你不肾虚。"

"我肾不肾虚现在上楼证明给你看？"

"肾好的人根本无须证明。"

秦烈直接把李瑞希的手放在他的腹肌上，在她僵硬之际，诱惑道："不是馋我的身子吗？跟我在一起，以后天天给你摸。"

"……"

李瑞希的心头奔过几万头羊驼。他怎么知道她馋他身子？她手下的触感确实很好，但这不是重点。

秦烈又抓住她的手往上："手感还不错，你给评价一下？"

李瑞希在"我要不要继续""我这时候是不是该矜持一点""这么容易被套路我是不是亏大了"几种心情间来回切换，但秦烈攻势太猛，根本不给她犹豫的机会。

李瑞希彻底被敌人的"色相"给攻破了。

他在她耳边低声问："好摸吗？"

这是什么虎狼之词！

第十五章
甜 甜 的 恋 爱

简直像是嚼着炫迈口香糖后，又喝了一瓶红牛和脉动。

李瑞希耳朵都红了："秦烈，你不要脸！"

"我是不要脸。"

"你犯规！"

"我是犯规，但没办法，跑道太长，我不犯规没法提前到达终点线。李瑞希，你跟我在一起，我别的保证不了，但我能保证把你捧在手心，永不背叛。"

她还是不说话，秦烈什么招数都用上了，这时不由得急了。

"话呢？给个准话行吗？"

李瑞希冷笑："还敢跟我大声？"

他立刻闭嘴了。

秦烈像是刑场上等待行刑的人，烦得又掏出烟来抽，点了一根，一阵风刮过，李瑞希闻到他身上有很浓的烟味。

"刚才抽了很多烟？"

"不多，也就七八根吧！"

"烦？"

"烦！"

她想了想，组织了一下语言："你烟瘾还挺大的？"

秦烈有一说一："是挺大的，抽习惯了，嘴里不嚼点东西，空着老觉得难受。"

李瑞希沉默了几秒，低着头手指弯曲，声音轻轻柔柔："以后嘴里没东西时，就亲我呗。"

秦烈愣了一会儿，惊讶过后，猛地别过头，怎么也压不下上扬的唇角。

黑暗中，他眼睛发亮，忍笑："确定不再吊着我一段日子了？我可跟你说，聪明的小姑娘都很享受男朋友的追求，你真不继续吊着我了？"

李瑞希撇嘴，委屈巴巴地说："那我可能不太聪明吧。"

"行，我就喜欢你这不聪明的样子。"

他的心却软得厉害，她哪里是不聪明？她既聪明又勇敢，永远在他走入灰暗的时候，给他最亮的光。

两人都低着头偷偷忍笑。

第一次谈恋爱……也不知道怎么谈。李瑞希把头蹭在他胸前，手搂着他的腰取暖，活像一只撒娇的猫。

秦烈怕她冷，敞开衣服把她包在怀里，嘴唇蹭着她敏感的耳朵。女朋友这么甜，谁受得了啊？

李瑞希偷笑，她终于也拥有甜甜的恋爱啦！

太奇怪了，只要靠近他，她就浑身无力，就跟喝醉酒似的，明明就是随便亲亲而已。李瑞希喜滋滋靠在秦烈怀里，秦烈亲着她的耳朵笑，干脆把她抱起来，抱上楼。

"秦烈，你放开！别让人看见了！"

"看见就看见，我扛自己的女朋友，谁敢有意见？"

他把人扔在自己家的沙发上，手撑在她两侧抵上去。在灯光的照射下，她皮肤泛着粉色珠光，莹润诱人，让人恨不得一口咬下去。下一秒他就压了下去，一口咬住她的嘴唇，捧着她的脸亲。

温度渐渐升高，他放开她时，她眼神迷离，窝在角落里，像一只被欺负的小猫，眼角还挂着泪。

"干吗这么盯着我？"

"没看过。以前你又不是我女朋友，现在我看我女朋友，想看多久你都管不着。"

李瑞希抿唇偷笑，想到之前的事，不免有些感慨："其实你之前拒绝我，我觉得挺委屈的。"就觉得自己把心掏出来给他，他还要这样。她也是从小被人追到大的，哪里受过这样的委屈？她是真的喜欢他。过去的二十多年里，她从没遇到过让她动心的人。想明白了也就不想浪费时间，一分钟都不想浪费。

秦烈拉着她的胳膊，把人拉到自己怀里，摸着她的后脑勺，自责道："以后再也不会让你受委屈。"

她由衷欢喜，既然这是自己男朋友了，那她可以光明正大了吧？

她咬着手指低笑："我要看你的腹肌。"

秦烈舔了下唇，别过头忍笑，干脆把上衣给脱了："来！"

……她在他心里就那么色吗？好吧，她是有点馋，但其实他不脱也可以，都是他逼她的！

她握着小拳头凑上去，刚才在黑暗里她没什么感觉，现在看到他轮廓分明的肌肉，才有了前所未有的真实感。

秦烈凑近看她："怎么样？"

"嗯，手感蛮好的。"

"那礼尚往来……"

李瑞希一僵，弯曲手指敲他脑门："你想得美！"

秦烈笑着把她拉到怀里。

被玩到没力气还要照顾女朋友心情的秦队长，烟瘾上来只能亲女朋友的嘴。李瑞希的肚子"咕咕"叫："有些饿了，去吃饭吧？"

"行，在家吃还是去外面？"

她喜欢"家"这个词，让人感觉很温暖。

"我那儿有菜有面，可以煮面吃，也可以搞个部队火锅。"

"部队火锅是什么玩意儿？"

"就是韩餐，现成的底料和韩国泡菜，调料放进去就行。"

"行，那去你那儿。"

李瑞希伸着手，娇滴滴道："男朋友，抱抱。"

秦烈的心化了一地，他最受不了她撒娇了，小姑娘实在是太甜了。

去年，要是有人跟他说，他也有今天，他绝对会一脚端在那人的屁股上，骂他放屁。他秦烈怎么可能谈个恋爱就把自己谈傻了？跟女朋友卿卿我我这种事，就不是他能做出来的。

打脸来得这么快，摊上这么甜的女朋友，别说抱了，要命都给。

他托着她，把她抱起来，让她搂着他脖子。她的脚钩在他的腰上，两人维持这样的姿势，从他这边挪到对门。

一进门，舒克和贝塔就跳了过来，两个宠物一脸疑惑地看他们，好像在嘲笑他们这两个老不羞。

猫和狗围着秦烈的腿转圈，秦烈现在可顾不上它们，还有更重要的女朋友要管。他抱着她走到冰箱前，打开冰箱拿出她要的菜，又找出她要的锅，一切准备好，两人才回了他家厨房。

秦烈这边是开放式的小厨房，温馨又干净，更有情调一些。

李瑞希自始至终挂在他身上，他抱着也不累。李瑞希当了一回树袋熊，直到开始做饭，秦烈才把她放在中岛台上让她看着。他光着上身，下面穿一条宽松长裤。

"去跟舒克、贝塔玩？我做好叫你？"

"不，想看着你做。"

"行，那你就看着，你男朋友做饭可不是一般的帅。"

李瑞希捂着脸偷笑，忍不住还踢了踢腿。

我也是有男朋友的人啦！

秦烈光着上身在厨房忙来忙去。灯光下，他肌肉的线条在灯光下呈现出蜜色光泽，都这样了，他竟然还站在料理台前颠锅……简直是在挑战她的忍耐极限，还吃什么饭啊？

李瑞希默默拍了一张照片，因为阴影的关系，照片上的他尤为性感。有这样的男朋友，谁能把持得住啊！

秦烈按照她的指示依次把食材放进去，倒是不难，跟火锅差不多，李瑞希跑回去准备好了泡菜端过来。

两人面对面吃起来。虽然是在一起了，可到底没这样相处过，其间李瑞希忍不住偷笑，把秦烈也逗得一乐。直到吃饱喝足，他才倚在椅子上问："笑什么笑？"

李瑞希嘀咕："我有男朋友了，笑笑不行啊！"

秦烈看向对面脸颊粉粉的女朋友，继续乐呵："你可算落到我手里了。"

两人相视一笑，都觉得再满意不过了。

饭后，李瑞希要刷碗，秦烈不让。他把电视打开，塞给她遥控器，自己进了厨房收拾。

李瑞希偷偷打量他的背影，虽然他不像是会干家务的，但是做起饭，刷起碗，打扫起卫生，却也格外熟练。

不一会儿，秦烈牵着贝塔，李瑞希带着舒克去散步。

走到一半，秦烈忽然拉起她的手。李瑞希低头偷笑："你别让贝塔跑了。"

"放心，我一只手就能拉得动它。左手女朋友，右手牵狗，正好。"

李瑞希咬着嘴唇点头。只是谈个恋爱，好像也没什么了不起的，但她就是忍不住，好像自己占了大便宜。

他也一样。

贝塔很久没跟秦烈亲热，一路上撒欢儿往前跑。舒克不大爱动，遇到脏的地方就不走了，还得李瑞希抱着才行，耍赖的性子倒是跟她很像。

小区这一段路李瑞希经常走，秦烈也经常走，但今天就是有点不一样。路上遇到认识两人的邻居，看他们牵手还愣了一下，指着他们打趣了半天。

李瑞希晚上要直播，秦烈遛完狗就站在门边看她。

她打游戏时老感觉到他的视线，差点发挥失常，不得已，只好给他插游戏卡让他去客厅玩《坦克大战》。

等李瑞希洗漱好已经半夜了，群里姐妹们一直找她，她没回，她就是想先瞒一段时间，偷偷谈着。

她睡不着，一点左右爬起来，给秦烈发信息：睡了吗？

秦烈：没，开门。

李瑞希一愣，从床上跳起来，他已经在门口了。

秦烈一进来就把她抱了起来，扫走了鞋柜上的东西，轻松把她放在鞋柜上。好吧，虽然随时随地被人当小猫掐是有种自己很轻的错觉，但……

"这样方便亲你。"

好好好，方便亲就好，作为一个小甜心女朋友，她当然要礼尚往来啦！

秦烈勾着唇，勉强还能睨她："怎么睡不着？"

李瑞希也斜眼看他："你呢？怎么到现在还不睡？"

秦烈哪知道为什么，他们睡觉时间虽然准时，但干这行很少能睡个整觉，经常半夜被叫醒，生物钟也不太准。但今晚他睡不着绝对不是因为生物钟，纯粹是躁的。搞得跟小学生谈恋爱似的。

"我说女朋友，想我直说就是了，你勾勾手指，我就到你面前了。"

李瑞希就朝他勾勾手指，他别过头笑了一下，听话地靠近。

距离太近了，不想接吻也不行。他理所当然又把她搂在怀里亲，亲得她呼吸急促，差点喘不过气，才彻底放开她。

正值夜里，好像不干点什么就有点吃亏。她后背挺直，脚趾紧紧勾着，呼吸都变得小心翼翼。秦烈的呼吸变得灼热，却不敢动，生怕吓到她。瞥见她湿漉漉的眼睛，才安抚性地摩挲着她的腰。

李瑞希拉紧他的衣服，头发低垂，任发丝垂下来，闷闷地应了一声，然后一头埋进他怀里去。

为了防止一发不可收拾，李瑞希强制把他推出了门。秦烈被驱逐，想到她红得滴血的脸，乐得不行。

这一闹，李瑞希躺在床上躁得厉害，很晚才睡。

李瑞希睡得很不踏实，迷迷糊糊中被门铃吵醒，睁开眼发现已经中午了。

"您好，您的外卖。"送饭的是小区门口那个饭店的服务员。

小区门口有一家家常菜饭馆，夫妻档做生意，两人厨艺都非常好，炒菜不会加太多调料，就是家里的做法。

因为经常去，李瑞希跟店员们都熟悉。

"我没叫外卖。"

服务员瞥了眼她凌乱的头发和白里透红的脸，冲她眨眼："是你男朋友叫的，他交代我们中午给你送来补补身体。"

李瑞希愣了一下，第一反应是：我哪儿来的男朋友？

又过了几秒她才反应过来，哦！她是有男朋友的人了！

服务员以前还跟同事们八卦，说这两人很般配，没想到李瑞希搬过来才几个月，两人就成了。他笑着把菜递给她："小姐姐，盘子我回头来收啊。"

"哦，谢谢啊。"

把人送走，她一边刷牙一边看秦烈给她点的菜：香菇鸡汤、蒸鲈鱼、炒花菜、酱牛肉。鸡汤炖得浓浓的，让人看着挺有食欲的。

她站在桌子前看了片刻，男朋友给自己点养生餐她再乐意不过了，不过为啥要给她补身子？她身体杠杠的，根本不需要补。总有种把鸡养肥了拉去宰的错觉。

她边刷牙边给他发信息。

李瑞希：男朋友人呢？

男朋友很久没回，她才注意到有几条未读信息被她忽略了。

他有事，一早就回了单位，下次见面得下周了。她有点垂头丧气，谈恋爱的第二天，男朋友就走了，她成了没人要的小可怜。

秦烈刚到单位就接到了出警任务，高速路上有油罐车碰撞出车祸，他们赶过去灭火，傍晚回来时才看到她的消息。

秦烈：吃了吗？

李瑞希：谢谢男朋友，男朋友点的菜就是香。

那边秦烈洗手时捏着手机，唇角挑着。

小潘戳戳一旁的范立新，范立新又戳戳江闯，江闯又戳戳程东，一个戳一个，所有人直勾勾盯着秦烈，怀疑自己眼花了。平常只会虐他们的"禽兽"队长竟然对着手机笑？他竟然会笑！

秦烈拿着手机给李瑞希回消息，笑到一半，脸一板："看什么看？没事干了是吧？"

对嘛，这才是他们熟悉的队长！

小潘"啧"了一声："秦队，你对我们就这么凶，对着手机却那么温柔，你就直说吧，你跟嫂子是不是成了？"

秦烈把手机塞进裤兜里，往外走时才说："以后你们真有嫂子了！"

"……"

身后传来一阵欢呼声，小潘却莫名有点失落："咱们主播漂亮温柔还会打游戏，这么好的白菜就这样被拱了。"

话没说完，他就被范立新打爆了头："秦队是猪，那我们是什么？你是猪脑子是吧？"

唐江听到声音追上秦烈问："有女朋友感觉怎么样？哥们没骗你吧？有女人的日子那才叫日子，那才叫滋味！"

秦烈拿起帽子戴上，正了正才看他："才刚谈第二天，就被你一个电话叫回来了，现在不爽得很。你跟我谈女人，谈滋味？这样吧，你想办法给我弄几天假，我回头好好谈个恋爱，再告诉你那是什么滋味。"

唐江左耳进右耳出，他还想放假呢。

下午，谷晗把下个季度的工作计划安排表给了李瑞希。

年前，江屿森给大家定了新目标，原以为会很难完成，但这才几个月，她们已经完成得差不多了，尤其是严蜜，营业额翻倍增长。如李瑞希所说，她成长得很快。

李瑞希在公司碰到严蜜，严蜜打量她许久。李瑞希莫名心虚，下意识躲躲闪闪。严蜜腿一横，踩在一旁的板凳上，拦住了她的去路。

李瑞希今天穿了件黑色卫衣，半截的筒袜，板鞋，头发烫卷了扎起来，嘴唇涂了薄薄一层唇蜜。漂亮还是一贯的漂亮，但就是有哪里不一样。怎么说呢，整个人好像在发光。

李瑞希搞地下恋情，心虚道："干吗这样看着我？"

严蜜琢磨："李瑞希，我怎么瞧着你春色荡漾，像是有情况啊。"

这话说得梁潇潇也抬头："你不说我都没发现，眼神含春，皮肤红润，完全不是前段时间失恋时那鬼样子。李瑞希你老实招来，你是不是跟秦队好上了？"

孙小雅也看过来。

李瑞希咳了咳，万万没想到地下恋第一天就被人戳破了。她十分低调："脱个单而已，小事情，大家别这么大惊小怪。"

三人相互对视，被她表面低调，实则炫耀的语气气到了，齐齐鄙视她：

"不就是谈个恋爱吗？谁还没谈过呀。"

"什么'谈个恋爱'？我这是提前为国家计生事业添砖加瓦！我要以我一己之力，拉高国家的恋爱率、结婚率！我这是为国家未来做贡献啊！明明这么伟大，怎么到了你们嘴里，就那么不值一提呢？"

严蜜掏耳朵："刚才有人说话？"

梁潇潇："就听到耳边嗡嗡嗡的，好像有人在炫耀什么。"

孙小雅："姐妹们把她当空气就行了！"

三人勾肩搭背地走了。

李瑞希被孤立了，可怜兮兮跟上去。她拉住严蜜："别人说我就算了，你也说我，有你这样当嫂子的吗？"

严蜜："我这次度假带了那么多护肤品给你了。"

"作为未来小姑子我收点礼物怎么了？"

严蜜看其他人："小说里那些嫂子是怎么惩罚小姑子来着？来来来，大家搜一下，把办法提供给我。"

梁潇潇："学容嬷嬷？"

李瑞希假装求饶："各位美女姐姐，饶了我吧！"

大家被她的语气恶心到了。

谷晗远远瞧着，也觉得稀奇。李瑞希是他带着出道的，时至今日他能帮上忙的地方不多，平常也就是给她叫叫外卖，直播间控评，处理一下经纪事务。认识三年了，他还是第一次看李瑞希这么高兴。

李瑞希的交税时间眼看就满三年了，按照南城的规定，她就快有购房资格了。她们四人是同一时间进的公司，也就是说四人都可以买房了。

大家讨论了一下，这几年赚的钱不少，虽然平常爱花钱，却没有过度，买套房子简直是小意思。严蜜拍板，四个人买在一起做邻居，大家都没意见。

后面几天男朋友工作很忙，白天李瑞希发信息，秦烈通常要几个小时后才能回，她也习惯了，便忙着和闺密们一起看房。

新开发的楼盘条件都不错，绿化好，交通便利，当然价格也不便宜。李瑞希挑了个学区好的楼盘，得到其他人的一致赞成。

进了销售中心，站在门口闲聊的销售员只上下瞥了一眼她们的休闲装，就转过头继续和同事聊天了。最后是个新手模样的销售员走过来，客气地询问她们想看什么房子。听说她们四人都想买，销售员对她们特别热情。最后大家一致看上了一个平层。

这一年，南城的大平层销量并不火爆，还有许多户型可以选择。年底就能交盘，还是精装修，她们只需要买家具入住就好。

四人都挺心动的。

严蜜："我挺喜欢平层的，复式要爬楼梯，租过这种房子就不想住这种了。"

梁潇潇和孙小雅都看好，李瑞希也没什么意见，再说这小区边上有好几个出名的学校，重点学区，要不是户型大，根本买不到。

几人便把这个楼盘作为重点考虑对象。

看了几天房子，晚上回去时李瑞希腿麻脚酸，累得不轻。泡完脚，好不容易来了精神，才打开直播。

她最近打游戏时特别亢奋，"粉丝"都调侃她，说她受刺激了，还说她之所以这样，是因为情人节没人陪，将精力都发泄在了游戏中。

李瑞希正准备给大家唱歌，忽然瞄到弹幕上刷过一条信息：嫂子，我们队长想你了！

李瑞希的脸一阵发热，喊她嫂子的人，就只有新桥消防中队的队员们了。他们都在看她直播吗？秦烈也在？

这条信息发出去时，秦烈正在队员的宿舍里。队员住的是多人间，一张张床并排放置。眼下江闯的手机正在放李瑞希的直播，其他人都围过来看。李瑞希不知道的是，她的直播是新桥消防中队队员们必看的节目，只要不出任务，一个就偷偷用手机看。

"行了，看看差不多得了，我女朋友我自己都还来不及看。"秦烈叉腰吼了一声，不爽。

没人理他，都盯着李瑞希。

别的时候还能骂，眼下这是自己女朋友，他能说什么？怪女朋友直播太吸引人？

"江闯！快发消息，就说咱们秦队想她了。"

"对对对，就说队长想她了。"

秦烈刚转身，脚步一停。

那边，李瑞希像是看到了这条消息，咳了一声："这位说队长想我的朋友，下面这首歌送给你们队长。"

十几秒后，熟悉的旋律传来，秦烈听到一首极其熟悉，他这辈子听了无数次，但从没觉得如此动听的歌，竟然是《月亮代表我的心》。

李瑞希声音甜，从她唱第一句开始，所有队员就直勾勾盯着秦烈的脸，一个个满脸都是掩饰不住的羡慕。

队长好幸福！

嫂子好会唱！

秦烈单身了这么多年，终于也加入了"虐狗"大队。新桥消防中队所有人含泪干下这碗"狗粮"。

小潘羡慕嫉妒恨："嫂子这么好，怎么就对队长这么死心塌地呢？"

李瑞希唱完后，直播间的"粉丝"都以为她只是正常和观众互动，都没什么太大反应。这种隔空表白、偷偷秀恩爱的感觉，还挺爽的。

不算之前的《小跳蛙》，这是她第一次认真唱歌给他听，她刚才唱得怎么样？声音会不会干涩？有没有走音？有没有唱出这首歌的神韵？她真是怄怂，比上电视唱给全国观众听还要紧张，毕竟这次是唱给他的。

李瑞希下播后，秦烈发了个视频来。他竟然把她唱的歌录下来了。

他还发了朋友圈，也不知道是不是设定了向兴几人不可见，总之他发完后，群里没什么反应。但她翻看了他的朋友圈，这好像是他发的第一条跟消防无关的朋友圈。

真好啊，她就这样进入了他的生活。

李瑞希：唱给男朋友的，求表扬求奖励！

秦烈：等回去给你，女朋友唱得真不错。

李瑞希：第一次这么紧张。

秦烈：你是不是会把唱过的歌录下来？

李瑞希：是会去录音棚录制，基本上直播间唱过的歌反响好的，我都会发到网上去。

秦烈：把这首录一下，我想下载。

李瑞希轻轻应了一声。

别人谈恋爱是什么样子，李瑞希不知道，但她彻底明白了，为什么人家都说谈恋爱有酸臭味。只是男朋友工作忙，白天见不到，晚上抱不到，确实有些寂寞。

她把上次拍的照片翻出来。秦烈光着上身站在厨房中，肌肉健硕。于是，这一周她是数着日子过的。

男朋友上班第一天，想他！

男朋友上班第二天，想他！

男朋友上班第三天，想他！

……

不知不觉，男朋友已经离开六天了。

她无聊，拉着严蜜看韩剧，被严蜜嫌弃了："抱歉，我要抱着我男朋友度过漫漫长夜了，请你自生自灭。"

"……男朋友谁没有？了不起啊？"

"就是了不起，你男朋友人呢？不是刚谈恋爱吗？"

李瑞希没好气地说："男朋友？上交国家了！"

李瑞希不知道，秦烈这一周过得也不平静，以前不觉得日子难熬，自打亲了女朋友的唇，脑子里便都是她的影子。偏偏李瑞希还给他发语音："队长，你女朋友寂寞了，想你！想你！想你！你什么时候回来解救她呀？"

知道她在使坏，秦烈却还是中招了。他有心治治这坏丫头，故意给她发了一张腹肌照。

李瑞希被照片上的男人弄得心跳加快。她故意挑衅："队长，天天锻炼很辛苦吧？"

"……"

"你女朋友好可怜。"她娇滴滴地说，说话时尾音是飘着的。

秦烈本就在想她，这么一闹，把他勾得恶狠狠咬牙，发狠话："你等着！回去再收拾你！"

这阵子她每天晚上定时给他发语音，把他弄得牙痒痒，又拿她没办法。

每次看他被气狠了，她都很开心，谁叫他以前总是冷着一张脸？现在落到她手里了，她可不得好好报复一下嘛！

周二晚上，李瑞希直播完便洗了个澡。刚从洗澡间出来，门铃响起，打开门还没回过神，脸就被人捧住。

下一秒，秦烈恶狠狠亲上来，亲得她心肝儿颤。男人熟悉的气味扑面而来，李瑞希晕乎乎的，手扶上他的腰，感觉到他身体一抖。秦烈想了一周，恨不得把她的魂儿都给吸出来。

她刚洗完澡，皮肤红润，眼神迷离，每次亲完都这样。

他捏了她一下："还使坏不？"

李瑞希瞪他一眼，眼波激滟，又开始装可怜了。

"下次还敢吗？"

"敢呀，怎么不敢？"她恶作剧一样挑衅他。

活到这把岁数，包括这次在内，秦烈只失控过三次。

一次是他初中出车祸那次，他在车祸现场看着消防员把浑身是血的妈妈抱出来。他跟他妈感情很好，看到那一幕差点要疯了。

第二次是他妈过世的那年，家里着火，有人把他从火灾现场背了出来，后来他就做了消防员。

从业以来，大大小小的火灾事故遇到无数次，他把最大的热忱献给了消防事业，火都没让他皱一下眉头，此刻却近乎失控。

秦烈饿了，叫来夜宵，李瑞希也跟着吃。

他靠在椅子上，手指在桌子上敲了几下，见她筷子一直戳米粒，就靠近了低声说："还知道害羞呢。"

她咳得不轻，差点把自己给呛死，喝了好几次水才平复过来，没好气地瞪他。

雾蒙蒙的杏眼瞪人，哪里有什么威胁力？

李瑞希吃饭慢，秦烈坐在那儿看了她好半晌，又低头瞄向她的脚。刚洗完澡的人，脚白白净净，脚趾泛着粉嫩的光泽，微微蜷缩着，从脚踝到小腿无一不美。

"干吗？"李瑞希感觉今天吃了大亏，现在对他没好脸色。

贝塔从屋里跑出来，它又被舒克追了。舒克这只猫看着是小仙女，实则很凶。贝塔躲进沙发，它就滚进沙发；贝塔跑到床底下，它就追去床底下；贝塔向李瑞希求救，它就向李瑞希告状。

每天家里都要上演猫狗战，李瑞希已经看腻了，懒得给它们眼神了，就是觉得贝塔有点可怜，像个被二胎妹妹欺负的小可怜。

秦烈把舒克抱到怀里，又去摸贝塔，他看看猫、狗的脖子："这是新项圈？"

"嗯，刚买的，宠物店老板跟我说宠物不适合戴项圈，只能偶尔戴戴。"

"为什么要买项圈？"

李瑞希沉吟，也没什么原因，就是觉得可爱："非要说起来的话，这表明我是它们的主人呀，它们是我的猫，我的狗。"

"哦，主人呀……"

下一秒，她的脚踝一凉。秦烈半蹲在她脚边，手里拿着两个金色的脚链，往她脚踝上套。他的手不时摩挲着她的皮肤，痒到人心里，折腾了好久，才终于把两个脚链套在她脚上。

金色的脚链色泽鲜亮，做工精致，每个链子都交叉缀着小巧的铃铛，衬着她白皙的皮肤，很是好看。

他舔了下唇，心里烈火熊熊，面上却若无其事道："也给你套一个。"

李瑞希低着头，脸又开始烧了，咬唇忍笑："我又不是你的猫，你的狗。"

"嗯，你不是，但……"

"嗯？"

"男人的领地意识。"他艰难地说完，不自然地别过头。

等她吃完，他垂眸："走走看？"

李瑞希踩着草莓毛绒拖鞋，在地板上走了几圈，铃铛发出清脆的声响。

舒克听到了，朝她的脚踝瞥了一眼，也踩着步子往前走。李瑞希觉得自己被套路了，这男人才是真正的套路王。

"为什么要送我东西？"

"奖励，女朋友为我唱歌的奖励。"

秦烈老早就觉得她很适合戴这些首饰，脖子、手、脚踝，都很漂亮，尤其是脚踝，太适合戴个什么了。他就想送她点什么，跑了好几家连锁的首饰店，脚链太难买，唯独这家有，款式也不错，便买了一对。如他所想，她特别适合，纤细的脚踝戴着金链，带了他的印记。

"哦。"她咬咬唇，感觉自己好像被标记了一样。

李瑞希转移话题要去洗碗，被秦烈制止了："以后家务我来做。"

"那你不在家呢？"

"不在家你留着等我回家做。"

李瑞希摸摸鼻子，只说："你刷碗，我擦桌子好了。"

"不用。"秦烈接过她手里的毛巾不让她碰，"你这一千万的手有大用处，这种小事不用你。"

"……"李瑞希转头跑了。

既然都是男女朋友了，自然可以随意进出男朋友家了。

遛狗回来，秦烈洗澡，李瑞希便在他屋里逛逛。秦烈这房子很空，没什么摆设，但看多了她那边挤得满满的布局，又觉得房子还是空点好，显得空间大、整齐。他的书房柜子里摆着几本书，有消防专业书，还有几本文学类的，他竟然也爱看这些。

正好秦烈出来，他光着上身，随意拿毛巾擦头发。

"你还看书？"

秦烈瞥她一眼："怎么？你以为咱们消防员就大字不识？"

她瞪他："看不出来，还有点文艺青年的感觉。"

他看书的时间不多，消防改制之前，他一个月也就一次假，放假没事干就待在消防队健身、打球，偶尔朋友约，才会出来一起聚聚。最近有假就回，是因为她住这儿。

"你呢？除了打游戏还有什么爱好吗？"

李瑞希挑眉笑着："健身算吗？"

"妹妹别笑我。"

李瑞希莫名觉得自己被调戏了，又瞪他一眼："我就是不爱运动，养狗后因为要遛，不得不每天出门，以前更懒，能半个月不下楼。"

秦烈被她说愣了："就在家待着？"

他不能理解，他每天早上要出门跑步，晚上也得出去运动，一天不动就难受。人活着不就是来看花看雨看风看天气的？天天待在家干什么？

"嗯，在家宅着呗，一出门就要洗脸、洗头、化妆、打扮，很烦的。"

秦烈是真不懂了："洗头有什么烦的？"像他这样每天洗澡时顺带洗一下，很简单。

"你们男人根本不懂，算了，不跟你讲这些，反正我就是个能躺着就绝对不坐着的人。不过，我现在想到了一个新的运动方式……"她笑着伸腿钩他的腰，胳膊搂着他，眯着眼样子狡黠，声音柔柔的，"那就是……亲你……"

说完，她主动凑上去，与他交换了一个带有薄荷味道的湿吻。

索吻结束，两人都喘得厉害。李瑞希柔声道："接吻可以燃烧卡路里，所以，我以后可以接吻减肥！"她觉得这主意不错。

秦烈的手搂着她的腰，趁机摸了摸，占女朋友的便宜。

李瑞希细长的小腿蹭着秦烈，秦烈嫌她烦，直接把人抱到自己腿上。

她喜欢这样抱，有难以形容的亲密感。她捏他的耳垂，又开始娇滴滴："有个运动减肥功效更大，队长知不知道是什么运动？"

秦烈眯眼打量她，身体僵硬，绷着脸，眼神危险。

"哎呀，队长，我怕你今晚睡不着觉，真要那样我会心疼的。"

他眯着眼，好像在想着怎么治她，眼里的火越烧越旺，越发危险。李瑞希在他发飙之前，猛地跳开，得逞一般头也不回地跑了，留秦烈一人在原地，暗骂了一句，哭笑不得。

李瑞希跑回自己那儿，终于松了口气。

想到离开前他脸黑着的表情，她在床上滚了半天，"嗷嗷"叫了几声。秦烈在隔壁听到了，发信息问她又在打什么鬼主意，李瑞希赶紧捂住嘴。

"塑料姐妹花"一直在群里喊她，看她这么久没回，严蜜来了句：肯定是秦烈回来了，哪有时间理我们！

向兴也在问她和秦烈怎么样了，既然秦烈没告诉他们，她想了想，也没回。

次日一早，李瑞希睡得迷迷糊糊，感觉到嘴唇一热。她睁开眼，盯着男朋友那张放大的俊脸，第一时间捂住脸。

秦烈扳回一城，乐了："扯平了。"

李瑞希继续捂脸。

"还知道害羞？害我一夜没睡好，你说吧，我该怎么惩罚你？"秦烈捏她的耳朵，"怎么不看我？"

"我没洗脸没刷牙……"

"所以？"

"咱们刚谈恋爱，我怎么能让你看到我没洗脸没刷牙的样子呢？抱歉，我可是一个彻头彻尾的小仙女。"

秦烈被她的脑回路逗乐了，他又不是第一次看到她素颜。她不放手，秦烈就往下亲，她不得不伸手去捂，这样一来嘴又露出来，被人吻上了。

两人亲亲抱抱，磨蹭了不知多久。昨晚，某人以遛狗的名义要走了她的备用钥匙，她没多想，眼下着实后悔，不想让男朋友看自己没洗脸没化妆的样子。

失策了。

她起床洗脸刷牙，又用冲牙器把牙冲了一下，简单化了个淡妆，还喷了点香水，结果刚喷完就被发现了。

"什么味道的香水？"秦烈问。

"不告诉你。"她哼哼两声。

因为买房的关系，李瑞希要回家把相关证件拿回来。秦烈下午要回消防队，归队前先送她回家。

李柏年的房子就在南城一中边上，车子路过一中，秦烈打量窗外比记忆中老旧的学校，一时有些感慨："这是我母校。"

李瑞希愣了一下才挑眉："这也是我母校，还是我半个家呢。"

李瑞希说过自己父亲是老师，秦烈想起什么："你爸在这里教书？"

"是啊。"

两人面面相觑，不是吧？竟然是校友？

出租车停在楼下，秦烈付了钱，把人拉下车。热恋中的小情侣站在楼下依依不舍的，秦烈这才觉察出一点谈恋爱的滋味。他以前看人家这样，觉得太过了，等到了自己身上才发现，和女朋友多待一分钟都是好的。

"等我下周有假出来。"

"嗯。"李瑞希搂着他的腰，也不跟他闹了，乖得要命，撒娇道，"平常要注意安全，遇到火灾事故什么的，别人的命确实重要，但对我来说，最重要的就是你的命。"

秦烈摸她的后脑勺，女朋友漂亮，身材好，还很贴心。

"知道了，你平常好好吃饭，别睡得太晚。"

"嗯，亲一个？"李瑞希噘着嘴求吻。

秦烈瞥了一眼四周，正值工作日的傍晚，夕阳被夜色染红，稍显清冷。这个时间小区几乎没人，他捧着她的脸亲上去，原想"浅尝辄止"，可她偏偏伸了舌头……

天微微发暗，两人站在寒风中，李瑞希浑身发热，他箍在腰间的手臂带着不容躲闪的力道，像要把她揉进身体里，恨不得就这样亲到天荒地老。

直到一声突兀的咳嗽传来。

两人齐齐回头，李柏年正站在楼梯口的阴影里，表情凝重，似乎正在怀疑人生。他身边还跟着两个问问题的学生。

学生们显然没见过这种场面，手里的辅导书抖了抖。

"师姐？李老师……"

李柏年："回去！上自习！"

"哦！"两个学生回过神来，恋恋不舍地盯着他们看了好久，才不情不愿地走了。

在老爸和他的学生面前跟男友接吻……李瑞希心态崩了，咬着手指头，心虚地看向李柏年："爸……这是我男朋友。"

李柏年面无表情，指着她钩在秦烈腰上的腿，气得差点晕厥："松开！松开！"

李柏年刚跟学生夸下海口，说师姐别的不行，在谈恋爱这件事上从来不气他，在她心中，这世界上没有任何一个男人比她老父亲帅。

好家伙，打脸竟然来得这么快。

李瑞希尴尬地笑笑，讪讪地收回腿，身后传来秦烈不敢相信的声音："李老师？"

李柏年蹙眉走近，也是一怔："秦烈？"

第十六章
爸 ， 这 是 我 男 朋 友

秦烈才明白，高中老师李柏年竟然是他女朋友的爸爸，李瑞希就是同学嘴里的小师妹。

要知道老李看着乐呵呵，从不把事情放在心上，实则很记仇，尤其疼爱这个女儿。那么问题来了，被高中老师发现自己亲了他女儿，结果会怎么样？

"李……李老师。"

李瑞希有些不敢相信，世上怎么有那么巧的事："爸，秦烈是你学生啊？"

李柏年冷冷一笑："呵呵，当然是我学生了，当年打架爬墙，迟到早退，就数他最在行。"

秦烈："……"

他哪里能想到自己竟然有这一天。

李瑞希想笑，拉着李柏年的胳膊撒娇："难怪我会喜欢秦烈呢，原来是爸爸的学生啊，就是跟外面老师教的学生不一样。"

女儿的马屁当爸爸的当然要收下了，可该不爽还是要不爽的，养了二十几年的女儿，突然跟人亲上了，还亲得难舍难分，这谁受得了？

他面无表情地掏出钥匙开门。

秦烈看了下时间，还能上去坐坐。这情况他也走不了，便跟在李瑞希身后走入昏暗的楼梯间。

两人对视一眼，给对方使眼色。

李柏年看到他们的小互动，没好气道："行了，快进来。秦烈，你给老师讲讲，我女儿没谈过恋爱，怎么就被你追到了呢？你怎么这么有本事呢？"

李柏年说这话时的语气就好像在问：你说说看这道题为什么要用这个公式来解呢？思路在哪里？

秦烈从小就怕老师，当然这不影响他迟到早退，请假翻墙。他这种怕是相对于其他职业，老师给他留下的心理阴影最大，不是管着他就是罚写作业。

秦烈哪里知道标准答案？只能诚恳回答："李老师，小师妹太好太甜。"

李瑞希低头忍笑。

李柏年没好气："我女儿好我知道，那你说说你为什么喜欢她？"

"还是那句话，小师妹人好歌甜，又是李老师您的女儿，人品好三观正，跟别人就是不一样。"

马屁李柏年肯定要照收的，就是心里还是不舒服，随后他一转脸又去批评李瑞希："怎么发展得这么快？上次回家不是还说喜欢一个男人，他不喜欢你吗？怎么着，那个把你拒绝了的男人就是秦烈？是这小子？"

秦烈："……"

李瑞希："……"

李柏年沉着脸批评秦烈："你小子凭什么拒绝我女儿？"

秦烈"出师未捷身先死"，身上冷汗涔涔，进火场都没这么难熬。老丈人战斗力太高，一人能灭他三个，这谁能顶得住？

"我之前担心自己的工作危险，不想拖累她。"他语气诚恳。

李柏年一怔，刚才一直没正眼看他，仔细一打量才发现，这个学生跟记忆中还是有点不一样的。秦烈高中时个头就拔尖，在学校也是数一数二的高。小伙子身材好，人又野，经常跟人打架，但没做过太出格的事，感情这方面……可能是保密措施做得好，没被他抓到过。后来秦烈当兵做消防员，李柏年其实挺惊讶的，没想到当年班上最浑的小子，最后却做了个甘于奉献的消防员。

他不止一次跟人感慨，说自己看走眼了。

这些年过去了，秦烈比从前更高了，身材板正，直挺挺坐着，精气神就是跟别人不一样，皮肤也比从前黑，倒是眉宇间的桀骜没少，多了几分男人的稳重。

"那现在不怕拖累了？"

秦烈语气真诚道："以前的老领导提过很多次让我调岗，我一直没考虑过，只想在基层做消防员。我年纪也差不多了，如果跟她感情稳定，我会考虑往上调，在保证自己安全的同时，也替她多考虑，尽量不拖累她。"

李瑞希抓抓他的手，对李柏年撒娇："爸，我们家不是最讲民主的吗？我就谈个恋爱，你至于吗？你一向开明，我身边的朋友谁不羡慕我有你这样的爸爸呢？秦烈长得帅，工作稳定，你到底在别扭什么呢？"

别扭什么？

我把他当学生，他却想当我女婿！

李瑞希继续撒娇："爸爸，秦烈要赶回单位，你让他先走吧。"

李柏年没反对，秦烈站起来，沉声说："李老师，下次我会正式登门拜访。"顿了顿，他想到高中时跟李柏年喝过酒，又不怕死地接了句，"下次找您喝两杯？"

李柏年直摆手，嫌弃坏了："你快走！"

秦烈跟李瑞希对视一眼，出了她家。

李瑞希扫了一眼李柏年，虽然接吻被爸爸看到是有点尴尬，但她跟爸爸关系一向好，倒也没什么。

"爸，秦烈高中时没干什么坏事吧？"秦烈都没谈过恋爱呢。

"那小子干的坏事还少吗？天天让我盯着，哪天不迟到？那一届学生就他给我的印象最深。"

毕业这么多年一眼就认出来了，那可不是一般的印象深刻呢！

李瑞希偷笑："那我怎么不记得有他这个人呢？"

因为李柏年要带晚自习，李瑞希一直是在李柏年班里做家庭作业的。

"你上学比别人早一年，你忘了？你跟他正好错开了，你进高中时他正好毕业。"

"好吧。"

李瑞希跑进书房，打开书柜抽屉，李柏年历届学生的毕业照都在里面。她一张张翻过去，正好翻到秦烈的班级。她没看下面的名字，从最后一排个子最高的开始看，一眼便看到高中时的秦烈。

"爸，秦烈高中时这么白啊？"他的头发比现在长，那时候还真是有种贵公子派头，看起来像击剑运动员。

"嗯，高中时挺白，现在黑了不少。"

李瑞希拍下毕业照，不忘给亲爹拍马屁："爸，你知道我喜欢他什么吗？一开始我觉得这人看起来有点痞气，谁知道是消防员！干消防真心不容易，我挺佩服他有这勇气和毅力。我还在想什么样的老师能教出这样的学生呢，现在有答案了。原来是我们伟大的李老师！"

李柏年笑了，没好气地瞪了女儿一眼："天天就知道拍你爸的马屁。"

"爸，他跟我不是很合适吗？还是你也有偏见，觉得消防员不好？"

"爸爸一个当老师的人，能有职业偏见？从父母的角度，我希望你能找个普通职业的，怕他有个三长两短，但作为老师，我很欣慰他能为国家奉献自己，能教出这样的学生，这是老师的骄傲。"

他根本不是为这个生气，就是想着女儿被人抱着亲他生气！再说了，给未来女婿点罪受怎么了？还不能吗？

"还是爸爸好。"李瑞希喜滋滋地搂着他的胳膊，"爸爸，你就是跟别人不一样。"

"一边去，你这丫头就会给我灌迷魂汤，我问你，你现在回来干什么？怎么不跟爸爸说？"

"我回来拿证件，想买房。"

李柏年默默从抽屉里拿了张银行卡给她："你这些年都不要我给钱，我的存款都在这儿了，你拿去付房款。"

李瑞希从大学开始就打游戏赚钱，根本不要他给生活费，大学毕业后就更没要过钱了："不用，我有钱，这几年攒了不少呢。"

"有钱也拿着，你把里面的钱都用掉，爸爸能力有限，只能给你自己能力范围内的。"

李瑞希不肯收："你的钱留着娶老婆吧，给我找个后妈来照顾你！"

李柏年一愣，被她说得老脸通红："我去哪儿给你找个后妈？"

"你就是太抠了！"

李柏年被女儿打趣，懒得理会她："你不用担心爸爸，爸爸暂时没合适的，要是遇到好的我也不会错过，宁缺毋滥嘛！这钱我真不需要，你赶紧拿着卡走人！"

李瑞希叹息一声，这都离婚十多年了，还一直单着，谁能放心得了？

回去时，李瑞希把秦烈的高中毕业照拍下来发给他：男朋友以前好白啊。

秦烈：男人黑点没事，你白就行，把你的高中照片发一张来。

李瑞希很有心机地挑了一张穿着白衬衫、英伦风短裙的校服照过去，照片上的她透着一股灵气。

秦烈确实被照片上的小姑娘甜到了。他那一届学生穿的也是这种校服，那年校服刚改革，女生的下装从裤子变成裙子，学校的浑小子们整天趴在楼梯口，评价谁穿校服最漂亮。

照片上的李瑞希一看就很小，脸比现在有肉，眼珠漆黑，笑起来有浅浅的酒窝，正是他喜欢的样子。

没过几天，李瑞希她们爽快地签了购房合同。这个户型是一梯一户，电梯入门，四人买了两层楼。李瑞希和严蜜一层，孙小雅和梁潇潇一层，楼上的房子后面都有个楼梯可以通到楼上的两家家里。

这事定下来，她们也算在南城安了家了。完成了一件心事，四人约着吃饭。吃了一半，秦烈的消息发来：嘴里空。

李瑞希：烟瘾犯了？

秦烈：嗯。

李瑞希：怎么办？想给你亲你也亲不到，我的队长，你真是太可怜了。

秦烈：你等着！

李瑞希：要么你抽一根？

秦烈：不抽，留着以后需要的时候抽。

抽烟就抽烟，还"需要"？

严蜜夹了一块鱼肉，看她眼眸湿漉漉的，面泛桃色，不由感叹："谈恋爱真是最好的化妆品。"

另外三人打趣着，好在李瑞希脸皮厚，她们说什么她都无所谓。她们聊起前几天公司有主播在背后说李瑞希，说她假清高，迟早后悔。

"别听那人胡说，咱们又不是没钱，找对象当然要找喜欢的，说什么以后不合适后悔什么的，找个有钱的就不后悔不离婚了？"严蜜说着。

"离婚率那么高，谁知道以后会怎么样？"孙小雅一本正经。

李瑞希笑："无所谓，我觉得好就行，就咱队长那身材，给我一个矿我都不换。"

几人大笑。

不知不觉天暖了起来，南方的天气就是这样，冷的时候湿冷得厉害，暖的时候温度一下子就升高了。

男朋友不在家，李瑞希每天就是直播打游戏，给"粉丝"唱唱歌，运营微博什么的。

周末，向兴提议一起出去玩，他之前在群里问了李瑞希跟秦烈怎样了，李瑞希故意没答。向兴就去问了严蜜，严蜜知道李瑞希想逗他，便也含糊不答。向兴以为他俩彻底掰了，不确定要不要把两人都叫上。

虽然过几天还要降温，但李瑞希还是把好看的衣服搬出来，准备化完妆出去玩，忽然接到邵问兰的电话。

这周邵问兰发了很多次微信，她一直没回复，这次避无可避，只能接起来。

"我给你发了那么多信息，你为什么不回妈妈？"邵问兰的语气不太好。

李瑞希斟酌一下道："我这周忙，微信消息多，有时候没注意就删掉了。"

邵问兰吐了口气，似乎在忍住不发火："你在忙什么？"

"我买了套房子，这周在看房、签合同。"

电话那头沉默许久，邵问兰才问："买房为什么不跟家里说？买在哪里？多少平米？"

李瑞希一一回答，邵问兰的声音显得有些失落："两千万也不是小数目，怎么不跟家里说？这点钱你叔叔还是愿意帮你付的。"

"那不是我的钱，我不需要。"

"那你怎么不跟我讲？"

李瑞希笑笑没说话。讲什么呢？她从小就是这样，什么都愿意自己来。她不想花付开诚的钱，他再有钱，那也是付明宇的爸爸。她毕业时，付开诚提出送她一套房子，被她拒绝了，自己能赚，何必花别人的钱。邵问兰却觉得亏，既然能让别人花钱为什么还要花自己的钱？

"你是不是傻？女人不就是有这点特权吗？你连这点道理都不懂？你爸知不知道你买房？"

"嗯，他给了我一百万。"

沉默蔓延，邵问兰怅然叹了口气："你宁愿要他的钱也不跟我说？"

"妈，我本来没打算告诉他，我爸赚钱也不容易，是回家拿证件时他问起我才说的。"

这话似乎让邵问兰好受一些，她切入正题："江屹回来了，我们两家约着今晚吃顿饭，地点我发你，你按时过来。"

"妈，我有男朋友了。"

邵问兰温声说："你别骗妈妈。"

"没骗你，就是最近谈的，我爸也知道，是他学生。"

邵问兰明显不悦："你爸的学生？做什么的？比江屹条件好？"

"消防员。"

"什么？你疯了？我不同意！"邵问兰压抑着怒气，似乎是觉得她真疯了，"消防员能有什么出息？收入低，还有生命危险，我是不可能同意的。"

"妈，你不能这样说，没有消防员，家里着火了谁救你？"

"社会上那么多消防员，我交税了他们就应该来救我。怎么了，他们救我我还要感谢他们？别人找消防员我不管，你男朋友绝对不能找这样的！江屹这顿饭你必须过来，你哥也在，你要是不来，就直接搬回家住，省得在外面乱玩。"

李瑞希的心情很差，邵问兰这人很难缠，李瑞希一般不愿意跟她有正面冲突，否则邵问兰会说到做到，肯定要让她搬回去住，直到嫁人。

她当然不想住付家，虽然付开诚对她不错，她对他也没意见，可跟邵问兰住在一个屋檐下她会疯的。她打定主意晚上跟江屹说清楚，这样既不扫双方父母的面子，又能妥善处理她的事。

邵问兰把吃饭的地址发来，竟然也在向兴约的那栋大厦里，这样吃完饭去向兴那边玩，算省事了。

一阵子不见，江屹还是差不多的打扮，得体的西装，熨烫过的白衬衫，无可挑剔的精英气质。这相亲对象挑不出任何问题来，邵问兰眼光不错，最起码是做过功课的。

江屹的父亲看着随和，母亲显得精明，始终是一副高高在上的样子，打量李瑞希时带着审视。

这样的婆婆应该不是特别好相处吧？李瑞希笑着应付，没让场面太难看。她一边吃东西一边想，不知道秦烈妈妈是什么样，好像从来没听他提过。

晚餐很精致，李瑞希没话聊，埋头苦吃。其间江屹问了她几个问题，她有问有答，礼尚往来回问他几句，江屹也回答了。原来这段时间他一直在国外出差，今天才回来，看得出他很重视这次聚餐，她更有内疚感了，不该耽误人家。

饭后，李瑞希把江屹拉到一边，语气诚恳地道歉，江屹似乎并不讶异，只问："是上次茶楼见到的那个？"

"是。"她笑笑。

"他做什么的？"

"他是消防员。"

江屹挑眉，似乎有些意外，只问她："家里不同意？所以拉你来吃这顿饭？"

李瑞希笑笑："同不同意我都无所谓，只是觉得耽误你时间了。"

江屹没有多纠缠这件事，只是问她："非他不可？你知道我对你的感觉不错，感情这事是可以慢慢培养的，你跟我在一起，我能给你……这一说起来，我能给你的也极其有限。"他做不到天天陪伴，只能在金钱上给予补偿，可钱什么的她估计也不在意。

李瑞希被他逗乐了："要是半年前我遇到你可能会跟你试试，但是遇到他之后就觉得这种事根本不能将就。像你这种'霸道总裁'，不缺钱，长得也好，当然要选一个让自己动心的人当女朋友，否则不是委屈了自己？"

江屹失笑，抬手把衬衫袖子卷了一些，临走时说："那你先走吧，你男朋友在那儿等你。"

李瑞希一愣，回头就见秦烈站在楼梯阴影里。她有好些天没见到他了，虽然每天发信息，但他绝大部分时间都很忙，有时候一天连个打电话的时间都没有。

她跟江屹道别，走近才发现，徐菁站在秦烈边上。

李瑞希心想，今天出门没看皇历吗？

徐菁走过来，笑："刚才那是你男朋友？长得还挺帅，原来你喜欢那种的？"

李瑞希冷声回："我不喜欢那种的，我喜欢这种的。"

她指着秦烈，和他四目相对。她在他眼中看到许多压抑的情绪，但在她指向他的这一刻，那些情绪很快散去。她终于能看到他眼底的那片炽热，他又变成她熟悉的那个秦烈了。

徐菁脸色不好，觉得她脸皮厚："我看到你们在餐厅吃饭，你不是跟人相亲的吗？骑驴找马算什么？"

李瑞希没看她，只说："家里安排的，我已经跟人家说清楚了。"

徐菁彻底嫉妒了，那个帅哥一看条件就很好，但是被李瑞希拒绝了，而她最喜欢的男人，现在也被李瑞希迷得团团转，这女人运气怎么那么好？

向兴他们约了吃火锅，李瑞希已经吃完了，不饿，坐在一边替他们涮菜。

秦烈坐在那儿，比平常沉默不少，自始至终都不看她，好像根本就没她这么个女朋友。原来他也会生气，李瑞希想了想，又觉得好笑。以前虽然知道他脾气不好，但他跟她在一起时，总是表现得无可挑剔，宠她宠上天。饭不要她做，碗不要她刷，遛狗他来，平常吃了饭还叮嘱她把碗筷留着，他放假回来收拾。

与其说是生气，倒像是吃醋了。李瑞希的手指在座位上挪了挪，快碰到秦烈的大腿，他明显一抖，把她的手指扔开。

向兴原想隔开他们，见他们脸色都不好，打圆场："秦烈最近工作忙不忙？"

"还可以。"

"到夏天又开始忙了吧? 摘马蜂窝什么的, 能热死人。"

秦烈应了声, 向兴又问了几句。他回答得不够热情, 导致向兴这种话痨都没辙了, 一度给陶景明使眼色求救。严蜜几人在一旁看戏, 徐菁倒是很开心, 以为李瑞希和她一样也没追到秦烈, 心情顿时好受不少。

李瑞希没挑衅成功, 有些不开心, 手指又凑过去, 这次秦烈直接把她的手打开, 李瑞希吃痛地喊了一声, 引来大家的注视。

李瑞希: "手被烫了一下。"

向兴赶紧说: "那得小心啊, 你那手上了保险的呢。"

严蜜踢踢李瑞希的腿, 在一旁偷笑。李瑞希委屈地朝秦烈那边看, 他依旧没事人似的夹菜。

过了一会儿, 大家转移去清吧喝酒, 苏青也过来了。她看看李瑞希又看看徐菁, 脸色一沉, 不太高兴。她端了一杯酒蹭到秦烈身边, 两人不知在聊什么。李瑞希死死盯着他们, 苏青感觉到她的注视, 冲她挑眉举杯, 很愉快的样子。

李瑞希吃醋了。就算没有苏青和徐菁, 也会有其他女人上去跟他搭讪, 不就是身材好了点, 长得帅了点吗? 现在的女人怎么了? 都不知道矜持。

清吧还算安静, 李瑞希走过去坐在秦烈边上。苏青扫了一眼她的包臀裙和白衬衫, 酸溜溜地问: "你穿这样不冷?"

"还行吧, 要有个男人搂着就不冷了。"

苏青显然没想到她脸皮这么厚: "女人还是指望自己比较好, 再说人家也未必愿意搂你啊。"

她那一脸得意让李瑞希生气, 李瑞希直接搂着秦烈的腰, 冲她笑: "愿不愿意不要紧。"

苏青脸色难看: "你问过人家意见了? 强搂算什么?"

李瑞希弹弹手指甲: "有什么可问的? 我做什么他都不会挣扎的。"

苏青又惊又疑, 不敢相信地看向秦烈。

昏暗的灯光下, 他的神色很淡, 漆黑的眼眸中却带着某种坚定。在火场锤打过的男人, 哪怕就这样坐着, 也有别人没有的气质, 使他在这清吧里格外显眼。李瑞希乖巧地抱住他, 头蹭在他的胸口, 明明他可以推开她,可他动都不动。

他的视线落在别处，端起杯子喝着冰水。

苏青从他的冷淡疏离中读出了宠溺。明明就不是一对，要真是情侣，哪有坐这么久都不说话的？要说不是，之前她约秦烈，秦烈看都不看她，怎么李瑞希抱着他，他就一动不动？

李瑞希仰头，视线落在秦烈动着的喉结上，她直起身子，亲在上面。他自始至终都不看她，却纵容她闹。李瑞希的心里总算好受些了，回头冲苏青笑："你看，想亲就亲。"

苏青可能是受了刺激，面无表情地端起酒杯走了。

向兴端着酒杯过来，指着他们直颤："你俩……你俩到底在搞什么呢！"

李瑞希看向秦烈："你问他。"

秦烈拎起桌子上的钥匙："走了。"

她背着小包跟上去，回头冲呆若木鸡的向兴唇角一弯："我也走了。"

"哦。"向兴老觉得不对，之前两人闹掰时气氛虽然僵，却不会这样奇奇怪怪的，有种看电视剧被快进了两集的感觉。一回头，就见严蜜和梁潇潇笑得不能自已，他后知后觉："这两人在一起了？什么时候？"

李瑞希踩着高跟鞋，一步一趋跟在秦烈身后。秦烈余光瞄到她的裙摆，心头的火莫名蹿起。

好不容易到了家，他打开门进去，李瑞希跟在他身后找话说："没鞋穿，我直接进来了。"她的高跟鞋踩在地板上，噔噔噔响，一下下敲在人心里头。

秦烈脱了外套，把衣服扔到一边，便关了卫生间门洗漱。李瑞希伸手捂住自己的脸，张开指缝偷看。

几分钟工夫，水停了，秦烈擦着头发从里面走出来，依旧没什么表情。沉默蔓延开来，李瑞希凑上去，抱住他，鼻子里都是肥皂水味："还气呢？我今天也是临时被我妈叫去的，她说今天不去的话，就让我搬回家，我要是搬回家就没什么时间跟你见面了。再说，我也得找机会跟相亲对象说清楚。"她像个小动物，在他胸口蹭着。

秦烈今天着实生气，她上次相亲，他一直压着脾气，那时候他在追她，没有计较的资格，如今两人都在一起了，她还出去相亲。他忙了一周，满脑子都是她，期待跟她见面，第一时间就过去了，谁知她的电话打不通就算了，还跟上次的相亲对象吃饭聊天。

他托着她的腰冷笑："这衣服不错啊。"

李瑞希一个激灵："漂亮吗？"

他别过头，哼了一声。

"那你喜欢吗？"她抱着他，"这裙子我买很久了，一直没穿，主要是我不怎么穿高跟鞋，但是今天我冒着感冒的风险，穿这么少，你就不打算夸奖几句？"

秦烈一僵，李瑞希搂着他的脖子耍赖："不许生我的气！队长……哥哥……好哥哥……"

秦烈作势拉开她的胳膊，她却跟树袋熊一样，软骨头似的趴在他身上，拽也拽不开。秦烈被她无赖的样子气笑了："别以为我这么容易放过你。"

"好哥哥，人家错了，给你打行吗？就别生气了。"她委屈地噘着嘴。

秦烈很生气，把她抵在柜子上，危险的视线扫过她，声音冷冷的："背着我出去相亲？说吧，怎么罚你？"

柜门冰凉的触感让李瑞希一颤，但更难忽视的是秦烈危险的注视，像在逗弄不听话的猎物。

他靠得太近，呼吸似乎都带着怒火。李瑞希伸手要推开他，却被他抵得更紧。他箍着她，摩挲她的腰。

被窝里的温度升高，李瑞希推秦烈："你压到我头发了。"秦烈让开一些，却还是圈着她，李瑞希挠他的胸口。

秦烈："跟那男人说清了？"

李瑞希："说清了。"

秦烈："你也觉得他很好？"

李瑞希："没你好，你最好了。"

秦烈的怒火消了一些。

李瑞希："心情好点没？要是还不好，我唱首儿歌哄哄你？"

"不用。"光亮从客厅透进来，秦烈俯视她迷离的眼，长叹一声，"我上辈子肯定是欠你的。"

"啊？可能你上辈子负了我，这辈子不得不还债。"李瑞希忍笑，"那你今天在清吧里跟苏青聊什么了？"

"随便聊聊。"

"随便聊聊她还笑得那么开心？"

秦烈盯着她的脸看了一会儿，笑道："吃醋了？"

李瑞希没好气地推他，不让他靠近："废话，我表现得还不够明显？"

秦烈搂着她的腰，在她锁骨上咬了一口，声音低哑："管我倒是严。"

"不行？"

"我敢说不行？"

李瑞希奖励般在他唇上亲了一下。

刺耳的手机铃声从客厅传来。秦烈立刻跳了起来，把被子罩在李瑞希头上，不让她冻着，人已经跑到客厅。

"队长，酒店突发大火，需要支援，你的装备我带上了，我们去你家小区门口接你，还有三分钟到，你准备一下。"

秦烈沉声："好，我这就下去！"

李瑞希知道他要走，有点蒙。下一秒，被子被拉开，微弱的光亮传来，一个吻落在她唇上。

"有酒店突发大火，我得走一趟。"

李瑞希推他："你快走吧！"

秦烈趴在她身上闻了一口："等我回来。"

他刚要走，人被一把拉了回来。四目相对，李瑞希望向他漆黑的眼，唇角弯弯："队长，别的都无所谓，只要你平安就行。"

从前李瑞希对生活有很多期待，希望未来精彩一点，有趣一点，丰富一点，然而和秦烈在一起后，她所有的奢望也不过化为一句卑微的平安祝福。

秦烈用尽全力，狠狠地抱着她。

关门声打断了李瑞希的思绪，她把头蒙到被子里。她的脸微红，闻着被子里独属于他的味道，又猛地跳起来，穿好衣服回了自己家。

打开电脑后，本地新闻跳出提醒，首图就是这次火灾。从照片上看，火光点亮了天际，衬得这黑沉的夜十分触目惊心。火比想象中更大，她默默为消防员祈祷。

　　秦烈到现场时，酒店下面的足疗店也烧了起来，救人和灭火都十分困难。

　　"从哪儿先烧起来的？"

　　酒店经理哭丧着脸："应该是十一楼，我们听到有人吵架，谁知道会发生这种事。酒店很多房间都是大片的窗帘窗纱，完了，这下真完了……"

　　"三队负责疏散人群，务必保证人员安全。"秦烈冷着脸看向经理，"知不知道店里还有多少人？"

　　"我们打过电话，这里有名单。但有的房间没人接，不知道是出去了还是……这慌慌张张的，我们既要灭火也要组织逃生，做不到那么细致。"

　　秦烈看过经理手里的统计表，给队员们部署工作："务必疏散人群，保证人员安全，尽量减少伤亡。"

　　"是，队长！"

　　尽量减少而已，按照以往经验，这样的大火结果比较难说，更何况酒店和足疗店这样的营业场所经常会为了验收合格，在消防设施上弄虚作假。

　　水带准备妥当，云梯已经架起来了，救护车齐齐停在门口，店里的房客在消防员的组织下撤离。好在大部分房客都是年轻人，这算不幸中的万幸。所有人听从指挥往外撤，灰头土脸，狼狈不堪。

　　秦烈背着氧气瓶，给下面的人打手势，几人一间间查看，其他人配合灭火，为他们铺路。酒店屋内烧得尤为厉害，因为是主题酒店，每个房间的房型都不一样，搜救极为困难。

　　温度升到令所有人都感到不适，秦烈做了个手势，二队冲进了浴室，有个年轻女人倒在里面。江闯等人把她抬了出去。

　　秦烈继续往前搜救，走到消防通道前时，看到一个男人拿着照片边走边烧。他浑浑噩噩地迈着步子，听不到任何话，也看不到周围来往逃生的人。秦烈一把拉住他，男人看了他一眼，又哭又笑："我要祭奠我们死去的爱情，她都不要我了，我活着有什么意思？我要死在这里。"

　　秦烈黑着脸，拽着他的胳膊把他推给小潘，那男人不配合，扭着要冲进火海。秦烈一脚踹过去，男人摔倒，被小潘几人拉了出去。

火光中，有个衣衫不整的女人冲了过来，秦烈给范立新使了个眼色，范立新立即带着她到楼下找酒店经理要了件外套。女人浑身湿透，被火烤得皮肤发黑，头发上还有没干的泡沫，人也冷得哆嗦。

范立新把她交给酒店的人，又冲了进去。

在火场救火的人显然不知道，这次酒店的火灾已经在网上掀起一番热议。

不仅是因为火灾大，更重要的是起火原因。流传最广的是说有个男人出轨，女方有家庭，为了老公孩子不想继续下去，要跟男人断绝关系。男人想不开，就在酒店里烧照片，想拉女人同归于尽，谁知女方跑掉了。还有人议论，说今晚很多人要睡不着了，毕竟这火一烧，出轨的关系可要包不住了。

这场大火为许多账号贡献了上千万的点击，李瑞希顾不上看那些网友的调侃。视频网站上一直有直播，很多人在现场拍视频。她不停点开视频看，搜寻秦烈的身影，搜寻新桥消防中队的消防员，看到大家出现在视频里，她由衷高兴，至少这证明大家都好好的。可是秦烈……她一直没看到秦烈。

姐妹们下播后都来找她说话，李瑞希知道她们担心她。她也知道担心没用，可就是想等火灭了再睡。

沉沉黑夜退去，明火终于熄灭。

消防队共搜救出二十二人，现场遇难了两人，伤者都被拉去医院治疗了。这场战斗自此结束。

江闯累得上气不接下气。秦烈让人扶着他，把他上衣脱光："有没有好点？"

新鲜空气猛地灌入，江闯咽了口口水，呼吸总算顺畅许多："太热了，我刚才差点一口气喘不上来。"江闯的脸上混着黑灰，脸被火烤得狼狈，到底是年纪小，还得再多历练几年才能独当一面。不过，其他队员也没好到哪儿去。

"秦烈！"来支援的钟定走上来。

秦烈冲他点头，拿来一瓶水一股脑儿倒在自己脸上，水带来一些凉意，被熏黑的脸疼得没那么厉害了。

"这次的事领导们很重视，连夜开了会，要求务必保证人员安全！你做得很好，把伤亡降到了最低。"

秦烈看了他一眼，没什么反应，在火里烤这么久，他的反应有些迟钝。

"后续调查会……"

秦烈推开钟定，他脑袋嗡嗡的，听不进这些话。这种娱乐场所，说消防验收没问题他根本不信，真没问题怎么可能一烧就挡不住？酒店消防通道也被易燃物堵住，他们搜救时有人差点交待在里面。

钟定拍拍他的肩膀，继续道："这次事情闹得很大，真有什么问题，谁也逃不了。"

"防消分家，每次消防验收出问题，被骂的都是我们下面的兄弟，这算什么事！"秦烈吼完，双眼猩红，叉腰站在那儿，心里不好受。

"我为什么来你心里没数？媒体那边得有个说法，你现在这样子能面对媒体？"

秦烈冷着一张脸，拎着面罩往前走。步子刚跨出去，他抬头看向马路对面。李瑞希穿着黑色毛衣站在不远处，因为跑得太快了，气喘吁吁的。她抬头的那刻，脸上带着被霞光映照的红，一双被春风吹过的眼睛湿漉漉的。

看到秦烈的瞬间，她高兴地挥手，秦烈的心瞬间被填满。

李瑞希第一次经历这样的胆战心惊，她早就想来了，又怕现场人太多，给别人添乱，影响到秦烈。于是好不容易等到凌晨，看现场都散得差不多了才过来。

秦烈满身泥水，脸上一片脏污，像是在泥浆里滚过。他笑着冲她勾勾手指，李瑞希张开手跑向他。

秦烈："我身上脏，到处都是泥。"

李瑞希："没关系，我不嫌弃，我就想抱抱你。"

秦烈舔了舔干裂的嘴唇，心软得一塌糊涂："一夜没睡？"

"睡不着，就想来看看你，看到你心里就踏实了。"

"做消防员家属，这点心理素质可不行啊。"

"那我继续努力？"

边上传来一阵咳嗽声，来做工作的钟定瞥了眼秦烈，打趣道："行啊，你小子艳福不浅啊！"

秦烈把李瑞希拉开，这里人多，他担心影响不好。

新桥消防中队的队员们都坐在地上休息，看到李瑞希都叫了声"嫂子"，冲她笑。李瑞希有些不好意思，知道他们忙了一夜没吃饭，把带来的早饭放在消防车上，自己默默走了。

等新桥消防中队的队员吃上李瑞希送的饭，都冲秦烈感慨："有嫂子真好！"

这次火灾暴露的问题，让新桥消防中队的队员们失落很久。所有队员耷拉着脑袋坐在宿舍里。秦烈进门时，扫了他们一眼，吼道："都坐在这儿干吗呢？出去集合准备训练。"

"队长，网上很多人质疑我们，说还是有人遇难了，消防员没用。"江闯生气道。

秦烈表情严肃地环视一圈，很好，都有脾气，有脾气证明还有血性，证明他们骨子里的那点东西没丢。

"网上说什么的都有，今天说消防不好，明天说医生、老师、警察，你能堵上所有人的嘴？"

"可是……"

秦烈沉声说："行了，网络只是起监督作用，干咱们这行不求别人理解，只求无愧于心！这个社会难免会让人不满的地方，你觉得医生不好，你就去当医生，你觉得老师不行，你就去当老师！你认为哪个地方达不到你的要求，你就去参与它、改变它。现在咱们就是消防员，你觉得这个行业有问题，达不到你的要求，你就以实际行动去改变它，真是个爷们儿不在乎嘴上说什么，而是要看你做了什么！"

安静的宿舍内，秦烈的声音仿佛还有余响，大家心里的那点不平渐渐散去。只有每个人都为之付出努力，社会才有前进的可能。未来一定会更好，一定会的。

"行了，下去集合，这次救火暴露出很多问题来，以后我会在训练中根据你们的自身特点——跟进，体能不好的人下面要加大训练量。你们记住，我们不能控制火，但可以控制自己，进火场不拖累战友，对得起国家，对得起人民，但求无愧于心。"

众人齐齐立正："是，队长！"

秦烈出了门往训练场去，唐江从楼上跑下来跟上他。

秦烈："有话就说。"

唐江看他半晌，老觉得秦烈最近变了，这一想，惊了："你戒烟了？"

秦烈面无表情："我都戒一个多月了，你才发现？"

"你烟瘾那么大，抽多少年了，说戒就戒了？行，我佩服你小子是条汉子。"

秦烈轻笑一声。

"昨天领导又打电话叫我做你的思想工作，让我问问，你还没改变主意，还准备再在基层多干几年？"

秦烈叉着腰不答，初春的中午，太阳晒在身上懒洋洋的："行了，我知道你要说什么。"

唐江拍他的肩膀："你知道是一回事，但我该说的还得说。基层挺好的，但你是要成家立业的人了，有机会升就升，以后总要娶老婆、生孩子不是？再说你在上面，下面的兄弟们进火场也安生。"

秦烈："知道了，这事我心里有数。"

李瑞希最近起床早，下午总要睡一会儿，这天下午刚起床，门铃响了。她拉开门，愣了一下，怀疑自己看错了："你怎么来了？"

付明宇哼了一声："我自己妹妹家，我还不能来了？"

李瑞希挠挠头，有点蒙："你不是忙着跟严蜜谈恋爱吗？"有严蜜这样的女朋友，付明宇竟然还有心情来找她这个妹妹？

付明宇叹息一声，拉开鞋柜找拖鞋。鞋柜里躺着一双男款拖鞋，尺码很大，黑色的简约款，标签都没拆，可见是刚买的。

"有对象了？"他蹙眉。

"啊？"李瑞希出来看到那鞋，点点头。

"谈多久了？"

"正式恋爱的话好像没多久。"

"没多久就给他买拖鞋，让他进你家？"付明宇站在鞋柜前，觉得有必要进行一场男人和女人之间的对话，"李瑞希，男人很坏的，这世界上像哥哥这么好的男人真的不多了。"

李瑞希揶揄："哦？哥你好像对男人很了解？我想想，不单纯的男人是不是都长你这样？和严蜜在一起才多久就……"

付明宇打断她，哼了一声："哥哥不一样，哥哥长得帅。"

李瑞希笑得很得意，拿了换洗衣服去洗澡。浴室响起水声，付明宇给严蜜发信息：以后少跟李瑞希说我们的私事。

严蜜：……

付明宇又回了一条，手机刚放下，就听到了门铃声。他打开门，愣了一会儿，觉得门外的男人看着眼熟，半晌才道："你是……"

秦烈蹙眉，视线犀利，从他身上掠过："瑞希呢？"

付明宇靠在门框上，眯着桃花眼，笑得很刻意："瑞希啊？正在洗澡呢，要不要我帮你叫她？"

秦烈没答。

付明宇："有什么事你跟我说，我告诉我们家瑞希一声？"

秦烈这才正眼看他。二人周围的空气温度骤降，付明宇这才认真打量他。这男人比一米八五的他还要高，身材是不错，哪怕穿着外套，也能看出非常有型，眉宇间有不明显的痞气。

秦烈蹙眉："我跟我女朋友说话，还用你转告？"他一个电话拨过去，卫生间里的水声停了，"我在门口。"

"你在门口？"李瑞希的声音从卫生间传出来，"付明宇，开一下门！我男朋友在门外！"

"男朋友"三个字取悦了秦烈，他淡淡地盯着付明宇，视线极有压迫感，以至于付明宇叹息一声，略显遗憾："幽默，幽默懂吗？"

秦烈显然不欣赏他的幽默，但女朋友家还是要进的。他要换鞋，低头扫向付明宇穿着的拖鞋，眉头轻挑，最终没说什么。

舒克和贝塔看到他，从屋里跳出来。秦烈弯下腰逗狗，付明宇看笑了，他进来后，这一猫一狗根本不理他，不管他怎么逗，人家都不把他当回事。现在可好，看到秦烈，争相往人家身上蹭。这没出息的样子，跟正洗澡的那家伙一样。

付明宇刚坐下，李瑞希的声音从卫生间传来："哥，不许欺负我男朋友，不然我就把你之前的恋爱史告诉严蜜，让她回去治你。"

"……"

这还是秦烈第一次被女人保护，奇怪之余，被那声"哥"给吸引了。他看着付明宇，眼神明明白白带着鄙视。

付明宇干笑："你要叫我一声'哥'，我也不反对。"

秦烈勾了勾唇，眼神意味不明，好像在叫他自行体会。

付明宇看他这个表情，不乐意道："你这是什么态度？你要是跟我妹在一起，是不是得跟她一样喊我哥？我可跟你说，李瑞希她妈一直在给她张罗相亲对象，你说你是不是得讨好我，把我拉到你方阵营？"

秦烈正蹲在那儿逗贝塔，闻言回头看他一眼："明天中午有空吗？"

这是要华山论剑吗？

"我约了李老师，咱们喝两杯？"

"……"

李瑞希出来时，看到他们正"深情对望"："你俩干吗？"

秦烈："你觉得我跟他能干什么？"

李瑞希擦擦头发，又瞄了他们一眼。她的头发还是湿的，每次洗完澡就敷衍地擦擦，秦烈看不过去，接过她手里的干毛巾包着她的头发。他手劲儿大，这样两三次，头发已经半干，再也不滴水了。

李瑞希不用吹头发，心情不错地看向付明宇："你怎么有空来我这儿？不用上班了？"

"上班比当'富二代'累多了，哥哥不适应。"付明宇一副欠揍的语气，"行了，不瞒你了，是你妈叫我来看看你，她让我劝你回家住，还说给你找了几个相亲对象。"

李瑞希："她让你来你就来了？你能不能有点骨气？"

付明宇："废话，你妈在公司里是我领导，你认为呢？"

李瑞希："你真没用，赶紧夺权，把我妈踢出公司，别忘了你才是付家真正的继承人。"

付明宇用看神经病的眼神扫她一眼，有这样撺掇家里人内斗的吗？他打量秦烈的体格，默默站起来："得了，既然哥哥打不过他，那就不废话了。"

李瑞希："那您老慢走？"

付明宇在玄关处换鞋，忽然想到什么，看向秦烈，笑："明天中午，咱们俩约？"

秦烈懒懒应了一声。

"这是我俩的秘密，就别告诉妹妹了。"

送走付明宇，李瑞希狐疑地盯着秦烈看了半晌："你跟付明宇有什么秘密？"

秦烈懒得废话，捏着她的下巴强势吻过去，撬开她的牙关，扫着她的舌头，不许她有一丝躲闪。他谈恋爱后对她很纵容，只在这件事上，霸道强势，直入主题。

李瑞希喘了一会儿气，才笑着跳到秦烈怀里。

他最近忙，两人一天也打不了一次电话，只能发发信息，明明他就在本城，硬是谈成了异地恋。她搂着他问："火灾的事处理好了？"

"嗯，都过去了。"

网友总是健忘的，在某明星生孩子的事上了热搜后，已经很少人再提起酒店的大火了。这件事的后续工作也已经做得差不多了，按照以往的经验，要过一阵子才能出调查报告，只是那时不会再有人关注这件事。

他这一个多星期忙得厉害，一有空就回来看她了，没想到会遇到付明宇。

"他是你哥？"

"是，你上学时应该就知道我爸离婚了吧？付明宇是我妈再婚的老公付叔叔的儿子。"

"也就是说没有血缘关系？"秦烈挑眉看她。

李瑞希一愣，品出这话的意思，反问："所以？难不成你认为我和他有什么事？"

秦烈眉头蹙起。

李瑞希被他逗笑了，她对"收妖"没兴趣，不像严蜜喜欢"斩妖除魔"。她笑得甜，五官生动，刚洗完澡的脸还红扑扑的，眸光潋滟。

秦烈从后面抱住她，声音沙哑："上次我们是不是还有什么事没做完？"

李瑞希顿时耳根发烫："有……有吗？"

"我帮你回忆一下？"他靠在她耳边说。

为了表示自己不是那么容易被人影响的，她推开他："不想！"

秦烈挑眉看她，真是出息了，抵抗力竟然提高了。李瑞希暗暗得意，总算扳回一城。她刚走几步，下一秒就被按在门板上。他俯身靠近，将她圈禁在他的怀抱中。

两人的呼吸都有些急促。

秦烈在她耳畔轻声呢喃："小姑娘长大了。"

李瑞希下巴微抬，瞪他："我本来就很有原则。"

"哦？"秦烈笑，"行啊，那要忍住啊。"

次日一早，秦烈竟然走了，李瑞希迷迷糊糊敲了半天的门，揉着眼睛给他打电话。

秦烈的应酬不多，放假几乎都在家待着，他的朋友李瑞希都认识。她虽然有些好奇，但也没追问。

下午，秦烈回来时身上有很浓的酒味，李瑞希一愣："喝酒了？"这还是她第一次看秦烈喝多，跟平常没什么区别，就是眼睛看着有点红。

秦烈凑过来要抱她，白酒的味道有些刺鼻，李瑞希在他衣服上闻了闻："喝了多少？"

"三人，三瓶酒。"

"白的？"

"嗯。"

秦烈因为职务关系，几乎没喝过酒，能让他喝成这样的，肯定是他很重视的事。前几天向兴在群里提过要给秦烈的妈妈扫墓，李瑞希才知道秦烈的妈妈已经不在了，但扫墓也没必要喝这么多。

秦烈低头咬她的唇："你当我为了谁？"

李瑞希回味这话的意思，忽然想到付明宇昨天的话："你该不会是……不是吧？你真找我爸和付明宇喝酒去了？"

秦烈的唇勾着，靠在玄关那儿，似笑非笑地看着她："你以为小师妹是想娶就能娶的？"

秦烈今早先去买了茶叶和酒，再去找的李柏年。当然，打的是拜访恩师的名号。

李柏年并没给秦烈好脸色，跟他聊了半天他高中的混账事，把秦烈说得哭笑不得。后来付明宇也来了，秦烈知道自己这个未来的老丈人对他绝对没有恶意，最多是又爱又恨，但要让老丈人松口把闺女嫁给他，可不是件容易的事。以他多年跟李柏年斗智斗勇的经验，这人狡猾得很，他干脆喝醉，再在李柏年要醉不醉时"套路"对方。

这不，他终于让李柏年喝到松口，把付明宇喝得直喊他叫哥。他离开时，两人纷纷拍着胸脯保证，早点把人打包送给他。

李瑞希搂着他的腰："对了，我爸和我哥怎么样了？"

"都趴下了，你爸这边我算搞定了，但你妈要是不同意，我可没法找她喝一杯。"

李瑞希："实在不行，我们先领证。"

秦烈叹息一声，手掌摸着她柔软的头发。她从来不走寻常路，人家都等着男人的求婚，她倒好，随口说出来了。他就喜欢她这一点，真实，直白，让他感觉踏实，所以他不能让她受一丁点委屈。

秦烈："你妈妈有什么不满冲我来就行，我可舍不得你被骂。"

她搂着他的腰，眼睛水汪汪的："这也没什么委屈的，不就是领证吗？我没你想的那么弱，我一直活得很清醒，知道自己要什么，也坚信自己每次选择都是对的，我有能力过好我自己的人生。"

秦烈："这事你听我的，没必要跟家里闹得太僵。"喜事就一定要有喜事的样子，要是协调不好她和家里的关系，那就是他没尽到责任。

次日一早，秦烈五点多醒来时，李瑞希还没醒。

她窝在被子里，头发微乱，脸是前所未有的红润。他低头在她的唇上亲了几下，她蹙眉，气得挠他脸。秦烈知道她起床气重，便没招惹她。

烈火灼人，但她胜似火焰。她这瘾，他不打算戒。

他神清气爽，起床便换了衣服出去运动。回来后她依旧睡得很沉，整张脸埋在美少女战士的床罩里，头发凌乱。他凑近观察她，小姑娘骨骼纤细，睫毛又密又长，睡着时像个小孩子，浑身散发着好闻的橘子香。

温热的触感和粥的香味叫醒了李瑞希，她睡眼蒙眬，恍惚片刻，目光才渐渐聚焦。

"起床洗漱，我换条新床单。"

李瑞希还困着，看向手机屏幕，这才九点多，对她来说还是早上。她不想起，抱着男朋友撒娇："让我再睡一会儿。"

秦烈俯身在她后背亲了一下："我有一段时间不能回来，陪你出去逛逛？"

她扫了眼他的一身运动装，有些难以相信："你还出去运动了？"

"跑了六公里，回来又练了四十分钟，遛了半小时狗。"这就是他一早的运动量。

刷牙时，李瑞希看向镜子中的自己，好像跟以前是不一样了，多了种难言的女人味。出门，她用食指抠抠秦烈的手掌心："牵手吗？"

秦烈反手牵住她，两人调整了手势，十指相扣。

秦烈的微信群里也闹翻了天，因为他跟李柏年喝酒时被拍了视频，被向兴看到了。他们四人都是一个学校的，李柏年也教过向兴。向兴当时就打电话问秦烈怎么想起来找老师喝酒了，秦烈当时喝了不少，随口说了几句小师妹的事。向兴哪里想得到，当年班上男生心心念念的小师妹竟然是李瑞希！

向兴：你好大的胆子！竟然拿下了我们的小师妹！不对，你的老丈人竟然是咱们一中的李柏年！

秦烈看了一眼手机，没回。他这次休假后要有段时间回不来，就想陪李瑞希出去逛逛，省得每次约会都在家里。李瑞希虽然不想浪费这样的机会，但去商场的路上一直打哈欠。

秦烈："先看电影？"

"好啊。"她打着哈欠进了电影院电梯，对面的两个女孩忽然盯着她看。李瑞希戴着口罩，头发微乱，出门时也没心思化妆。

一个女生低头跟同伴说："那人很像希瑞啊！"

另一人："应该不是希瑞吧？希瑞是个老单身了，号称要绝情、绝色、绝爱！情人节和光棍节都一个人过呢！可惨了！"

"那她今天为什么不直播？总感觉是约会去了。"

"跟谁约会？键盘还是鼠标？放心吧，沉迷打游戏的女人十有八九都是单身。"

"人间真实。"

"……"

李瑞希后背僵硬，这真是亲"粉丝"，她家"粉丝"是不是打游戏打傻了？

狭窄的电梯内，秦烈将头抵在她发间，听到那两个"粉丝"的话，他忍笑在她耳朵上亲了亲。

想象总是美好的，毕竟是两个人第一次出来看电影，原本会很浪漫，可实际上，整场电影李瑞希只看了个开头，等秦烈回头，就见她竟然歪着头睡着了。他忍不住想笑，把衣服脱下来盖在她身上。

电影结束，李瑞希也醒了，这是她第一次看电影睡着，觉得有点对不起秦烈。

李瑞希："这电影讲了什么？"

秦烈："没注意。"

李瑞希："那你刚才干什么了？"

"只顾着看你了。"秦烈偏过头，帮她拉好衣服，"去吃饭还是逛街？你定吧。"

李瑞希认真地想了想："买杯奶茶就回去吧，我现在只想躺着。"

秦烈低笑："那就回去躺着。"

李瑞希一觉睡到了下午，醒来时终于又活了过来。天已经要黑了，她正躺在秦烈怀里，秦烈正在看手机时间。

李瑞希："你一直没睡？"

秦烈："有什么可睡的？我看看你。"

李瑞希："不累？"

秦烈："你可以试试。"

李瑞希哼了一声，搂着他。他胳膊很硬，胸膛也结实，让她很有安全感。她这人独立自主，一般人无法叫她低这个头，而他体贴，会做饭，爱干净，喜欢宠物，有自己钟爱的职业，在自己的领域内无可取代。

屋里只有微弱光亮，秦烈搂着她："我要回去了。"他点了根烟，猩红的火光亮起，脸上有点不真切。

"哦。"她凑上去抱着他的腰，不舍地蹭着他。

"属狗的？"

"本来就是。"

第十七章
秦 烈 的 心 底 事

不知不觉男朋友走了快一个星期了。

邵问兰不知从哪儿得知秦烈的事，一直在逼李瑞希回家。李瑞希嫌烦不接电话，邵问兰就叫付明宇来做说客。无奈付明宇已经被秦烈收买了，帮着李瑞希打游击。

男朋友不在家，李瑞希偶尔想跟他聊聊天。可他绝大部分时间都在出任务，一天能打一次电话就不错了，像是谈了个假恋爱。

他不回，她就自己找乐子。直播之余，做什么事都跟他报告，单方面絮絮叨叨说了很多：

比如今早八点就起床了，没睡懒觉，向他看齐，准备早睡早起；

比如牙膏用完了，还好新买的牙粉到了，樱花味很好闻；

比如舒克和贝塔打架了，它们俩掐架掐得厉害，这次已经有两天没有理对方了，她这个当妈的自然是和事佬，拉着舒克、贝塔出门散步，可人家根本不领情；

比如路上遇到高中小男生找她要微信；

比如高中同桌要结婚了，自己又要出份子钱；

比如清明到了，她回家给长辈扫墓，见到了老李，老李哼哼唧唧根本不承认自己酒量不如他。

李瑞希每天把自己的日常琐事发给他，他绝大部分时候不能马上回复，有时候她早上发消息，他晚上才回，像是有时差。但只要看到了都会一条条认真回，有时候李瑞希都忘了自己说了什么，翻半天才知道他在回哪条。

秦烈也开始说自己的事：

比如生活枯燥，早上四点半起床，负重七十斤跑步五公里，锻炼，上操；

比如下午进行绳索训练，参加演习和行政学习；

比如消防队的狗最近犯了相思病，见谁都没精神，跟他一样；

比如救了一只猫，想起她说要离雌性动物远点，那猫是母的；

比如今天食堂的饭菜很好吃；

比如烟瘾犯了，嘴里空，想亲她；

比如晚上睡不着，想抱着她睡。

李瑞希看到这些消息，心里一点点被填满。

别的都好，就是晚上一个人睡，被窝有点冷。她已经习惯他一周回来一次，这次忽然走了十几天，她有时候甚至怀疑自己是不是真的谈恋爱了。

天渐渐暖和，这晚李瑞希结束直播，给秦烈发信息，他照例没回，她也没在意，先去洗了个澡。

她不知道，彼时秦烈就在小区门口。

"队长，你就住这儿吧？"江闯环视小区问。

秦烈应了声，看向三楼的某间亮灯的房子。这个时间点，她肯定没睡。

他从消防车上跳下来。一辆翻了的黑色私家车挡住了半条路，车被撞变了形，地上落了一地沾了血的碎玻璃，任谁都能猜测出撞车时的惨状。

肇事司机捂着头坐在路边，一脸懊悔。

障碍已经在清理了，救护车也到了，只是人还没救出来。黑色车膜把轿车内隔绝成一个小世界，如今那里正躺着一家三口。男人坐在驾驶座上，头部朝下，流血不止。副驾驶位置倒挂着一位年轻女人，后车座的安全座椅上是个四五岁的孩子，三人都不省人事。

光亮照进去，能看到后座掉落的恐龙玩具。记忆倒转，秦烈有一瞬间分不清记忆和现实。

"队长？"

秦烈回神，给出指令："进行破拆！"

范立新几人拿着工具过来，秦烈比画了一下，沉声说："从这里……"

车门很快被切割开，三人被抬出来，送上了救护车。驾驶座上的男人已经断了气，但女人和孩子还有呼吸。小潘看得鼻酸："好好的一个家就这么散了，你说男人没了，留女人和孩子要怎么过？"

江闯擦眼泪："队长，这男人最后扭转了方向盘，把生的机会留给了老婆孩子。那卡车司机要是注意点，就不会发生这样的事了。"

秦烈注视着男人被抬走，沉默许久，没说话。

电话响起时，李瑞希看着手机愣了一下，那边是秦烈的笑声："瑞希，拉开窗帘。"

她跑到窗口，一眼便看到月色下的他，他还穿着消防服，不是休假。他站在路灯下，灯光照亮了他的半边身子，他犹如一棵青松，孤独又挺拔。

这一刻，李瑞希心里的灯陡然亮了。十几天没见，心里的情绪满得像要溢出来。她的声音哽咽："你怎么……"

李瑞希那扇窗户内透出光亮，光一点点放大，像沙漠中唯一的灯。或许是黑夜太深沉，秦烈的声音带着倦意："小区门口发生了车祸，我过来救援。"

"严重吗？"

"嗯，男人没了，女人和孩子送去医院了。"秦烈想起很多年前，那年他妈妈开车，被酒驾司机开着超载的货车撞上，人来不及反应，却在最后关头扭转了方向盘。当时，副驾驶座上坐着他爸，他坐在后面。昏迷之际，消防员把他和他爸抬了出来，他妈妈却因为那场事故变成了植物人。

那晚的夜色跟今晚一样深沉。他莫名有些想她，便趁着这几分钟的空隙来看她一眼。原本没打算告诉她，但收到她发信息说想他，他就心软得不行，在这个晚上，站在她楼下，注视着她的窗户，傻得像个孩子。

李瑞希："我下去。"

秦烈："别下来了！我就三两分钟时间，天冷，你别感冒了。"

话音未落，窗帘被放下，楼道里的感应灯一层层亮起。她跑下楼时，他已经走到了楼梯口，看着穿着睡裙的姑娘飞奔而来，扑进他怀里，心立刻被填满。

　　秦烈搂着她的腰："我说话你总不听，万一感冒怎么办？"他拉着她的衣服，把她抱在怀里暖着。

　　这都什么季节了，但要是男朋友认为她冷，她也不反对被他照顾。李瑞希捧着他的脸给他一个吻，柔声道："队长，三两分钟够亲你一下了。"

　　秦烈捧着她的脸吻回去，这吻炽烈热情，他搂着她像是要把人揉进骨子里。李瑞希被迫踮起脚靠在他身上，承受这样的热情。两人抱了一会儿，她整个人的重量都压到了他身上。

　　秦烈也乐意抱着她，几天没见，闻到她身上熟悉的味道，他无比安心。他俯视怀里嘴唇微红的小姑娘，直笑："就这么想我？"

　　李瑞希挑眉："别说你不想我，咱们能诚实点吗？"

　　秦烈乐了："还挺自信，你怎么知道我想你了？"

　　"我不管，反正我很想你。十几天没见你，我都瘦了，茶不思饭不想的，你再不回来我都怀疑自己谈了个假恋爱，到时候恐怕就要红杏出墙了。"

　　秦烈捏住她的下巴，语气不善，透着危险："红杏出墙？墙有多高你不知道吗？"

　　"谁叫你一消失就是十几天。"她抱着他的腰直笑，方才看到他的那一刻，她敢确定他的爱丝毫不比她少。

　　既然这样，谁表现得更直接又有什么关系？他不爱把那些话放在嘴边，她就多说一些。

　　沉沉夜色下，他眼中暗流浮动，笑容比平常淡许多。

　　李瑞希疑惑："你心情不好？"

　　"嗯，想起一些事情。"

　　秦烈当了很多年消防员，很少因为别人的事影响心情。她猜想恐怕是今晚的车祸勾起了他的某些回忆，她笑笑："下次心情不好你告诉我啊，我唱歌给你听好吗？"

　　他侧头亲亲她："女朋友这么甜，谁受得了。"

　　李瑞希想到什么，发了个网址给他："上次给你唱的那首歌已经录制好传到网上了，你回去可以听听。"

"行。"

晚上回去，秦烈躺在床上睡不着，翻来覆去听她唱的歌。录制的版本比现场版要清晰一些，其实只要是她唱的，他都喜欢。她的声音很甜，心情再不好的人听她唱歌都会好起来。这首歌下面有一些网友留言，都在夸她唱得有感情，说这么多版本里，很喜欢她唱的这一版。

李瑞希给向兴发了个信息：向兴，秦烈妈妈是不是不在了？

向兴：他告诉你的？不在了，快十年了，具体的我不好说。

李瑞希沉吟：是出车祸导致的吗？

向兴：是，他们一家三口撞车，他妈妈成了植物人，后面的事让他告诉你吧。

李瑞希应了一声，躺在床上想了一会儿，有些想不明白，便不再胡思乱想。

谷晗给李瑞希接了个配音的工作，她正在学习配音。门铃响起，她握着台词本去开门，看到门外的邵问兰时愣了一下。

邵问兰穿一身白色职业套装，脚蹬高跟鞋，浑身透着一股威严的气息。

"妈，你怎么来了？"

这好像是邵问兰第一次上门找她。

邵问兰打量着她的住处，两室一厅的房间，布置得还算整齐，门口处摆放着几个没拆的快递箱。她满脸不认同："你这一个月房租多少钱？"

"一万多吧。"

"家里现成的别墅不住，非要来外面住二手房子，你怎么这么喜欢自讨苦吃？"

李瑞希给舒克倒了猫粮，才回头："妈，你来找我做什么？"

邵问兰看向女儿满是胶原蛋白的脸，感叹真是一朵花开在了最好的年纪。她虽然和李瑞希有隔阂，关系也不够亲密，可她这一生，最骄傲的一件事就是生了这么个处处让自己满意的女儿。女儿继承了自己的优点，长得漂亮，身材好，脾气也好，会做人，会做事，名校毕业。只要她愿意，她可以轻轻松松获得别人一生都在奢望的美满人生。

邵问兰早年嫁给李柏年，李柏年对她是真好，偏偏没钱。后来嫁给了付开诚，付开诚是真有钱，却对她不上心。邵问兰期待李瑞希能找一个英俊、帅气、有钱，还能对李瑞希好的男人，如此，她这一生便没有遗憾了，可偏偏李瑞希不理解她的苦心。江屹那么好的对象，李瑞希说不要就不要了，转头和一个消防员在一起，这不是蠢是什么？

"你那个男朋友没在？"

李瑞希无奈地笑笑："我男朋友在消防队里，这几天没回来。妈，你到底想问什么？直接说就是了。"

邵问兰蹙眉，语气有点重："我想问什么你不知道？瑞希，不听老人言吃亏在眼前，你以后会后悔的。"

"妈，没关系的。"

邵问兰被她说得一愣："什么没关系？"

李瑞希挠着舒克的下巴，舒克正在吃东西，被她逗着觉得舒服。她垂眸笑说："妈，就算我真的吃亏走弯路了，也没关系的，人活着不就是为了体验吗？酸辣苦辣咸都体验一下也没什么，就算我将来后悔，那也是我自己的人生。"

邵问兰没想到她会这样说，试图跟她讲道理："能过一帆风顺的人生，谁又愿意把人生过得那么惨？你现在心高气傲，将来肯定会后悔自己的选择，他一个消防员能给你什么？工作危险，也没钱。但你嫁给江屹就不一样了，以后你们的孩子肯定读贵族学校，以后去国外留学，你坐月子会住几十万几百万的套房，平常不用工作就有人养你。"

"妈，我不羡慕那样的生活，他对我好不好我心里有数。"李瑞希并不想跟她争吵，也在试图跟她讲道理。

"你跟爸离婚嫁给付叔叔时，外公外婆都劝你别这么做，结果你不还是没听吗？你离婚时我又没说什么，现在我谈恋爱，你能不能给我一点尊重？你这样数落我男朋友，我有些不开心。"

邵问兰心头酸涩，她多想告诉女儿，当初没听父母的话，她后来也后悔过。只是人犯错后第一时间不是想着改正错误，而是麻痹自己，即便错了，也得这样错下去。否则一错再错，就真成了笑话。今天来之前她原想着把李瑞希带回家关起来，或者像其他父母那样，强迫女儿跟男朋友分开。

她知道李瑞希肯定会和她吵，她不介意做个恶人，可看着久未亲近自己的女儿认真跟自己讲道理，她忽然不太忍心了。

李瑞希见她态度有所松动，松了口气。李瑞希都这个年纪了，并不想跟家里人争吵，只想好好沟通，既然邵问兰还能听进去，那她不妨撒撒娇。她记得小时候，邵问兰虽然爱板着脸，可她要是撒撒娇，邵问兰总是愿意让步的。她像小时候那样，乖巧道："妈妈，我知道你担心我，但请你相信女儿的选择，我好歹是你的女儿，眼光不可能差，你没见过我男朋友，他对我真的很好。"

女儿很久没跟自己撒娇了，邵问兰很不自然地别开视线："再好也就是个消防员。"

"那他也是最帅的消防员，全国最帅的那个是你女儿的男朋友，你应该为我高兴才对。"

邵问兰被她弄得没辙。跟李柏年离婚后，她跟在付开诚身边学做生意，学管理公司，夫妻俩经常出差。李瑞希上学时一直在李柏年的学校读书，连带着付明宇也和李柏年很亲近，那之后她和女儿仅剩的亲密都不在了。

此刻让她想到了十多年前。那时候李瑞希还是个可爱的小姑娘，也是这样，想要什么就跟她撒娇，撒娇不行就耍赖。女儿漂亮又乖巧，纵然她心里很不愿意，又总是一再退让。

李瑞希搂着她的胳膊："妈，江屹虽然好，但我也不是没钱，我也能买别墅，坐豪车。既然这样，我为什么不找个自己喜欢的？父母和子女之间是最坚固的亲情，我难得喜欢一个人，希望你和爸爸能祝福我。"

邵问兰被女儿的迷魂汤灌得说不出话，保镖都在楼下了，原本她准备把人强行带回家的，此时却被几句话说得改变了心意。可邵问兰还是不甘心，她蹙眉，还想再说什么，就听李瑞希道："妈，你最近是不是打针了？怎么皮肤比以前更好了？看着好像才三十岁不到，你这样下去我可是要有压力的。"

邵问兰脸色很不自然："没打针，别胡说。"

"妈，等我结婚，你就做外婆了，这么年轻的外婆要是带外孙出去，人家肯定以为是你生的二胎。"

邵问兰打她的手："我都一把年纪了还生什么二胎！"邵问兰就生了

李瑞希这么一个女儿，以前年轻时为了保持身材不愿意再生孩子，李瑞希要是生了，她不介意帮她带孩子，最好生个女儿，女儿可爱。邵问兰想象着自己带外孙女的样子，越想越觉得满意，嘴角渐渐翘起。

出了李瑞希的出租房，她才后知后觉，觉得有哪里不对劲。她不同意他们谈恋爱，怎么就开始想象自己做外婆时的画面了！糟糕，被女儿给忽悠了！

晚上，向兴接到秦烈的电话，听他说完，向兴惊得游戏都不想玩了："你要买戒指？难不成想求婚？你们在一起才多久？打算什么时候求？"

秦烈蹙眉，他也就是随口问问，前些天跟李瑞希聊天，她开玩笑提起领证的事。他知道她是随口一说，可他不希望真到这么一天毫无准备，之前都是她向他靠近的，这一次他要主动才行。

"我就是随口问问，你哪儿来那么多废话！"

"行，好心当成驴肝肺！钻戒的话我也不太懂，但这玩意儿应该是看钻的大小，看你准备买什么样的。"

"像样才行。"

秦烈说的像样……

向兴有数了："我过几天要去韩国，国外买能便宜不少，要么我帮你带？"

秦烈蹙眉，没好气道："我的婚戒要你买？"

向兴气得直咬牙："我不是看国内专柜贵嘛，真是好心没好报！"

"贵就贵，我一辈子就求这一次婚，当然要自己买。"

"行吧，你一个老爷们儿也不会买，正好我表姐是做这个的，我把她的联系方式给你，你找她介绍就行。"

秦烈还真不懂这些，从前他觉得这些东西都是一个形式，有没有根本无所谓，过日子又不看这个，但和李瑞希在一起后，他一点也不愿意委屈她。再说她那双手实在漂亮，很适合戴好看的戒指，就算不求婚他也想买给她。

这天，李瑞希睡得迷迷糊糊，突然觉得嘴唇火辣辣的疼，她吓了一跳，恍惚闻到男人身上熟悉的味道，睁开眼看到一张放大的脸。

"怎么？不认识你男人了？"熟悉的声音。

李瑞希没想到秦烈会回来，大概是等他太久了，好几次都幻想着他半夜会推门进来，盼久了总是失望，眼下就觉得不真实。

她抱着他，含糊应道："怎么这么晚回来？"

"准备回来时忽然接到任务，就忙到了现在。"

李瑞希跑去刷牙，刷到一半，发现秦烈不见了。对面敞着门，秦烈正半蹲在地上找东西，她走进门，疑惑道："干什么呢？"

"找个东西。"他从柜子里翻出几个红盒子。

"能看吗？"

"我这儿没有你不能看的东西。"

"哦。"她嘴上表现得不太在意，心里却喜滋滋的。

打开红色盒子，里面都是他的奖章。二等功奖章、三等功奖章、比赛冠军奖章……细细一数竟然有十几块，都是他这些年的荣光。有个盒子里夹着一张照片，照片上的男人穿着迷彩服，表情比现在更张扬——那是几年前的秦烈。

李瑞希拿手机拍下来，抿唇："还是以前的服装好看。"

"那当然，以前是兵，现在不是了。"那时候消防是属于武警的，服装也向部队看齐，管理都是部队式管理，大家戏称消防员是唯一一个不拿枪的战士。其实也不是，枪也是有的，水枪而已。不过现在就没这种争论了，如今消防改革，撤了现役，消防员不再是兵，也就无须争论那些东西了。

李瑞希虽然查过资料，却还是好奇："为什么要改革？认识你以前我一直以为消防员就是当兵的。"

秦烈蹲在那儿，回头看了她一眼，笑笑："改革是社会进步的体现。这样跟你说吧，铁打的营盘流水的兵，是兵就有入伍年限，很多人到了一定年纪，就得退伍回家。轮换太快，新来的消防员素质跟不上，导致牺牲的消防员平均年龄很小，这样的制度有明显的缺点。随着社会进步，福利待遇在提高，职业化道路是必然的。"

李瑞希疑惑："那退出现役，没有军人的服从精神，进火场时会有人退缩吗？"

秦烈把箱子合起来，把要找的东西放在一旁："想退缩什么时候都可以退。"

秦烈上军校时，教员对他们说，和平年代这个职业显得十分特殊，别的兵种都是"养兵千日用兵一时"，但是消防兵不一样，消防是"养兵千日用兵千日"。他很少跟别人一样抱怨消防员不是兵，没有荣誉感。还是那句话，自己觉得哪里不好，就用实际行动去改变。

李瑞希："我今天要回去陪我爸吃饭，你……"

"我跟你一起去。"

"你有空吗？"

"必须有空啊，那可是我的恩师，我上门拜访恩师，你有意见？"

李瑞希偷笑。

秦烈买了些礼物带上门，李柏年看到他气得直哼哼。上次他是怀着要把秦烈撂倒的心思陪秦烈喝酒的，谁知最后被撂倒的人变成他和付明宇，真是失策了。

"你小子怎么又来了？"

秦烈半点不在乎他的坏脸色："我来看我小师妹。"

李瑞希用胳膊肘拐他，示意他别这么嚣张。

秦烈笑着拉她的胳膊，李柏年的视线在他们身上来回扫了几次，被胳膊肘往外拐的女儿气得直哼哼："养了这么多年的闺女，被你小子拐跑了。"

"老师你有什么气冲我来，要么我再陪你喝两杯？这次我保证我会比你先醉。"秦烈的语气很欠揍。

李柏年从厨房出来，把鸡汤放在女儿面前，见女儿盛了一碗，才漫不经心地说了句："我女儿从小到大可没做过家务。"

秦烈坐正，很快接过话茬："家务活我做。"

李柏年看他一眼："你？我看你这样子可不像在家能做事的。"

秦烈笑："李老师，那你可看错了，我从小独立惯了，有点洁癖，做家务可难不倒我。做饭我虽然不擅长，但对付过日子是够了，你放心，肯定把瑞希养得白白胖胖的，绝不会亏待她。"

李柏年这才心情好了些，看秦烈也觉得顺眼了几分。

桌子下，李瑞希偷偷捏秦烈的腿，秦烈反握住她的手，一本正经地和李柏年对话。

两人的小动作哪里瞒得住李柏年？他可是老师，整天就跟做小动作的学生斗智斗勇，现在倒好，在自己眼皮底下动手动脚，他又气了。

"行了，你俩低调点！"

李瑞希低头把手缩回来，委屈地喝了口鸡汤。秦烈上学时就被李柏年训惯了，完全没感觉，还是厚脸皮地拉李瑞希的手。李瑞希使劲推开，一来一去，她还是被紧紧握住了。

李柏年没好气地问："你这行业实在辛苦，危险又大，上次说要调职，什么时候能顺利调走？"

秦烈沉吟："应该快了。"没有完全定下的事，他还不好给出承诺，只能含糊两句。

李柏年也没追问，又跟秦烈聊起了秦烈高中时的事："向兴是不是跟你关系好？他现在在做什么？"

向兴他爸是煤老板，不缺钱，以至于向兴这人没什么上进心，但生活过得不差就是了。李柏年还提起秦烈高中的几个朋友，秦烈一一作答。大部分人做着普通工作，过着普通的人生，一如这社会上的绝大部分人。

李柏年听完，略显感慨，教过那么多学生，明明上学时都很优秀，进入社会后却不一样了。难得秦烈这个当初不服管教的学生在为国家和人民洒热血。

而现在，他的闺女竟然被秦烈给拐走了。

李瑞希出门时，对面的门正好打开，她笑道："张叔叔。"

昏暗的走道内，中年男人一愣，回神："瑞希啊，你回来看你爸？前几天还听你爸念叨你呢。"

李瑞希笑着把秦烈拉过来："我带我男朋友回家。"

张主任的视线在秦烈身上一扫，觉得这人格外眼熟，看了半天，眉头紧蹙："你不是那个……"

"张主任，我是秦烈。"秦烈后背挺直，谁能想到高中时最爱抓他的教导主任就住在未来老丈人对门？

都说老师对坏学生印象很深，还真是这样，当年成绩好的学生张主任早不记得了，独独对这个爱打架的浑小子记忆深刻。

"对，秦烈，你说你是瑞希的……"张主任有些怀疑人生了，没记错的话，秦烈是李柏年的学生，坏小子和好学生怎么就在一起了呢？

"我是她男朋友。"

"张叔叔，我们先走了，回头再来看您。"

在张主任震惊之际，李瑞希拉着秦烈就跑，跑出去后笑个不停："你到底做了什么，让张叔叔印象这么深刻？"

秦烈哪还记得自己做过什么混账事，无非就是迟到、早退、爬墙、烫发之类的，都不是什么大事，但在高中老师眼里，这已经是罪大恶极了。两人闹腾了好一阵子，这件事才算过去。

"你带我去哪儿？"

秦烈笑着把她往山上拉："跟我来就是了。"

秦烈这次的假期算长了，但他天不亮就要赶回队里，她心有不舍，一路上都搂着他的腰。秦烈抱着她，两人走起路来像连体婴似的。

半路，李瑞希不想爬山，秦烈蹲下让她趴在他身上，背着她往上走。

市区就这一座山，说是山，其实并不高，上面有许多民宿，每逢旅游季就十分热闹。北边没有开发，略显僻静。还好路不算难走，爬了半小时左右就望到了山顶。

漆黑的夜幕罩下来，仿佛就在头顶。一路上没有任何行人，就只有他们。

秦烈拉着她的手走到一边："你这体力是真的不行，回头我带你练练？"

"我不是每天都在锻炼吗？"

他笑："你那算什么运动？最多是运而不动，还好意思说？"

论不要脸，李瑞希可比不过他："反正我就这体力，你爱要不要吧。"

"行，反正受罪的不是我。"

她气得追他，两人打打闹闹到了山顶。山顶有一间被火烧过的房屋废墟，秦烈拨开灌木丛，把她拉过去。

李瑞希站定，风从四面八方扑来，远处就是灯火璀璨的城市。她在南城生活了二十多年，看过这座城市的很多样子，热闹的、喧嚣的、安静的、寂寥的……这是她第一次站在山上看南城的全貌。

清冽的风掠过，世间似乎只有他们俩，不知是城市把他们抛弃，还是他们抛弃了尘世。

李瑞希静静眺望，被风吹得有些冷，便去他怀里躲着。他拉开衣服把她兜在心口："好看吗？"

"很好看啊，秦烈。"

以往看到美好的景物她总习惯拿出手机拍照，但这一刻她觉得相片是多余的，这般美好的风景应该留在心里才对。

李瑞希："你怎么发现这里的？"

秦烈："以前来灭过火，那间房子看到了吗？以前是民宿，还有人住，后来民宿着火了，重修后生意一直不好，这里也就荒废了。"

他没说的是，那天夜里火光冲天，他出完任务站在这里，望向城市灯火，忽然想，以后要是谈恋爱了，一定要带女朋友过来看看。

李瑞希搂着他的腰，声音很甜："秦烈，这是你守护的城市啊。"

秦烈笑："我没你说的那么伟大，但我在这里长大，这城市每一条巷子我都熟悉。"不论是他们中队辖区内的还是辖区外的，就没有他不知道的地方。只是这几年他很少离开辖区，新区盖了许多高楼大厦，与他熟悉的城市有些不一样了。

李瑞希想到什么，轻声道："我爸今天说的话你别放在心上，我并不在乎你能不能升职调走，你要是喜欢做消防员，就一直做下去，要是不喜欢，明天就不做了也没关系。总之我希望你了解，我并不想去改变你。"

夜空下，李瑞希冲他笑，嘴角有若隐若现的梨涡。秦烈心念微动，伸手戳了一下，笑："女朋友怎么这么贴心？"

"我就是实话实说。"

"我到底哪里好，值得你这样对我？"

李瑞希笑笑，怎么都觉得是自己赚了："那可太多了，你哪里都好，不好的地方也好。"

秦烈思考片刻，也这么跟她说："在我心里，没谁比你更好。"

他的黑眸在夜空下显得深沉而多情。李瑞希的耳朵发烫，有些不自然："其实我也没那么好，你遇到危险我会担心，也经常有希望你辞职的想法，但后来……"

"嗯？"

"后来我发现，我就是喜欢你这样，为热爱的事业挥洒热血，而不是在成长中变得平庸。如果你转行了，放弃了自己热爱的事业，或许有不错的收入，很好的条件，在外人看来跟我更合适，但那样的你没有生活目标，没有人生理想，我绝不会喜欢。"

黑夜中，她的声音随风飘荡，显得有些不真实，却一句句往秦烈心里钻。

"别人跟我谈钱，谈现实，你跟我聊你守护的这座城，显得和这个社会格格不入，但我无比确信，我喜欢的就是眼前这个会发光的你。我并不需要你为我改变，我只是希望你能平安而已。"

秦烈抱紧她，他没告诉她，那次他来灭火时心情很不好。站在这儿看向夜空下的城市，心里像被烧过。这座城市的万家灯火，并没有他那一盏，他在火光里踽踽独行，那尽头等待他的却只有无边的黑暗。如今却不一样了，他的心有了着落，他守护的这座城市给了他一个珍贵的爱人。

瑞希，这世间，你最珍贵。

李瑞希凌晨醒来时，秦烈就已经不在床上了。

黑暗中，她摸出手机看了一下，秦烈两点多给她发的消息，说是回队里了。对于他的忽然消失，她已经习惯了。听说消防没退出现役时，很多人一年才回家一次，请假极其困难，哪怕中队长，想回家也不是容易的事，现在已经很好了。

她回了条信息又睡了过去。

周三那天李瑞希请吃饭，向兴过来后，一直盯着她的手指看。李瑞希愣了愣，问他看什么。向兴意味深长地笑笑，就是不答。李瑞希被他弄得莫名其妙，临近结束时，向兴把她拉到一边，说："前几天秦叔叔，就是秦烈他爸找我，问我秦烈和你进展到哪一步了，我实话实说。"

李瑞希疑惑，她和秦烈才刚开始谈恋爱，虽然感情挺稳定，真要明天就去领证结婚也不是不可以，但她很好奇，向兴会怎么回答这个问题。

"你怎么实话实说的呢？"

向兴瞥她一眼："当然说你们感情稳定，随时可以结婚了。我跟秦烈在一起这么多年，他什么脾气我不知道？现在被你收拾得服服帖帖的，主播，你可别告诉我你跟秦烈没到我说的这一步。"

既然李瑞希没戴戒指，就意味着秦烈还没求婚，不该说的他不能说。

李瑞希老觉得向兴神神秘秘，有事瞒着她："所以？"

向兴抽了根烟，直叹气："你还不知道他家里的事吧？秦烈跟他爸因为他妈的事，很多年没见过面。秦烈从家里搬出来后，一次也没回去过，但这些年他爸一直跟我打听他的事，我也不知道他爸到底想做什么，就先跟你打个预防针。"

李瑞希应了一声，挥挥手，拎着包就跟向兴告了别。

次日，谷晗来找李瑞希，说有个女明星想找人教打游戏，她是谷晗的老同学，知道谷晗是李瑞希的经纪人，就找到他说想请李瑞希去她家帮着录制综艺节目，不用特地表现，只录制教游戏的过程就行。

李瑞希跟这位女明星见过一次，她已经结婚生孩子了，在家相夫教子了一阵，最近想要复出。那次见面聊得还不错，既然是工作，她也不会推辞。拿到节目组给的剧本后，她便去了女明星家，这一教就是一上午。人家是主角，她就是个陪衬的，发挥还算正常。

晚上跟秦烈打电话时，李瑞希想起那个女明星，顺口问："要是我怀孕了你会怎么样？"

秦烈心里"咯噔"一下，蹙眉道："真怀了？"

"没啊，我就是随口问问。"

"真怀了就生，还是你担心我养不活你们？"

"我可没这么说，你养得活要养，养不活也要养，我就是随口问问。"

唐江回来时，秦烈正面色凝重地站在那儿抽烟。他俩搭档多年，唐江还是第一次在秦烈脸上看到那么精彩的表情："你不是戒烟了吗？怎么又抽上了？遇到烦心事了？"

秦烈心道：这可不是什么烦心事。他对孩子没太大感觉，李瑞希想生就生，不想生，两人过也挺好。他工作忙，不经常在家，他希望她能享受生活而不是被孩子困住。刚才李瑞希那话虽然说得含糊，可听她那话的意思，这绝对是有了。

"我可能要做爸爸了。"

唐江一口汽水喷出来，惊得直拍他的肩膀："确定有了？去医院检查过了？"

"没，但我听她那意思是有了。"不然怎么忽然问起孩子的事？原本他想过段时间再求婚的，现在看来是不能耽误了。

周末，秦烈接到向兴表姐的电话，他跟对方约好了时间。半小时后，他打车去了向兴表姐工作的门店。表姐看到他时愣了一下，笑道："高中时你就很帅，这么多年过去了，变得更帅了。"

秦烈难得笑了笑："没那么夸张。"

"听说你现在当消防员了？"

"是。"

"你比向兴靠谱，他一把年纪了，也没个正事。"表姐带人去了自己的柜台，把戒指拿给他看。

秦烈今天穿得很休闲，身上是李瑞希买的帽衫，配黑裤板鞋，走街头风。他头发短，眉眼冷峻，不少人回头看他。他头也不抬，始终蹙着眉。

一排排钻戒发出璀璨的光，秦烈不懂怎么挑钻戒，也没什么耐心。

表姐道："我帮你推荐一下吧？这是我们家最经典的六爪，很多女生结婚时梦想的钻戒就是这款。"

秦烈没研究，他不爱花里胡哨的东西，但李瑞希的手漂亮，很适合戴这种公主风的戒指。他拿起一款六爪看了一会儿，钻石还算大，颜色也很漂亮。

表姐笑："你还挺有眼光的，这款不管是颜色还是净度都无可挑剔。"

她报了个价格，秦烈点点头："就这款了。"

表姐笑："女朋友手指尺寸有吗？"

"有。"

"你还挺细心的，是不是趁女朋友睡觉时偷偷量的？"

秦烈笑笑，表姐把钻戒包进小蓝盒里。秦烈刷了卡，把戒指往兜里一揣，走了。

把人送出门，表姐身后的柜姐围过来，盯着身穿黑色帽衫的男人，好奇地问："他个子好高啊，身材看起来也很好的样子。"

表姐笑着点头："他身材确实不错，我记得他之前还上过那个消防员日历。"

"他是消防员啊？消防员买得起这么贵的戒指？"

表姐瞪她一眼："消防员就买不起了？男人想给你买，再贵的都买得起。"

"说的也是，他女朋友还挺幸福的，我要是他女朋友，戒指什么的都不需要了。"

表姐笑着摇头："他啊，一般人拿不下。"

几个柜姐一副求八卦的表情，被表姐笑着推开了。

秦烈到家时，李瑞希还在睡，他把她叫起来："有没有哪里难受的？"

李瑞希摇了摇头，她像树袋熊一样抱着他，不让他走。秦烈被她逗笑了，他拍拍李瑞希的头："让你男人下去给你做饭。想吃点什么？"

李瑞希摇头："可能是天热的关系，最近没什么胃口。"

怀孕了可不是没胃口？秦烈扫了眼她的肚子，哪像怀孕的样子？他完全想象不到她大着肚子的样子。

怕她以后辛苦，秦烈决定有空就带她做一些基本运动。

谁知他健身时，李瑞希坐在他背上，得意道："我看网上有人这样做，你能背得动我吗？"

秦烈笑了一声："就你这小身板，我有什么背不动的？"虽然吃力一些，也轻轻松松做了几十个。过了一会儿，李瑞希又趴在他身上，让他背着她一起。秦烈自然不会拒绝，教她做了些简单的不伤腹部的运动，可她自始至终赖在他身上，把秦烈逗乐了。

"你以前不是经常健身吗？"

"我哪是为了健身？我那是想近距离围观队长的肌肉。"李瑞希搂着他撒娇，"队长，要么你帮我卷腹吧？把我的腰再练得细一点。"

"不行，你现在不能卷腹。"

"为什么？"

秦烈视线掠过她平坦的腹部："你想卷腹以后我教你，现在不行。"

李瑞希觉得他今天有哪里不对劲，发信息到群里：我觉得我家队长今天怪怪的，教我健身，我要做卷腹，他却不让。

严蜜：所以这能说明什么？

梁潇潇：说明她腹部肌肉力量差。

孙小雅：说明秦队太了解你，知道你最多做一个就得喊累了。

秦烈要走，舒克、贝塔就跟失恋似的，围着他走来走去。李瑞希也缠人，搂着他脖子不让他离开。

她这副样子让秦烈又心软又无奈，他拍拍她的肩膀："好了，等我有假第一时间就回来，乖。"

她懒懒应了一声："好的，人家最乖了。"

秦烈叹气："我给你订了饭，会每天送过来，你按时吃。"

"哦。"李瑞希的手指在他胸口戳了戳，心不在焉地听着。

"有事给我打电话，我不一定能接到，但看到时一定第一时间回你。"

"知道了。"

"晚上睡觉锁好门窗，你这边没有防盗窗，想爬进来再容易不过了。"

李瑞希含糊应了声："还有吗？"他以前对她冷得可以，她还以为他就是那种话不多的性子，谁知谈恋爱以后却很疼人，也爱唠叨她。

秦烈拍拍她的头："我走了。"

穿一身粉色裙子的李瑞希，站在门口冲他招手，像招财猫似的。秦烈下楼时看了她好几眼，才挥挥手走了。

秦烈一走，李瑞希觉得家里又空了。

这次他走得早，她实在不知道干什么，干脆化了个淡妆，准备去公司陪严蜜选直播的产品，给生病的小雅顶班，再去看看梁潇潇怎么样了。

正在收拾，敲门声忽然传来。

李瑞希一愣，以为秦烈忘带钥匙了，开门时又想起来，秦烈家里的钥匙放在她这儿呢，那他回来拿什么？

一个陌生男人正站在门口，对方四十多岁的样子，穿一件黑色西装，身材高大，眉眼看着有些眼熟。李瑞希盯着他看了一会儿，确定不认识他，才问："请问您找谁？"

男人威严的视线扫视她许久，带着难言的压迫感，半晌，才漫不经心收回视线："你是李瑞希？"

李瑞希点头。

"我是秦烈的父亲，我想和你谈谈。"

第十八章
秦 烈 的 父 亲

　　秦烈刚离开，对方就找上门，可见早有预谋了。

　　李瑞希敞开门，挠挠头发："是叔叔啊，进来坐？"

　　秦文斌表情缓和，很绅士地问："去咖啡馆吧？方便出门吗？"

　　李瑞希敢说不方便吗？秦烈他爸就是那些"霸道总裁"老了以后的样子，长得英俊，身材高大，气势很足。李瑞希跟长辈相处时一向很乖，更何况对方是她未来的公公。她点点头，收拾了一下，坐上了秦文斌的车。看着这辆黑色豪车，她心里讶异，却没有表现出来，一路上表情平静。

　　吃东西时，秦文斌一直在打量李瑞希。他不说话，李瑞希也不开口，就这样一个吃一个看。过了快二十分钟，秦文斌才道："你跟秦烈交往多久了？"

　　李瑞希抬眼看他："时间不算长，年后才开始谈。"

　　秦文斌应了一声，似乎并不意外："秦烈的脾气不大好吧？"

　　李瑞希垂眸，之前她也觉得秦烈脾气不太好，但交往后她才发现他的脾气其实不错。他从不乱发脾气，很善于解决问题，跟他在一起很轻松。之所以给人脾气不好的印象，是因为他对自己不关心的人说一句话都嫌多。

李瑞希挺护短的，就算秦烈脾气真的不好，她也不想听别人说，哪怕对方是他的爸爸。她用勺子戳戳蛋糕："听说脾气是有遗传性的……"说完，李瑞希开始反思自己这话是不是说得不妥当。对方是秦烈的爸爸，她应该发挥自己的性格优势，好好"攻略"他才对，可她就是不愿意别人说自家男朋友不好。

"你倒是会护着他。"秦文斌的眼神带着揶揄。

李瑞希扬唇笑笑："没有，他脾气其实不错，我挺喜欢。他对我也很好，人很体贴，从来不乱发脾气。"

秦文斌沉默片刻："你口中的他倒是跟我印象中的儿子截然不同。"

"人都会变的嘛，叔叔你印象中的他是什么样的？"

秦文斌一愣，努力搜索回忆中秦烈的身影。他工作忙，跟秦烈相处的时间不多，秦烈的妈妈没出事时，秦烈爱玩，天天跟向兴等人出去打篮球、上网。那时候秦烈还挺爱笑，后来家里出事，秦烈经常去医院看望他妈妈，沉稳了许多，也不爱笑、不爱玩了，脾气也大，每次见到他都冷眼相对，再后来，两人一见面就吵，跟仇人似的。

在秦烈的妈妈去世后，两人的矛盾达到了顶峰，秦烈收拾东西离开了家。他对秦烈又爱又恨，当年生气时也曾指着秦烈让他一辈子不要回来，说遗产一分也不给他。秦烈也是倔脾气，冷笑着说自己一分钱也不要。

这些年两人一直没见过面，有他在的场合秦烈绝不会出席，偶尔在几个小辈的婚礼现场远远看到，秦烈转身就走。后来他识趣，有秦烈在的地方，他主动避开。一转眼，儿子成了一个真正的男人。

他年纪渐长，想起从前的事，对这些年父子情的淡薄感到遗憾。印象中他和秦烈只有激烈的争吵，可回头想想，他也记得曾经把儿子放在肩膀上扛着的时光。

记忆交错，秦文斌一时有些恍惚。李瑞希见他不回答，也不追问，只笑笑："叔叔，你今天找我有什么事吗？"

秦文斌愣了片刻，站起身："跟我来。"

车子在山路上七拐八绕，最后驶入一个江南园林风格的别墅区。李瑞希前段时间买房，把市区内好的楼盘都筛选了一遍，自然知道这个小区惊人的价格。

秦文斌让司机直接把车开进去，下车后他率先走入别墅内，问："觉得这里怎么样？"

李瑞希的表情复杂，有必要问她怎么样吗？她又买不起！

"蛮好的。"她说。

"既然好，就收下吧，算我送给你和秦烈的婚房。"

"……"李瑞希终于明白被人拿钱砸是什么感觉了。阿拉丁神灯听到她一夜暴富的心愿了吗？

她曾从向兴口中隐约知道秦烈家境不错，却没想到好到这个程度，秦文斌轻轻松松就能买一套别墅送给自己的儿子做婚房。既然这样，秦烈为什么非要选择做消防员？对了，江闯说过，他是在有选择的情况下做的消防员。曾经发生了什么事让这对父子反目成仇呢？

李瑞希可不想触秦烈的逆鳞，她拒绝："我不能要。"

秦文斌蹙眉："给你的你就拿着，为什么不要？"

李瑞希拎着包笑笑："拿人手短，你不找秦烈却找我，肯定是有条件的。"

秦文斌看她许久，又看向窗外，沉声道："我的要求很简单。"

"嗯？"

"只希望你能让秦烈辞职，不要做消防员。"

李瑞希叹息一声，就说没那么简单，别墅虽好，但男朋友更宝贵，要是真拿了这套房子，秦烈能饶了她？

李瑞希："那我就更不能要了。"

秦文斌皱了皱眉头："这么简单的要求你都做不到？秦烈不是很疼你吗？你说的话他肯定听。"

"就是因为他疼我，我更不能让他为难，他喜欢做什么就做什么，我不会干涉他的选择。再说你们之间有矛盾，我要是拿了你的房子他肯定会生气的。"李瑞希并不留恋，只无奈地摊手，"叔叔，你也别为难我，你儿子的性格你不了解吗？我真的做不到。"

"你宁愿住那么小的房子，也不愿意住别墅？"

"我当然喜欢大房子。"

"那你还……"秦文斌嫌她脑子笨不够用。

"大房子很好，小房子也行，又不是没地方住，你别以为用钱就能砸下我啊。"

秦文斌笑了笑："你一个知名网红，收入不低，就愿意窝在那个小房子里？就不能为自己考虑一下？"

"我就是一个平平无奇的主播而已，没你说的那么夸张。"她油盐不进，把秦文斌气得不轻，送她去公司的路上没有一点好脸色。

人家拿钱砸她却被她拒绝了，心情不好也可以理解。下车前，她看了一眼秦文斌，试探道："叔叔，我走了。"

秦文斌忙不迭挥手，恨不得她立刻消失。

到公司，李瑞希把这事一讲，严蜜几人都惊呆了。

梁潇潇："你知道那别墅多少钱吗？说拒绝就给拒绝了？"

严蜜："不错啊，钱都砸不到你，你实话实说，被人用钱砸的感觉爽不爽？"

孙小雅："所以秦烈为什么要当消防员？他爸到底想干什么？"

李瑞希一问三不知，她从没问过秦烈的家事，秦烈也没跟她提过。

晚上，跟秦烈打电话时，她沉默了一会儿，还是决定实话实说："今天你刚走，你爸爸就来找我了。"

秦烈沉默得更久，久到李瑞希以为电话信号不好，她"喂"了好几声，他冰冷的声音才传来："他找你干什么？"

"也没做什么，就是带我去喝了杯咖啡，吃完东西后拉我去别墅区转了一圈，还要送我一套别墅作为我们的婚房。"

秦烈的声音冷冰冰的："你要了？"

"当然没有！他要我劝你不做消防员，我当然不可能答应！我跟你是同一阵营的，永远跟你站在一边，怎么可能被他的糖衣炮弹收买呢？想拿钱砸我，当我是没钱的人吗？"李瑞希故作轻松。

李瑞希听到电话里有打火机的声音，秦烈的声音还是有点低："瑞希，他是有些家底，但他的东西跟我无关。我从家里搬出来那天就跟他断绝了关系，这些年我都快忘了他的样子，感情更是谈不上。我不会要他一分钱，结婚也不会请他。我跟他如今唯一的联系，就是还用着他的姓。你跟了我，就只能过现在这种日子，我会在我力所能及的范围内给你最好的，但再好也不可能让你住上那样的豪宅。"

月亮高挂，李瑞希仰头看向窗外的天，应了一声："现在这种日子也挺好，我们俩有房有爱，有猫有狗，不比别人缺什么，别墅住着也不方便，还要人打扫，我不羡慕的。"

这是他们谈恋爱后第一次打电话时沉默。

李瑞希问："他是不是做了错事？无法原谅的错事？"

秦烈按动着打火机，发出清脆的声响，他盯着猩红的火苗，应了声。

"那就别原谅，等你哪天想原谅了再原谅。"

"不会原谅的。"他曾经真切地恨过，嘲讽过，鄙夷过，不甘过，但年少时浓烈的情感，已经随着时间的推移被淡化。这么多年过去，再深的恨都散了，他如今对那个男人并没有太复杂的情感，但原谅还是做不到。

他抽了口烟，想到前段时间听到的几句歌词——

两个男人极有可能，终其一生只是长得像而已，有幸运的成为知己，有不幸的只能是甲乙……

大约，他和秦文斌注定了只能是甲乙。

这几天秦烈一直在忙，晚上好不容易有空，躺在床上翻看手机，女朋友发来一条信息：今天参加电竞大神的婚礼，遇到我当年的偶像。曾经那么帅的男人，竟然胖到快两百斤！队长，你要是中年发福我会痛心的，我真是太爱你的肌肉了。好吧，你中年发福我也爱你，不要有心理压力。下雨了，我怕你阳台进水，去你那儿把你家窗户关起来了。

秦烈不止一次怀疑他女朋友爱的不是自己这个人，而是他这身肌肉。

他无奈笑了一声，给以貌取人的女朋友打字：不会中年发福，你放一百个心。

末了，他又醋意大发地回：身材发福意味着自制力差，你这偶像不行啊。

过了一会儿，陶景明、裴江和向兴的消息依次进来。

裴江：我路过墓地，给咱妈上了坟，你要是工作忙，迟点去也行。

陶景明：我去上坟时给咱妈也上了坟，裴江昨天也去了，你不去，咱妈也不孤单。

向兴：刚才给咱妈上坟时遇到你爸了，你爸他那个助理，戴眼镜的那个，买了两条女人穿的裙子，好几万一条的呢，烧给咱妈了。我在边上看了一会儿没敢说话，后来你爸找我聊天，问你和李瑞希的事，我随口答了几句，他其实挺惦记你的。

秦烈扔了手机，略显疲惫地闭上眼。清明节那天他一直在出警，等忙完已经凌晨了，没来得及去给他妈妈上坟。前几天陶景明问起这事，便替他去了。他不是不想去，但他有预感，这段时间去肯定会碰上秦文斌。人死了才知道假惺惺，活着的时候干什么去了？就是烧几百万的裙子，他妈在下面也不会多看一眼。

秦烈打开窗户，任夜晚的凉风吹向自己。

眼下还没到夏天，每次穿消防服都会热出一身汗。为了让队员适应夏天高温时穿消防服进火场，秦烈在训练时加了新的项目进去。队员们苦不堪言，夏天就算什么也不穿站在太阳下都能热死人，他们却要背着七十斤的装备跑步训练，但他们都知道这一关是必须要过的。训练不达标，进火场就得拖累别人，这是秦队的原话。

下午他们又出了一次警，从火场回来，消防服里面像浸了水一样。秦烈把脏了的衣服扔在边上，跑上楼冲了个澡，出来时头发还滴着水，就被唐江叫住。

"这么着急回家干什么？"

秦烈勾唇，手插在裤袋里，掸掸身上的灰尘："刚找了份兼职。"

唐江心想：一周就那一点假，有时候好几个星期都回不了家，他哪儿来的时间兼职？他狐疑道："你逗我呢？"

秦烈笑，心说：我骗你干什么，兼职是真的兼职。回家给女朋友兼职家政服务，这是正经事。

李瑞希打了个喷嚏，心想：是谁在说我坏话？她揉揉鼻子，蹲下来给贝塔喂饭。

贝塔最近很暴躁，明明以前被舒克欺负也不反抗的，可最近，舒克要是敢挠它，它立刻张牙舞爪一副要让舒克好看的姿态。舒克看着厉害，整天耀武扬威欺负贝塔，结果贝塔真生气了，它反而不敢了，小媳妇似的跟在贝塔身后。看得李瑞希直拍脑门，养了条傻狗是种什么体验，她总算知道了。

敲门声响起，李瑞希快速跑向门口，然而还是迟了一步。两盒保养品被放在她家门口，送东西的人却跑得没了踪影。她从窗户看出去，一辆黑色轿车驶离了小区，逃得非常熟练，把李瑞希看呆了。

自打上次秦烈的爸爸拿别墅砸她，被她拒绝后，她三天两头会收到莫名其妙的礼物，大部分都是保健品之类的，偏偏逮不到送东西的人，退都没法退。

秦烈进门时，正好看到玄关堆着的礼盒，他疑惑："买了这么多东西？"又想，怀孕确实是要进补，是他疏忽了。

好久没见到男朋友，李瑞希跳到他怀里，用头蹭他的胸口："不知道是谁送来的。"

秦烈蹙眉："不知道？"

"对啊，每次我追出去都找不到人，你看送了这么多东西，不是保健品，就是护肤品、奢侈品的，我这儿地方小，都没地方放了，也不知道退给谁。"

秦烈想岔了，以前龚承弼追她时就会送这些，他以为龚承弼还没死心："老实交代，最近有没有男人在你身边不怀好意？"

李瑞希很认真想了一下："倒是有一个。"

"谁？"

"你爸爸。"

秦烈一僵，眉头皱得更紧。再打量这些礼物，确实不像是她的追求者送的，哪有年轻人送人参、燕窝的？

秦烈叉着腰，没好气地踢了一下，把整齐堆放的盒子踢得到处都是："让他把这些东西拿走。"

李瑞希点头，很乖地答应："我已经给你爸的秘书打过电话了，他一开始不肯，后来我说我要发飙了，他才同意找时间把东西带回去。"

秦烈扔了钥匙，面无表情地往自己那屋去。他这段时间没回来，平常回家时都住李瑞希那儿，自己这边倒是没了人气。本就是冷淡风的装修，现在显得更冷清了。

他家面积大，要宽敞一些，李瑞希把扫地机器人搬了过来。秦烈不太用这玩意儿，就这点地方，他顺手就给打扫了，但女朋友怜惜他累，拉着他让他好好休息。

秦烈想到什么，看向李瑞希的肚子，犹豫着问："你要是有了，生不生？"

李瑞希被他这话惊了一下："怎么？你该不会想当爸爸了吧？"

想不想做爸爸？想，也不想。

秦烈对孩子其实无所谓，李瑞希要是不想生，两人就这么过一辈子都行，但他妈没了之后，他总觉得心里空，自己好像到哪儿都是没家的人。这样看，他这人也挺传统。

次日一早，李瑞希起床刷牙，没过多久，秦烈牵着狗神清气爽地从外面进来。贝塔精力旺盛，平常李瑞希遛它，它总不尽兴，每次秦烈回来都带贝塔去跑步，所以贝塔最喜欢跟他出门。此时，它吐着舌头窝在秦烈脚边，跟见到亲人似的。

李瑞希已经习惯了，对它的背叛毫无感觉。

"想吃什么？我去买饭。"

不是不可以自己做，只是时间有限，都浪费在做饭上，这一天假就浪费了。

李瑞希思考："我想吃油条，两边有尖尖头的那种，还想喝干贝粥。"

"我去买。"

秦烈刚走没多久，门铃声再次响起。李瑞希穿好衣服打开门，惊道："妈？"

半小时后，秦烈回家时，家里空空荡荡。他给李瑞希打了电话，那边刚接通就挂断了，再打再挂断。来回多次，他终于蹙眉，第一时间就怀疑起了秦文斌。

李瑞希这边，见邵问兰一次又一次挂断自己的电话，她急道："妈，你把我的手机给我，有你这样的吗？"

邵问兰面色平静地关了机，将手机卡扔出窗外，坦然道："瑞希，妈妈想来想去，还是觉得他不适合你，我听说江屹最近投资了一家直播平台，你跟他在一起才是最合适的。"

李瑞希烦躁地抓头发，她还以为自己把邵问兰说服了，原来并没有。

"妈，上次我们不是说好了吗？"

李瑞希从小到大没找她要过什么，邵问兰也想过妥协，也想做女儿心里的好妈妈，可当她被朋友问起女儿交没交男朋友时，她真的说不出口。消防员和"富二代"比起来，谁心里都有一杆秤。人就是这么世俗的动物，她也不例外，她不希望她的女儿活得比别人差。

　　"我把你的东西收拾好，以后你就住在家里。"邵问兰说着就要锁门。

　　这都什么年代了，还把人锁在家里？李瑞希看向邵问兰得体的套裙和从不出错的妆容打扮，想起印象里的那个妈妈，她穿着一袭张扬的红裙，笑得像个小姑娘。她很幸福，男人宠她，女儿爱她。后来邵问兰离婚，改嫁给了付开诚，有钱了，开豪车、住豪宅，衣服越来越贵，笑容却渐渐变得公式化，人也开始不对劲。

　　她道："妈，你这些年过得开心吗？"

　　邵问兰并不和李瑞希对视："妈妈的事不用你管，你管好自己就行。"

　　"妈，这么简单的问题你都回答不出来？你说你这样有意思吗？"

　　邵问兰发火道："有没有意思不需要你告诉我！"

　　"是，你不需要！你只是有些可悲而已，撞见自己的男人出轨，却连上去质问的勇气都没有。这样的你让我觉得可笑！妈妈，婚姻对你来说是什么？搭伙过日子？找个生活伴侣？还是自动取款机？"

　　"闭嘴！你闭嘴！"邵问兰歇斯底里，尖声冲我喊。她一直捂着的东西就这样被女儿撕开了，她为了更好的生活，跟李柏年离婚，那时她想，不爱就不爱吧，爱情反正不是必需品。后来她终于有钱了，却连个说话的人都没有，但她决不承认自己错了，她不要做一无所有的可怜虫。

　　李瑞希仰头，怜悯地看着邵问兰，那眼神刺痛了邵问兰。

　　"我让你闭嘴，你听到了吗？"

　　李瑞希冷笑："妈，我没说话，你听到的大概是你内心的声音，你心里也是这样想的吧？我实话告诉你，这件事我决不会妥协。"

　　邵问兰气急，她无力回应，只能颤抖地抱紧自己。

　　门猛地关上，邵问兰回头时脚步一停，与站在门外的付开诚四目相对。酸涩的情绪一点点扩散开，邵问兰喉头发苦，慌张地别开视线。付开诚欲言又止，邵问兰越走越远。

　　门被锁上了，李瑞希推开窗户，这里是三楼，外墙都有空调机，应该可以从这里钻到隔壁去？她试着爬了一下，小心翼翼地爬到一半才发现，理想与现实总有区别。她根本跨不过去，只能无措地抓着防盗窗。

果然不能冲动，冲动是魔鬼，现在该怎么办？难道就站在这儿装蜘蛛侠吗？找谁来救救她？这时候她应该打电话给男朋友，可她的手机被妈妈扔了。

忽而，一道身影出现在视线内，是秦烈。李瑞希激动地冲他挥手。

秦烈救了那么多次人，进过那么多次火场，没有一次像现在这样，一颗心提到嗓子眼。他气急，往屋里跑："李瑞希你给我抓稳了！不要往下看！等我上去救你！"

秦烈敲门，是邵问兰开的门。她的眼睛红红的，看到秦烈，愣了一会儿："你是……"

"阿姨，我是李瑞希的男朋友，她现在正挂在墙外面，麻烦你让我进去救她。"

邵问兰跑出门口一看，气得够呛，喊道："你故意跟我作对是吗？我不让你谈恋爱你就要跳楼？"

李瑞希不好意思再跟她吵，她这事做得实在有点没脑子，也难怪邵问兰会生气："不是跳楼，我没那么傻，我就是想看看能不能爬出去。"

秦烈跑到就近的阳台上，也没用安全绳，爬过去抱着她，把她塞回了屋里。李瑞希还想开个玩笑，见他脸色不好，最终一句话都不敢说。

一个小时后，李瑞希坐在沙发上，可怜地耷拉着脑袋。

邵问兰已经训了她快一个小时了："你脑子进水了？跟我吵个架就去跳楼？你知不知道那是三楼？再怎么也不该拿自己的命开玩笑！"

她讪笑："我没有，我就想看看能不能爬到客厅去，谁叫你把我关起来。"

"你还有理了是吧？"

李瑞希用求救的目光看向秦烈，却见秦烈的面色更阴沉，极具压迫性的视线落在她身上，让她的头埋得更低了。

"李瑞希，阿姨教训得对，再怎么样你也不该爬窗户，摔下来有什么后果你知道吗？生命那么宝贵，你却当个玩笑？"邵问兰和付开诚最多教训她几句，但秦烈的大道理很多，让那夫妻二人都听愣了。

李瑞希垂眸，乖乖听他训话。

她真惨，莫名其妙被妈妈关起来就算了，想逃走却卡在空调外机上下不来。好不容易得救，又被轮番训话，原以为妈妈比较难伺候，现在才发现，男朋友更不好对付。

她太难了！

秦烈训了她半天，最后她以"要直播了不能再耽误"为由，求他放过。

秦烈转向邵问兰和付开诚，沉默了一会儿才说："其实我一直想找叔叔阿姨聊聊，我和瑞希是认真交往的，阿姨要是对我有什么不满意的，可以冲我来，不要为难她。"

李瑞希的心一软。

邵问兰即便有气也不会当着外人的面撒，最终冷哼一声："那是我女儿，说得我好像会怎么她似的。"

秦烈端正地坐着，背脊挺直："阿姨说得对，您肯定比我更疼她。"

邵问兰莫名觉得自己被人套路了，细细一品这话又没什么不对。

离开前，秦烈郑重道："叔叔阿姨，这次来得匆忙，下次再正式登门拜访。"

邵问兰还想说什么，被付开诚拉住了。付开诚看向邵问兰，想了想，低声说："瑞希是你女儿，就算谁都不靠，以她的收入和发展前景，也不会差。"

邵问兰冷哼一声，别头看向别的地方。

付开诚沉吟道："她说得对，万一嫁了我这样的人，不是更委屈？"

邵问兰浑身僵硬，一时无话可说。

回去的路上，李瑞希想调节气氛，但秦烈一直黑着脸。

"好啦，别生气了！我知道我不该做危险的事。"她委屈巴巴的，湿漉漉的大眼睛看向秦烈。

每次她一这样，秦烈就拿她没辙，他最终叹息一声："你知不知道自己今天的举动有多危险？要是我来晚了，防盗窗松了，你抓不住从上面掉下来怎么办？你想让小命交待在这里，还是说你想瘫痪在床上当植物人？"

李瑞希咕哝："我以为不会有问题。"

"每个人出事之前都是这样想的，事情没发生前所有人都觉得不可能，觉得自己不会那么倒霉，但事实上，这种事只有零和百分百两种结果。瑞希，每一天，你看向自己周围，父母朋友都过着很普通的日子，你也如此，今天和昨天没什么变化，这让你有一种错觉，觉得周围风平浪静，生活安宁。可在你不知道的角落里，每天都发生着这样那样的事。"

李瑞希知道他想说什么，他每天为了救别人的命而奔波着，怎能忍受她这个枕边人不爱惜自己？她柔声道："你说的都对。跟你在一起，我已经改变很多了。以前我每天凌晨才睡，下午或者晚上才起床，日夜颠倒，我那时候觉得自己年轻，有大把年华可以挥霍。和你在一起后，我也开始思考生活的意义。这段时间我早睡早起，脚踏实地地生活着。我发现了很多以前不曾注意到的事，原来我们小区门口卖菜阿姨的女儿是哈佛的学生，楼上大爷是抗战英雄，隔壁单元的王先生暗恋我们楼里的徐小姐，今天超市的猪肉价格比昨天贵了两毛钱……还有今天早上，楼下的灌木丛被太阳晒得像火一样红，别墅里的石榴花也开得正旺。"

这份愉悦是往后那些年，花再多钱也买不到的。

"我今天确实欠缺考虑，也知道你为什么生气，我当时跟我妈吵了一架，太生气了，脑子一热，就……"

秦烈的眼神变得柔和，摸摸她柔软的头发："不要跟你母亲吵架，她对我不满意是正常的。我是男人，有什么事也该我去承担，我不能什么事都不做，让你冲在前面。"

李瑞希应了一声，她也不喜欢吵架："知道了。"

她还要说什么，余光却瞄到灌木丛后面站着邵问兰和付开诚，也不知道站了多久。

"你的手机。"邵问兰没好气地把手机递给她，又不自然地背过身，"卡我已经找到，塞进去了。"

李瑞希这才想起自己的手机。从小到大，她跟邵问兰很少有正面冲突，今天算是她们最严重的一次争吵了，她一度以为邵问兰生气到会给她一巴掌。

李瑞希摸摸鼻子，卖乖道："妈，叔叔，我先回去了。"

付开诚对秦烈笑道："有机会和瑞希一起来家里吃顿饭。"

邵问兰皱眉还想说什么，被付开诚搂着肩膀打断了。

秦烈后背笔挺，点头："叔叔阿姨，下次我再登门拜访。"

李瑞希接过手机，冲他们挥挥手，跟在秦烈身后跑了。

付开诚看向邵问兰的眼神温和许多："儿孙自有儿孙福，我看秦烈人不错，又高又帅，和瑞希也很般配，看着也很可靠。"

邵问兰没好气道："我还不了解李瑞希吗？她就是以貌取人，肯定是看他帅。"

付开诚一笑："那你呢？你是不是也以貌取人？我寻思着你们母女都是什么'外貌协会'的。"

邵问兰别过头，有些不自在："我最多是'以钱取人'吧。"

付开诚听笑了，搂着她说："要钱还好说，要貌的话我可有危机感了，像我这样年近半百的人，比不上年轻小伙子了。"

手机铃声响起，付开诚掏出手机，愣了片刻看向邵问兰。

"谁的电话？"

"秦文斌。"

邵问兰秀气的眉头蹙起，以为自己听错了。他们跟秦文斌前些年有一些生意上的往来，但没有私交，秦文斌怎么会忽然打电话过来？

秦烈要归队了，自然不跟李瑞希一起回去。李瑞希也要赶回去直播，两人在地铁口分开。

"好好吃饭。"

"哦。"

"好好睡觉。"

"哦。"

"我不在的时候夜里睡觉关好门窗，要有警觉性。"

"哦。"李瑞希乖乖应着，也叮嘱他，"要注意安全，工作起来不要只顾着别人，也要爱惜自己，我不求别的，只希望你能平平安安的。"

"好。"秦烈把她的头发揉得一团乱。李瑞希气得够呛，伸手去挠他。无奈他长得高，她怎么挥都挠不到他。

"秦烈，你给我等着！"

秦烈笑着把她送进地铁，这才转身离开。

李瑞希最近的直播中规中矩，但因为上次录制的节目要播出的关系，她的直播间也涌入了一些新观众。

今天游戏打得还算开心，只是结束时手指因为腱鞘炎的关系很不舒服。她把手放在热水里泡了一会儿，才得以缓解。

梁潇潇心情不好，把她们都叫去了她那里。梁潇潇的住处有一个很大的圆形浴缸，几人嚷嚷着要一起泡澡。严蜜在看新闻，忽然道："快看新闻，郊区的危险品仓库发生爆炸，天哪！这个火好吓人！"

李瑞希凑过去，视频中大火冲天。楼房高层的窗户玻璃全被震碎了，停车场的车被焚毁，很多人被爆炸喷射出的火球灼伤，周围数公里震感强烈，附近的居民全都衣衫不整地往外跑。

李瑞希心里咯噔一下。

第十九章
等 我 来 娶 你

　　刺耳的警报声划破夜晚的寂静，等秦烈冲上车才知道，是郊区危险品仓库爆炸引起的大火。全市消防员一起支援，甚至调集了外市的力量。

　　"快看，视频网站都发出来了。"从队里开到郊区有一段距离，刚才出来匆忙，就只有小潘和秦烈带了手机。众人看向视频里的大火，齐齐沉默了。

　　"队长，你干消防干了这么多年，有没有遇到过比这还大的火灾？"

　　休息时，大家就喜欢缠着秦烈讲故事。秦烈从业多年，遇到过各种规模的火，稀奇古怪的故事也见了不少，还支援过外省的地震、洪灾。不出意外，这次火灾会成为大伙儿口中的一个新的故事。

　　秦烈目光沉沉，只道："给家里人发条信息，留句话。"

　　队员们面面相觑，气氛又一次僵了。江闯呵呵笑道："我就不发了，我妈不会看手机，该写的都写在遗书里了。"

　　"说的也是，我也不发了。"

　　"我要给我妈发条信息，小潘你手机借我用用。"

　　"快，大家轮流发信息打电话，小潘你快点。"

消防车在马路上疾驰，秦烈看着手机迟疑了片刻，打开了微信页面。李瑞希在坐地铁时发过来几条消息，吐槽地铁太挤。明明不久前才和她分开，转头就遇到这么大的灾情。她那么爱操心，告诉她，她肯定会担心到一夜不睡。

他把手伸进衣服口袋，方才换衣服时他正在看戒指，顺手就把戒指带上了。这两次休假，一直没找到合适的机会把戒指送出去。他翻到向兴的账号，给他发了条消息：人呢？

向兴正在打游戏，打到兴头上接到秦烈的消息，不由得愣住。秦烈很少主动找他。

"在，怎么了兄弟？"向兴一边玩游戏一边给秦烈打电话。忽而，电脑弹窗跳出来，他点开一看，被火灾现场的图片吓到了。向兴喉结一动，眼泪都要下来了："是郊区爆炸？我看到新闻了。"

秦烈应了一声："如果我回不来，你记得以后清明给我妈上坟。"

向兴骂了一句："废话！没你这话，难道我们就不给咱妈上坟了？哪年漏过？"

"行，但这事我还得跟你交代，我跟你二十多年的交情，不交代你交代谁？"

向兴又骂了好几句，游戏也不管了，抱着手机问："真那么严重吗？你可别犯傻，保命再说，先把命保住比什么都强。"

秦烈很淡地笑笑："我还有一件事交代你，要是我回不来了，你把我住的这套房子留给李瑞希，我妈留给我那套交给我外公，给他留个念想。"

"自己的事自己做！别跟交代后事似的！我都多少年没见到你外公外婆了？就算真见到也不一定认识。还有，主播她对你也是认真的，你忍心让人家一个姑娘每年去给你上坟？你一个老爷们儿做得出这样的事来？"

秦烈倒是平静，说："反正你心里有数就行，我手机给别人了。"

街道两旁的灯光不停从视线中掠过，消防车以极快的速度前行，路上遇到了其他中队的消防车，红色的车流朝着一个方向奔去。

秦烈找到李瑞希的微信号，想了想，最终退出微信，把手机扔给了范立新。

消防车停在火场附近，被爆炸波及的人都在往外跑，周围接到消息的群众自发过来帮忙，酒店在路边竖起牌子，免费让无家可回的人入住。

身穿墨色消防服的秦烈收拾好东西，面色平静地往前走。他没有太多情绪。其他队员原本还在怕着，见他跟平常一样冷静，渐渐安心。

江闯跟在秦烈后面，盯着秦烈的背影，他也不害怕了。他当消防员的时间不长，进队后因为体力不达标，被虐得够呛，整天唉声叹气想回家，是队长给他的斗志让他坚持到今天。这一年多以来，他经过各种磨炼，看惯了各种灾情，也习惯了秦烈高强度的训练，有时候他也不知道自己为什么还能坚持，但此刻他忽然明白，也许只是有个人在前面，用坚定的背影告诉他什么该做，什么不该做。

"喂！你怕不怕？"小潘背着水带凑过来。

江闯挑挑眉，学秦烈的语气："怕什么怕？又不是没见过火，不过是大一些而已，也不吓人。"

小潘撇撇嘴："我还想活着回去打游戏呢。"

"咱们今天是看不到嫂子的直播了。"

暗黑的街道上，穿着墨色消防服的男人逆行而来。他目光深沉，与这夜色一般。身上的反光条在特定的角度下，发出微弱却不容忽视的光亮。

一辆黑色轿车停在事发现场附近。戴眼镜的秘书朝后座的男人恭敬道："秦总，看到秦烈了。"

秦文斌顺着秘书的视线看到逆行而来的男人。他背地里偷偷看过秦烈很多次，却一次也没有靠近过。儿子更高、更壮，能独当一面了，已经是个顶天立地的男子汉了。可儿子那颗心也更坚硬了，硬到能随时割舍掉父子感情。

他年轻时忙于工作，忽视了对孩子的教育，后来他有时间了，却已被孩子遗忘很久了。儿子是在恨他背叛了妻子，不，或许还要更早一些，儿子恨他当年没有救那个消防员。

秦文斌慌忙推开车门，从绿化带上穿过去，快步跑到秦烈面前，一把抓住了他。

那些不为人知的情绪似乎只有在这样的夜里才说得出口。这么多年了，父子俩明明生活在同一个城市，有同样的朋友圈，却第一次四目相对。

秦文斌双眼猩红，大声喊秦烈的名字。

秦烈面无表情，他的视线从秦文斌身上掠过，不做任何停留。

秦文斌颓然抓了把脸，整个人前所未有地无助。他已经老了，从壮年走向老年，体力大不如前，只能无力地站在那儿，目送着秦烈一步步走近那冲天的火光。

熊熊烈焰，火光灼热。

圆形的建筑物被火光吞噬，四面都是火，现场已经有上百名消防员，先到的队伍正在冲火场喷水。这么多束水流，好似一滴水滴落到燃烧的矿炉里，瞬间消失不见。

据说现场有硝酸钾、硝酸钠等硝酸盐物质，这些化学品遇热、碰撞都容易爆炸。这种火灾原因经常有人知情不报，灭火时总会出现各种问题。

秦烈抹了把头上的汗，指挥一队人组成人墙喷水灭火，带着他们往里去。江闯差点被小型爆炸飞溅出来的铁皮打到，秦烈适时拉了他一把，江闯吓得魂飞魄散。

"你长点心！"秦烈黑着脸推开他，把氧气面罩戴上后，就像有人堵住了他的耳朵，他很难再听到别人的声音，可心底的声音不停往外冒。

退缩？这不是消防员干的事，但他也怕死，他好日子还没过，老婆都没娶，孩子也没有。

为什么这么怕还要去做？很多年前他也问过自己这样的问题。那一年，他们一家三口开车去度假，因为秦文斌喝了酒，是妈妈梁素开的车。车开到中途，忽然被一辆酒驾司机开的货车撞上。片刻之间，猛烈的撞击让秦烈头脑发昏，怎么也动弹不了，脑子一片空白，哪里都疼。

不知过了多久，一队消防员赶来了，他们破开车窗，把他们一家抬了出来。一位皮肤很黑，牙齿却很白的消防员在他昏迷之际，笑着给他打气："我叫肖强，你别睡，医生已经来了，他们会救你的。"

等秦烈醒来才知道他妈妈在最后关头扭转了方向盘，把生的机会留给了他和秦文斌。她自己则受到撞击，脑部出血过多，需要开颅做手术。之后那段时间是秦烈一生中最黯淡的时光。

秦文斌十分自责，如果他没有喝酒，也许这场事故就可以避免了。

梁素成了植物人，秦文斌照顾了她一段时间。起初大家都觉得她会很快醒来，直到一次次失望，直到所有人的生活都步入正轨，她也没有醒来。梁素就像个被时光放弃的人，虽然活着，却永远被留在了过去。秦烈放学后，每天去医院看她，有时候夜里就住在那儿，第二天再去学校。再后来，秦文斌来看梁素的次数越来越少。

秦烈高三那年，秦文斌得罪了人，家里的别墅被仇家纵火。等秦烈从睡梦中惊醒时，熊熊大火瞬间就把通道吞噬，他根本找不到路出去。就在这时，一个穿着迷彩服的男人冲进了火场。秦烈认出了他，是之前救他的那个消防员。

肖强只是无意中路过，二话没说就冲了进来。

秦烈瞬间有了依靠，跟在他身后往外走。就在这时，忽然轰的一声巨响，火猛地蹿大，肖强被拦住了去路，在火光里无助地挣扎。

秦文斌看到儿子完好无损，激动地把秦烈拉到边上。

秦烈身上脏兮兮的，头发也烧焦了不少。他急道："爸，肖强在里面还没出来，我要进去救他！"

秦文斌一怔，拉住他："你疯了？"他咬咬牙，选择了对自己最有利的方案，冷冰冰地说，"他是消防员，这么做是他的职责！不是我叫他进去救你的，是他自己要进去的！不关我们的事！他要是真的有个三长两短，我大不了赔点钱给他的家属……"

秦烈愣在原地，像是不认识眼前这个男人。怎么有人能在别人帮助你之后，转眼在别人的生命面前如此冷静地计算得失？这就是他的父亲，那个从前教他礼义廉耻的人。

他冷笑着推开秦文斌，想冲进去救人，后来消防车来了，再后来肖强的尸体被抬了出来。

秦烈参加完他的追悼会就再也没回过家，他去考了军校。

他原以为他和秦文斌再也不可能有比这还大的矛盾了，可在他考上军校第二年，秦文斌擅自做主摘了他妈妈的呼吸机。那时秦烈一年就只有几天假期，他得到消息后第一时间奔到医院。他疯了一样质问秦文斌，却得到如当年一样冷漠的答案："你妈妈昏迷多年，醒来的概率很小。我们总要向前看，这样对大家都好。我知道你在的话绝不可能同意，秦烈，我不忍心看她受苦，只能这样做。"

他连他妈妈最后一面都没见到，而且秦文斌也有了别的孩子，算算日子，那孩子是在妈妈昏迷后一年不到就有的。

秦文斌那么有钱，难道花不起这点治疗妈妈的钱？他不过是在计算利益得失后，选择了对自己最有利的方案。

军校毕业后，秦烈毅然决然选择了当消防员。以他的成绩，是可以直接进特勤的，可秦文斌动用关系把他拦了下来。

他不气，他只是想当消防员，去哪儿当根本无所谓。

秦文斌从没了解过他，正如他没了解过秦文斌。

"秦队！这里有人！"

秦烈回神，火烤得他嘴唇干裂，口渴得厉害，好像连唾沫都被烤干了。他像一条被烤焦的鱼，浑身冒烟。

他打了个手势，江闯几人把那人抬了出去。看伤者的胸牌是别的中队的，最多二十岁。又一个年轻消防员背着同伴哭着从里面跑出来，这个消防员的同伴被刚才的爆炸炸断了腿。

秦烈有所触动，眼中涌了点泪，又很快忍住。大部分消防员都是年轻人，十八九岁的比比皆是。他们虽然年轻，但血是热的，一如当年的他。

他迷茫过，困惑过，自责过，失落过，但后来，他还是找到了人生的答案。

热浪逼人，感觉到口袋里放着的戒指盒，他一笑。这一次如果能活着出去，他就去跟她求婚，去娶他最心爱的姑娘。

想到这里，秦烈再一次冲入火海。

有些人听到消息，说仓库里的化工原料再次爆炸的话，后果不堪设想，于是原本围观的群众也疯了一样往外跑。

秦文斌在马路上不知站了多久，他抓着头发，颓废无力，双目失焦。

怎么能跑呢？要是人都跑了，他儿子怎么办？这么大的火，根本灭不了，消防员去了不是送死吗？

"不能走！不能走！"他抓住一个路人。

男人被他抓得一愣："你没看网上的消息吗？再次爆炸的话，都要受影响的。"

秦文斌歇斯底里地喊："不能跑！我们都要去帮忙！要不然他们都会死的！"

男人不知道秦文斌是哪儿来的疯子，偏偏衣服被对方抓住，他急得大喊："死就死，关老子什么事！老子还要活命呢！他们拿了钱就应该替我们灭火！"

秦文斌张张嘴，心里忽然裂开一条口子。这话多熟悉啊，是谁说过来着？哦，是他自己，他也说过这样的话。如今，秦文斌忽然明白，秦烈是在以这样的方式惩罚他。他无力地坐在地上，抓了一下头发，哭得像个孩子。

李瑞希今晚格外沉默，严蜜有些担心她。

"瑞希，你没事吧？你还是留在这儿，我陪你。"

"是啊，你现在回去干什么？秦烈又不在家，你就在这儿等着。这几天我们陪你，等秦烈回来再送你回去。"梁潇潇哄她。

李瑞希愣愣地摇头，秦烈的电话打不通，她不想在这儿等，心里总是不安，她要回家。出租车都去郊区载那边受伤的群众了，根本打不到车。她无神地走进地铁，地铁里的电视机上正在播放郊区的火势情况，车厢里所有人都沉默地看着。

播音员声音低沉，面色凝重，感染了车内所有人，包括李瑞希。一个不和谐的声音响起："……明知道扑不灭，还非要不怕死地往里跑，这样做有意义吗？就这样烧完，最多损失点钱，至少命能保住，这些消防员真是太傻了。"

"大家都在歌颂消防员，我倒是觉得没必要，这就是他们的职责。我家亲戚开店，消防验收不过关，最后花了很多工夫才办好，从这件事上我就觉得这一行水也很深，天天歌颂有意思吗？要我说……"

"住口！"

突如其来的喝止，让车厢内安静得有些尴尬。

李瑞希有些激动："你们能站在这儿好好地看新闻，能晚上睡个安稳觉，都是别人用血汗换来的！你们有什么资格在这里说风凉话？"她紧紧握住扶手，不去看那几个面色苍白的年轻男人。

车厢里的乘客不时看向他们，那几人脸色发红，又羞又恼，其中一个戴眼镜的男人硬着头皮道："我们又没说什么，就算说了，又关你什么事？"

"关我什么事？因为我男朋友也在里面，生死未卜，我不许你们诋毁他！"泪水渐渐模糊了视线，所有人都愕然地朝她看去。李瑞希在众人同情的目光下猛地擦了下眼睛，在车厢关门之前，头也不回地跑了下去。

这段时间，秦烈的手机一直没打通过。一开始，网上还能看到追踪信息，后来消息越来越少，李瑞希反倒平静了。跟他在一起后，她好像学会了等待，既然做不了什么，不如让自己平静下来。

她开始照常直播遛狗、逗猫，游戏打得比以前还凶，一整天都在线上，一切如常地和观众聊天，没人发现她有什么不同。

晚上偶尔从噩梦中惊醒，她会哭一哭，之后很快能恢复平静。

几天后的一个早上，李瑞希迷迷糊糊中接到了一个电话，一个嘶哑无力的声音说："李瑞希，早饭吃了吗？"

李瑞希半梦半醒，揉揉眼睛回答："还没呢。"

"起床吃早饭。"

"哦。"

窗外晨光熹微，李瑞希从床上爬起来，忽然觉得有点饿了。

这样一场大火牵涉颇广，处理后续的事整整用了五天。

连轴转的秦烈十分疲累，新桥消防中队因为秦烈进火场后指挥得当，队员们都安全地出来了。不过受伤的也不少，江闯的腿被铁皮割伤；小潘后背被爆炸波及，裂开一道口子；范立新左臂受伤。其他队员身上也都有大大小小的伤。

太阳刺眼，唐江从越野车上跳下来，气喘吁吁地往这边跑："累死我了，这些人是不是找死？明知道里面有易燃易爆品却隐瞒不报，把大家耍得团团转！检查单位要是检查严格些，公司负责人如果不抱侥幸心理，每个步骤都严谨一些，也不至于出这么大的事！那些龟孙子！"

秦烈皱眉，他的手疼得厉害。

唐江看向他缠着绷带的手，赶紧道："你也是，回去休息得了，这里我给你顶着。"

"回去？回去她要看到我这伤，得有意见了，等好点再回去。"

唐江没好气地瞪他一眼："心疼了？我要是你，就回去用苦肉计装两天大爷，享受一下女朋友的嘘寒问暖。"

秦烈轻笑一声，手夹着烟站在树后面，避免被人看到。说话间，一条黑色搜救犬跑到秦烈面前，嘴里还叼着什么。秦烈半蹲下来，挠着搜救犬的下巴，从它嘴里取下那包东西。

唐江看呆了："你这一人一狗搞什么呢？"

秦烈冷峻的眉眼里掠过笑意："你很快就知道了。"

算算日子，李瑞希已经有一个月没看到秦烈了。上次确认是他打来的电话后，她以为秦烈会和以前一样放假回家，可她等了好几个星期，依旧没等来他的人影。

不仅如此，他也很少回微信。以前她发信息，他就算不能立刻回复，也会攒起来一起回。可这一次，她不管发什么他都爱搭不理，有时候好几天没一句话。

她咬咬牙，不回就不回，没了他，日子照样过！

一早，她起床给自己化了个妆。西柚果汁色眼影配着浅色腮红，整个人看起来气色非常好。头发编一半散一半，蓬松卷曲，再蹬上一双橘色系的高跟鞋，斜背一款白色小包。

看向镜中无可挑剔的自己，她的心情非常好，笑眯眯地准备出门遛狗。刚走到小区门口，接到了秦烈的电话："在哪儿？"

李瑞希翻了个白眼，没好气地说："秦队大忙人呀！我在哪儿就不劳秦队关心了！我这个平平无奇的女朋友，不值得秦队浪费时间和电话费！我不配！"

秦烈听乐了，想象她像小猫一样张牙舞爪的样子，真可爱。

"来新桥消防中队看我训练。"

"我时间宝贵，忙得连发信息的时间都没有，哪有空去看你训练。"李瑞希撩起头发，打算给他点教训。女朋友是你说不理就不理的？就算已经把你上交给国家了，你也要记得自己是谁的男人！然而……去他单位？

上次去时，她还不是他的女朋友，这一次过去应该能好好参观一下吧？但是就这样答应是不是很没骨气？他可是冷了她差不多一个月呢，亏她整天为他担心，结果呢？

"真不来？"

"不！"

"如此坚决地拒绝我？就不再考虑一下？"

"你训练有什么好看的！"李瑞希没好气。

"你确定？是谁看我打篮球看得差点流口水，还想跟我进宿舍图谋不轨来着？我特地请假一天，准备带你好好逛逛，既然你不来的话，我就把假给销了……"

"别！"李瑞希咳了咳，攒了一个月的火气瞬间烟消云散，"我去还不行吗？"

就当去看看他在搞什么，到底有什么阴谋诡计。

第二十章
求 婚

是江闯出来接的李瑞希，得知他之前受伤了，李瑞希关心了两句。

江闯把她带到训练场，指着训练塔，语气神秘："秦队就在那边，你爬上去就能看到了。"

训练塔就是简易的楼房建筑，用以模拟楼房救援，训练中的消防员会从一幢楼滑到另一幢楼。李瑞希在网上查过资料，每个消防队都有这样的训练基地。

周围静悄悄的，一阵风吹过，李瑞希不由得摸摸手臂，差点起鸡皮疙瘩。她往上爬了几层，疑惑地站到窗边，忽而发现对面的楼上闪过一个人影。

那人有点高，有点帅。除了她的男朋友还有谁？

片刻之间，秦烈拉起绳子，扣了安全锁，动作利索地朝窗外一跳，就这样从对面滑过来了。

李瑞希以前看电影，特工、杀手动不动在百层高楼上滑来滑去，她以为那些都是特效，真人怎么可能做到？谁知男朋友用实际行动为她证明了真人是可以做到的。他身材高大，细腰长腿，从对面滑来时，很有大片男主角的派头，看得她心脏怦怦直跳。

阳光从窗外直射进来，风呼呼作响，一切好似梦境，完美得不真实。

秦烈站在窗口处看着她，左手拿着一捧玫瑰花。李瑞希忽然明白他想干什么了，这一个月来他的不寻常也都有了答案。她和秦烈感情稳定，他要是喊她去领证，她肯定会二话不说就答应，可她没想到他真的会求婚。

秦烈就是个糙爷们儿，送东西都是想送就送，从不在乎节日，不在乎形式，走的是实用主义路子。李瑞希是个理科生，对浪漫没有要求，求婚仪式什么的她不觉得是必要的。她也以为秦烈是这样想的，谁知秦烈竟然很认真地准备了，还为此特地冷落了她一个月，把她骗到新桥消防中队来。

她的心脏跳动得厉害，耳边的风都是甜的。她想起他们第一次见面，她的手指卡在戒指里，他半蹲下来，单膝跪地，轻轻牵起她被戒指卡住的手指。

此时，他宽大的手掌摩挲着她纤细的手，看似不搭边的组合却擦出最强烈的火花。

"瑞希。"他的声音低哑，带着不易察觉的颤抖。

李瑞希接过他递来的花，抿唇偷笑。她笑得格外甜，甜到了秦烈心里。

突然有狗狗的喘息声传来，一条黑色的搜救犬跃入李瑞希的视线，搜救犬走近时，李瑞希才发现它嘴里叼着一个小盒子。秦烈蹲下来，单膝跪地，如同第一次见面时那样，牵起她的手。

"第一次见你时，就觉得你的手太适合戴戒指了。"

甜腻的气泡一点点往外冒，李瑞希好不容易开口道："我也觉得。"

"戴过戒指吗？"

"没。"

秦烈从盒子里掏出那枚精致的六爪戒指，并没有问她愿不愿意，直接把戒指套在她的手上，像王者一样拉着她的手："那以后戴。"

李瑞希仰头，无语问苍天。她就知道，这男人要是能好好求婚，那才是真的奇怪呢。也不问她答不答应，跟强抢有什么区别？不过戒指都被人套上了，她还能反悔？好吧，她也不想反悔。

她的手指纤细，钻石在阳光的照射下，璀璨夺目。

她张开手指，对着太阳，光线从指缝里漏下。这一次，她是真的被套住了。

秦烈下颌紧绷，看上去有一点紧张："第一次见面时，有个小朋友问了句'叔叔是不是在求婚'，如果他今天再问同样的问题，我会告诉他，是，叔叔是在求婚。他迫不及待想把他心爱的姑娘娶回家，好好疼一辈子。"

李瑞希的眼睛发酸。秦烈真是太过分了，竟然搞"回忆杀"，把第一次见面时的事搬出来了。他的套路太深，她根本没有招架的余地。

李瑞希故意挑刺："你都没问我同不同意。"

秦烈一怔，似乎很惊讶："我还需要问？"

李瑞希气得砸他的脑袋，被他笑着抱到怀里。

"你同意也得同意，不同意也得同意。为了这次求婚，我又是打报告又是收买搜救犬，还把全中队的队员们都说服了，所有人都知道我要向你求婚。你要是拒绝的话，我敢保证，就连狗都会嘲笑我。"

李瑞希一笑，气得掐他的胳膊："你怎么这么招人恨呢！"

"谁说的？明明某人爱我爱得不行。"他双手撑在窗台上，把她圈在怀里。

李瑞希无语望天，就知道不能对他心慈手软。刚才不应该答应的，应该给他点教训。

正在集合的新桥消防中队的队员们，看到脸颊通红的李瑞希下楼，激动地大喊："嫂子！"

"大家好。"李瑞希站在那儿，有点害羞。

秦烈刚求婚成功，春风得意，故意逗她，冲队员喊："没吃饭是吧？喊这么小声谁听得到？大点声！"

"嫂子好！"

"不够大！"

"嫂子好——"这一次真是震耳欲聋。

李瑞希看向故意使坏的秦烈，气得去挠他。

这打情骂俏的样子把队员们看郁闷了。秦队求婚成功，带回来这么漂亮的嫂子，谁都喜欢，可问题是，以后都要这么秀恩爱的话谁受得了？要知道新桥消防中队又叫单身中队，一群单身男人等着女青年来拯救。

李瑞希实在不好意思被那么多人当面叫嫂子，觉得现在好像回到了她追他的那段时间。

唐江跑过来，知道求婚成功后，高兴道："恭喜恭喜！"

李瑞希不好意思地笑笑："谢谢。"

唐江继续感慨："恭喜你啊秦烈！都要当爸爸了，双喜临门啊。"

李瑞希一愣，惊呆了，秦烈要当爸爸了？为什么她不知道？她蹙眉看向秦烈，却见秦烈移开视线一副事不关己的样子。

唐江："听说怀孕时不适合穿高跟鞋，你也要注意一点啊。好了，我不当你们的电灯泡了。"

等人走远，李瑞希阴恻恻地笑了一声："要当爸爸了？孩子妈是谁啊？带出来给我看看？"

"孩子妈不就是你？"秦烈求证道，"你上次问我怀了孩子要不要……"

这也太乌龙了，秦烈是不是傻？女朋友怀没怀孕都看不出来？

"所以，你是因为误会我怀孕才求的婚？"

秦烈的保命意识很强，眉头紧蹙："谁说的？我是那种人吗？"

李瑞希："秦烈你完蛋了，我忽然觉得你的求婚毫无意义！"

"李瑞希，你胡说八道什么？"说罢，他已经把她拽进他的寝室。一个激烈的吻让李瑞希倒在他怀里，她的戏瘾还没来得及发作，苗头就被人给掐了。

秦烈："叫你演。"又是一个深吻。

不带这样的，说不过就亲，哪有这样要赖的？两人一个月没见，吻着吻着，气息不稳。他低声道："回家吧？"

"可以回家？你请假了？"

"嗯，可以休假两天，你要是舍不得我的话，直接跟我去领证，那样就有婚假了。"

"有几天？"

"三到十五天，一般都是折中。"

一听说有这么多假期，李瑞希眼睛都亮了："这么多假？你不早说？结！现在就结！你马上去打报告，咱们请婚假！"

李瑞希越想越兴奋，既然准备结婚了，那婚纱照也要拍起来。她想好了，就在消防队拍一套，以红色的消防车为背景，蓝天、红车、白婚纱……

"一天用来拍婚纱照！剩下的时间咱们就用来荒废人生！"

秦烈看笑了，捏捏她莹白的耳朵，一切都随她。

回去的路上，李瑞希忽然想起求婚小帮手，那条黑色的搜救犬。

"搜救犬好听话啊。"

"当然，搜救犬从训练基地出来时，已经经过了好几年的训练，每天的训练时长不比消防员少。它来我们中队服役有一段时间了，我们训练时都会带着它，完成这种小任务不在话下。"

"每个中队都有搜救犬吗？"

"不是，市里现在有专门的搜救犬中队，犬的血统、基因、训练都很重要，出一条搜救犬的难度不比出一个有经验的消防员小。"秦烈笑笑，没告诉她那条搜救犬只认他一个人，现在她是第二个了。

得知李瑞希就这样把自己给交出去了，姐妹们要疯了。

严蜜：你竟然没叫我们去现场！

梁潇潇：是啊，求婚怎么能不找我们？我们还想给你拍照录像呢。

孙小雅：好想看秦队长求婚呀。

李瑞希笑笑，消防中队毕竟不是谁都能去的，秦烈既然选择了这个求婚方式，必然有得有失。不过她也很满足了，别人有鲜花蜡烛，音乐美酒，秦烈虽然没那么多形式上的东西，可他求婚的每个细节都值得她铭记。

李瑞希：等我结婚时你们来观礼就行了。

严蜜：这都打算结婚了？婚礼定在什么时候？

李瑞希：还没商量过，求婚都求了，结婚应该快了吧？

梁潇潇：某人真的好心急哦。

孙小雅：李瑞希你要笑死我吗？有人求完婚一两年都不办婚礼，你以为求完婚就要马上结婚？

李瑞希是真的这样以为的，不结婚，那求婚干吗？

这天早上，跟秦烈温存了一会儿，李瑞希洗漱好，去公司开会。

公司未来会有新的调整，江屿森给李瑞希接了个真人秀节目，把她弄得十分紧张。开完会，江屿森收拾了文件，视线落在李瑞希的左手上。毕竟是投保了一千万的手，戴上戒指真是赏心悦目。

"他求婚了？"

李瑞希抿唇，开心地晒戒指："是啊！"

江屿森略微出神，也不知在想什么。那个孤家寡人的样子，看得李瑞希有点同情他了。

得知李瑞希有去消防队拍婚纱照的想法，秦烈第一时间反对。

他给不了她太好的物质条件，但别人有的她也应该有。新闻上不时有小夫妻到消防队拍婚纱照的消息，可那是在没有选择的情况下。消防队的场景有限，她这样被人捧在手心里的小姑娘，对这些事必然有极其浪漫的想法。他不怕她提要求，只是不希望她事事顺着他，迁就他，不希望她将来回忆起来觉得遗憾。一生一次的婚纱照，他不愿她勉强自己。

李瑞希杏眸微眯，抿唇笑笑，很认真地说："网上很多人都说婚纱照太占地方了，扔了不吉利，不扔的话几年都想不起来翻。再说拍婚纱照非常麻烦，跑来跑去的。既然这样，我们干吗折磨自己？找个摄影师，去你队里拍一组就是了。"

秦烈试图说服她："你不会以为我买了戒指就没钱了吧？给我省钱也不是这么个省法，放心好了，这点钱你男人还是有的。"

李瑞希叹息一声："不是省钱，我是真的这样想的，我就是那种没有浪漫细胞也不在乎形式感的人。每个人都可以去影楼拍婚纱照，但不是每个人都进得去消防队，我是真的很想跟你坐在消防车上拍照，好特别的。"

"不行，太委屈你了。"

"这有什么委屈的？如果不是想留个纪念，我连这个都不会拍。"

"不——"

"不什么不，好了，就这么说定了，再说小心我咬你！"说完，她一口咬在秦烈的胳膊上。

秦烈睨她一眼，像看一只小猫，于是任她胡闹，眉头都没皱一下。

李瑞希咬了一会儿觉得无聊，忽而眼睛一亮，搂着他的腰，手指挠着他腋窝。居然毫无反应！她不信邪，又转移到他的腰侧。这一次，原本稳如泰山的男人终于有了反应，嘴角微微上扬，抓住她作乱的手。

"别闹！"

李瑞希眯眼："原来你的弱点在腰上啊。"

两人闹腾了一阵子，最后李瑞希被秦烈夹在腿中间，双手反握在身后。她没好气地瞪他："不带这么耍赖的，不就是力气比我大吗？"

"服不服吧？"

"服！服！"李瑞希无奈叹息，没办法，两人力量悬殊，"我就是没想到你居然这么怕痒。"

秦烈在她耳边笑："是，就怕痒怎么了？"

她眼珠子滴溜儿一转："听说怕痒的男人怕老婆。"

秦烈微愣，松开她，坐起来笑笑："我妈也说过这话，说我将来肯定怕老婆。"

李瑞希再次搂上他的腰："秦烈，和我说说你妈妈吧。"

秦烈想了想，从当年的车祸讲起，足足讲了十几分钟。李瑞希听得入神，她没想到事情是这样的，比她想象中的还要复杂一些。

屋内很安静，就连舒克和贝塔都不再吵闹。李瑞希趴在他胸口，耳边都是他有力的心跳声。她一直不知道他为什么会选择当消防员，如今才真正明白过来，他并不是为了证明什么，也不是为了报复秦文斌，他只是想寻找一个人生的答案而已。

这就是她爱的男人，有最坚硬的"外壳"，也有最柔软的内心。

李瑞希："我们什么时候去看看你妈妈吧？"

秦烈："好。"

李瑞希："那我穿什么衣服去？黑色的裙子好吗？"

秦烈："不用，你想怎么穿就怎么穿。"要是李瑞希去看妈妈，她一定希望小姑娘穿得漂漂亮亮的。

李瑞希察觉到他在走神，她不善于安慰，只是抱着他，她相信他都懂。

过了一会儿，两人从床上起来，秦烈给贝塔和舒克喂了食物，环视着李瑞希的房子问："你这边租金多少？"

"一个月一万多。"

他皱眉："搬去我那儿住吧，省得付房租。"

李瑞希是无所谓的，他们现在跟同居没区别，这边的房子还有几个月才到期，住不住都行。她想起自己买的那套房子，想婚后去那边住，这样秦烈忙的时候，会有姐妹陪她。

　　她和秦烈提了，怕秦烈大男子主义，心里不舒服，没想到秦烈很坦然。他拿了两把钥匙交给李瑞希："我妈还给我留了一套房子，在市中心，租金比这边高。到时候把两套房子都租出去，我工资卡也给你，你想怎么花怎么花。"

　　她应了一声，得意地笑："当然，我花你的钱绝不手软。不过，以后你住我的房子可是要交房租的。"

　　秦烈干脆把她压在身下："还需要用钱交租？以后按次收费，你小心付不起。"

　　对于男朋友不讲道理的行为，李瑞希表示怕了。

　　秦烈最终磨不过她，答应她去消防队拍婚纱照。他们没找外面的摄影师，就让裴江带着相机给他们拍了几组。

　　拍照那天，新桥消防中队的队员们都穿着整齐的制服，配合他们摆姿势。李瑞希参考了姐妹们的建议，想了很多搞怪的姿势，最后又在消防车上拍了几组小清新风格的。

　　照片出来后，连李瑞希自己都不知道她竟然能笑得那么甜、那么美。蓝天白云下，穿着制服的队员们都笑得很开心，每一张照片都很有故事感，大红色的消防车仿佛也在恭喜他们。

　　婚纱照拍完，他们就忙起了婚礼的事。

　　对别人来说，领证、办婚礼都要好好挑个大家都喜欢的日子。可对于李瑞希与秦烈来说，不过是挑个有假的时候。

　　于是，在枫叶刚红的初秋，他们举行了婚礼。

第二十一章
婚 礼

　　邵问兰一直反对女儿和秦烈在一起，后来秦烈正式登门拜访，说了一通非李瑞希不可的话，还表明自己之所以被李瑞希吃得死死的，是因为邵问兰把女儿养得太好了。

　　邵问兰被他戴了高帽子，也不好说什么，对他们的交往也就睁一只眼闭一只眼，虽然还不大情愿，也没再反对。

　　结婚难免牵扯到酒宴问题，李瑞希和邵问兰商量好办两次酒席，中午在亲爸那边，晚上在付家这边。秦烈这边参加婚礼的就只有一些朋友和消防队的队员们，和付家合在一起办就可以了。

　　出嫁前一天晚上，李瑞希有些失眠。

　　秦烈正在招待朋友，按照风俗，结婚前一夜要喝暖房酒。他难得有假期，就跟着大家一起疯。

　　朋友们自从知道李瑞希的工作是游戏主播，就天天看李瑞希直播。原以为就是个网红，谁知越看越羡慕。她人美、身材好，聪明伶俐，大方得体，直播间的气氛也非常好。

秦烈的手机一响，就有朋友打趣："还没结婚呢，就管这么严了。"

向兴笑："你们懂什么呀，有些人心甘情愿被管着。"

陶景明摇摇头："李瑞希那样的，秦烈甘之如饴啊！"

"哦……"众人拉长声调，笑着看向准新郎官。

又有人说："我记得某人当年好像吹过牛，说什么自己结婚了，绝不会被老婆管，一定会让老婆服服帖帖的，是不是有这回事？"

大家齐齐大笑，摆明了是不想让准新郎官好过了。

自己吹的牛还能说什么？秦烈笑骂了句："这不是管，这是疼老婆。"

"嘁……"大家集体不屑。

屋里吵得厉害，他握着手机，出门给李瑞希打电话。

电话响时，李瑞希还没睡着，她在床上翻过来滚过去。手机振动，她跳起来接起："喂，队长？"

秦烈好久没听到她这么喊他，心犹如冰雪融化。其实这称呼再寻常不过，消防队里天天有人喊，可就是没有喊得比她好听的。

"睡不着？"

"嗯，不过睡不着也得睡了，明天要早起化妆，化妆师七点钟就到了，我怕我睡不好，眼睛肿了不好看。"

秦烈不明白她在担心什么，她就没有不好看的时候。

她又说了许多乱七八糟的事，比如明天她的妆得淡一点，因为妆越补越浓；比如她今天一整天都没喝水，怕水肿，明天不吃饭，要靠巧克力续命；比如今天来家里的亲戚都在问她是不是怀孕了，否则怎么结婚结得这么仓促。最后她说，希望明天是个好天气。

秦烈自始至终安静听着，凉风徐徐，他倚靠在露台的扶手上，眉眼在月色下更显柔和，低沉的嗓音透过话筒传至另一边："瑞希，到外面来。"

李瑞希握着手机走到露台上。

"抬头。"

一轮明月高高挂在夜幕中，偶有凉风拂面。

"明天一定是个好天气。"

第二天果真是个好天气。

李瑞希刚开始化妆，伴娘团就来了，说是怕她无聊，早点来陪她。伴娘们除了三位主播好友，剩下的三人是李瑞希的高中和大学好友。她的伴娘团没别的，就是个个貌美如花。

"行了，你顾好自己就行了，不用管我们。我们要商量一下接亲时怎么考验他们，绝对不能让新郎官这么容易把人带走。"严蜜做起"狗头军师"，拉着几人聚在一起商量着怎么为难秦烈和伴郎团。

李瑞希偷偷听了几句，什么把鞋藏在窗户外啦，不给红包不让进门啦，要新郎做一百个俯卧撑啦。不愧是她的亲姐妹，这是不想让她出嫁的节奏啊！不过，这些招数是不是太没有技术难度了？要知道她们面对的不是别人，而是一群消防员，这些事完全难不倒他们呀！

果然，到了接亲环节时，严蜜几人一回头，就见手拿捧花、一身西装的秦烈面色从容地撑着窗户边，动作利索地跳进来。在众人惊呆之际，他站定，才慢悠悠道："不好意思，我们消防员不喜欢走门，就喜欢跳窗户。"然后，他带来的队员们接二连三地跳进来，没过多久，屋里挤满了穿制服的队员们，个个笑得很得意。

于是，辛辛苦苦的拦门环节就这样三下五除二被人给破了。

门外传来向兴急切的喊声："你说你们是人吗？说爬墙就爬墙，说跳窗就跳窗，这哪是接亲啊，明明就是抢亲！"进来后，他又对李瑞希说，"主播，千万不能饶了他！"

李瑞希偷笑，眉眼弯弯。

秦烈在一旁打量她，立体剪裁的婚纱衬得她的身材凹凸有致，精致的蕾丝刺绣和镂空网纱拼接，若隐若现，超大的裙摆上点缀着细小的钻石，如星夜银河，如梦如幻。

四目相对的瞬间，秦烈微微勾唇，那颗浮动的心像是有了归处，瞬间安定下来。

向兴来之前，偷偷告诉了李瑞希，那次出任务时，秦烈以为自己回不来，交代他的那些事。秦烈从没有提起，她也没问过。他这人从来就是这样，说得少，做得多。

没人注意到，此刻，酒店楼下停着一辆黑色的轿车。车内的秦文斌望着酒店来往的宾客，默然无语。那个骑在他肩膀上玩游戏的小男孩长大了，即将组建自己的家庭，真正担负起家庭的责任。

"但愿你，不像我这般……"

婚礼进行曲响起，伴娘们陪着李瑞希进入婚礼现场。

李瑞希参加过很多次婚礼，可是这一次她是主角，她深呼吸了许多次才让自己不至于太紧张。大门打开，让她没想到的是，舞台布置竟然是以"美少女战士"为主题的。粉白相间的月亮，魔法棒，如梦如幻的云朵和羽毛……仙气十足，李瑞希如入梦境。

秦烈问过她喜欢什么风格的婚礼，她当时睡得迷迷糊糊，随口回了句"美少女战士"。连她自己都没当真的事，他竟然当真了。

这场婚礼的宾客多是付家的亲朋好友，她由付开诚牵着走向前方笔直站着的秦烈。李瑞希简直太喜欢他穿西装了，心跳加速地朝他走去。终于，这一段漫长的路程结束了。主持人在尽头问："新郎，你愿意娶新娘，照顾她疼爱她一辈子吗？"

秦烈："愿意。"

"新娘，你愿意嫁给新郎，成为他的终身伴侣吗？"

李瑞希："哪有不愿意的呀？"

礼毕，两人交换完戒指，主持人忽然说："我们新郎特地为新娘准备了一段话，想在这个特别的日子里送给新娘。"这是李瑞希没想到的，秦烈从没提起过这件事。

秦烈抖开一张纸，赢得全场哄笑。他忽然看向她，表情是前所未有的认真。她紧攥着手，紧张得难以呼吸。

安静的大厅内，他声音洪亮，掷地有声："在从业之初，我向着国旗宣誓，我志愿加入国家消防救援队伍，对党忠诚，纪律严明，赴汤蹈火，竭诚为民。坚决做到服从命令、听从指挥，恪尽职守、苦练本领，不畏艰险、不怕牺牲，为维护人民生命财产安全、维护社会稳定贡献自己的一切。"

婚礼现场安静得吓人，没人想到他会说出这段属于消防员的誓词。所有人都看着他们，屏息凝神。

秦烈目光坚定，声音低沉且有磁性："如今，我向你宣誓，我将对你忠诚，服从家规。"

众人大笑。

"赴汤蹈火，竭诚为你，坚决做到服从老婆命令，听从老婆指挥。恪守本职，苦练家务，不畏老婆发火，不怕老婆压迫。为维护老婆的幸福，维护家庭稳定，贡献自己的一切。"

众人笑得更厉害，掌声经久不息。就连李瑞希都没想到，他能说出这番既有笑点又有泪点的话。直到他用更为低沉的声音，饱含深情地说"瑞希，我向你宣誓，此生忠于国家，忠于你"，她终于泪如雨下，任轻薄的头纱盖住哭泣的眉眼。

火焰知道，他有多爱她。

此生，烈焰是你，荣光亦是你。

番外一
婚 后 那 些 事

　　他们的婚礼因为秦烈消防员的身份和李瑞希的名气，竟然受到了不少人的关注。

　　网友的议论点很多，从消防员爬楼接亲到最搞笑伴娘、伴郎团，再到高颜值的新娘新郎，甚至连秦烈的婚礼誓词也被拿出来议论。很多人都说这婚礼既搞笑又感动。

　　江屿森干脆让李瑞希在网上发了自己的婚纱照。消防队主题婚纱照一经发布就受到网友的夸赞，她也因此涨了很多"粉丝"，谁能想到结个婚还让自己的人气更高了呢？更逗的是，她甚至接到了几个真人秀综艺节目的邀约。李瑞希原本不想接受，但秦烈婚后只陪了她几天，就被叫停了休假，她闲来无聊干脆接点工作做。

　　真人秀播出，大家的讨论度很高，她也趁机为消防事业贡献了自己微小的力量，在节目现场谈了消防常识，以消防员家属的身份谈家庭如何防火。

　　节目收视率攀升了，就连节目组都没想到观众竟然爱看这些科普知识。有人打趣秦烈，说李瑞希是最称职的消防员家属，不愧是秦烈的老婆。

婚后第二年的一天，李瑞希惊觉，自己的例假很久没来了。

严蜜和梁潇潇给她买了验孕棒，她们躲进洗手间，十分钟后，看着李瑞希验孕棒上的两条红线，她们倒吸一口气："你怀孕了！"

严蜜第一时间把这事告诉了付明宇。于是，李瑞希出厕所时，邵问兰的电话就打来了，紧接着，她亲爸也打来电话问候。

这八字还没一撇呢！她哭笑不得地去医院做了检查，B超证明她确实怀孕了，并且宝宝已经快四个月大了。

严蜜："四个月？李瑞希你四个月没来例假竟然没发现？"

梁潇潇也觉得惊奇："四个月大了，你就没有一点孕吐反应？"

孙小雅惊叹："人才啊，不愧是你，连怀孕都不走寻常路！"

李瑞希也觉得奇怪，她的例假一直不准，四个月没来她也没放在心上，至于孕吐反应，她是一点都没有。要说最近有什么不寻常，那就是这两个月她特别想吃冰淇淋，有一次晚上突然想吃，刚好秦烈回来休假，大半夜跑出去，一家家店帮她找。十月底，便利店的冰箱都停了，他找了很久才在一家小区门口的超市里找到几支冰棍儿。

现在想想，不是她想吃，是肚子里的宝宝想吃。

严蜜看了看李瑞希平坦的腹部，摇了摇头："算你运气好，这几个月没吃什么乱七八糟的东西，也没有抽烟喝酒。"

李瑞希还有点蒙，这么平坦的肚子里竟然有宝宝，不可思议。

回了家，她站在玄关处换鞋子，秦烈光着上身从屋里走出来。

结婚两年，他的身材愈发好了，肌肉线条比从前更为流畅，身材也精壮了许多。不过她已经练就了波澜不惊的本领，连眉头都不皱一下。

秦烈挑眉："怎么不接电话？"

"那个……想不想生个孩子玩玩啊？"

秦烈愣了愣，跑过来仔细看了看她平坦的腹部，蹙眉："真怀了？"

"都四个月了。"

"……"

看他比自己更蒙，李瑞希的心情好了，她抱着秦烈的腰，蹭了蹭："队长，你想要男孩还是女孩？"

他看向她柔软的头发，有些感慨，他的小姑娘也要当妈妈了。生男孩的话可以陪他一起健身，生女孩的话就跟她一起穿衣打扮。不论男女，只要想到他们的生活中将出现一个与他们有血缘关系的生命，内心的悸动便无法抑制。

　　他沉声道："生男孩，我们爷儿俩保护你，生女孩，我保护你们娘儿俩。"

　　李瑞希吸吸鼻子，他明明不是最会说话的，可每次说出的话却格外动听。她安心了，虽然没有准备，但他们感情甜蜜，收入稳定，年龄恰好，好像也没什么可迷茫的。

　　"当妈以后我依旧是少女，你要比现在更宠我。"

　　"我不宠你宠谁？"

　　"万一生了女儿，她比我更会撒娇，那你会不会更喜欢她？"

　　"最多匀点位置给她，心里塞的还是你。"

　　得到老公的保证，李瑞希彻底安心了。

　　李瑞希本质上是个乐观的人，接受自己怀孕的事实后，便高高兴兴准备迎接孩子的降生。

　　怀孕期间，她蹲守姐妹们的直播间，只要有母婴用的东西她便会眼睛发亮，恨不得把所有东西都买回来。于是给孩子准备的东西一间屋子都堆不下了。

　　谁知下一次产检时她被告知，体内有双胞胎。姐妹们陪她去做的产检，李瑞希没傻，她们几个人先呆住了。

　　"之前怎么没检查出来？"

　　"偶尔会有这样的情况，还有检查时说是双胞胎，结果生产时才发现是三胞胎的情况呢。但是这样的概率很小很小，就被你遇到了。"医生一直安抚李瑞希，说这情况很正常。

　　"难怪觉得最近肚子变大了好多。"李瑞希还是有点蒙。

　　谁怀孕跟她一样，稀奇事层出不穷？

　　得知自己怀了双胞胎，原本淡定的李瑞希开始焦虑，怕自己肚子太大长妊娠纹，怕生产困难，怕孩子营养不足，怕以后秦烈工作忙，她一个人照顾不好宝宝。

李瑞希打电话给邵问兰抱怨，邵问兰说："我以前有个双胞胎姐姐，很小就去世了，你可能是遗传的我。"

破案了！

得知老婆肚子里怀的是双胞胎，秦烈在电话那头笑了："我的基因就是好！"

不过，秦烈担心李瑞希从怀孕开始就要承担双倍痛苦，之后的二三十年她也需要付出比其他妈妈更多的精力。再者，从现实情况考量，两个孩子需要双倍花费，以他现在的工资想养两个孩子实在困难，百般思索，最终决定接受领导的升职安排。

孩子改变了他的职业规划，也带给他前所未有的满足感。

李瑞希在怀孕九个月后，生下了一对龙凤胎，大宝是哥哥，小宝是妹妹。因出生在阳春三月，李柏年给两个宝宝起名为霁风和鸢时，孩子一个姓秦，一个姓李。

李柏年和邵问兰当然喜不自禁，于是乎，哥哥最终叫秦霁风，妹妹定名为李鸢时。小名深深、款款，取款款深深之意，每每叫起，都好像在强调他们的感情深厚。

孩子出生后，虽然家里有保姆帮忙带，秦烈他们却依旧忙得团团转，一刻不得闲，但感情还是很好的，日子过得蜜里调油。

当消防员留下的职业病让秦烈对声音格外敏感。每天晚上，宝宝哭闹，不是饿了就是大便了。孩子刚哭，秦烈就从床上跳起来，动作利索地给孩子们换尿布、喂奶。

龙凤胎有个不好的地方，一个孩子哭，另一个就算什么事都没有，也会跟着起哄，哭着玩，每每都让人忙得满头大汗，但秦烈总能解决好。

于是，孩子们一晃眼长大了。李瑞希望着两个宝宝天使般的面孔感慨："我家宝宝真好带，夜里很少叫我。"

保姆看向秦烈，心里感慨李瑞希真是好福气。

孩子一岁左右，秦烈带他们出门，一个背在身后，一个挂在胸口。他体力好，背两个娃还能面无表情地遛狗，引得小区的大爷大妈们集体围观。他还因为带娃带得太好，受到一致夸赞。

不知不觉，孩子上了幼儿园。秦烈经常带他们一起健身，不是背着女儿做平板撑，就是让儿子搂着他一起做引体向上。

李瑞希经常发布他的健身视频到网络上，热度高得吓人。三十多岁的秦烈依旧散发着很大的魅力，仅仅做几个健身动作就吸引了无数称赞，使得李瑞希很有危机感。

孩子上幼儿园的一天，老师让宝宝们谈谈爸爸妈妈的职业。

李款款站起来，很自豪地拍胸脯："我爸爸是消防员，能灭火，抓蛇，打怪兽的那种！他还有一辆很酷的战车，叫消防车！我爸爸坐在消防车里去灭火，他无所不能！"

李款款的回答吸引了全班小朋友的惊叹。

"款款，你爸爸好厉害啊！"

"消防员好酷啊！你爸爸能抓蛇，那他会抓蛇怪兽吗？"

"你坐过消防车吗？我好想坐消防车呀！"

李款款挠挠头上的小揪揪："我家有很多消防车！"当然，是玩具车，不过这不重要啦。但小伙伴们可不管，继续惊叹，给足了李款款面子，于是所有人都知道李款款有个很厉害的消防员爸爸，上天下地，无所不能，是个大英雄！

老师想了想，好像把秦深深小朋友给忘记了。深深小朋友比较内敛沉默，与活泼的妹妹截然不同。

"深深，你能不能描述一下自己的爸爸？"

秦深深撇撇嘴，说什么呢？每次能说的都被李款款给说完了，她就不能少说几句话，留点给他说吗？他有点委屈，实在不知道说什么好，最终叹息一声："同上。"

老师反应过来，爱怜地摸着秦深深的头。

为了满足小朋友的好奇心，老师跟李瑞希商量，希望和消防队联合举办一个消防演习活动，让小朋友们走进消防队，近距离观察消防员叔叔。

孩子们十分激动，李款款和秦深深也为此准备了许久。秦烈特地请假回到了新桥消防中队，亲自上阵给孩子们演示，让孩子们了解消防员的工作。

孩子们兴奋怀了，叽叽喳喳地问东问西，问题刁钻可爱。

"为什么消防员叔叔都长得这么帅？"

"你们能像蜘蛛侠一样爬墙吗？"

"为什么你们要去摘蜜蜂窝，不怕蜜蜂咬你们吗？你们喜欢吃蜂蜜吗？"

最后李款款挠挠头，因为实在没问题可问，就很霸气地提问："爸爸，你爱我还是爱妈妈？"

秦深深撇嘴：我不配有姓名对吧？

秦烈笑，挑眉道："你猜。"

李款款挠挠头，哼道："我就知道，你最爱的人是妈妈，我们都是充话费送的！"

现场的老师和消防员们哈哈大笑。

这个女儿让秦烈很头疼，他只低声回："充话费送的都是不值钱的玩意儿，你和哥哥是千金难买的宝贝，怎么可能是送的呢？"

李款款满足了，给哥哥使了个眼色，笑眯眯地坐下了。

李款款一向不爱做作业，李瑞希实在拿她没辙，就派贝塔守在李款款身边，直到她做完作业。

贝塔很聪明，款款一走神，它就汪汪叫两声，像极了数落孩子的父母。

可款款也不是吃素的呀！贝塔太严格，她就一会儿抠贝塔的鼻子，一会儿捏贝塔的耳朵，还用食物诱惑贝塔。贝塔没多久就沦陷了，经常给款款"放水"。

李瑞希指望不上它，只能让舒克出马了。舒克每次都只是温柔地叫一声，提醒她做作业，李款款不听，它又不厌其烦地提醒。后来款款掌握了秘诀，舒克喵一声她就喵一声。

有孩子后，李瑞希打游戏的时间少了许多。为了带娃，她开发了一个读书的软件，叫"瑞希讲故事"，把知名绘本录成音频给孩子们听，种类很多，还有英语绘本。家长用了这个软件后，既可以给孩子听故事，还有社区可以与其他家长交流心得。

起先李瑞希做这个软件只是为了方便自己，谁知做着做着，热度越来越高。网友们对"瑞希讲故事"大加赞赏，给她提了不少建议，她也边做边优化。

后来，江屿森给她投了钱，"瑞希讲故事"做大，甚至有了线上课程包，越来越规范，盈利也在增加。她趁势出了一个童装品牌，衣服时尚，符合年轻人的审美，借着严蜜几人的平台，借着她自己的名气，新款发布不久就冲上了排行榜前列。

副业做得风生水起，主业……哦，主业是某人的老婆。主业做得怎么样？应该也是不错的。

事情的开始往往十分简单。

他们相遇，她只是简单地欣赏他的外表，后来不知不觉就一辈子了。

而他呢？用秦深深小朋友的话说："同上！"

番外二
他 和 她

事情发生在婚礼之前。

李瑞希和秦烈准备正式开启同居生活。退房那天，房东大哥眼睁睁看着她把东西搬到对门。这个房东大哥怀疑人生了，他定的房价不高吧？这个地段的次新房，装修好，又是数一数二的学区，一个月租金才一万多，没道理还嫌贵吧？难道现在的租房市场都内卷成这样了？

等李瑞希搬完把房子打扫好，房东才忍不住问："小李啊，对面收你多少房租啊？要是不多的话，你直接跟大哥说，大哥给你便宜点，省得搬来搬去的……"

李瑞希这才明白为什么这位大哥一整天都盯着她欲言又止。她一本正经道："房租免费，管家式服务，厨师保洁，保镖搬运，应有尽有！此外，那边的房东还给了我一张银行卡，此卡长期有效，童叟无欺！"

房东直接听郁闷了，租个房子而已，至于吗？

李瑞希见他真信了，这才笑："您还真信呀？对面是我男朋友的房子，我们马上就要结婚了，到时候请您吃喜糖。"

房东一拍脑门，这才恍然大悟："我就说怎么就搬到对门去了！原来你们要结婚了！恭喜恭喜啊！"

对门的年轻人他见过一次，个儿高人帅，帅哥美女擦出火花来又不是什么稀奇事。

第二天，一个单身小姑娘来看房，房东便说："我跟你讲，我这房子别的不说，风水绝对好！上一个小姑娘刚住了几个月就结婚了，男人就住在对门，现在两人爱情事业双丰收，要什么有什么！"小姑娘一听说这房子还有脱单奇效，当下拍板把房子定下了。

李瑞希整理着搬过来的东西，忽然，一枚黄色的符从书里掉了出来，是付明宇给她的桃花符！

秦烈回来时，就见她盯着什么东西偷笑："看什么呢？"

"桃花符，付明宇给我的。"

"我说怎么你桃花运那么旺。"

李瑞希挑眉："你确定不是因为我长得漂亮？"

秦烈早已深谙保命之道，勾唇："是我格局小了。"

"队长，你的思想觉悟还有待提高啊！"

秦烈斜眼睨她："是，心思都花在提高别的事情上了。"

彼时的李瑞希还没那么厚脸皮，脸立刻红了，羞羞答答地在他怀里蹭了半天。秦烈最吃这一套，把她抱起来亲了亲，亲得李瑞希脖子痒，好久说不出话来。

门铃声忽然响了起来，李瑞希吓坏了，连忙推开他，又瞪他一眼。

秦烈指着隔壁房间："你先去开门，我进去换衣服。"

门一打开，严蜜正想批判她开门晚，瞄到她通红的脸，顿时了然："秦队回来了？"

"你怎么知道？"

"嘴都肿了，还问我怎么知道！"

李瑞希："……"

秦烈出来打招呼，严蜜几人跟李瑞希在一起时再怎么没正形，到了秦烈面前都一本正经的。

和秦烈谈恋爱后，李瑞希厨房都不用进。平常秦烈做饭，扔给她一个平板电脑追剧，切好水果让她坐在一旁。今天有朋友在，她就坐在客厅陪她们聊天了。

梁潇潇和孙小雅给李瑞希带了礼物，三人忙着拆包装盒。严蜜环视四周，秦烈这房子不算特别大，他人又高，往开放式厨房一站，存在感就特别强。她偷瞄了厨房几眼，低声说："李瑞希你可以啊，秦队亲自为你下厨！"

李瑞希挑眉，她虽然手指灵活，厨艺却一般，在家时有老李宠着，独居后又经常点外卖，一年也不做几次饭。

李瑞希："那是，我们秦队上幼儿园时就会做早餐了。"

梁潇潇："不是吧？那么小就会做了？"

李瑞希在心里感谢已故的婆婆："是他妈妈教的，他从小就独立，人又爱干净，有时候我给他打下手，他却嫌我碍事，不想让我进厨房。"

严蜜心说：这是宠你呢。

秦烈动作利索，二十多分钟就做了好几个菜。严蜜不好意思白吃白喝，走上去客气道："秦队，要不要我帮忙？"

秦烈回头看她一眼："不用，你陪我女朋友就行。"

李瑞希被点名，笑着跑过来从后面抱住他："在呢，男朋友。"

严蜜简直受不了他们了："行，怪我多事！我为什么要给你们秀恩爱的机会！"

李瑞希挠她的脖子："严大主播，你好像根本不会做饭啊。"

大家不客气地哈哈大笑。严蜜苦心经营的形象受损，气得要打李瑞希："这才几天，胳膊肘往外拐！"

李瑞希连忙保证，等严蜜"丑媳妇见公婆"时，一定不揭她的短。

于是，等不久后严蜜上付家做客，嚷嚷着要帮忙做菜洗碗的时候，李瑞希把她从厨房拉出来，对付开诚和邵问兰说："我这朋友就是贤惠，平常我们住一起，做菜洗碗都是她，可勤快了。"

严蜜一笑，厚着脸皮点头："我这人就是闲不下来，平常没事就喜欢研究一下菜谱、刷碗、洗衣服、打扫卫生什么的。"

李瑞希差点把脸笑裂了，连忙附和："对，她一天不干活儿就难受，以后咱家的衣服和碗都攒下来，快递寄给她，可别让她闲出病来。"

严蜜一边假笑，一边在桌下掐李瑞希的大腿。

对于严蜜要成为自己嫂子这件事，李瑞希是举双手赞成的。这样一来，她又可以去严蜜那儿蹭吃蹭喝了。

严蜜的事告一段落后，还发生过一件很特别的事。

有一天傍晚，李瑞希和秦烈散步时遇到一幢居民楼着火，他们二话不说报了火警，秦烈又利用职业经验撬门救人，好在这场火灾没有任何人员伤亡。巧合的是，秦烈救的正是李瑞希早年租房时的房东。

房东阿姨和她儿子看到李瑞希都有些拘谨，得知秦烈是李瑞希的老公后，房东阿姨欲言又止。

李瑞希没多想，谁知回家后收到了银行转账的短信，房东阿姨竟然把当年扣她的押金打过来了。

秦烈听完事情经过后，笑了笑："这就叫好人有好报？"

李瑞希摊手："谁知道呢？"

这年过年，秦烈依旧要值班。

此时他们已经结婚了，李瑞希正式成为消防员家属。既然是家属，就要有家属的样子，总不能自己在家里吃香的喝辣的，让秦烈守在消防队孤零零过年吧？

李瑞希偷偷和唐江联系上，并在大年三十这一晚，端着包好的饺子去了消防队。

消防队每年都有义工来包饺子，李瑞希为了不输给别人，还偷偷学了独家"秘方"，苦练很久，才把饺子包得无可挑剔。

过年期间，消防队特别忙，秦烈刚处理完一起电热毯着火的事故，回来就被唐江喊去吃饺子。

往年过年他都不回家的，今年却不一样，他有了一个等他回家的人。然而打脸来得特别快，他的手机里只有例行的拜年微信，李瑞希竟然一整天没给他发信息。

秦烈给她发了条信息：仙女，新年快乐。

李瑞希依旧没回。

唐江站在门口敲敲门："你小子干吗呢？大过年的发什么呆？再不去饺子就被抢完了！"

　　秦烈蹙着眉，心里不痛快。他才离家几天，自己男人都不要了？

　　唐江瞅着他的神色，打趣："怎么一副被老婆抛弃的可怜样儿？"

　　秦烈瞅他一眼，笑道："抛弃？我老婆怎么舍得抛弃我！真有那一天，我一定向你学习，争取回家多跪几天键盘。"

　　唐江没想到自己跪键盘的事都被他知道了，那叫一个气。

　　队员们知道要吃饺子，都高兴地围过来。秦烈也端了一碗，低头刚吃了一口，咀嚼的动作渐渐慢了下来。

　　他又吃了一口，放下筷子去了厨房。

　　江闯疑惑："队长不喜欢吃饺子？"

　　唐江笑："你们队长不是不喜欢吃饺子，而是饺子不如你们嫂子。"他说得跟绕口令似的，把一群队员都说愣了。吃个饺子而已，关李瑞希什么事？

　　秦烈挑开门帘，远远就看到李瑞希围着粉色围裙在炉灶前转悠，挺翘的鼻尖上还沾了点面粉，有种笨拙的可爱。她往厨房一站，消防队平平无奇的厨房都变美了。

　　李瑞希包着饺子，觉得有人在偷看她，疑惑地走到门边，还没站稳，就被拉了出去。李瑞希也吓了一跳，直到被人按在墙上，鼻腔里满是他的气息，才放松下来。

　　两人快十天没见了，李瑞希忍不住在他胸口蹭了蹭，撒娇道："队长，饺子吃了吗？"

　　"吃了，跟谁学的？"

　　"跟外婆学的，她说婆婆也是跟她学的，我寻思着就算比不上婆婆的手艺，应该也有几分像的吧？"

　　秦烈呼吸放缓，摩挲着她柔软的头发，手在她的耳垂上捏了捏："你做的，比我妈做的好。"

　　李瑞希吃惊了："啊？不是吧？"

　　秦烈："是真的，你以为我妈为什么在我幼儿园时就教我做饭？还不是因为自己不爱做。"

李瑞希没想到婆婆也是个机灵鬼。她伸出红肿的指尖，可怜兮兮道："我忙活了一天，揉面揉得手都疼了。"

她满脸写着"快夸我"，看得秦烈忍不住把她搂进怀里，他亲了亲她的头发，哄小孩一样，说："明年不用来消防队做饺子了。"

"啊？难道是我的饺子不好吃？不至于吧？人家练了很久呢。"

"不是。"他可舍不得她这么辛苦，再说了，她做的饺子只能给他一个人吃。

秦烈在她耳边说了几句，也不知道说了什么，把李瑞希弄得面红耳赤，推开他就要跑，却被秦烈捧着脸一口咬在了嘴唇上。

"好痛啊……"

秦烈好笑地摩挲着她的唇："乖，那我轻一点。"

这一磨蹭，等秦烈回去时，饺子果然被抢完了。秦烈的脸都黑了，他老婆第一次给他做饺子，他竟然没吃到！

这时，电视台的摄像师扛着摄像机进来。春节这一天，电视台一直有下基层采访的传统，恰好今年南城消防引起全国人民的关注，电视台就决定来新桥消防中队采访了。记者一眼就瞄到了围着围裙的李瑞希，这姑娘也太漂亮了，去当艺人都绰绰有余了。

记者把李瑞希拉到镜头前做采访，还好李瑞希从小就不怯场，从容不迫地回答了一些问题。

得知她是消防员家属，摄像师特地给了她和秦烈两人同框的镜头。她站在秦烈身边，笑容很甜，幸福隔着电视机屏幕都能溢出来。

于是，等李柏年醉酒醒来后，一睁眼就看到电视机里自家女儿的脸。他揉了揉额头，抱着酒瓶道："我女儿怎么去电视里了？看来我酒还没醒，付明宇买的该不会是假酒吧？"

同样看了电视的严蜜则嘟囔着："瑞希这嘴唇怎么有点肿啊？"

（全文完）

如今我向你宣誓：

我将对你忠诚，服从家规，
赴汤蹈火，竭诚为你，
坚决做到服从老婆命令，
听从老婆指挥。
恪守本分，苦练家务，
不畏老婆发火，不怕老婆生气，
为维护老婆幸福，
维护家庭稳定，贡献自己的一切。

池阳